文艺理论探索集

朱丰顺　著

北京时代华文书局

图书在版编目（CIP）数据

文艺理论探索集 / 朱丰顺著. — 北京：北京时代华文书局, 2016.7
（中国艺术研究院学术文库 / 王文章主编）
ISBN 978-7-5699-1005-6

Ⅰ. ①文… Ⅱ. ①朱… Ⅲ. ①文艺理论－文集 Ⅳ. ①I0-53

中国版本图书馆CIP数据核字(2016)第131314号

中国艺术研究院学术文库
Zhongguo Yishu Yanjiuyuan Xueshu Wenku

文艺理论探索集

Wenyi Lilun Tansuoji

著　　者｜朱丰顺

出 版 人｜田海明　王训海
项目统筹｜余　玲
责任编辑｜宋　春
装帧设计｜程　慧
责任印制｜刘　银
营销推广｜赵秀彦

出版发行｜北京时代华文书局 http://www.bjsdsj.com.cn
北京市东城区安定门外大街 136 号皇城国际大厦 A 座 8 楼
邮编：100011　电话：010－64267120　64267397
印　　刷｜山东临沂新华印刷物流集团　0539-2925888
（如发现印装质量问题，请与印刷厂联系调换）
开　　本｜710mm×1000mm　1/16
印　　张｜25
字　　数｜356千字
版　　次｜2017年1月第1版　　2017年1月第1次印刷
书　　号｜ISBN 978-7-5699-1005-6

定　　价｜75.00元

总　序

王文章

以宏阔的视野和多元的思考方式，通过学术探求，超越当代社会功利，承续传统人文精神，努力寻求新时代的文化价值和精神理想，是文化学者义不容辞的责任。多年以来，中国艺术研究院的学者们，正是以“推陈出新”学术使命的担当为己任，关注文化艺术发展实践，求真求实，尽可能地从揭示不同艺术门类的本体规律出发做深入的研究。正因此，中国艺术研究院学者们的学术成果，才具有了独特的价值。

中国艺术研究院在曲折的发展历程中，经历聚散沉浮，但秉持学术自省、求真求实和理论创新的纯粹学术精神，是其一以贯之的主体性追求。一代又一代的学者扎根中国艺术研究院这片学术沃土，以学术为立身之本，奉献出了《中国戏曲通史》、《中国戏曲通论》、《中国古代音乐史稿》、《中国美术史》、《中国舞蹈发展史》、《中国话剧通史》、《中国电影发展史》、《中国建筑艺术史》、《美学概论》等新中国奠基性的艺术史论著作。及至近年来的《中国民间美术全集》、《中国当代电影发展史》、《中国近代戏曲史》、《中国少数民族戏曲剧种发展史》、《中国音乐文物大系》、《中华艺术通史》、《中国先进文化论》、《非物质文化遗产概论》、《西部人文资源研究丛书》等一大批学术专著，都在学界产生了重要影响。近十多年来，中国艺术研究院的学者出版学术专著至少在千种以上，并发表了大量的学术论文。处于大变革时代的中国艺术研究院的学者们以自己的创造智慧，在时代的发展中，为我国当代的文化建设和学术发展作出了当之无愧的贡献。

为检阅、展示中国艺术研究院学者们研究成果的概貌，我院特编选出版“中国艺术研究院学术文库”丛书。入选作者均为我院在职的副研究员、研究员。虽然他（她）们只是我院包括离退休学者和青年学者在内众多的研究人员中的一部分，也只是每人一本专著或自选集入编，但从整体上看，丛书基本可以从学术精神上体现中国艺术研究院作为一个学术群体的自觉人文追求和学术探索的锐气，也体现了不同学者的独立研究个性和理论品格。他们的研究内容包括戏曲、音乐、美术、舞蹈、话剧、影视、摄影、建筑艺术、红学、艺术设计、非物质文化遗产和文学等，几乎涵盖了文化艺术的所有门类，学者们或以新的观念与方法，对各门类艺术史论作了新的揭示与概括，或着眼现实，从不同的角度表达了对当前文化艺术发展趋向的敏锐观察与深刻洞见。丛书通过对我院近年来学术成果的检阅性、集中性展示，可以强烈感受到我院新时期以来的学术创新和学术探索，并看到我国艺术学理论前沿的许多重要成果，同时也可以代表性地勾勒出新世纪以来我国文化艺术发展及其理论研究的时代轨迹。

中国艺术研究院作为我国唯一的一所集艺术研究、艺术创作、艺术教育为一体的国家级综合性艺术学术机构，始终以学术精进为己任，以推动我国文化艺术和学术繁荣为职责。进入新世纪以来，中国艺术研究院改变了单一的艺术研究体制，逐步形成了艺术研究、艺术创作、艺术教育三足鼎立的发展格局，全院同志共同努力，力求把中国艺术研究院办成国内一流、世界知名的艺术研究中心、艺术教育中心和国际艺术交流中心。在这样的发展格局中，我院的学术研究始终保持着生机勃勃的活力，基础性的艺术史论研究和对策性、实用性研究并行不悖。我们看到，在一大批个人的优秀研究成果不断涌现的同时，我院正陆续出版的“中国艺术学大系”、“中国艺术学博导文库·中国艺术研究院卷”，正在编撰中的“中华文化观念通诠”、“昆曲艺术大典”、“中国京剧大典”等一系列集体研究成果，不仅展现出我院作为国家级艺术研究机构的学术自觉，也充分体现出我院领军国内艺术学地位的应有学术贡献。这套“中国艺术研究院学术文库”和拟编选的本套文库离退休著名学者著述部分，正是我院多年艺术学科建设和学术积累的一个集中性展示。

多年来，中国艺术研究院的几代学者积淀起一种自身的学术传统，那就是勇于理论创新，秉持学术自省和理论联系实际的一以贯之的纯粹学术精神。对此，我们既可以从我院老一辈著名学者如张庚、王朝闻、郭汉城、杨荫浏、冯其庸等先生的学术生涯中深切感受，也可以从我院更多的中青年学者中看到这一点。令人十分欣喜的一个现象是我院的学者们从不固步自封，不断着眼于当代文化艺术发展的新问题，不断及时把握相关艺术领域发现的新史料、新文献，不断吸收借鉴学术演进的新观念、新方法，从而不断推出既带有学术群体共性，又体现学者在不同学术领域和不同研究方向上深度理论开掘的独特性。

在构建艺术研究、艺术创作和艺术教育三足鼎立的发展格局基础上，中国艺术研究院的艺术家们，在中国画、油画、书法、篆刻、雕塑、陶艺、版画及当代艺术的创作和文学创作各个方面，都以体现深厚传统和时代创新的创造性，在广阔的题材领域取得了丰硕的成果，这些成果在反映社会生活的深度和广度及艺术探索的独创性等方面，都站在时代前沿的位置而起到对当代文学艺术创作的引领作用。无疑，我院在文学艺术创作领域的活跃，以及近十多年来在非物质文化遗产保护实践方面的开创性，都为我院的学术研究提供了更鲜活的对象和更开阔的视域。而在我院的艺术教育方面，作为被国务院学位委员会批准的全国首家艺术学一级学科单位，十多年来艺术教育长足发展，各专业在校学生已达近千人。教学不仅注重传授知识，注重培养学生认识问题和解决问题的能力，同时更注重治学境界的养成及人文和思想道德的涵养。研究生院教学相长的良好气氛，也进一步促进了我院学术研究思想的活跃。艺术创作、艺术教育与学术研究并行，三者在交融中互为促进，不断向新的高度登攀。

在新的发展时期，中国艺术研究院将不断完善发展的思路和目标，继续培养和汇聚中国一流的学者、艺术家队伍，不断深化改革，实施无漏洞管理和效益管理，努力做到全面协调可持续发展，坚持以人为本，坚持知识创新、学术创新和理论创新，尊重学者、艺术家的学术创新、艺术创新精神，充分调动、发挥他们的聪明才智，在艺术研究领域拿出更多科学的、具有独创性的、充满鲜活生命力和深刻概括力的研究成果；在艺术创作领域推出更多具有思想震撼力和艺术感染力、具有时代标志性和代表性的精品力作；同时，培养更多德才兼备的优秀青年人才，真正把中国艺术研究院办成全国一流、世界知名的艺术研究中心、艺术教育中心和国际艺术交流中心，为中华民族伟大复兴的中国梦的实现和促进我国艺术与学术的发展作出新的贡献。

2014年8月26日

目　录

第三编　美学、哲学思想研究与“新三论”

自　序

《文艺理论探索集》有幸列入《中国艺术研究院学术文库》，甚感欣慰。在此，谨向我院领导、专家、前辈、同志们给予我的真诚的指导、支持和帮助，致以深切的感激和谢忱！

在本书的撰写过程中，我是一直遵守这样两条原则的：一是对没有弄懂的问题必须实事求是地弄懂它；二是没有发现新的见解，我是决不动笔的。

因为一部真正具有学术价值的著作，在这样几类问题上要深入钻研，并力求做出真知灼见的阐述。一是学科中需要填补和解决的空白，一定要设法解决。因为空白太多，势必影响学科的成熟程度和学术水平；二是在原有的学科基础上向前推进一步，使学科不断发展；三是在学术界讨论未休的问题上，提出为大家公认的解决方案。我确实是在这三类问题上都一直下功夫努力探索和执着追求的，并力求做出自己的努力和贡献。现在所编选的《文艺理论探索集》，就是对这三大问题探讨的总集。本书存在着这样那样的问题和不足，诚恳地希望同志们予以指教。

第一，关于填补空白。《意象思维逻辑论》被专家们评价为“填补了空白”。这是在第一届中华全国美学学会（昆明）上的发言稿——《形象思维逻辑论》中，第一次提出形象思维逻辑的四个思维形式（基形意象、完形意象、群形意象和易形意象）和三个思维规律（和谐律、融合律和理想律），博得了与会专家学者们的极高评价（当时仍用“形象思维”）。随着对艺术心理学研究的深入，又得到老专家赵璧如先生的指教，才认识到，任何客观具体事物的形象（包括作品的艺术形象）都是不能直接进入思维的，只有通过人的感觉、知觉，进而在头脑中形成表象以后，这个表象才有资格成为思维或想象的材料。所以，将“形象思维”改为“意象思维”、“形象思维逻辑”也改为“意象思维逻辑”[①]。

在昆明美学会上发言后，真没有想到，中国社会科学院文研所研究员涂武生同志走过来很亲切地对我赞赏说：“您这份《形象思维逻辑论》发言稿很有创新见解，四个形象思维的思维形式和必须遵守的三大逻辑规律都被你找到了，算是补了这方面的空白。国际学术界提出，在文艺创作中究竟有没有它自己的逻辑？如要有，它有哪些思维形式，又有哪些必须遵守的思维规律？长时间以来，很多欧美大国以及苏联时期的院士等都进行过深入的研究，但都没有研究出来。我国只有两位著名专家研究过，一名是我们中国社会科学院文学研究所老研究员蔡老蔡仪同志，带着几名研究生一同研究过，没有研究出来；另一位是山东大学中文系主任周来祥教授也研究过一段时间，也都没有找到。你这篇文章真是补了这个空白，值得我们大家可喜可贺！”接着从我左前方又走过来山东大学中文系主任周来祥教授说：“你这篇文章起到了补空白的作用。你的思路是正确的。‘四个思维形式’和‘三个思维规律’都被你终于找到了！我也研究了一段时间，没有找着，也就放下了。”我便趁此机会向他请教：“您说是用‘意象思维’好，还是用‘形象思维’好？”他很诚挚地说：“以我见，还是用‘意象思维’好！”我真是受了一场深刻的教育和激励，得到了那么多的专家学者的肯定和指教，这是做梦也不敢想的啊！

“意象思维逻辑”的“四大思维形式”和“三大思维规律”的理论，已在文化部教科司组织编著的《艺术概论》高校教材（中国艺术教育大系、普通高等教育“十一五”国家级规划教材、高等艺术教育“九五”部级教材，文化艺术出版社2000年版至今）的重点章

① 理由请详见本书《与意象相关的几对范畴》和《艺术掌握世界方式》中“意象思维与艺术思维的关系”。

节《艺术创作论》中使用，在全国艺术高校用作教材十余年了。

本书中《论艺术灵感发生的条件及其神经生理机制》一文，在学术史上是第一次阐释和初步找到了灵感的“生理机制”和“神经来路”，解决了理论上的一个局部难点。

关于艺术灵感的生理机制和神经来路的问题，一直是个无人问津的空白，是难度颇大的课题。由于关心我，有的老专家劝我说不要写它，因为这是谁都写不好的题目，国外也没有解决这个问题，西方学术界的名家和苏联时代的院士也不想去碰它，因为它涉及多学科，其中包括多种自然科学的知识。我经过一年零八个月的苦心钻研，最后终于从实验心理学、记忆心理学、思维科学、神经解剖学、人类学、脑科学、控制论、系统论等学科最高成果中找到了解决灵感生理机制和神经来路问题的诸种因素相关的有机联结点，在学术史上第一次阐释了灵感的生理机制和神经来路的秘密，同时也为将来在科学进一步发达的新的历史条件下，提供了一些新的疑难和猜想，让后人进一步深入探讨和解决。我深深体会到，如果只凭单科知识去研究是无法解决这个难点的。研究者必须要打破本学科单一的研究框框，知识越广，起点才能越科学而又越高。本课题主要是根据多学科和新学科的研究成果，并把各学科新发现的长处综合起来考察，才能向前推进一步的。这是我们研究新学科得到的一个启示。

《论艺术灵感发生的条件及其神经生理机制》的另一有价值的见解是，“灵感”是不能成为“独立的思维形式”的，因此，灵感是不具有“第三种思维形式”的特点的。实际上，灵感仅仅是在紧张的意象思维后或抽象思维后猛然间爆发出来的结果——顿悟，它自身并不存在完整的第三种思维形式。而“灵感”在抽象思维和意象思维中都有可能爆发，也就是说，灵感也只有“抽象思维灵感”和“意象思维灵感”两种，因为灵感是随着前面的抽象思维冥思苦想的结果，即顿悟；或是随着前面的意象思维冥思苦想的结果，即顿悟来定的。

第二，关于在原有的学科基础上向前推进一步的研究。本书对《原始社会的技艺和技艺心理的演变》的研究就是明显的一例。本文提出了“原始社会技艺心理发展阶段论”，从而做出了“艺术和艺术心理产生于新石器时代末期与向文明社会过渡的阶段”的新的科学结论，在前人取得的成果的基础上将学术思想向前推进了一步。

原来学术界总是笼统地称“艺术前的艺术”或“史前艺术”，这是一些极不明确和极为笼统的用语，而且学术界也总是习惯地将研究旧石器时代中期混沌意识和旧石器时代后期巫术意识这两个历史阶段的列维·布留尔的《原始思维》和弗雷泽的《金枝》等著作，一律看成是研究整个原始社会的著作，这是缺乏“原始社会发展阶段论”和“技艺心理发展阶段论”的观点的。

本文揭示出“艺术前的艺术”或“史前艺术”实际上只不过是一种包含着“艺”的因素的技术，即“技艺”罢了。本书还根据原始社会各个阶段发展的不同水平，将原始社会分为类人猿时代本能无意识心理阶段、旧石器时代前期简单意识的产生和发展阶段、旧石器时代中期混沌意识与技艺心理的产生阶段、旧石器时代后期巫术意识与技艺心理的发展阶段、新石器时代图腾意识和技艺心理鼎盛时期、新石器时代末期和向文明社会过渡阶段即后期彩陶意识与艺术、艺术心理的产生等六个大的历史发展阶段，这就建立了明确的原始社会发展阶段论和技艺、技艺心理发展阶段论，从而做出了艺术、艺术心理产生的相对准确年代的比较有说服力的结论。这就避免了笼统地、不分阶段地一律称之为“艺术前的艺术”的不够具体、不够明确、不够科学的论断的种种弊端。

此题目之难，就难在马克思也曾笼统地说过一句“史前艺术”，并未细分历史阶段，他大约也来不及细分了才这么说的。但如果真的持历史唯物主义和社会发展史的观点和方法论来观察它，很明显，几十万年前的旧石器时代是不可能出现艺术和艺术心理的；距今两万年前的新石器时代也只能出现磨光石器的技艺和技艺心理。只有到新石器末期即彩陶后期，农业定居生产开始有了剩余，出现了私有制，才会从技艺和技艺心理中分化出专供奴隶主审美用的艺术和艺术心理。这似乎才是科学的见解。因此，我们深感需要懂得历史，才能对社会发展史和历史发展的客观规律有所掌握；深刻理解基础的社会发展史，才能懂得自己研究的科目的主要意义，看问题也就会深刻得多些，学术上的一些难点也就容易探索出来些。

本书中《试论无意识的不同种类、不同性质和不同作用》的论文，也是在原有的学科基础上向前推进一步的课题。如何正确评价弗洛伊德的“无意识”理论？弗洛伊德创立了精神分析学派，充分确认了无意识心理现象的存在和作用，对无意识理论的传播起到了普及的作用。他使人们第一次以特殊的目光关注创作主体的深层意识，对创作心理的研究有重要意义。他研究所及的诸多方面，对文艺理论研究有重要启示。但是，由于其理论以人的性欲冲动为基础，故具有泛性论倾向；笼统地夸大无意识的作用，具有明显的偏颇之处。因此，需要进行科学的分析，才能吸取其有益的内容，抛弃其无益的东西。我们发现了“无意识”具有不同种类、不同性质和不同作用，是我们提出的创新概念。在《无意识的不同种类、不同性质和不同作用》中，即把无意识分为误差无意识、病患无意识、梦幻无意识、本能无意识、习惯无意识、集体无意识等六大类。

习惯无意识是我们发现的创新概念，它在一切工作中都能创造人间奇迹。艺术家异口同声地谈到他们曾经历过的不想主题，主题自来；未思平仄，平仄天成；未思形象，灵感突降等的思维现象，实际上这是长期在艺术创作实践中，逐步养成的“习惯成自然”的结果。习惯无意识又可分为：习惯无意识感知、习惯无意识表象和识记、习惯无意识想象、习惯无意识推理，习惯无意识观念等，一句话，“熟中生巧”，巧就巧在“习惯无意识”立下的诸种奇功上，这是我们对此进行长时间的观察和研究的一个重要收获。它的实质是意识的直接延伸和熟练化，是意识的自动化和灵巧化，表现出人的高超的智慧和非凡的技能。人类的一切创造性的熟练劳动（包括体力劳动和脑力劳动），都有赖于习惯无意识的建立，它是主体习惯成自然地驾驭客观规律的一种非常自由而又高妙的理想境界。

本书《艺术语言的特征及其活动规律》中所说的艺术语言，就是指在艺术心理活动和艺术思维活动过程中必须要以之为工具的各门类艺术的艺术语言。离开了艺术语言的表象作思维的材料，便难以展开艺术心理活动和艺术思维活动。艺术语言反映到头脑中的各种语言表象不仅是艺术心理和艺术思维必不可少的工具，而且也是物化为艺术作品的不可缺少的物质手段和物质外壳。运用语言符号论的观点，我们把文学语言、表象、各种艺术表现手段、各种物质媒介和载体等都作为艺术语言的表现方式，并且找出了艺术语言的活动规律。如，特定艺术语言和特定艺术类别的互制律；艺术语言与艺术思维的互彰律等五条规律。

第三，在学术界争论未休的问题上，提出了为大家公认的解决方案。本书《也谈艺术掌握世界方式》一文科学地揭示了“艺术掌握世界方式”的四大要素，解决了几十年来争论不休的老问题，得到学术界的好评和《文学评论》总编的全面赞赏。

该文原发表在《文学评论》1993年第5期。这是在长期学术讨论中未能说清楚的问题。学术界对这个问题发表的论文是很多的，但都囿于对马克思在《政治经济学的方法》中说的一句话的反复推敲上。这句话是：“整体，当它在头脑中作为被思维的整体出现时，是思维着的头脑的产物，这个头脑用它所专有的方式掌握世界。”其实，马克思在这里不是要专门给“掌握世界方式”下定义，而是为了行文方便和在对比中着重说明头脑中“思维着的整体”或理论思维是有其自身特点，而不同于艺术的、宗教的、实践精神的掌握方式的这个道理。可是，人们几乎雷同地把马克思这句话理解为艺术掌握世界方式，这就不得要领了。

本文认为，从马克思的上下文和整个体系看，在“艺术掌握世界方式”或艺术创作过程中应包含四大要素：1.体验生活后进行的“艺术思维”；2.创作活动；3.创作手段和方法；4.创作成果——艺术作品。也就是说，“艺术思维”仅仅是艺术掌握世界方式的内容中的第一个要素，除此之外，还必须要有作者的“创作活动”、“创作手段和方法”及“创作成果”——艺术作品等“四个要素的结合或总和”。这“四大要素”是有机地结合在一起的，一个也不能缺，缺少了任何一个要素都会影响到艺术掌握方式的完整性和有效性。离开了对客观世界的认识也就失去了掌握的对象；离开了主体的创作活动，则又有谁去掌握客观世界；离开了创作的手段和方法，就无法进行创作活动；离开了创作成果——艺术作品，就难以衡量是否真正掌握了客观世界。这就把几十年来一直没有说清楚的“艺术掌握世界方式”的问题说得清楚而透彻了。这个观点在《文学评论》杂志上发表后，受到了学术界的欢迎和好评。

《也谈艺术掌握世界方式》受到《文学评论》侯敏泽总编的高度评价。他热情而又高兴地对我赞赏说：“您的《也谈艺术掌握世界方式》一文写得很有创见！提出了‘艺术掌握世界方式’具有四大组成要素。其实，马克思在这里不是要给‘艺术掌握世界方式’下定义，而是要说明‘整体，作为被思维的整体——即艺术构思’不同于艺术的、宗教的、实践精神的掌握。他们没有读懂马克思的原意，硬说马克思给艺术掌握世界方式下定义了，这就不得要领了！这是新中国成立后数十年来一直争论不休的老问题，您却另辟蹊径地找到了解决这个长期争论不休的老问题的途径，具有创新的理论价值，这是很有意义的，如果你能由12000字增加到20000字，我都准备给你发表。”

同时，侯敏泽总编也认为，《也谈艺术掌握世界方式》中，对“意象思维”、“形象思维”和“艺术思维”的分析和梳理具有科学依据和新意。为此，他还请中国社科院老专家钱中文先生对该文中涉及的外语翻译进行了核对和肯定。

这本《文艺理论探索集》得到了很多专家、学者、前辈、同事和朋友们的大力支持和帮助，我们表示衷心的感谢！

赵璧如老翻译家热情的指点：“普通心理学认为，任何具体的客观形象都不能‘直接’进入头脑中做思维的材料，只有通过感觉、知觉两道关，才能进入脑中成为记忆的表象，只有这个记忆表象才能成为思维的材料。至于‘形象思维’原是从俄国文艺理论家别林斯基把形象思维看作是对诗歌所下的定义而使用的，如他说‘诗或文是用形象来表现思维’的，这个说法似不够完善，但翻译成中文便成了‘形象思维’，属误译，是违反普通心理学中所说的‘任何具体客观形象都是不能直接进入思维的’这句至理名言的。”赵老还多次借给我书籍。

我还得到了涂武生、周来祥、侯敏泽等专家热情地赞赏我写的论文，至今仍给我留下深切的激励和深刻的记忆；

我也不会忘记张帆、李范、杨辛、胡文耕、张浩等专家、老朋友的热诚指教和无私帮助；

我更不会忘记本院领导王文章院长等和本所领导陈飞龙等老领导、老专家、全院和本所的老朋友老同志们等对我的真诚关心、无私帮助和支持承认。对以上诸位领导、专家和朋友们表示由衷的感激！

本文集的出版，既是对我过去学术历程的总结，也是对我今后学术耕耘的激励。文艺理论是一座绵延不断的深山，我们都在对这座深山殚精竭虑地开拓，尚有很多亟待涉足的未知领域，需要我们持续不断地创新求索。

朱丰顺

2016年1月1日于中国艺术研究院

第一编 意象思维新论

与意象相关的几对范畴

一 界定意象、表象和形象的原则

对于“意象”的论述，中外学术界都存在着各种不同的意见和分歧，“意象”是长期以来被弄得最混乱、最复杂的一个术语，存在着将“表象”、“意象”、“形象”等概念互相混淆，或以意象取代形象，或以表象取代意象等现象，直到目前为止，仍旧没有把它梳理清楚，而且似有越梳越乱之感。

“意象”这一术语是怎样被弄得这般复杂和混乱的呢？

从中国文论史来看，正如大家提到的，大体经历了《周易》的“立象尽意”、“寻象观意”的卦象和卦爻相结合的朴素的意象论；魏晋南北朝时期刘勰在《文心雕龙》中提出的“使玄解之宰，寻声律而定墨；独照之匠，窥意象而运斤”的文学创作构思中的意象论；明清时期文论家将文学创作构思中的意象嬗变为文艺作品中的艺术形象或艺术意境，即名义上用创作构思中的“意象”这一术语，实际上指的是艺术形象的“至境意象”论等三个大的阶段。经过这几次大的嬗变，使“意象”的含义前后迥然相异。其中，刘勰的《文心雕龙》是中国第一部系统的论述精深的享有中外盛誉的文艺理论著作，而明清的文论家则亦是一些在学术思想上有很深造诣、对后世有重大影响的大学者，于是两种完全不同的说法在后世都有信徒。特别是在“艺术形象”一词尚未问世和普及的时代，明清大学者们用以取代“形象”的“意象”这一概念，以其全面而又精深的内容博得了更多的信从者，一直到现在，“艺术形象”或“形象”一词已经问世半个多世纪了，还是有不少人继续用“意象”取代“形象”。于是在学术界和读者中不禁使人疑惑起来，“意象”和“形象”究竟是一个东西，还是两个东西？它们究竟有什么不同的含义和不同的用场呢？这是中国古典文论中遗留下来的造成混乱的原因之一。

从西方文艺理论界流行的各种观点来看，也正如大家所说的：英语中的“image”一词可以作多种解释：表象、意象、形象、肖像、写生等。因此，从二十年代以后翻译到中国来，译者用词极不统一，有译“表象”的，有译“意象”的，有译“形象”的，也有译“影象”的，这样一来，“意象”一词便被搅得更加混乱起来了。

从苏联时期和新中国成立后部分坚持辩证唯物主义反映论的学者们所持的观点看，“意象”是西方唯心主义常用的术语，只有“表象”一词才能正确表达唯物主义反映论的基本观点，于是他们又以“表象”取代了“意象”，如《中国百科大词典》在“意象”词条下写着：即表象。在苏联时期所编写的文艺学和美学词书中也有类似的做法。这个观点究竟对不对呢？从根本上取消“意象”一词可行不可行呢？于是意象问题又增添了一个大疑问。

现在摆在我们面前的问题是：究竟怎样才能将意象、表象、形象、影象、具象、肖像等不同概念互相取代、互相混淆以致严重影响到学术研究向纵深发展的复杂问题梳理和整构得比较合理而又科学呢？我们认为在梳整前必须要确定几个梳整的标准和原则，以作依据，否则，是无法梳理和整构好的。

那么究竟要本着和依据哪些原则和标准来进行梳整呢？

第一个标准和原则是：应根据当前学术上实际存在的问题和解决问题的实际需要来确定对它们的取舍态度。研究过去的东西，则是为了发展和提高今天的学术水平；研究外国的东西，也是为了提高和发展我国自己的学术理论，从而推广到世界，繁荣世界人民的学术事业，而不是为研究而研究。也就是说，研究者必须站在历史发展的制高点来审视和抓住当今学术界存在的亟待解决的主要问题。只有解决了主要问题，其他次要争执问题也就不难解决了。

那么，当前在意象问题的研究和实践中，主要问题是什么呢？那就是意象和形象之间互相混淆、互相取代的现象十分普遍，几乎时有所见，卷入的人数之多、时间之长、混乱之大，是文论史上少见的，而且这个混乱还有发展的趋势。“意象”和“形象”是属于艺术理论、艺术批评和艺术心理学等学科中两个最基本的术语，在基本的术语上产生严重的混乱，这就势必要影响到这些学科的成熟性及其向纵深发展。所以，必须要集中力量解决这个主要问题，以为学术研究走上一个新的台阶扫除障碍。

第二个标准和原则是：应以当代有关学科，如心理学、艺术心理学、神经生理学、脑科学、思维科学、控制论、系统论、辩证唯物论和历史唯物论等最新和最高的研究成果，来衡量目前存在的主要问题和主要问题在各个方面的得失、益损所在，从而找出补救和整构的科学方案，而不可置这些学科最新成果于不顾，只是亦步亦趋地重复前人和外国人说过的话，这是无济于事的。

第三个标准和原则是：应用逻辑的观点和历史的观点相结合的方法，来考察前人和外国人的理论所产生的背景及其得失利弊，从而决定我们的取舍，以及取多少、舍多少。

以上三个标准和原则是相互为用的，是贯穿在整个梳理、整构和归类的过程之中的，不必机械地分割开来对号入座。

二 意象和形象的区别

人类在认识事物的过程中，对任何事物都需要赋予它一个名称。“名不正，则言不顺。”这就是说，给予事物以名称，不仅有必要，而且要含义明确，不可含糊不清，更不可与别的事物相混淆，令人费解。特别是在科学研究过程中，许多层出不穷的新发现和新发明，如有的是不同方面的事物，有的是同一方面却有不同特点的事物，有的是不同层次上的事物，等等，都得要赋予它一个名副其实的合适的名称，否则，便无法称谓它、识别它和运用它。

对艺术理论和艺术批评中的“意象”和“形象”两个术语，我们也应当采取这样的严肃的态度。这两个术语究竟有没有不同的含义和不同的用场？需要不需要都保留，抑或是以一个取代另一个呢？实践是检验真理的标准。这两个术语究竟有多少真理性？要赋予它们什么样的含义才具有真理性和实用性？前人和外国人说的又有多少真理性和实用性？统统都需要拿到科学实践的事实和需要的面前来检验一番，才能知道它们有多大含量和实用价值。离开了当前科学研究实践的实际情况和实际需要，是无法进行鉴别和梳整的。根据当前艺术理论、艺术批评和艺术创作的情况和实际需要，我们认为，应当明确地赋予和统一“意象”和“形象”两个术语各自不同的含义，使其各得其所，各有用场，从而消除相互混淆的现象和弊病。

关于“形象”一词的含义，当前艺术理论界和艺术界是有一个比较统一的看法的：它是指艺术作品中所表现出来的，具有一定思想内容和审美属性的，具体生动的人物或生活图画。它虽然是艺术家创作出来的，但是既然已经被创造出来了，它就已经变成了可供人们观赏和审美的客观事物了。一幅油画、一尊雕塑、一段清唱、一段折子戏、一部电影等，谁能说它们不是一种客观存在呢？谁又不承认它们都是一种专门供人鉴赏的艺术形象呢？像这样具有确定无疑的比较公认的含义的科学术语，就再也不需要变动或更改了，更不应当用别的什么术语——如用“意象”来混淆它、取代它了。因为如果“意象”是以与“形象”相同或基本相同的含义来取代“形象”的话，那又何必多此一举？！如果“意象”这一术语尚有其特殊含义（每个严整、科学的术语都有其特殊含义）和别的用场，那就更不应当用它来取代“形象”一词了。

那么，“意象”这一术语用在什么场合比较合适而又妥当呢？赋予它什么含义才符合这个场合的实际需要而又是正确的呢？

我们认为，只有用在艺术创作过程中，通过艺术思维和艺术想象，最后构思成熟了的艺术意象图这一构思成果的环节和层次上，才是合适而又正确的。因为，在艺术创作整个心理活动的过程中，包含着很多环节和层次的内容，如艺术感觉、艺术知觉、艺术表象、艺术想象、艺术意象和艺术思维的最后成果——艺术意象图等环节和层次。其中各个环节和层次的名称或术语，都是经过了千锤百炼，而显得非常严密、明确而又科学的，唯独最后一个环节和层次，艺术思维的最后成果——艺术意象图这个环节，却是没有合适的科学术语来表述它。创作艺术作品必然是要通过艺术思维构思出一个成熟的艺术胎儿或艺术意象图的，就像洗相片首先需要有个底片，没有底片是洗不出相片一样，作者头脑中没有构思成熟的艺术胎儿，是无法把它物化为供人欣赏的艺术作品和艺术形象的。可是，就在这个最后一个重要的环节和层次上，竟是长期以来没有合适的科学术语来表述它。正因为这样，人们只好用“构思出来的艺术形象”来表示，这虽然也能勉强使人领会到这是通过艺术构思最后在头脑中形成的艺术胎儿，但是这毕竟与已经物化为艺术作品的艺术形象容易相混，如果前面不冠以“构思出来的”几个限制词，那就完全相混了。我们在上面是用“在头脑中最后构思成熟了的艺术意象图”来表述的。这样，既简单明了，符合这个场合的实际需要而又非常严谨和恰到好处。

这样一来，“艺术意象”和“艺术形象”也就不再相混了。艺术意象是专指尚在头脑中已经孕育成熟的随时可以物化为艺术形象的艺术胎儿；而艺术形象则是指已经将艺术意象物化成了可以供人鉴赏的艺术作品。前者是属于“精神”方面的东西，后者则是属于“物质”的东西。两者的区别，泾渭分明，永远不再相混了。“艺术意象”和“艺术形象”各有其不同含义、不同性质和不同用场，各得其所。

三 表象和意象的区别

下面从三个方面来进一步阐明“表象”和“意象”两者的不同含义、不同性质和不同作用，以及区分它们的具体标准。

第一，根据当代心理学长期研究和多次实验证明："表象"是对以前感知过的、在记忆中保留下来的事物的感性映象，它具有直观映象性和初步概括性的特点，是感性认识的最高阶段，也是一切思维（包括意象思维和抽象思维）的基础材料。这个表象的定义是符合人的感性认识过程中最后一个层次的实际内容的，因而是科学的。我国心理学家们为什么在此场合坚持要选用"表象"，即译成"表象"这一术语，而不选用或译成"意象"呢？原因就在于，"表象"一词是最好不过地表现唯物论反映论中感性认识的实际内容和特点的。这不能不是新中国成立后我国心理学界运用辩证唯物主义能动反映论观点研究心理学的一个重要的选择和成绩。

但是，学界有些学者却误认为"意象"是唯心主义的术语，因而，影响了他们对艺术心理学中早已有不少人把"意象"看成是艺术思维或艺术构思的最高成果的深刻而又精当的阐述的重视。西方某些学者从唯心主义观点来阐释意象的含义，自然是不可取的；但是，如果我们把它加以改造，让它建立在唯物论反映论的基础上，即建立在表象的基础上，不就成了一个非常需要、非常实用、也非常科学的术语了吗？

正因为这样，所以我们把"意象"看成是以"表象"作材料进而进行艺术思维的结果，亦即将可以把它物化为艺术作品和艺术形象的成熟的艺术胎儿。就是说，意象用在艺术思维的结果的阶段这个位置上是非常正确而又贴切的。如果我们现在把心理学中为大家公认的感性认识最高阶段的"表象"和艺术心理学中的艺术构思的最高成果"意象"联系起来，把两者看成是在艺术认识和艺术思维的逐层深化过程中的两个不同层次、不同含义、不同性质和不同用场的概念，这是多么理想的联姻和科学的安排！科学总是通过一点一点的积累，然后逐步形成系统的。

"表象"和"意象"确实是思想认识活动中两个不同层次上的东西。意象不仅与记忆表象不同，而且与想象表象也是有区别的。想象表象尚属正在想象之中的表象，想象不符合主题和塑造艺术形象的需要时，还可以修正，即进行重新想象。意象则是通过艺术思维、特别是通过艺术思维中的艺术想象而形成并最后定局的一种成熟而又比较稳定的准备即将按此物化为艺术作品的艺术胎儿，是一种高级的精神形态。

但“意象”和“表象”又是统一的。表象是构成意象的基础材料，离开了表象便难以进一步构成意象；而意象则是由表象升华和发展而来的艺术思维的最高精神成果。两者既有不可分割的联系，又有各自不同的含义和用场。正如郑板桥在《题画·竹》中说的，把画竹子过程区分为“眼中之竹”、“胸中之竹”、“手中之竹”三个发展阶段。“眼中之竹”实际上就是通过感觉、知觉而在头脑中留下的表象，“胸中之竹”就是在脑中构思成熟的意象，“手中之竹”则是将意象物化为作品的艺术形象。可见，表象、意象和形象虽然三者有统一的一面，但它们又是三个不同层次、不同性质和不同作用的概念，前两个是属于“精神”方面的东西，后一个则是属于“物质”的东西。

第二，把“表象”和“意象”看成是艺术认识和艺术思维过程中两个不同层次、不同含义和不同作用的概念，也是有当代哲学研究成果做依据的。

辩证唯物主义认为，任何客观事物都是由表层、中层、深层和核心等多层次多元素结构而成的，都是现象和本质的统一；因此，反映到人脑中来，自然也就有不同层次和不同程度的认识及其由浅入深的过程。同时也就必须赋予各个不同层次的不同元素以不同的名称，自然科学和社会科学的研究概不例外。

辩证唯物论的能动反映论把感觉、知觉、表象、想象、思维、意象、概念和理论等一切心理、意识都理解为客观世界的主观映象。列宁说：“人的感觉、知觉、表象和一般意识，都是客观现实的映象。”[①]所谓映象，包括客观事物外在形态的映象和内在本质与规律的映象两个方面的内容，它们都是

① 《列宁全集》第2卷，第273页。

人脑对外部世界的反映活动或反映过程的结果。因此，这个反映的结果可分为感性映象（感觉、知觉、表象、想象）和理性映象（概念、判断、推理和理论等）两个大层次。也就是说，人对客观世界的认识可分为感性认识和理性认识两大层次，每个大层次中又可分为若干小层次。如感性映象或感性认识可分为感觉、知觉、表象、记忆、想象、意象等小层次；理性映象或理性认识也可分为概念、判断、推理等层次。如果只承认感性映象和理性映象两个大层次的概念，而忽略了各个小层次内容上的差异性，且不分别予以命名，或是一律称之为映象，或是一律称之为表象，或是一律称之为意象，等等，都是会因认识不细致、名称不完备而导致混乱的，也是违反事物（包括心理状态）本身具有多层次多元素的实际情况的。应当说，随着人类科学事业的发展和进步，各种微观层次和微观元素的概念，必将越来越需要作细致的区分，并且越来越丰富，而且各个微观层次和元素的概念的含义，亦必将越来越精确而不含混。可以预言，将来总有一天会出现表象类型学、意象类型学、概念类型学等更为细致的分支学科的。

由此可见，承认意象（或承认概念或承认理论）的存在，并不否定表象对它的形成的重要作用，所以，那种认为只有“表象”才符合唯物主义反映论精神，而“意象”这个术语则是属于唯心主义的范畴的观点是不全面的。物和心、表象和意象、表象和概念等，总是辩证唯物地统一着的，在一定条件下也是可以互相转化的。能不能坚持辩证唯物主义反映论原则，不在于承认不承认意象的存在，而在于有没有坚持意象是不是来自于表象，表象是不是来自于对客观事物的感知上。如果承认表象来自于对客观事物的感知，那么在感知的基础上在头脑中留下表象的记忆，在表象的基础上展开能动的意象思维（包括艺术想象），最后在头脑中形成即将可以物化为艺术形象的成熟的艺术胎儿即艺术意象（亦即腹稿），则便是最好不过地坚持了辩证唯物论的能动反映论和艺术思维逐层深化的辩证法的。

事实上，艺术思维是一个非常复杂的心理过程和思维体系，它包括占相对优势的艺术感知、艺术表象、艺术想象等为内容的意象思维，最后才能在头脑中形成一个成熟的艺术胎儿——艺术意象。可见，艺术家头脑中形成的艺术意象或意象系列是一个极为复杂而又庞大的多层次、多因素、多向性、多功能的心理活动的结果，我们又怎能只是从中摘取一个层次或一个元素取代其他元素，或是置其他众多元素和层次于不顾呢！由上也可以看出，表象、意象思维、艺术想象和艺术意象等均属头脑中的心理和精神方面的东西，它们与前面所提到的专门供人鉴赏的已经物化了的艺术形象是根本不同的。如果有人硬要将精神的东西——意象取代物质的东西——形象，或是用物质的东西取代精神的东西，这岂不是闹到了艺术思维和艺术作品不分、精神方面的东西和物质方面的东西不分的混乱状态了么！如此互相混淆、互相取代，还有什么科学可言呢?

总之一句话："表象"和"意象"的区分，在于它们是在精神或心理活动过程中的层次上的不同；而"意象"和"形象"的区分在于它们一个是精神的东西，一个是物质的东西。掌握了这个区分的界限和标准，就再也不会把它们混淆起来了。同时，还可以用这个区分的界限和标准，作为衡量和鉴别中国文论史和西方文论史中对这些问题的论述的正误、得失、利弊所在。凡是它们所论述的是指创作构思中的内容，均属精神方面的东西，其所用术语仅仅是有层次上的不同；凡是它们所论述的是指艺术作品和艺术形象方面的内容，则均属物质的东西，不管它们表面上用什么词来表达，也改变不了它的物质的属性。

四 对中国古典文论中诸种不同意象论的评价和梳理

对中国文论史中《周易》的"意"和"象"、刘勰《文心雕龙·神思》的"精神意象"、明清时期文论家的"至境意象"等论述，究竟怎样具体评价、梳整和归类呢?

《周易》中的"意"和"象"的论述有两点是必须要弄清的：第一点，《周易》中的"意"和"象"是分别赋予其含义的，"象"是指比较抽象的具有符号性质的卦象；“意”则是指在卦象中所表示出来的吉凶之卦爻或哲理。它们与后世文论家将“意”和“象”联成一个词，即组合成一个概念，并用来专指文艺意象或创作构思的成果——意中之象即头脑中的艺术胎儿——艺术意象在性质上是不同的。第二点，《周易》对“意”和“象”的阐释，虽然有些偏重于物化了的表意的“象”上，这是为学者们所注意到了的地方；但是，与此同时，它也包含着在创立表意之象过程中，首先在头脑中产生的“心象”即意中之象的内容，这却是为学者们所忽视了的地方。也就是说，《周易》在阐释“意”和“象”及其相互关系的过程中，是把物质化了的“象”即“表意之象”，和头脑中的精神方面的心象即“意中之象”紧密结合在一起的，可以说是熔于一炉地进行论述的。这可以从下面几段文字辨析出来：

第一段，“子曰：‘书不尽言，言不尽意’，然则圣人之意，其不可见乎？子曰：‘圣人立象以尽意。’”这里包含着两层意思：第一层，先要看有圣人之“意”，然后才能根据“意”来立象。这个“意”是指“天下之赜”，即天下深奥的义理或哲理及立象的目的等内容。这就暗含着这样一个意思：立象之前是要先立意的，“意”在“象”先。第二层，所谓立象，必有一创立“象”的过程中，创立什么样的“象”才能尽意，亦势必先有个思考和打个腹稿，即先构思出一个“意中之象”，然后方能把它物化成客观的“表意之象”，从而达到“以象尽意”的目的。这两层意思都说明了，在立象之前必须先要构思出一个意中之象，这是怎么也排除不了的应有之义，也是必须予以重视的地方。当然，在这段话里，主要意思还是如大家所说的，是“立象尽意”，即“表意之象”。何以要立“尽意之象”呢？因为“书不尽言，言不尽意”，只好立象来尽意，所以“象”大于一切、包含一切。可见，这段话是把意中之象（精神的东西）和表意之象（物质化了东西）熔于一炉的，两者是互为因果关系的。

第二段，《周易》对“象”字的含义的解释是：“圣人有以见天下之赜，而拟诸其形容，象其物宜，是故谓之象。”这实际是说明“象”是怎么创造出来的。首先，圣人要发现天下至深义理或哲理，然后拟成意中之象，最后创造出显示天下义理的“象”。显然这段文字也是包含着先据理拟形，然后以象尽意，即“先意后象”和“以象尽意”这样两层不同的“内容”结合在一起的。所谓“观物取象”、“立象尽意”、“象生于意”，故可“寻象观意”等语，正说明了客观的天象、头脑中的意和象、物化了的尽意之象，这三者既有不同性质的含义，又是互相辩证地统一的。这也说明，《周易》在我国古代早期就已经表现出朴素的辩证法的思想。学术界有人只强调《周易》中的“表意之象”，即“以象尽意”这一物化了的“象”的意义，而忽视了“立象”须先“立意”，即先要有“意中之象”这一精神方面的内容的作用，这是不全面的。严格地说，《周易》中说的卦象和卦意的“意”和“象”，是不能与后世文论中的“意象”同日而语的，可是，由于《周易》中的意和象、立意和立象、意中之象和表意之象是对立却又是统一在一起的，所以，后世文论家们对它的不同的丰富内容产生了仁者见仁、智者见智的不同选择态度。有的选取其中所包含的“取象”、“立意”、“意中之象”等精神方面的东西，用到文艺创作构思中来加以详尽的阐发和深化，如刘勰在《文心雕龙·神思》中所阐发的“窥意象而运斤”便是具有代表性的一例；而明清时期的文论家则又选取其中所包含的另一物质化了的东西——“以象尽意”，即“表意之象”，用到文艺作品和文艺形象上来加以详尽的阐发和深化，最后嬗变为“至境意象”，实际上是指“至境形象”，这就开了以“意象”取代“形象”的混乱的先河，叶燮、王夫之等人的论点便具有代表性。

刘勰在《文心雕龙·神思》中将意象看成是艺术家进行艺术构思而最后形成的意中之象，这个由构思而形成的意中之象是“驭文之首术，谋篇之大端”，是很了不起的富有创造性的深刻见解。他那时虽然还制定不出现代心理学上的科学用语“表象”一词，只能以“物”或“物色”来表述之，如他把艺术构思的动因直接归之于“情”、“物”感应，他写道：“人禀七性，应物斯感，感物咏志，莫非自然。”（《明诗》）“春秋代序，阴阳惨舒，物色之动，心亦摇焉。”（《物色》）那么，作者心中的意象究竟是怎样形成的呢？它是通过“联类不穷，流连万象”，“神思方运，万途竞萌”，“思接千载，视通万里”，“登山则情满于山，观海则意溢于海”，“思理为妙，神与物游”等艺术构思和艺术想象而形成的。这就是说，艺术构思和艺术想象的过程中，就是意象在头脑中形成的过程。只有头脑中的意象形成之后，才能“使玄解之宰，寻声律而定墨；独照之匠，窥意象而运斤”，即才能将头脑中形成的意象物化为作品，也就是只有胸中之竹形成之后，才能把它物化成手中之竹。因此，意象的形成，对于艺术创作来说，是有头等重要意义的，是“驭文之首术”。所谓“名小类大”、“隐”与“秀”、“意蕴”等，都是在艺术构思和艺术想象过程就已经同时思考成熟了的。也就是说，意象形成的过程，就已经自然而然地把它们有机地包容进去了。这也正是艺术构思和艺术想象臻于完善并达到了理想境界的标志。

由此可见，艺术心理学和艺术创作学中所采用和阐释的“意象”（意中之象）不是舶来品，而是在我国魏晋南北朝时期著名文论家刘勰就已经把它制定出来了，而且直到今天还有着十分重要的科学价值和现实意义，真是我国古典文论中难能可贵的、经得起当代科学检验的、精深卓绝的论述。这一方面固然是刘勰在文艺理论上具有深思熟虑、远见卓识的才能的表现，另一方面也是与魏晋南北朝时期的抒情诗文、寄情山水画和佛教修身养性文化等大发展的时代精神使然有关。可惜，其后除了唐人附和地支持和论述了一下这个科学的意象论的观点以外，就几乎再也没有人在此基础上进一步更为全面、更为系统地研究和发展它了，直至我国近现代文论发展史中，亦未能出现一种比较具有中国特色的艺术心理学或艺术创作学的著作。也就是说，刘勰的“窥意象而运斤”的正确的“精神意象论”（它指的是精神方面的意象）的观点，应当得到我们的充分肯定和发扬光大。

至于对明清时期文论家所阐述的所谓“至境意象”论究竟如何评价呢？

这个提法究竟有何得失功过呢？能不能全面地予以恢复和肯定呢？这恐怕就不能不加分析地笼统地做出结论了。因为，从我们今天的艺术心理学、思维科学、系统论和辩证唯物论的能动反映论及艺术创作学等最新研究成果与实践的实际需要来看，所谓“至境意象”中“意象”二字，实际上指的是“形象”或“意境”；“至境意象”指的就是最高品位、最理想的艺术形象或艺术意境，指的是已经“物质化了”的“作品”，而不是像刘勰在《文心雕龙·神思》中所论述的那种“艺术构思中的”“精神的意象”；也不是像我们今天所说的，是经过艺术思维和艺术想象后形成的、业已成熟的意中之象——“艺术胎儿”，即“艺术意象”，亦即尚属头脑中的“精神的”东西。如王廷相在《与郭价夫学士论诗书》中说的：“夫诗贵意象透莹，不喜事实黏着，古谓水中之月，镜中之影，可以目睹，难以实求是也。《三百篇》比兴杂出，意在辞表；《离骚》引喻借论，不露本情……斯皆色韫本根，标显色相、鸿材之妙拟，哲匠之冥造也。……故示以意象，使人思而咀之，感而契之，邈哉深矣，此诗之大致也。”（着重号笔者所加）这里两处提到的意象，都是指已经被物化为供人鉴赏的客观存在着的诗或作品而说的，是指作品中所表现的艺术意境或艺术形象，而不是指作者头脑中的属于精神方面的艺术胎儿——意中之象。

再如对“意”和“象”的关系论述得最多的王夫之所说的，诗的意象要超妙，就得要“外足于象，内足于意”（《弇州山人四部稿》卷64《于大夫集序》）；他在《王少泉集序》中又说：“公于意非不能深，不欲使其淫于思之外；于象非不能极，不能使其游于见之表。”这些对意和象的论述都是指诗的作品而说的，这是谁也不会有异议的。就是叶燮提出的具有代表性的“至境意象”，也都没有脱离这个范畴，同样说的是物化了的诗作的艺术意境或是艺术形象，只不过他总结性地高度概括地说明了“至境意象”是指高品位、最理想的艺术意境或艺术形象罢了。如他对至境意象的作用所阐发的：“意象有突破语言表达极限的特殊功能……能达到思想意蕴的极致……能达到超越形象自身的极境……把人的审美感情升华到一个极为崇高神秘的境界……把人的思维引入极致。”这些都是对艺术作品的至境的艺术形象的作用而说的，否则，如果是指尚在作者头脑中的艺术胎儿——艺术意象，又怎么能对旁人产生这样的效果呢?

从以上的例子可以看出，明清时期文论家所说的“至境意象”，指的是艺术作品中的最高品位的艺术意境或艺术形象，指的是“客观”存在的东西；而不是像刘勰“窥意象而运斤”和唐人“心诚而后意象生焉”中的“意象”，指的是“精神”方面的东西那样。

那么，我们对明清文论家的“至境意象”论究竟怎样评价呢？我们认为，如果就他们所论述的内容来看，“意象”实际上指的是诗文作品中的艺术意境或艺术形象，那确实是阐述得富有见地而又深刻的，对后世以至对今天都是有积极的影响和借鉴意义的。但是，如果说他们所运用的“意象”这一术语，明明是指的艺术意境或艺术形象，却偏要说是意象，实在是不伦不类而又不科学的，而且简直是起到了“以意象取代形象”，从而搅混了意象应有的本来的科学的含义，造成了极坏的影响。当然，我们也不能过分苛求明清文论家，他们的这一过失是那个科学尚不发达的时代的产物。他们的时代，长篇巨著式的小说、戏剧、电影等丰富多彩的完整的人物形象尚不多见，有的甚至根本就是空白，因此，文论家们还制定和创造不出艺术形象或形象这一科学术语，只好引用或借用当时知识分子所熟悉的《周易》中意象的概念，何况《周易》中意、象的概念，既包含“表意之象”的内容，又有“意中之象”的含义。他们取“表意之象”的含义转用到艺术理论中来加以阐发和深化，形成“至境意象”理论，这就是很自然的事了。明清文论家们受到的历史局限，我们是可以理解的。

但是，在当今，心理学、艺术心理学、思维科学、脑科学、控制论、系统论和辩证唯物论的能动反映论等科学特别发达的时代，就不能恢复和因袭前人弄错了的东西。我们有条件根据当代这些学科研究的最新成果和实际需要，来选择和创制最科学的术语，以表述所要表述的最新内容，也有条件纠正前人不足的一面。所以，那种兼收并蓄、不加分析地要“恢复观念意象和至境意象”的观点是不足取的，因为，这实际上就是要继续“用意象取代形象”，继续造成混乱。

五 对西方文论中诸种不同“意象论”的评价和梳理

对西方学术界在“表象”、“意象”和“形象”等概念上互相混淆的现象，又如何梳理、整构和归类呢？

我们认为，只要运用前面已经提到的为当代心理学、艺术心理学、思维科学、系统论和辩证唯物论的能动反映论等科学最新研究成果所证明是正确的标准去衡量，即使比中国学术界还要复杂和混乱一些，也能把它们梳理和整构得一清二楚的。如他们之中有的把表象看成意象，或者用意象取代表象，显然是不了解表象和意象是在认识与思维过程中的两个不同层次、不同含义和不同作用的术语这一原理所致。再如，他们之中有的把形象看成是意象，或者将意象取代了形象，这明显是没有认识到精神的东西是不能与物质的东西相混同的道理的表现。又如，他们中有把诗歌中的兰花、柳丝、芳草等看作是意象，他们不理解诗歌中的兰花、柳丝、芳草等，都是一些具有一定概括性的语词，而语词则是一种“物质的外壳”，它们已经不是作者头脑中的意象了。这就是对他们之中存在着的弄混了的不正确的做法所采取的简略的评价态度。

但是，与此同时，我们必须看到，在西方另有一些学者和伟大理论家，对美学和艺术理论中的“意象”这一术语的论述，确实出现过不少精辟的阐释和科学的见解，这就更加有力地进一步证明了，我们把“意象”看成是艺术构思的头脑中的成熟的“艺术胎儿”即艺术腹稿是正确的。如德国古典哲学家康德说：“天才是处于这样一种幸福的关系之中，他能够把一概念转变成……意象，把意象准确地表现出来。”[①]如果抛开他的唯心主义哲学观点不谈，而只说他把意象看成是可以转化为艺术形象的东西，便可以知道他是如何正确而又深刻地理解了意象的科学含义。黑格尔说得

① 伍蠡甫：《西方文论选》上卷，上海译文出版社1979年版，第565页。

更加明确而又透彻："诗人必须把他的意象（腹稿）体现于文字，而且用语言传达出去。"①可见，"意象"取"意中之象"之义，或取"腹稿"之义，是最为妥帖、最为科学的，也是能为艺术家们千百次的创作实际和构思经验所证实了的真理。试想，一个艺术家在创作之前能不起一个腹稿即先形成意中之象吗？即使是即兴诗或即兴画，也会在作诗、画前的一刹那间想出一个腹稿的。对任何创作来说，"意在笔先"是绝对正确的至理名言。到了创立辩证唯物主义的马克思的笔下，对意象的论述更加视野宽广，更加阐发得深刻而又系统。他是从人类整个物质生产和艺术生产来揭示"内心意象"的重要作用的。他把在生产劳动前（当然包括艺术生产）有没有预先在头脑中有个生产计划和蓝图看成是人与动物的劳动的分界线。他写道："有意识的生命活动把人同动物的生命活动直接区别开来。""最蹩脚的建筑师从一开始就比最灵巧的蜜蜂高明的地方，是他在用蜂蜡建造蜂房以前，已经在他的头脑中把它造成了。劳动结束时得到的结果，在这个过程开始时就已经在劳动者的表象（应译"意象"——引者）中存在着，即已观念地存在着。"可见，人和动物的重要区别之一就在于，劳动前有没有在头脑中观念地存在着生产的结果，即意识中的生产计划图。自然，在艺术生产前更加需要在头脑中预先构思出一个意象图，即艺术意象。并且马克思明确指出，这个意象不是别的，是"内心"的，是精神的东西。他在《<政治经济学批判>导言》中强调指出："如果说，生产在外部提供消费的对象是显而易见的，那么，同样显而易见的是消费在观念上提出生产对象，作为'内心的意象'（单引号为引者所加），作为需要，作为动力和目的。消费创造出还是主观形式上的生产对象。"②显然，这种已经构思成熟了的、但仍在内心中的精神的意象，与业已用艺术语言将内心意象转化为物质的艺术

① 黑格尔：《美学》第3卷下册，商务印书馆1979年版，第63页。

② 马克思：《〈政治经济学批判〉导言》。

产品或艺术形象是有区别的，它们是两个不同性质、不同含义和不同作用的概念。当然，也就不难理解，这个在头脑中已经构思成熟了的高级的内心意象，也是不同于尚属感性认识阶段的低级的表象的概念的。

以上列举的康德、黑格尔和马克思等人的“内心的意象论”，应当成为我们大家都需要重视的最科学、最宝贵的精神财富，也是我们今天将精神的意象与物质的形象加以区分的最有力的根据，它们与我国古代文论史中刘勰和唐人的“内心的意象论”基本上是具有一脉相通、异邦同曲、隔代相呼之功的。我们对这样一些非常深邃、非常科学的意象论再也不能束之高阁、置之不理，而应当把它们搬出来放在大庭广众之前，使之成为纠正艺术理论和文艺批评界对意象问题存在着的许多不正确的观点和由此造成的严重混乱现象的戒律。

现在再让我们回过头来研究一下英语“image”一词的含义问题，以进一步澄清“意象”问题上的混乱现象。

如果是深入细致地研究一下“image”这个多义词的用场，就会发现：在西方诗学理论中，习惯上不用“image”这个词，而是用“imagery”，因为这个词可作“精神（心灵）图象”解释，这个“精神图象”就是指真正艺术构思结果意义上的“心象”，即意中之象或意象；而且也只有在这个意义上，它与“image”有时才通用，而在别的场合是不能通用的。可见，在西方诗学理论中，“image”和“imagery”的含义——意象，并不等于表象，更不等于形象。意象包含着理解、认识和情感等多种心理内容，这与我们在前面说的意象是在头脑中以表象做艺术材料和艺术想象的结果的意思是一致的。我国翻译者往往把它们误译了过来，明明是译“意象”的地方，却译成了“形象”；明明是译“形象”的地方，竟又译成了“意象”或“表象”。这样一来，“表象”、“意象”和“形象”互相混淆的现象便更加严重起来。现在该是要还它们各自不同的本来面貌的时候了。

弄清了“表象”、“意象”和“形象”各有其不同含义、不同性质和不同用场这一主要问题以后，其他次要问题，如肖像、具象和影像等提法，就是无关紧要、无伤大雅的事了，而且人们对这些概念已正确地运用在别的场合，无须赘述了。

六 “意象”和“形象”相统一的对应关系

有的同志说，“内心意象”在创作中可以用，在文艺理论中则需要恢复“至境意象”论，不要用心理学中的术语来干扰艺术理论中的术语。我们认为，这种说法是很矛盾的，也是没有什么科学根据的。既然是要梳理，用得不正确的术语就得要纠正，至少不能苟同。既然承认“内心意象”一词可以用在创作构思中，为什么同时又可以用来指物质的东西——艺术形象呢？这岂不是故意要继续搅混吗？要知道，艺术理论或文艺批评本身就包含着艺术心理学的内容，正如军事学包含着军事心理学、教育学包含着教育心理学等一样，几乎每个行业都有其心理学的内容需要人们去研究，艺术理论或文艺批评又哪能离得开它自身本来就有的心理内容的研究呢？它们是水乳交融地结合在一起的。即便是普通心理学中的术语及其研究的最新成果，对艺术心理学和艺术理论也是有积极影响、有的甚至是有直接使用价值的。系统论告诉我们：在艺术理论这个系统里，包含着艺术社会学、艺术心理学、艺术创作学、艺术门类学、艺术文化学等元素，这些元素有机地结合在一起，哪一个元素也不可缺少。同理，在整个社会科学这个较大系统里，各个元素（各个学科）有机联系着，并互相影响和互相促进。同理，在自然科学和社会科学这个更大的系统里，它们之间也是互相影响互相促进的。事实也正是这样。心理学中不少术语和原理，如感觉、知觉、表象、想象、灵感等，不仅早已被直接应用到艺术心理学中去了，而且被用到艺术理论和其他学科所包含的心理学中去了。它们不仅不会互相干扰，而且简直是互相促进、互相补充的绝对需要。如果说在过去很长一段历史时期里，艺术理论和文艺批评界因为缺乏普通心理学、艺术心理学、系统论、思维科学、辩证唯物论的能动反映论等现代科学知识，致使将表象、意象和形象等术语弄混乱了，现在就应当运用这些学科研究的最新成果来衡量并纠正这些被弄混了的术语，这才是我们在梳理、整构中应取的态度。否则，是梳理不好的。

“艺术形象可分为意象型和具象型两种。”这是缺乏正确的梳理标准而越梳越乱的具体表现。既然意象是内心的精神的东西，只有用在艺术构思过程中的最后成果这一环节上才是科学的。正如前面多次提到的，意象不能与已经物化为艺术作品的艺术形象混为一谈。试想，又怎么能把艺术形象这个物质的东西分成精神的东西（意象型）和物质的东西（具象型）两种呢（且不说“具象”一词用在这里是否恰当）？这岂不是不伦不类？！不错，明清时期文论家笔下的“意象”实际上是指艺术形象或意境，但是他们在这种场合所用的这个术语，已属不科学的容易造成混乱的东西，难道今天我们还能真的恢复和照用么？！

当然，艺术形象本身（但不可与意象这个概念混淆在一起）是可以分为各种不同类型的，这是无异议的。学术界不少同志已把艺术形象分为人物形象、物象和意境三类，而人物形象又分为一般形象和典型形象。有的同志把艺术形象分为再现型形象、写意型形象和形巧型形象三类，等等。这些分类法都原则上体现了形象的不同类别，都具有一定意义和可取之处。但我们认为，还可以将艺术形象的类型层次分得较细一点，而且本着前面所阐述过的观点：艺术形象是由头脑中的艺术胎儿即艺术意象物化而来的。因此，意象有多少个类型，形象也就必然有与之相应的多少个类型。这也是意象和形象具有统一性的地方。现按此列表所示：

意象类型与相应的形象类型表

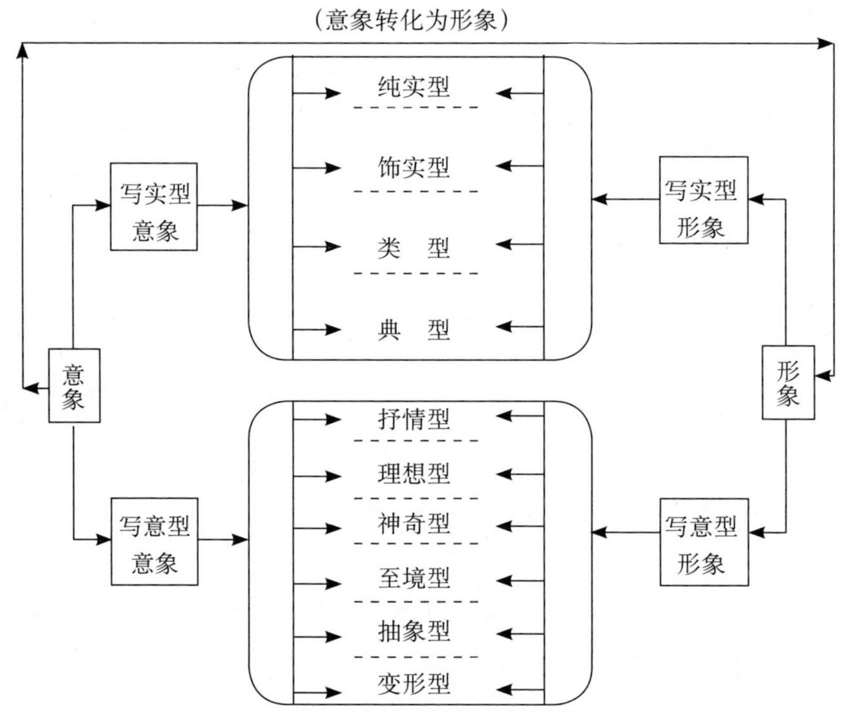

从上表中可以清晰地看出：“意象”和“形象”是两个具有不同含义、不同性质和不同作用的术语，不可混为一谈；但是，精神的意象在一定条件下又可以转化为物质的形象，意象分多少个类型层次，与之相应的形象也分多少个类型层次。而精神的意象，又是物质的大脑神经系统，根据客观社会生活反映到大脑中来的大量的表象，进行艺术思维和艺术想象而形成并成熟起来的精神的东西。这个由物质到精神，又由精神到物质的转化过程，就是它们既对立又统一的具体表现。

以上就是我们对表象、意象和形象所做的梳理、整构和归类。只有这样，才能还其各自的本来面貌。同时由此也可以看出，意象思维是与抽象思维相统一的，艺术思维是在意象思维和抽象思维相统一的联系系统中，以意象思维占相对优势为特点的一种思维方式（科学思维则是在意象思维和抽象思维相统一的联系系统中，以抽象思维占相对优势为特点的另一种思维方式）。因此，艺术思维、意象思维和抽象思维也都同属精神活动方面的东西；而形象和形象思维二者的含义却是不同的，特别是其中的形象思维的原义是对诗歌或艺术（客观的）所下的定义，即诗歌或艺术是以形象来展示作者思维的，而且属于客观物质的艺术形象是不能直接进入思维的，必须经过感觉和知觉两道关，在脑海中形成表象以后才有可能成为意象思维的材料。因此，在艺术思维中，以意象思维取代原称的形象思维就是十分必要的了。

（原载吕景云、朱丰顺：学术专著《艺术心理学新论》第三章，文化艺术出版社1999年版。）

意象思维逻辑论[①]

任何一种思维形式都是具有特定的思维形式和思维规律的，即具有特定的思维逻辑的。抽象思维中有形式逻辑和辩证逻辑，这在学术界早已是家喻户晓的常识了。然而，意象思维有没有它自己的思维逻辑，却是长期以来中外学术界尚未解决的问题。我们花了很多的时间，访问了十余位艺术家，了解了他们的创作构思经验，翻阅了中外百余名家创作经验介绍，然后参照形式逻辑和辩证逻辑的思维形式和思维规律，反复分析、比较和综合，才概括

① 本文在《人文杂志》1981年第5期发表时，原名是《形象思维逻辑论》，现改为《意象思维逻辑论》。理由请详见本书《也谈艺术掌握世界方式》中“艺术思维与意象思维的区别”。由于本文发表时被学界专家评价为“填补了空白”（详见本书“自序”），故在此略作说明如下。

研究艺术创作中的思维活动，首先要搞清楚两个概念：形象思维和艺术思维。关于形象思维，这是我国美学界、文艺理论界讨论了多年的问题。我们认为，“形象思维”这一概念并不准确，严格地讲，应该称之为“意象思维”。理由有两点：第一，任何一个客观具体事物的形象（包括客观的艺术作品中的形象）都是不能直接进入头脑中的思维的，必须经过人的感官产生感觉，进而产生知觉这两道关，然后在脑细胞屏幕上留下记忆表象，只有这个表象才有资格成为思维的材料。当表象作为艺术思维中的艺术想象的材料时，经过将表象升华或将表象分解、重组和联结等，再经过艺术想象（以升华或重组过的表象为材料加以艺术想象），从而加工成意象思维形式；第二，从“形象思维”这一术语的来源来看，它是从别林斯基给艺术或诗所下的定义误译来的。他反复强调，“诗歌是用形象来表达的思维”，“艺术是寓于形象的思维”，或是“用形象显示的思维”。别林斯基在这里所说的“思维”二字，不是做动词用，而是做名词用的，主语是艺术或诗，而“形象”却是做客观的供审美鉴赏的具体作品解释的，“形象思维”只能做艺术或诗的定义的节用语，即是“用形象来显示思维”的简化语，而不应做其他解释。（转下页）

出了意象思维逻辑的思维形式和思维规律。

任何一种逻辑都是在一定的社会实践水平和需要的背景下产生的。初级逻辑即形式逻辑在古希腊便被亚里士多德发现和创立出来了，因为，当时代表着人类最高智慧的初级思辨和说理的思维已相当发达和被普遍使用时，为总结和创立形式逻辑提供了可能和需要。朴素的辩证法虽然产生得也很早，但作为高级的辩证逻辑，则是必须要在资本主义上升时代，出现了像黑格尔这样的集辩证法之大成的大师和马克思恩格斯创立科学的唯物辩证法以后，才有可能正式创立辩证逻辑学的。

探究意象思维逻辑，必然离不开抽象思维及其逻辑。意象思维和抽象思维这样两种不同的思维方式，有着各自不同的特征，它们既对立又统一，既分工又协作，共同担负着人类认识世界和掌握世界的艰巨任务。

意象思维，就是通过想象，对表象进行选择、分解和重组等加工成意象，而运用意象进行思维，谓之意象思维。这种思维形式是普遍存在的，科学研究和日常生活的思维中常常会用上它；在文艺创作的思维中，运用得更加鲜明而又突出，完整而又系统，因此，人们把它看成是文艺创作的特殊特

(接上页) 各种艺术创作的兴盛和发展，特别是在地球村时代，各种艺术理论密切交流的伟大时代，更要求要统一艺术概念的含义，才能有利于提高交往的质量；加上还有一个直接触及要建设一个统一的、科学的“意象思维逻辑学”的需要！真是“名不正而言不顺”啊！如上所述的理由既然是《普通心理学》的普遍公认，所以，“形象”和“思维”搭配在一起，实在是个极不准确的概念，对于我们要深入一步找出意象思维的思维形式及其思维规律，实在是有碍于它的科学性的；而且更重要的是，在实践中难以把它进一步科学化。因为，具体客观形象是普遍存在的，多如海洋一般，而意象（取“意中之象”之意）只有在艺术宝库中才容易集中表现出来，才容易发现它们相互递进、相互促进的互相联接的特点。也就是说，在将意象思维和抽象思维的概念两两反复对比中，容易看出意象思维不同的四种思维形式，即基形意象、完形意象、群形意象、易形意象，和三种不同的艺术创造必须遵守的画面和谐律、主客体融合律、艺术意象理想律的。这就使我们毅然决然地要将两个词不能摆在一起的“形象思维”，改成完全需要搭配在一起的“意象思维”了。何况原来我们也是用不科学的形象思维代替意象思维的呢？为了更易于找出意象思维逻辑的四个思维形式和三大意象思维规律，也就只好将形象思维改为意象思维了。这也是要请曾经发表过多篇以形象思维为题的优质文章的朋友们原谅的，因为这并不影响他们发表过的文章历史性的造诣和重要的贡献。

点和规律决非偶然。要想了解意象思维逻辑的奥秘，就必须从人类大脑思维的总体中，将其中的意象思维单独地抽出来（撇开抽象思维于不顾），才有可能进行分析和总结出它的特殊的形式和规律。正像研究抽象的形式逻辑或抽象的辩证逻辑一样，要从人的大脑总体思维中，将其中的辩证逻辑抽象出来，才能单独研究它一样，否则就无法单独研究了。意象思维也有它自己的结构，有自己的逻辑范畴，有自己的思维形式和各个思维形式之间相互联系的必须要遵守的规律。研究意象思维逻辑的形式和规律的意义，是要提高人们的意象思维能力；这不仅有助于日常思维和科学研究中的想象力的发展，而且能够使文艺创作的构思有自己的逻辑可循，可以高速提高艺术创作中的思维能力和自觉性以及减少学习时间，也能使文艺批评、文艺鉴赏有更高更明确的艺术标准和鉴赏水平。

艺术创作的思维活动，主要是研究意象思维及其特征、意象思维与抽象思维的关系、意象思维逻辑的思维形式、意象思维逻辑的规律、意象思维逻辑的依承性和独立性等问题。

为了更好地理解意象思维逻辑的思维形式和思维规律，首先让我们了解意象思维的特征。

一 意象思维的特征

意象思维是指在艺术创作中，艺术家运用在生活中积累起来的与主题相关的诸多表象加以升华，或分解与重组、想象与联接等，在头脑中构成完整的艺术意象，并将其物化为艺术形象所采用的一种意象系统化的思维形式。

意象思维具有以下五个主要特征：

1.意象性。意象思维的过程始终不脱离活生生的生活表象材料，并且把思维的结果用艺术形象表现出来。在整个艺术思维过程中，都是以捕捉相关的社会生活成为表象的材料，并将其提炼、加工、虚构、创造成艺术意象作为贯穿始终的红线。如果把这根贯穿始终的红线列成一个公式，这便是：表象—想象—意象。即便在这根红线中也会不时地插入抽象思维（如遇上如何提炼主题、如何结构等思考），那也是为了使艺术意象如何想象得更加理想化而服务的。而不像抽象思维那样，虽然它也是要以客观事物的表象做材料，但它是要从同类事物的表象中抽取出共同的本质特征，从而形成抽象的概念，然后运用这些抽象的概念来进行判断和推理，旨在最终找出事物的本质和规律来。所以，意象性是为物化为艺术形象做准备的，也是其他特征的共同载体。它决定了艺术思维之所以与科学思维具有不同特点、不同性质和不同作用的基本原因所在。正如歌德所说："作为一个诗人，努力去体现一些抽象的东西，这不是我的做法。我在内心接受印象，并且是那类感官的、活生生的、媚人的、丰富多彩的印象，正如同我的活跃的想象力所提供给我的那样。我作为一个诗人，是把这些景象和印象艺术地加以琢磨与发挥，并且通过一种生动的再现，把它们展露出来，使别人倾听或阅读之后，能得到同样的印象。"①抒情艺术虽然不像造型性和叙事性的艺术那样真切地描绘客观物象，但这类作品在构思过程中也是离不开生活表象材料的。音乐在艺术中是最不长于描绘具体图像的，然而贝多芬说："当我作曲时，在我的思想中总有一幅画，并且按照这幅画去工作。"②

2.想象性。想象性是意象思维的根本特征。艺术意象是通过艺术想象而形成的，没有艺术想象便没有意象思维活动，也便没有比较完善的艺术胎儿——艺术意象或艺术意象系列的产生。因此，想象在意象思维的整个过程中具有突出的意义。

想象不仅是意象思维的基本手段，而且是艺术虚构的重要基础。艺术作品源于生活又高于生活，就因为它是艺术家在对生活体验的基础上，按照自己的审美理想，通过艺术概括、虚构而创造出来的。艺术创造是离不开虚构

① 《西方古典作家谈文艺创作》，春风文艺出版社1980年版，第150页。

② 《人民音乐》1979年第6期。

的，而虚构又是通过想象来完成的。因为想象“可以补充事实的链条中不足的和还没有发现的环节”[①]，能够弥补实际生活经验和感受的不足。正如凡·高所说：“想象确实是我们必须发展的才能。只有它能够使我们得以创造一种升华了的自然……”[②]当然，想象和虚构均需以记忆为依托。艺术家尽管有千变万化的想象，但归结到一处，都是在激情的驱使下将生活感受中最深刻的记忆重新加以组合。因此，“一切可以想象的东西本质上都是记忆里的东西”[③]。

艺术创作必须设身处地地体验表现的对象，走入角色的精神世界中去，必然要凭借想象来进行。正如高尔基所指出的：“科学工作者研究公羊时，用不着想象自己也是一头公羊。但是文学家则不然，他虽慷慨，却必须想象自己是个吝啬鬼；他虽毫无私心，却必须觉得自己是个贪婪的守财奴；他虽意志薄弱，但却必须令人信服地描写出一个意志坚强的人。”[④]

3.情感性。情感性之所以也成为意象思维的一个重要特征，就在于在意象思维的每一个环节上都伴随着强烈的情感活动。对生活的体验越丰富越深刻，产生的艺术情感也就越真挚、越强烈。艺术家艺术创作的激情一旦被强烈的创作目的、创作对象等调动起来，情感就起着强大的推动作用，使艺术家兴奋而激烈地、如醉如狂地把艺术想象、艺术创作推向一个欲罢不能的高潮，直至创作完毕。德拉克洛瓦的《希阿岛的屠杀》、毕加索的《格尔尼卡》等大量名作，都是在激情的驱动下创作出来的。一次，贝多芬在走进一家饭馆吃饭时，只顾精心地构思自己的乐章，在感情的奔涌中竟忘了吃饭，却要算账、付钱。郭沫若说他写《地球啊，我的母亲》时激情澎湃，将木屐

① 高尔基：《论文学》，人民文学出版社1978年版，第160页。

② 《塞尚、凡·高、高更书信选》，四川美术出版社1984年版，第32页。

③ 亚里士多德：《记忆与回忆》，《外国理论家作家论形象思维》，中国社会科学出版社1979年版，第8页。

④ 高尔基：《论文学》，人民文学出版社1978年版，第317页。

脱了，赤着脚踱来踱去，后来干脆倒在地上，想真切地和“地球母亲”亲吻。而有些看起来没有任何具象的作品如我国唐代怀素的狂草、西方现代派康定斯基等的绘画的“抽象艺术”之所以是艺术，并不在于其“抽象”，而在于其情感性，在于它们内在的气势、力量与外在的节奏与韵律的美。

在意象思维的过程中，情感具有“移入”的作用。艺术家要把主观的情绪、情感和感受灌注、融汇在艺术意象或据此物化的艺术形象上，使之浸透在主观的情感色彩中，从而获得感人至深的审美效应。情感也可以根据自己的好恶，对诸多相关表象起着“筛选和提炼”的作用。也就是说，生活表象要通过感情的筛选才能进入到艺术的境界中来，不同的艺术家面对相同的生活表象，却可能产生种种不同的意境和格调。情感还可以在艺术构思中起到结构上的连贯和内在纽带的作用，它是伴随着主题贯穿始终的，如同音乐作品中的主旋律，使欣赏者随着由此物化的艺术形象一起欢笑，一同悲泣。

这是什么原因呢？它的生理机制又是什么呢？原来，在艺术体验、艺术构思和艺术表现中，在意识和习惯无意识（如心理定势中的习惯无意识等）对审美选择和审美想象的调动和作用下，大大激发了本能无意识的作用，也在大脑司情感的区域——下丘脑和边缘系统激起相应的不同强度的情感反应；与此同时，被调动起来的某些激素，如甲状腺素和肾上腺素，都能使人情绪高涨、亢奋，以致精力倍增。于是，在艺术构思和艺术表现中充满了欲罢不能的浓郁的如醉如痴的情感色彩和创作激情。由此也可以看出，情绪和情感是由对是非、利害、善恶、美丑等的评价和认识而派生出来的，它们总是和一定的认识与评价联系在一起的。

4.艺术个性。艺术个性往往是指艺术家在艺术心理定势、艺术想象、艺术意象等内容中表现出来的独特的特点和特性，它是独特的艺术体验和独特的艺术技巧高度统一的结果。每个艺术家的个性心理都有其不同于其他艺术家的艺术心理特点。因为艺术创作中的意象思维是具有审美意义的创造性思维，它不仅通过艺术想象而构思出艺术意象，同时还要表现出思维主体的独特个性、独特发现和独特创造。只有这样，才能使艺术作品具有千差万别的多样性和不可重复的个别性，从而使艺术作品具有独特的审美价值。同是表现宗教题材，拉斐尔的圣母像典雅、秀美，充分体现的是民间女性的形象，一反宗教意义上的神圣、呆滞；卢本斯的圣母像则华美、高贵，像人间的女皇一样；米开朗基罗的圣母是纯洁、崇高、美丽的化身，体现的是青春的永恒与形象的不朽性。艺术思维中的个性越鲜明突出，越显示出艺术心理的成熟和艺术家的成熟，因为富有创造个性的艺术品是独特艺术体验与完美艺术技巧的高度融合。

艺术家的艺术个性心理是在各自不同的生理素质条件下，在特定的社会生活环境中，在长时间的特定的努力学习和特定的艺术实践活动中逐步形成和发展起来的。它是主客体多种特殊因素有机结合的结果和表现。

5.审美性。审美性作为艺术的本质特征，必然渗透在艺术活动的方方面面，也必然会贯穿于意象思维活动的全过程中。同时，艺术作品本来就是供人审美和鉴赏的，这就决定了意象思维必须本着艺术美的原则和规律去构思艺术意象。也就是说，在意象思维诸特征中都贯穿了审美性的原则。离开了这个特征，就难以衡量其他诸特征是否表现得适度和恰到好处。

意象思维及其每一个特征都需要借助于各门类艺术所特有的艺术语言和材料来表现。音乐家要借助旋律和节奏，舞蹈家要借助形体动作等等，否则，就不能完成意象思维的全部过程。

对意象思维五大主要特征元素的分析，是为了不停留在“一个混沌的”整体表象上，只有通过分析才能更具体地认识到意象思维这一有机整体乃是一个具有“许多规定和关系的丰富的总体”[①]，是多样的统一。所谓意象思维五大特征元素的有机统一，就是指每个元素都是互相依承、互为前提条件、互相渗透、相得益彰并且恰到好处地组构在一起的。以上五大特征既是

① 马克思：《〈政治经济学批判〉导言》，《马克思恩格斯选集》第2卷，人民出版社1995年版，第103页。

意象思维的特征，又是它转化为艺术作品后艺术形象的特征。可见，内外是一致的！

二 意象思维与抽象思维的关系

意象思维和抽象思维作为人类大脑的两种不同的思维功能，总是协同互补的。在艺术创作过程中，意象思维是主要的基本的思维形式，但也离不开抽象思维所起的积极作用。二者相互补充、促进和转化。

抽象思维是运用抽象的概念进行判断、推理和论证，并最终揭示出事物的本质和规律的一种概念系列化的思维形式。

意象思维和抽象思维两种思维形式，有着各自不同的特征，它们既对立又统一，既分工又协作，共同担负着人类认识世界和表现世界的艰巨任务。

任何一种思维形式都有它自己的思维逻辑，即都需要运用它特定的思维形式和必须遵循的思维规律。不运用一定的思维形式，便无法进行思维；不遵循一定的思维规律，便会产生思维的混乱而不会为人们所理解。抽象思维中有形式逻辑和辩证逻辑；意象思维自然也应当有它自己的逻辑，即有它自己所运用的思维形式、思维结构和遵循的思维规律。

那么意象思维逻辑的思维形式和思维规律是什么呢？

三 意象思维逻辑的思维形式

在研究意象思维逻辑的思维形式之前，需要先简略地说明，意象思维必须运用它自己的思维形式，否则，就不可能进行思维。所以，我们认为，意象思维的四个思维形式（基形意象、完形意象、群形意象、易形意象）是不可缺少其中任何一个思维形式的，这四种思维形式是通过艺术想象，将表象升华或将表象分解和重组等加工而形成的；正像抽象思维中的形式逻辑和辩证逻辑，运用概念及由概念组成的判断和推理等思维形式进行思维一样。形式逻辑和辩证逻辑中的“概念”这一基础的思维形式，是通过抽象思维将同类事物诸表象中的共同的具有本质特性的东西抽取出来概括成概念的（排除了诸表象不同的具体特征）。下面分别探讨意象思维逻辑的四个思维形式。

（一）基形意象

任何一个具体事物的完整形态，都是由其各个部分的最小单位即最基础的局部形态组成的。这些最小单位，反映到人们的头脑中来，由感觉、知觉和表象进而形成一种被明确地认识到了的、具有鲜明个性特征的、最基础的局部意象叫基形意象。以人来说，一个完整人的形态是由头部、颈、身子和四肢组成的；头部又由头发、前额、眉毛、眼睛、鼻子、面孔、嘴、耳朵、下巴等组成的，这些就是组成一个人的完整形态的最基础的单位。这些最基础的单位，反映到人们头脑中来，形成了明确而深刻的基形意象。让我们看看鲁迅在《祝福》中对初次见到祥林嫂的一段描写：“五年前的花白头发，即今已经全白，全不象四十上下的人。脸上瘦削不堪，黄中带黑，而且消尽了先前悲哀的神色，仿佛是木刻似的；只有那眼珠间或一轮，还可以表示她是一个活物。她一手提着竹篮，内中是一个破碗，空的；一手拄着一支比她更长的竹竿，下端开了裂：她分明已纯乎是一个乞丐了。”鲁迅初次看到的祥林嫂这一总的形态，是由六个最小的具体形态组成的：1.五年前花白即今已经全白的头发；2.瘦削不堪、黄中带黑、削尽了先前悲哀的神色、像木刻似的脸；3.只有间或一轮的眼珠还像个活物；4.一手提着竹篮；5.篮内有一个空破碗；6.一手拄着一支下端开了裂的比她更长的竹竿。在这六个具体形态中，每一个都深深地印在人们脑海中，构成了比较固定的基形意象。这些基形意象，组成祥林嫂像乞丐一样的总的形态。

人们的心理和精神状态，也是可以形成基形意象的。因为每个人的心理或精神面貌，是有各种各样不同的具体表现状态的，是随着具体事物和具体环境的变化而产生不同的具体变化的。如“十分愉快的心情”、“万分沉痛的心情”、“心潮起伏”、“思绪万千”、“默默地想”、“甜蜜地憧憬着”等等，就是表述一种最小单位的具体心理状态的基形意象。任何一个具体事物，都是由它的各个部分的具体形态组成的，因此各个具体事物的各个组成部分的具体形态，都有可能在人们的头脑中单独形成一种基形意象。

由此可见，基形意象既是客观具体事物的最基础的局部形态在人们头脑中的反映，又是意象思维逻辑的最基础的思维形式（或称最小的思维单位）。它具有普遍性意义。因为它是意象思维开始进入理性认识的标志，是意象思维继续循此前进的基础。离开了它，就不能正确地反映和表述具体事物的局部形态特征，并进而反映具体事物的整体形态。一句话，离开了它就不能进行意象思维。

基形意象和感觉、知觉、表象是有区别的。基形意象是在感觉、知觉和表象的基础上，经过多次将同类具体事物的局部形态反复比较其同异的思维和认识以后，在人们头脑中形成的一种更为明确而又深刻的、把握住了它的具体形态特征的鲜明的意象。也就是说，它是人们对客观具体事物某个局部具体形态及其特征的认识的总结，是由语言概括了的理性认识，尽管它是初级的理性认识。如果说意象思维是一种理性认识，它的思维最基础的思维形式又并非是概念，那么它就必然有它的自己的思维形式。我们认为基形意象就是意象思维的形式，也是意象思维逻辑最基础、最起码的思维形式。感觉、知觉和表象却没有这样高深一层的含义和作用，因为它们仅是属于感性认识阶段上的东西，它们尚不能明确而深刻地把握住具体事物形态的特征。

基形意象与形式逻辑中所说的概念也是不同的。首先，基形意象是具体事物的每个局部组成部分（即最小单位）的具体形态在头脑中的反映，因而只能作为意象思维逻辑的最基础的思维形式，而概念则是同类事物的抽象的一般属性在头脑中的反映，因而它只能作为抽象思维的形式逻辑最基础的思维形式。第二，基形意象具有鲜明的意象，并富有个性的特征；而概念则是舍去意象和个性，取其共性的抽象的东西。第三，基形意象既可以是真实事物的局部具体形态的反映，也可以拼凑、夸张和虚拟；概念则只能是对事物本质如实的反映，它要求要有严格的科学性，不能有任何夸张和虚构。第四，基形意象需两个以上的语词乃至一句以上的完整单句来表达，因为它不但要说明是什么东西，或说明是谁，而且要具体地表达出它（或他）的局部具体形状，或是具体心情，或是具体动态的特征，一个字或一个词是完不成此项任务的。即使是在极短的高度精练的诗词里，有时只用一个比较概括的词（或字）来表达一个基形意象，作者也是要依靠和利用词的概念的外延属性的作用，并且要把它放在特定的整体画面的具体描绘中，才能使人必然地联想起该词的概念所指的具体形象。如“鹰击长空，鱼翔浅底”等，这里用的“鹰”和“鱼”的概念就是利用了它们外延的属性作用，并将它们放在秋天湘江上一派生机勃勃的整体画面上来使用，自然只能引导人们去联想着一些具体的鹰和鱼的形象，而决不会让人们去苦思苦想这两个概念的抽象的内涵意义。正由于意象思维的基形意象和抽象思维的概念，有着本质的不同，所以，在文艺作品中需要用一大段的生动而形象的文字，才能描写完一个完整的具体形象；而在议论文中，却只用几句话，就能概括出这一大段形象描写的主要内容；文艺作品具有形象、生动而又感人的特点，而议论文却以有说服力见长。这些说明了意象思维和抽象思维在一开始的起点上（前者以基形意象为起点，后者以概念为起点）就已经完全不同，从此以后，彼此所循的思维的逻辑轨迹自然也就各异了。

基形意象虽然都用生动的形象的语言来表达，但是在各种不同的意象思维过程中有不同的表现形式。文学创作是要用写成文字的语言来表述基形意象的，音乐、绘画、舞蹈、雕塑、建筑等艺术作品，则须将基形意象的内部语言转化为各自不同的艺术的表现形式。如音乐中的基形意象的表现形式是两个以上的乐汇或一个乐句；绘画中基形意象的表现形式是由一定的点、线、面及与之相应的同一色调组成的；雕塑则是用刀、凿等塑具在竹、木、石、金、骨等材料上雕塑成一定的局部形态来表现其构思的基形意象的；舞蹈中的基形意象是以一个以上的生动的富有表现特征的形体造型动作来表现的；其他戏剧和影视等综合性艺术的基形意象表现形式，也是调动各种艺术形式逐步地具体地展示出来的。

基形意象分为两大类：一类是现实生活中实有其形的，即具体事物各个组成部分的局部形态在头脑中反映而形成的实体基形意象；一类是虚拟的基形意象。

实体基形意象又可分为动态基形意象、静态基形意象和时空基形意象三大种。

动态基形意象主要是由一个动词和一个以上的修饰动词的状语组成的。如果只用一个动词，没有描写动作形状特征的状语，这个动词就是一个抽象的概念，如走、骂、说等动词都是一种抽象的概念。“走”是如何走的？是疾走还是慢走，是低头走还是昂首走，是边看边走还是径直地走等；“骂”也有不同的骂态和骂声，声色俱厉地骂，冷言冷语地骂，怒发冲冠地骂等。如果没有描写动作（动词）的状语，只有一个抽象的动词是形不成基形意象的。

静态基形意象主要是由一个主语（或主词）和一个以上的修饰主词的定语组成的。如果只有一个主词（主语），而没有修饰和描写主语形状及其特征的定语，这个主语（或主词）就会是一种抽象的概念，如头、眼睛、鼻子、树、枝、叶等就是抽象的概念，因为它们没有表达和描写出这些事物的具体形状和特征，而必须加上修饰和描写这些主语的具体形状和特征的定语，才能表达出具体的富有特征的形状，才能形成基形意象。

时空基形意象也要求有具体而可感的特征，否则就不能与其他基形意象相协调。

虚拟基形意象除了也有静态、动态和时空之分以外，还有它特殊的三种不同情况：第一，为了创造某个典型形象的需要，而将某些实体基形意象加以剪裁、拼凑和联缀而成的半实半虚（或部分实部分虚）的新的基形意象。第二，在原有实体基形意象的基础上，经过夸大以后而形成的夸张基形意象，如漫画中比头还长的大勾鼻子、钉子一样细小的腿、比身体还长的大脚板等；此外还有一些夸张的比拟，如“山，离天三尺三”，“黄河之水天上来”，等等。第三，生活中没有的纯属想象和虚构出来的虚幻基形意象，如“火眼金睛”（孙悟空）、“狮身人面”、“三眼夜叉”等，多半在创作神话、童话、幻想和浪漫主义作品中会运用这种虚幻的基形意象。

总之，基形意象是意象思维逻辑的最基础的思维形式，它在意象思维中具有头等重要的地位和普遍适用的意义。只要进行意象思维，就必须首先要采用这种思维形式做基础单位，否则就根本无法展开意象思维了。

（二）完形意象

凡是由两个以上的基形意象组合在一起，构成一个单一的完整的意象，叫完形意象。如一位慈祥的老妇人，一个正在凝思的老工程师，一株苍劲的古松，一束含苞待放的红梅，等等。天地间万事万物，任何一个具有完整形态的具体事物都能在人的头脑中形成一个完形意象。一个完形意象究竟需要多少个基形意象才能组成呢？这要看构成这个单一的完形意象的各个具体组成部分的局部形态有多少来确定，不能一概而论。这些组成完形意象的任何一个基形意象都不能缺少，缺少了其中任何一个基形意象（当然是指已经确定采用的基形意象，相形见绌而被抛弃不用的基形意象不在其列），都会破坏这个单一的完形意象，就像裁好了的准备要用的一块块衣料，一块也不能少，少了一块也做不成一件衣裳一样。

完形意象在意象思维中是第二位重要的具有普遍意义的思维形式，日常生活和科学研究中的意象思维，一般不用文字来表述完形意象，只是用一句以上的完整的形象的语句或一段生动的想象来表现它。在文学作品中，则用具有文字的一句以上的完整的句子或一个自然段中的一个层次，或一个小自然段来表现它。音乐中是以一个以上的乐句，或一个小乐段来表现它。绘画中是两个以上的相应的点、线、面和色调组成的局部画面的组合来表现它。舞蹈中是由一组动作的造型来表现它。雕塑中则是用两个以上的局部造型来组成的，等等。

在文艺创作构思中，完形意象可以是一个单一的完整的艺术作品，如画一个人物像，一株梅花，一棵劲松等，只需一个完形意象就可以了。但它也可以是一个复杂的群形意象中的一个组成部分。

（三）群形意象

在意象思维中，除了构思一个单一的完形意象以外，还常常会构思由两个以上的完形意象组合成一个比较复杂的群形意象画面，这就叫群形意象。文艺创作中的这种事例是很多的，如潘家峻作的《我是“海燕”》的画面上，是由下面几个单一的完形意象（或单一的具体的完整意象）组成的：1.一个勇敢而豪迈地爬在电杆上检修架空线路的年轻的女解放军战士；2.一根粗实的高高突立的电线杆；3.单机一架；4.电话筒一个；5.脚扣一双，6.狂风暴雨；7.头上乌云翻转；8.电线杆下一片南方海岸生长的植物；9.左边远处滔滔江水；10.若隐若现的两艘帆船。这就说明，所谓群形，就是在一个画面上具有两个以上的单一的完整的形象。这些完整形象，可以是人的形象，可以是生物的形象，可以是自然景色，也可以是用具和住房的形象，等等。总之，可以是任何一个单一的具体而完整的形象。为什么又称之为群形意象呢？因为在同一个画面上所安排的两个以上的单一的完形意象，如果把它分开来是可以独立存在的，这个完形意象和那个完形意象并没有必然的有机联系；现在人们根据特定的想法和目的，把两个以上的各自独立存在的完形意象合理地安排和组合起来，使其成为有机的和谐的浑然一体的生动的一幅群形画面，这种思维形式显然比前两种思维形式（基形意象和完形意象）更为复杂、富有变化和灵活性，需要经过比较复杂的想象和严密的安排与组合，特别是在文艺创作的意象思维中，这种组合更加要求严格，所以称为群形意象。

群形意象是意象思维逻辑中第三位重要的思维形式，它在不同种类的意象思维中，有不同的表现形式。在日常生活和科学研究的意象思维中，它是以一段比较完整的具体想象来表现的；文学中则是以一个文字写成的自然段或一个以上的小自然段来表现的；音乐中是以一个乐段或一个以上的小乐段来表现的；绘画中是两个以上完形意象的有机的组合；雕塑中是两个以上完形意象的群象组合，等等。在群形意象中，究竟要采取多少个完形意象，采用什么样的完形意象，如何安排和组织，都是由人们根据自己特定的目的和需要，灵活地掌握的，千变万化，不可一概而论。

（四）易形意象

“易”是变更，即变更意象。易形意象，是将前一个群形意象，改变并发展成一个与前一个群形意象有着内在联系但又完全是崭新的群形意象。创作一部长篇或大型的艺术作品，需要变换多次易形意象；但究竟要变换多少次易形意象，是根据作品的内容长短及其内在发展规律和艺术效果的需要来确定的，不会千篇一律。

易形意象在各种不同的意象思维过程中，有各自不同的表现形式。在日常生活和科学研究中表现为一段很长的不用文字、只用表象的曲折的遐想；在文学中表现为一句长句或一小段等的文字的描写；音乐是以乐句、乐段来表现的；绘画是以一个与前面有着内在联系的新的完形或群形画面来表现的；雕塑是以一个新的与前面塑像有着内在联系的雕塑形象来表现的；戏剧和电影则是以新的情节来表现的，等等。

上面所说的意象思维逻辑的四种形式，从其各自不同的作用和范围来看，基形意象和完形意象是在进行任何一种意象思维过程中都必须要用上它们的。在构思内容比较复杂的即由两个以上的完形意象组成一个静态形象画面时，除了需要运用前两种思维形式以外，还需增加第三种群形意象。在构思一个有发展过程的具体形象，或是构思一个有故事情节的文艺作品时，除了运用基形意象、完形意象和群形意象以外，还必须运用易形意象，没有这种易形意象就不能表达故事情节的发展和演变过程。

从意象思维逻辑的四种思维形式的关系（结构）来看，基形意象是最小单位即最基础的思维形式；由两个以上的基形意象组成一个完形意象；由两个以上的完形意象组成一个群形意象；由这一群形意象，变更或演变成另一个新的群形意象，即易形意象（有时也可以是由完形意象变更或演变成另一完形意象）；由两个以上的易形意象组成一个大型的有故事情节的完整的形象画面。这样，四个思维形式由小到大，并且小的都逐层地被包含在大的之中，构成逐级发展的有机的内在联系，中间哪一种思维形式也不能缺少。尤其是易形意象变化最多（易是变易的意思），可以根据需要，重复前面任何一种思维形式，这样才能把情节推向发展，直到结束。

任何一种逻辑的思维形式都是由它思维的内容所决定的。意象思维逻辑所采取的四种思维形式是由客观生活的生动的具体内容所决定了的，而不是哪个人主观臆造出来的，只是过去没有被人发现就是了。恩格斯说："当我们深思熟虑地考察自然界或人类历史或我们自己的精神活动的时候，首先呈现在我们面前的，是一幅由种种联系和相互作用无穷无尽地交织起来的画面。"人们头脑中思维相互联系的精神画面是客观事物相互联系和发展的画面的反映。因此，意象思维逻辑的四种思维形式，具有普遍适用的价值和意义。它们是认识和表述世界上丰富多彩发展变化的客观具体事物所必不可少的思维形式，只要你进行意象思维，你就已经不自觉地习惯成自然地运用了它们。否则，就无法进行意象思维，也就谈不上有什么意象思维的逻辑了。

从意象思维逻辑的四个形式的关系中，可以看出意象思维的逻辑结构有两个方面需要把握住：一是在静态意象画面上，各个局部形态的位置要安排得宜，比例准确，层次分明，条理清楚。这实际上说的就是基形意象之间和各个完形意象之间要衔接得天衣无缝和高度统一。二是在有情节发展过程和无情节但有时间推移变化的动态意象中，要做到这一画面或情节是前一画面或情节的发展，又是后一画面或情节的契机。特别是故事性很强，情节复杂，即有着明显的开头、发展、高潮和结局等的各个情节之间，必须以表现和突出主题为线索，也就是说，各个思维形式之间，群形意象和易形意象之间，以及各个易形意象之间，都要有有机的衔接和内在联系。从四种思维形式的关系可以看出，意象思维逻辑的结构特点，就在于自由运用四个思维形式和布局时，要做到使其成为天衣无缝、浑然一体的生动的意象画面。这与形式逻辑的论题、论据和论证的并列结构是不同的，与辩证逻辑的各个概念和范畴的隶属关系，即范畴之体系的结构也很不一样。

意象思维逻辑的结构是人们展开意象思维的纽带，它规定着意象思维的去向，联结着各个思维形式，体现着意象思维的逻辑性，同时也是解剖作者思路的门径；只有通过对文艺作品的逻辑结构的分析和把握之后，才能了解各个思维形式中所包含的具体内容是否用得恰当、鲜明、生动；才能了解各个思维形式之间是否合乎逻辑规律。因为只有把这些思维形式放在受主题制约的总体结构中才能得到说明。这也就是研究和把握意象思维逻辑结构的意义所在。当然更重要的是，懂得意象思维逻辑的思维形式和思维结构，就会迅速提高文艺创作中思维的能力和效果。

四 意象思维逻辑的规律

意象思维作为人类必不可少的思维形式之一，必然有它自身固有的必须遵循的思维规律。我们认为，意象思维逻辑具有和谐律、融合律和理想律三条基本的规律，它们集中地反映了意象思维的一般的主要特征。在日常生活中出现的意象思维，有时显得比较零散而不系统，不像文艺创作中的意象思维那样要求系统化、完善化和典型化，因此日常生活和科学研究中的意象思维所遵循的和谐律、融合律和理想律，也就在一定程度上带有自然形态的性质，不像文艺创作中的意象思维对于三个基本规律要求遵循得那么严格，那么完全，那么一丝不苟。这也正是文艺美高于生活美的原因所在。

意象思维逻辑的三条基本规律的一个共同的基本特征，就是它们表现了并保证了思维的意象性。意象思维的意象性，要求基形意象、完形意象、群形意象和易形意象等四个思维形式之间，要协调统一、共同一致地组成一个完整的意象画面，这就是和谐律所以产生的根源；意象思维的思维形式，要求客观景物和主观思想感情要高度统一起来，所谓“触景生情，融情入景，情景交融”，这就是融合律的由来；意象思维的思维形式，要求意象要鲜明、突出、富有个性和共性，这就是理想律所以成立的根据。因此，意象思维逻辑的形式和结构，都必须遵循这三条基本规律；违反了这三条基本规律，其形式和结构就无所依托，意象思维就会陷入混乱境地。

意象思维逻辑的规律是有其客观基础的，它们是生气勃勃、丰富多彩的社会生活和自然美景在人们头脑中的反映，是千百年来人类在源于生活但又高于生活的艺术创作的实践中，逐步总结和形成起来的思维原则。早在中外文学艺术史上，就有不少人在文艺评论和总结创作经验中，分别地多次地使用过“和谐”“融合”“理想”等词，但他们所用的这些词，只是停留在探索文艺的创作方法上，而且显得零散，其概念的含义也很不一致。这说明他们是在不自觉地、不完整地按照意象思维的逻辑规律进行创作和评论文艺作品的。也就是说，他们还不能做到自觉地把这三个词的含义，提到意象思维逻辑的规律的理论高度来看待它们，更不能自觉地把和谐律、融合律和理想律，看成是既各有其特点和特殊作用，又有着内在联系的不可分割的共同构成意象思维逻辑体系的三条基本的思维规律。他们没有认识到缺少了或是违反了其中任何一条思维规律，都是构思不出完善的生动的理想形象的。只有遵循这三个基本规律，才能使意象思维合乎其自身所固有的逻辑而臻于比较完善的境地。这也是我们研究和掌握意象思维逻辑规律的目的和意义所在。现分别详细阐述如下。

（一）和谐律

和谐律是指在一个完整的意象思维中所运用的四个思维形式之间的关系而说的；同时也是指文艺作品各个组成部分之间的关系以及整个艺术画面而说的。

和谐律是意象思维逻辑最基础的必须首先要遵守的一条思维规律。内容有：

1.层次分明，有条不紊，布局合理，结构完整。这是任何一种意象思维都需要遵守的。层次不分明，或部分不分明；布局不合理，或部分不合理；结构不完整，或部分不完整；都会破坏或部分破坏艺术形象和艺术画面的和谐性，因而也就从基础条件上破坏了艺术形象的和谐美。徐悲鸿在《新七法》中总结自己的绘画经验时写道：“位置得宜”，“比例准确”，“黑白分明”，“轻重和谐”；“若轻重不得宜，则上下不联贯，左右无照顾。轻重之作用，无非疏密黑白、感应和谐而已”。

2.内容和形式的统一。任何客观具体事物都有其一定的内容和与之相适应的表现形式。构思一个源于生活而又高于生活的艺术作品，更加要做到内容和形式的高度统一。古今中外任何一件成功的艺术作品，没有不是将内容和形式天衣无缝、水乳相融地结合在一起的。日常生活和科学研究中的意象思维，其内容和形式的统一性，表现在具体事物和形象语言的统一上。因此，学会运用各种生动的语言来表达丰富多彩的具体事物的形状，就是十分重要的了。

3.基形意象、完形意象、群形意象和易形意象之间的联结关系要高度和谐和协调统一。只有这样才能真实而又全面地反映客观事物的面貌。

四个思维形式的高度统一性，既包含了思维的各种表现形式之间的统一性，也包含了内容和内容之间的统一性，同时还包含了各个内容和各个形式之间的统一性。因此它要求在构思一个完整的意象画面时，要做到各个方面的统一和和谐，力求形成一幅浑然一体的、真实的、完整而又和谐的意象画面。客观事物的矛盾统一，决定着意象思维的矛盾统一。“山川万物之具体，有反有正，有偏有侧，有聚有散，有近有远，有内有外，有虚有实，有断有连，有层次，有剥落，有丰致，有飘缈，此生活之大端也。”[①]意象思维，特别是文艺中的意象思维，必须在矛盾中求统一，在不一致中求一致，在不和谐中求和谐，将对立的因素构成统一和谐的完整的形象画面。这是意象思维特别是文艺中的意象思维的特征之一。戏剧和小说等虽然也着力描写矛盾斗争，但就整个艺术形象的画面来论是必须求得和谐的。音乐中的旋律的主辅和高低，平稳进行和跳跃进行，进行和休止，力度的强和弱，上行和下行等本身都是矛盾的统一。绘画中的明暗、疏密、黑白、方圆、正斜等也是对立的统一。古人论画曰：“无法中有法”，“不齐之齐”，“无层次中有层次者佳”，“乱而不乱者佳”即此之谓也。所以如果违反了和谐律，便会从根基上破坏了意象思维，当然也会从根基上破坏了艺术作品的和谐美，就会产生种种难以称其为艺术的严重缺陷。

和谐律的作用，就是为了保证整个意象思维特别是文艺作品中的意象思

① 石涛：《中国画论类编》，第150页。

维的各个思维形式之间、整个艺术意象画面各个部分之间达到高度统一和和谐，使整个意象思维或是整个艺术形象画面具备和谐格局和和谐之美。

（二）融合律

融合律是指客观具体事物和主观思想感情的关系而说的。任何一种意象思维，特别是文艺创作中的意象思维，都会遇上一个如何处理好客观具体事物和主观思想感情的关系问题。亦即将客观真实具体的生活和主观真挚热烈的思想感情高度融合起来。这是形象思维逻辑的第二个基本规律。其内容包括以下几个方面：

1.具体事物形象和中心思想的高度融合。文艺创作的中心思想是从客观具体事物中提炼出来的，而题材又是根据主题的需要来确定取舍的。主题融化在题材中而不露，题材包含着一定主题倾向而不宣。正如恩格斯说的："作者的见解愈隐蔽，对艺术作品就愈好"[①]，"巨大的思想深度，意识到的历史内容……与莎士比亚式的生动性和丰富性的完美融合"[②]。写一篇文学作品，画一幅画，谱一首歌曲，编一个舞蹈，雕塑一个人物，写一个剧本，不是都需要题材和主题的高度融合么？文艺创作不是对社会生活的机械的照抄，它是人们思想倾向的集中寄寓之所。

在日常生活和科学研究中的意象思维，是不是也必须要把客观具体事物和中心思想统一起来呢？答案是肯定的。只要是一段完整的意象思维，自然也不能例外。如独坐沉思时，一段生动的遐想或幻想，一段具体的甜蜜或悲伤的回顾，都是一定的具体意象和中心思想的统一。那种不成形的、零散杂乱的胡思乱想自然不在此列。

2.形和神融为一体。构思任何一个文艺作品，都是"神与物游""浮想联翩"的，由此而创作出来的作品便是形神一体、栩栩传神的。这是作者必

① 恩格斯：《致玛·哈克奈斯的信》。

② 《马恩列斯论文艺》，第12页。

须矢志遵守的一个极为重要的原则，也是最容易表现出作者有没有艺术的素养和才华的重要条件与标志。所谓传神，包含两方面内容：一是要刻画出客观事物本身所具有的富有个性特征的神情意态；二是要通过客观事物神情意态的逼真的描写，表现出作者特有的富有个性特征的神情意态和情趣。在艺术作品中，这样两种互相融合的传神越真切，就越能具有感人至深的艺术魅力，收到令人百看不厌的效果。可见，这是关系到艺术作品有没有持久的生命力的原则问题。徐悲鸿在《新七法》中说道："所谓传神者，言喜怒哀惧、爱厌勇怯等情之宣达也。作者苟其艺与意同尽，亦可谓臻上乘。传神之道，首主精确，故观察苟不入微，罔克体人情意，是以知空泛之论，浮滑之调，为毫无价值也。"《黄宾虹话语录》中也强调说："画山水要有神韵，画花鸟要有情趣，画人物要有情又有神……画花鸟徒有形似而无情趣，便是纸花。"不能做到形神一体、栩栩传神的艺术作品，是没有感人的魅力的，因而迟早也是要受到遗弃的。长篇小说，哪一段做到了形神一体，栩栩传神，生动感人，便会受到鉴赏者的反复咀嚼和回味；哪一段不能传神，便受到读者轻易地"隔过去"的冷遇。

日常生活和科学研究中的意象思维，也是自然而然地遵循了形神一体和栩栩传神的原则的。在一段精彩的科学幻想中，在回味一段美好的往事时，其神与其所想的具体事物是紧密地融合在一起的；而在这思维过程中所表现出来的神情，也是十分真切而传神的，眼睛盯住一方，一眨也不眨，身体和头部一动也不动，身边一切都忘却了，乃至喊他几声也没有听到，这不是一幅生动的栩栩传神的画面么!

3.情和景水乳交融。所谓"触景生情，寓情于景"，是情景交融的最典型的说明。这种情况不论是日常生活和科学研究中的意象思维，还是在文艺创作中的意象思维，都必然地存在着，毫无例外。强烈的情感的冲击是意象思维、特别是文艺构思和文艺创作的直接动力，也是文艺作品的生命的血液。没有激情的激发，意象思维是不真切、不生动的，也是创作不出好的文艺作品的。强烈的使人难以抑制的冲动激情，是来自一种特殊的激荡肺腑的不平常的生活遭遇和感受；没有这种特殊的遭遇和独到的深刻的感受，是掀不起回肠九曲的冲动和激情的巨大波澜的。大凡感人至深、脍炙人口的优秀作品，都是出于某种特殊生活的遭遇和萦绕于怀、久久不能罢去的激情所致。文学作品中如屈原的《离骚》、蔡琰的《胡笳十八拍》、李密的《陈情表》、李商隐的《无题》诗、林觉民的《绝笔书》等；绘画中如王式廓的《血衣》、徐悲鸿的《奔马》、齐白石的《虾》；西方油画中如达·芬奇的《最后的晚餐》、列宾的《伏尔加河上的纤夫》等等，就是典型的例证。在意象思维中，特别是在文艺创作的意象思维中，情感的血液不是孤立地存在的，而是融注在景物（包括人物、事物、事件和情节）这个厚实的肌肉和血脉之中的，离开了景物这个厚实的肌体，情感的血液便无所依附；反过来，景物若没有情感血液的贯注，则便显得苍白而无生气。

总之，融合律要求做到题材和主题、形和神、景和情等客观生活内容和主观思想感情高度融合，只有遵循了这一条思维规律，才能使意象思维富有生气，由此也才能保证创作出文情并茂、形神一体、栩栩如生的艺术佳作。

（三）理想律

理想律是指在构思的意象思维过程中，必须要达到什么样的理想境地和目标而说的。

构思和创作任何一部艺术作品，都必须要按照作者的审美理想去进行思维活动。可以说，从艺术意象的构思到深化主题和安排情节，从表现方法到艺术语言的运用，从总体构想到每个局部乃至每个细节的处理，一句话，即从全部的思想内容到艺术形式，都无一不是将其理想化了的。这也正是艺术美之所以高于生活美和感人至深的原因所在。

艺术意象理想化的一个重要的手法就是艺术形象的典型化。所谓典型，就是个性和共性的统一。正如列宁在《谈谈辩证法问题》中说的："个别就是一般（……'因为当然不能设想，在看得见的房屋之外还存在着一般的房屋'）。这就是说，对立面（个别跟一般对立）是同一的；个别一定与一般相联系而存在。一般只能在个别中存在，只能通过个别而存在。任何个别（不论怎样）都是一般。任何一般都是个别的（一部分，或一方面，或本质）。”这是解释典型的含义的最科学的哲学依据。

在构思典型意象的过程中，必须要遵循“个别和一般的统一”这个典型化的原则，这是意象思维所要追求的最高的理想境地和中心目标，否则，意象思维就不能高度地突出它的固有的意象性这一特征，因而也就不能提高丰富的想象力和奋发力。

在意象思维过程中，遵循理想律来构思典型意象，通常有四种主要方法和途径。第一种是随时选取生活中一个完整的，既具有个性又具有共性的具体事物作为原材料来进行思维。这种被思维的完整的具体事物之所以称得上是典型的，就因为在它身上能够见得出其所属的类的一般性；就因为意象思维不是照镜子式的被动的机械的反映，而是一种能动的有着一定的主观想象的认识成分的思维。正如列宁所说的：“不容争辩，模写决不会和原形完全相同。”只是这种典型化的方法和途径比较接近事物的原型，所以它是典型化的初级形式。这种初级的典型化的方法和途径，在科学研究特别是在日常生活的意象思维中运用得最多，因为，在日常生活和科学研究中的意象思维，多数情况下都是运用具体的完整的原型事物作材料而进行思维的。当然，日常生活和科学研究中的意象思维，有时也会运用较高一级的典型化的方法和途径的（下文还会说到）。第二种是选取生活中某一具有典型意义的具体事物作为主要骨干材料，从而在此基础上加以夸张、放大和理想化。这种典型化的方法和途径是任何一种意象思维都会运用的。第三种是杂取各种人于一身，或杂取各种事物于一物。如高尔基在《谈谈我怎样学习写作》中所说的：“任何一个作家能从二十到五十个，以至几百个小店铺老板、官吏、工人中的每个人身上，把他们最有代表性的阶级特点、习惯、嗜好、姿势、信仰和谈吐等等抽取出来造出‘典型’来，而这才是艺术。”这是艺术创作的意象思维中，最常有的也是最高的典型化的方法和途径。第四种是生活中没有的而完全属于一种幻想的虚构的典型意象，如在构思《西游记》、《聊斋志异》、《天方夜谭》等神话性文艺作品时，就需要运用这种典型化方法。日常生活和科学研究有时也有这种幻想。此外，有时将四种典型化方法交错地、程度不等地结合起来运用的情形也是很多的。

这四种典型化的方法和途径有一个共同要遵循的原则：都要将个性和共性统一起来。只是高于生活、美于生活的程度不同，即典型化的程度有高低之分就是了。艺术创作中的意象思维要求典型化程度高，因为典型化程度越高，才能使艺术真实越高于生活的真实，才能使艺术美越高于生活美，才能使艺术作品越产生巨大的审美和教育作用。可见，在头脑中构思成熟的典型的艺术意象，本来就是通过丰富的想象和不平常的美化功夫而被理想化了的。应当说，任何艺术家没有一个不是竭尽其才地按照美的理想的原则来构思艺术意象和把它物化为理想的艺术形象的。构思艺术意象是如此，突出和深化主题也是如此，运用每一种表现方法和每一种艺术语言当然也不例外。艺术家为什么要对腹稿反复思考，甚至几易其稿？为什么要反复选取最富有表现力的表现方法？为什么要精益求精地修改每一个具体的艺术表现手段？这一切都是为了使艺术意象和物化为艺术作品的艺术形象达到艺术家的审美理想境界。

日常生活和科学研究中的意象思维在遵循典型律方面，虽然没有艺术创作中的意象思维要求那么高、那么严格，但是，也必须要做到基本上符合理想律的要求的。如果你仔细观察一下日常人们思维的情况，就会明显地发现，有的人意象思维的能力很强，想象很丰富，如果再善于用口头语言表达，就能讲得生动活泼，娓娓动听。有的人意象思维能力较差，连最低限度的典型化原则都不能遵守，这就势必影响到他的想象的丰富性和说话的生动性。

总之，日常生活、科学研究和艺术创作中的意象思维，都要程度不等地遵循理想律。因为，只有遵循理想律，才能保证在意象思维过程中，始终有一个最高的想象目标和最高的想象境地，才能使艺术意象更鲜明，物化为艺术作品后更受鉴赏者的欢迎。

理想律是意象思维逻辑中最根本、最核心的规律。在一定意义上说，一切意象思维逻辑的形式和规律的运用，一切想象的手法和方式的调动，都是为了遵循这个最核心的理想律，最后都是为了保证完成真善美的典型意象的构想。如果说和谐律保证了意象画面各个组成部分之间的协调统一的和谐美；融合律保证了主观思想感情和客观具体事物之间高度融合的意境美；那么理想律就保证了整个意象画面从内容到形式、从个性到共性、从具体生活题材到理想的想象境地、从一切意象化的手法的运用到意象化的方式的选取的至广至深的完善美。

可见，在一个完整的意象思维过程中，和谐律、融合律和理想律是既分工而又协作地共同起着作用的，其中任何一条规律都得遵守，否则，便不能称其为完善的意象思维，更谈不上是真善美的艺术的意象思维了。综观中外艺术发展史上一些优秀的脍炙人口的艺术佳作，没有不是将三条基本规律熔于一炉的。它们所展示出来的艺术画面是非常和谐的；它们所表现出来的真挚而强烈的情感与所描绘的题材内容是高度融合而又传神的；它们所表现出来的真善美的艺术形象是高度理想化了的。正因为作者在追求艺术效果的过程中，不以自己的意志为转移地（不自觉或部分不自觉）充分体现了这三条基本规律的作用及其统一性，所以才称得上是艺术史上有影响的真善美的艺术珍品。

意象思维逻辑的形式和规律，虽然与形式逻辑的形式和规律不同，与辩证逻辑的形式和规律也不同，但是，意象思维逻辑、形式逻辑和辩证逻辑也有互相一致的地方，那就是：它们都是客观事物的规律的反映。因此，他们之间是互相一致的，而不是互相排斥的；是互相渗透的，而不是互相脱离的。如意象思维逻辑的四个逐级扩大其含义的思维形式，与形式逻辑中的概念、推理和判断等形式就是一致的，也渗透了辩证逻辑的某些思维形式和规律；和谐律也渗透了形式逻辑中的同一律、不矛盾律和排中律的内容；理想律中也渗透了推理和充足理由律及其他辩证逻辑的规律。反之，在抽象思维过程中，也常常伴随着意象思维及其逻辑的形式和规律。只是因为抽象思维是以抽象的概念的形式来反映客观事物的，意象思维是以具体的意象的形式来反映客观事物的，因此，两者的逻辑形式和规律也就会显出各自不同的特点罢了。

五 如何正确看待意象思维逻辑的依承性和独立性

在这里，值得要特别说明的问题是：意象思维逻辑的建立及其运行是离不开抽象思维（包括抽象思维逻辑）的指导、协助和配合的。前面已经详细地谈到过的意象思维和抽象思维的对立统一关系，实际上已经初步透露出了意象思维逻辑离不开抽象思维逻辑的指导和帮助的端倪。

先让我们来考察一下意象思维逻辑创立过程中是如何需要抽象思维（包括抽象理论及其抽象逻辑）的指导和帮助的。第一，企图创立意象思维逻辑的初念即寻找意象思维逻辑的意愿本身就是通过理性的抽象思维的推理而产生的。抽象思维既然有它的形式逻辑和辩证逻辑，那么，作为艺术创作构思的意象思维（原称形象思维）也必然有它自己的特有的必须遵循的逻辑，即它特有的思维形式和思维规律。这就坚定了我们寻找意象思维逻辑的信心。第二，必须了解和借鉴抽象思维中所运用的形式逻辑和辩证逻辑的思维形式和思维规律的特点及其创立的来由，这就势必要深入钻研形式逻辑和辩证逻辑的内容及其所以对它们的思维形式和思维规律要这样规定的原因。第三，要想找出艺术创作构思中意象思维特有的逻辑形式和规律，必须大量地收集古今中外各门类艺术家进行艺术构思的典型经验和材料，从而反复地分析、比较出他们成功的思维经验，最后才能归纳出他们共同的思维形式和思维规律。可见，创立意象思维逻辑本身就是经过大量抽象思维和深入进行科学研究的结果。第四，艺术工作者运用意象思维逻辑进行艺术思维的过程，也是需要抽象思维来指导、帮助和配合的。艺术工作者在创作构思过程中，离开了理性的抽象思维是难以完成意象思维的任务的。例如，由于深入生活而引起的创作初衷或动因，就包含了早已积累起来的丰富的艺术心理定势（包括世界观、历史观、人生观、艺术观、艺术理论和创作经验等）的作用，如果没有这些长期积累起来的艺术心理定势，也就根本谈不上有什么艺术创作的动因和初衷了。而这些心理定势所包含的内容中不少是属理论性的内容的。又如，主题如何提炼和深化？结构和情节如何安排才能突出主题和突出人物形象？用什么表现方法和艺术语言才能更好地表达作者的思想感情和增强艺术感染力等，都是要提到理性的抽象思维的高度才能做出理想的选择和运用的。特别是构思和创作长篇巨著，更加需要反复地运用对主题、结构、情节、表现方法和语言等方面理性的抽象思维予以分析研究，才能定局的。第五，意象思维逻辑的四种思维形式的运用和自觉地遵循意象思维的三个规律，也是需要理性的抽象思维予以帮助和配合的。如构想什么样的基形意象和完形意象才符合主题需要？群形意象位置如何安排？如何构思易形意象？怎样才能做到遵循和谐律、融合律、理想律及如何检验其运用的效果？它们对主题的提炼和对艺术意象的完善化是否均起到了积极作用？试想这些问题，哪一个不需要理性的抽象思维及其逻辑的指导、帮助和配合才能解决，才能使意象思维逐步走向完善化和理想化！所以，从这个意义上说，意象思维逻辑是不能独立地存在的，从它产生到运作的全过程，都不可避免地需要依靠理性的抽象思维（包括抽象思维所遵循的逻辑规律）的指导、帮助和配合，否则，意象思维逻辑便难以成立。这是意象思维逻辑不同于抽象思维逻辑的地方。抽象思维从它的来源和起点来看，也是脱离不了意象思维的基础作用和互相配合作用的。但是，当它完全进入概念、推理、判断和形成科学理论的时候，它却是完全独立地遵循着自己特有的抽象的逻辑的思维形式和抽象的逻辑的思维规律，它可以完全独立地（不需要借助意象思维逻辑的帮助和配合）按照它抽象思维的逻辑规律进行抽象分析、综合、推理和判断，从而得出科学性的理性结论。这就是人们公认形式逻辑和辩证逻辑具有重大作用和独立的科学性的原因。

意象思维逻辑既然必须依靠抽象思维（包括抽象思维逻辑）的指导、帮助和配合才能成立，才能有效地运作或起作用，那么，意象思维逻辑还有独立存在的价值吗？我们的回答是：当然有它独立存在的价值！而且是在艺术思维和艺术创作、艺术欣赏这个领域中起着不可缺少的重大作用的。没有它便没有艺术思维的存在，便没有将它物化为艺术作品的可能，便没有专门供人欣赏的艺术作品的存在。艺术作品的特性及其特殊功能就在于，它规定了艺术家在头脑中必须要运用理性的抽象思维做指导，以便更好地出色地完成艺术创作构思所特有的意象思维和物化为艺术作品形象的神圣任务。艺术作品的本质特点就是抽象的主题或倾向性是用生动活泼感人至深的艺术形象来体现的，主题或倾向性是隐蔽和融化在栩栩如生的艺术形象之中的，是艺术工作者特意地有心地这样做的，而且是他们在长期艺术理论学习和创作实践中，特意学会了这样做的本领的。不这样做，就不能用艺术的形式掌握世界，就不能运用这门生动感人的艺术提高人类的精神文明。艺术作品既然是艺术家自觉地运用理性的抽象思维做指导，并为了达到某个理性目的而构思和创造出的栩栩如生感人肺腑的艺术形象，这本身就决定了艺术思维是包含在意象思维和抽象思维两者相统一的联系之中，以意象思维为主要表现形式并占相对优势，以抽象思维为指导并隐蔽地渗透着主题倾向的两种思维逻辑交替运用的特点。意象思维及其逻辑虽然不能独立存在，但是它不是可有可无的无足轻重的东西，恰好相反，没有它作为艺术思维的主要特点而存在，便没有艺术思维的存在，也就谈不上什么将它物化为艺术作品了。所以我们认为，不能因意象思维逻辑需要依靠抽象思维的指导、帮助和配合，就否定它存在的必要性。系统论认为，任何一个系统，特别是在一个较大的系统中，各个元素既有相对的独立性，又是这个大系统中不可缺少的有机组成部分。就它是大系统中的一个元素来说，它是依附和受制于大的系统的，然而，就它作为一个相对独立性的元素来说，它却又有自己的独特的特点和运动规律。意象思维在艺术思维的系统中，虽然它依靠抽象思维的指导和配合，但是它作为一个具有相对独立性的思维形式来说，却又是起着规定和突出艺术思维特点的重要作用。没有意象思维，艺术思维便不成其为艺术思维了。正是从这个意义上来说，意象思维逻辑是有它存在的特殊价值的，并不因为它接受抽象思维的指导和帮助而就失去了它存在的特殊价值。只是说意象思维逻辑与抽象思维逻辑相比，当科学家完全进入运用抽象思维逻辑的思维阶段时，便完全可以独立地进行抽象的推理和判断，而不依赖于意象思维，这是由科学思维的特点所决定的。而当艺术家运用意象思维逻辑的时候，却是要依靠抽象思维的指导和帮助，这是由艺术思维的特点所决定了的。尽管如此，意象思维逻辑仍旧具有相对独立的作用，正如前面所强调的，在艺术思维中，离开了它，便不成其为艺术思维了。也就是说，意象思维在艺术思维这个大系统中，既有依靠抽象思维并与之合作的一面，又有相对独立性的一面，而且是具有规定着艺术思维的特点的重要作用的一面。不承认这一点，势必会产生否定意象思维逻辑存在的必要性，这是十分有害的，也是极为片面、极不科学的。

也可以这样来说，人类仅有意象思维和抽象思维两种思维形式，艺术思维需要意象思维和抽象思维两者均具有相对独立性的思维形式的联合作战和交替运动才能完成其任务。当意象思维顺利时，也可以暂时抛开抽象思维的，即使在遇到难题需要抽象思维的帮助，那也是为了更好地进行意象思维。可见，艺术思维的一个重要特点是它始终都是以捕捉艺术意象为目标的。这是由艺术思维的特殊性质和特殊任务所决定了的。而科学思维本来也包含着意象思维和抽象思维两个方面思维内容相互起作用的内容，只是科学思维一旦进入完全抽象的推理和判断阶段，它便暂时抛开了意象思维而完全进入到抽象、推理和判断的纯属理论的境界中去了，因而，抽象思维的逻辑（形式逻辑、辩证逻辑等）也就完全进入了独立作战的境地了。这是科学思维的特殊性质和特殊任务所决定了的。由此可见，在艺术思维中，实际上是由占相对优势的意象思维和起指导作用的抽象思维各司其职互相配合作战地掌握世界的思维方式；科学思维则是以占相对优势的抽象思维和以起具体材料作用的意象思维各司其职地互相配合作战地掌握世界的另一种思维方式。可见，这两种思维方式都证明意象思维是具有相对独立性的，正像主力兵团和支援兵团两个兵团配合作战一样。意象思维和抽象思维在艺术思维中均有相对独立性，因此，意象思维逻辑也就具有相对独立性，其存在的价值也就毋庸置疑和否定了。

研究和掌握意象思维逻辑具有重要的实践意义。在艺术思维和科学思维两种思维方式中，都存在着意象思维和抽象思维两种相互为用的思维形式，而这两种思维形式均有其各自不同的思维逻辑。掌握了形式逻辑和辩证逻辑便能使抽象思维提高到自觉地遵循和驾驭其思维规律的理论水平上；同样，掌握了意象思维的逻辑，也能将意象思维提高到自觉而又自如地驾驭其逻辑规律的理论水平高度，将艺术创作构思的水平和才能普遍提高到一个新的水平线上。

意象思维逻辑正像抽象思维逻辑一样，是有其相对独立存在的价值的。虽然在艺术思维中的意象思维需要抽象思维的配合（正像科学思维中的抽象思维需要意象思维的配合一样），但是在进行意象思维特别是在进行其中的艺术想象时，需要运用意象思维逻辑的思维形式并遵照它的思维规律，正像在进行抽象思维时必须要运用抽象思维的思维形式并遵照抽象思维的逻辑规律一样。而且因为在艺术思维中是以意象思维为总目标并占相对优势（这是为创作审美的艺术形象的任务所决定的），以至于起着规定艺术思维之所以是艺术思维的特点的重要作用。正像科学思维中以抽象思维为总目标并占相对优势，以至于起着规定科学思维之所以是科学思维的特点的重要作用一样。

（原载《人文杂志》1981年第5期，此次略作修改。）

谈谈意象思维和抽象思维的对立统一关系①

艺术思维和科学思维是人类的两种主要的思维方式，每种思维方式中又包含着两种思维形式，即意象思维和抽象思维两种思维形式。

艺术思维是指在艺术创作构思和艺术鉴赏的过程中，在意象思维和抽象思维相统一的联系系统中，以意象思维占相对优势，即以在艺术家头脑中构思和孕育出一个成熟的艺术胎儿——艺术意象为目的的一种思维方式（科学思维则是在意象思维和抽象思维相统一的系统中，以抽象思维占相对优势，即以在科学家头脑中寻找和发现某个新的科学理论或科学真理为目的的另一种思维方式）。可见，艺术思维和科学思维是相对应的两种不同的思维方式，其主要区别就在：前者是以意象思维占相对优势，因为，它是以构思出一个艺术胎儿——艺术意象为其主要任务和目标的；后者则是以抽象思维占相对优势，因为，它是以发现某个科学真理和规律为其任务和目标的。

因此，艺术思维是一种极其复杂的心理活动和现象，既含有艺术创作者和鉴赏者的感性认识和理性认识，又含有艺术心理定势和审美的实际感受、体验等心理活动；既包括他们的全部心理因素——感觉、知觉、表象、记忆、思维、想象、意志、个性和情感等心理内容，又包含着一种不期然而然

① 原题目是《谈谈形象思维和抽象思维的对立统一关系》。意象思维：原为形象思维，误也。理由请参看本书《也谈艺术掌握世界方式》中“艺术思维与意象思维的区别”。

的顿悟——艺术灵感和习惯无意识与本能无意识的作用。在这些诸多心理因素中，审美想象和情感占有重要地位。辩证唯物论能动反映论认为，艺术思维的本质就在于审美主体的本质力量与审美客体的有机的统一。艺术思维就是在意象思维和抽象思维交替运动的过程中，以客观事物反映到头脑中来的大量表象作思维材料，围绕着特定的主题，以既定的审美理想为指导，进行艺术想象，从而逐渐地构思成艺术胎儿——艺术意象；然后才有可能据此物化为艺术作品——艺术形象。

在艺术思维过程中，需要表现进步的审美理想，表现社会发展的趋势或健康的生活情趣。在整个艺术思维活动中，始终伴随着强烈的审美情感，“登山则情满于山，观海则意溢于海”；始终表现出审美主体的本质力量——审美理想、审美情感、审美个性等对审美对象（包括过去感知过的对象在头脑中形成的有关表象）的紧密拥抱。

在这里，需要指出的是：在艺术思维中出现了不少混乱而又互相干扰的概念，究竟如何梳理和整构被搞混乱了的意象和形象、表象和意象以及至境意象等概念问题？为什么在艺术思维中必须要用意象思维来取代形象思维？意象思维和抽象思维究竟是怎样具体地反复进行交替运动的？艺术灵感究竟是怎样产生的？其产生的生理机制（奥秘所在）究竟是什么？习惯无意识和本能无意识在艺术思维中究竟起着何种作用？它们与意识的关系究竟是怎样的？只有把这些问题弄清楚了，才能算是真正认识和掌握了艺术思维的实质和规律，才能真正驾驭艺术思维规律。

在关于意象思维和抽象思维问题的讨论中，有的同志坚持“表象——概念——表象”的公式，认为只有抽象思维，而否定意象思维的存在；有的同志则认为“形象思维本身就能思维出主题和典型形象”，就能达到“本质认识”，夸大了意象思维的作用，以致否定了抽象思维的存在；有的同志说：“科学研究是从具体到抽象，文艺创作是从抽象到具体。”这仍然是把意象思维和抽象思维绝对对立起来，并将文艺创作和科学研究中的意象思维和抽象思维两者反复交替，灵活多变的复杂的思维运动，作了简单的固定不变的两段论的机械规定。这些论点需要进一步商榷。

我们认为，意象思维和抽象思维是人类两种不同的思维方式，两者的关系是既对立而又统一的。

一 意象思维和抽象思维的对立性

所谓人类的思维方式，只有意象思维和抽象思维两种基本的思维形式，是指人类思维的客观对象只有具体的形象和抽象的本质两类不同的内容而说的。意象思维，是专以捕捉富有个性特征也富有代表性的具体意象为其对象和目的的思维。它运用个别的具体的客观事物做材料，并按照它自身发展的具体过程进行思维，从而进一步思维和想象出更富有个性特征、更生动、更具有代表性的典型形象。这种思维方式不论是在日常生活和工作中，还是在文艺创作和科学研究中，都是大量存在的，特别是在文艺创作中显得更为系统、突出而又鲜明。恩格斯说：在艺术的创作中要做到“保有个性的描写”，不要把“个性消融到原则中去”。[①]毛泽东同志更明确地指出：“诗要用形象思维，不能如散文那样直说，所以比兴两法是不能不用的。”文艺创作中的意象思维，始终都在为特定的目的和需要而捕捉和摄取有关的具体意象，并运用它特有的思维方法和形式进行思维。如文学创作中选取体裁、赋、比、兴、想象、夸张、运用形象性的语言等；音乐有反映音乐创作特殊规律的各种音响、节奏、旋律及其组合等；美术则有反映美术创作特殊规律的艺术手法、艺术手段等。这些都是直接地最好不过地说明意象思维是千真万确地存在的。所以文艺家在观察社会生活的时候，往往容易偏重于观察事物的具体形象的特征和细节。高尔基就这样说过：“我是个文人。职业使我必须去注意一些细微末节，这种‘必须’已经成为习惯，有时这习惯是很讨

① 《马克思恩格斯论艺术》。

厌的。”[①]这就是意象思维的特点。

抽象思维，是以捕捉“一般”、“共性”、“本质”和“规律”为其主要目标和任务的。它运用抽象的概念、判断、推理的形式，抽象出事物的本质和规律。如科学论文中，就是直接提出某一事物的本质特征或具有真理性的论点，从而加以理论的论证和总结。列宁对抽象思维的特点有过明确的说明：“这不是简单的直接的完全的反映，而是一系列的抽象过程，即概念、规律等等的构成、形成过程”[②]。

由上可见，意象思维和抽象思维是人类两种不同的思维形式，各自有其不同的含义和特点，不容混淆。

有些同志认为“意象思维”这一术语不科学，因为在西方说的是“想象”，或是说“用形象来思维”。我们认为“意象思维”这一术语，与“抽象思维”相对为文地被提出来，是认识上的一大进步，是更为科学的一个术语。一个术语是否科学，主要是看它能否正确地全面地反映客观实际情况，而不是决定于人们给它的含义如何。因为作为一个科学术语的形成总是有个发展过程的。意象思维的对象既是指一切具体的形象，因此它所包含的内容比“想象”要丰富得多，宽广得多。它包括感知认识和把握各种具体事物的意象特征及其发展状况，应当在此基础上产生的各种生动的联想、想象和幻想等内容。天地间任何客观事物都存在着形态和本质、个性和共性、特殊和一般两个方面的内容，辩证唯物主义认为它们之间是有区别的。意象绝非本质，个性绝非共性，特殊绝非一般；反之亦然。马克思说：“如果现象形态和事物的实质是直接合而为一的，一切科学就成为多余的了。”[③]人们对于事物的形态和本质的认识不是同时完成的，也不是由一次实践就能完成的。因

① 高尔基：《忆列宁》，时代出版社，第7页。

② 《黑格尔〈逻辑学〉一书摘要》，《列宁全集》第38卷，第194页。

③ 马克思：《资本论》第三卷，人民出版社1958年版，第1069页。

此，人类认识的客观对象，归纳起来也就只有两类东西：一类是看得见、摸得着的形象的东西；一类是看不见、摸不着的本质的东西。认识具体形象和认识本质规律都必须要经过一番思维（反复比较、分析、归纳）才有可能，只是因为思维的对象不同，所以一个称之曰意象思维、一个称之曰抽象思维，两者都是人类认识和把握客观世界必不可少的思维形式。这也正是“意象思维”这个术语所以能与“抽象思维”相对为文地并存的根本原因，又怎能说它不科学呢？事实上一部人类认识史，就是意象思维和抽象思维两者的综合（任何一门科学都是两者统一的结晶）。光承认“抽象思维”的科学性，不承认“意象思维”的科学性，就无法解释原始人类和儿童辈何以都从认识事物的具体形象开始这一现象，也无法解释至今人们何以还存在认识了事物的具体形态特征及其发展的具体状况，却不能认识它的本质和规律这种现象，更无法解释文艺史上各种文艺作品何以有不同于科学著作的特殊的社会功能。

有些同志认为“意象思维”是直观的感性的认识，不能达到理性认识，因此不能成为一种独立的思维方式。意象思维能不能达到理性认识，这要看怎么理解，如果说意象思维的理性认识的表现内容不是事物的本质的抽象，这是完全正确的。但是，意象思维有它自身特有的理性认识的表现内容。它不同于感觉、知觉和表象，它是在感觉、知觉和表象的基础上，进一步对具体表象进行比较和分析，从而认识和把握各个具体事物的意象特征、发展状况、同类事物意象的共性等一系列的思维活动。如果只停留在感觉、知觉和表象上，就无法准确地鲜明地认识事物的个性特征及其同类事物意象的共性，当然也就谈不上在此基础上想象出更加富有个性特征、更加典型的意象了。

那么意象思维到底能不能成为一种独立的思维形式呢？这也要看怎样理解。如果说意象思维和抽象思维两种思维形式是互为前提条件、互相补充、互相促进地共同担负起人类思维和认识客观事物的任务，这是完全正确的。但是，如果说意象思维不能与抽象思维同等地作为一种平行的独立的思维形式，这就不对了。任何一类思维能不能成为一种思维形式，主要是看它具不具备下面三个主要条件：有没有特定的思维对象；特定的思维形式；自身特有的必须遵循的思维规律。大家之所以承认抽象思维是人类的一种独立的思维形式，是因为它有明确的特定思维对象——事物的本质；它采取了特定的概念、判断、推理等思维形式；它遵循着一定的思维规律（如形式逻辑遵循同一律、矛盾律、排中律；辩证逻辑遵循着辩证法的规律）。对于意象思维，人们只看到它思维的对象——事物的具体形象，却没有发现它自身特有的思维形式和它自身具有的必须遵循的思维规律，因此不敢轻易承认它是一种独立的思维形式，甚至成为否认意象思维存在的一种重要理由。但是，没有被人们发现，并不等于意象思维没有特定的思维形式和思维规律。为了解决这个问题，我们综合研究了一下各种文艺创作过程的经验，初步发现意象思维所采取的思维形式是：1.基形意象——由两个以上的组成一个完整具体事物的局部意象思维形式，即最基础的意象思维形式，在人们头脑中所形成的基形意象；2.完形意象——具体事物的完整形态，在人脑中所形成的完整的意象；3.群形意象——由两个以上的完形意象构成的一种群形想象形式；4.易形意象——由完形意象或群形意象向前推移而发展成一种新的想象形式，如小说、戏剧等的情节发展就要采取这种思维形式（详见本书《意象思维逻辑论》）。由此可知，意象思维采取的思维形式，必须符合意象这一内容的需要。

与此同时，我们也初步发现意象思维自身具有的必须遵循的思维规律：1.和谐律（指被思维的意象画面的各个组成部分之间的关系等必须遵循此律）；2.融合律（指思维者主观思想感情和客观画面的关系必须遵循此律）；3.理想律（意象思维的最高理想和终极目标，就是要思维出既富有个性、又富有理想性的典型形象或意境）[①]。只要是比较完整的意象思维（包括日常生活、科学研究和文艺创作中的意象思维），都必然要采取上面四个思维形式和遵循上面三条思维规律。可见，意象思维和抽象思维一样，也是人类一种不可缺少的具有独立逻辑体系的思维形式。既然如此，意象思维也就必然有它自己特有

① 详见本书《意象思维逻辑论》。

的理性认识的表现内容。如果说“概念”是抽象思维的理性认识的起点和最小细胞，那么“基形意象”便是意象思维的理性认识的起点和最小细胞；其他“完形意象”、“群形意象”、“易形意象”等思维形式和“和谐律”、“融合律”、“理想律”三个思维规律，也都是理性认识的表现。

总之，意象思维和抽象思维相对为文，或相提并论是十分正确的，两者不能互相代替，或互相并吞，也不能互相混淆。

二 意象思维和抽象思维的统一性

意象思维和抽象思维是没有绝对界限的；矛盾着的双方，不能孤立地存在。意象思维和抽象思维的一致性的客观基础就在于：任何客观事物都是具体形态和本质、特殊和一般、个性和共性的统一。这就是说，现象（具体形态）和本质、特殊和一般、个性和共性总是不可分割地结合在一起的，是互为前提条件，互相渗透，互相依赖的。因此，作为将事物的具体形态和本质反映到人脑中来，从而产生的意象思维和抽象思维，也只能是二者的统一，是互为存在的前提条件，互相渗透的。意象思维所思维的事物的具体形态及其发展过程的本身，就包含了该具体事物内部的本质和规律性，因此，意象思维本身就自觉或不自觉（很多情况下是不自觉的）地把握住了具体事物的本质和规律。正是从这个意义上说，一个文艺工作者，只要忠实于社会生活，就能自觉或不自觉地真实地反映社会生活的本质和规律。而以完全自觉地寻求具体事物的本质和规律为目的的抽象思维，又是以感觉、知觉、表象以及在此感性认识基础上展开的意象思维为前提条件的，没有这个前提条件，抽象思维就会变成没有具体事物作依据的胡思乱想了。这就是说，意象思维为抽象思维提供了可靠的思维基础，并强有力地校正抽象思维；而正确的抽象思维又可以指导意象思维，并增强意象思维的能力和准确性，加速意象思维把握具体形象特征的频率，即将意象思维从不自觉提高到自觉的高度。两者相得益彰，互相促进，互相提高思维和认识的效率。所以，两者总是形影不离、紧密结合、共同协作地担负起文艺创作或科学研究的思维任务的。在现代人脑（原始人脑、婴儿、精神病患者等除外）的思维活动中，根本就不存在与抽象思维毫无关系的意象思维，也根本不存在与意象思维毫无关系的抽象思维。

在创作以抽象思维为主要特征的科学论文的过程中，意象思维和抽象思维总是结合在一起互相起作用的。任何一篇科学论文都包含着许多种类的具体事物。达尔文的《进化论》，包含了对几千种花草树木、虫鱼鸟兽以及各种原始人类变化的具体特征的考察和了解；马克思的《资本论》，是根据欧洲资本主义国家众多资本家剥削工人的残酷事实，概括和总结出来的。在论证过程中，也常常需要用形象而又典型的事例为证，甚至在长篇大论的内容中，有时还难免出现一些具体形象的生动描写与抒情。马克思在《资本论》中说："资本主义从头到脚每个毛孔都渗透着工人的血和泪。"这句话，对资本家从原始资本积累时起就残酷地剥削工人的本质揭露得多么形象而又生动！毛主席在《星星之火，可以燎原》的结尾，饱含艺术想象地写道："它是站在海岸遥望海中已经看得见桅杆尖头了的一艘航船，它是立于高山之巅远望东方已见光芒四射喷薄欲出的一轮红日，它是躁动于母腹中快要成熟了的一个婴儿。"这对中国革命高潮快要到来的历史发展的必然规律描写得多么生动而又形象！可见，在科学论著中，绝对的纯而又纯的抽象思维是不存在的。

同样，在创作文艺作品的过程中，也是既需要意象思维，又需要抽象思维的。一个真正伟大的文艺家，同时必然也就是一个伟大的思想家。一部有价值的文艺作品，既展现着栩栩如生、优美动人的具体形象，同时也闪耀着发人深思、催人向上的真理的思想光芒。恩格斯在谈到文艺作品的倾向性和艺术形象的关系时写道："作者的见解愈隐蔽，对艺术作品就愈好。"[①]又说道："我认为倾向应当由场面和情节本身自然而然地流露出来，而不应当特

① 恩格斯：《致玛·哈克奈斯的信》。

别地把它指点出来。”[①]恩格斯在这里说的“见解”和“倾向”的意思是十分清楚的，那就是作者站在一定的立场，运用一定的世界观和方法论，发表自己对人生、对政治、对社会的某个问题的看法和主张。这种具有真知灼见的、成熟的、欲罢不能的看法和主张，舍弃对社会生活的理性分析和研究，即舍弃严谨的抽象思维是不可能形成的，只不过在以意象思维为主要特征的文艺作品中被“隐蔽”起来就是了。文学家高尔基，在总结创作经验时坦率地说出了自己如何将意象思维和抽象思维水乳相融地统一起来运用的奥秘，他写道：“这些形象都是理性和直观、思想和感情和谐地结合在一起而创作出来的。”[②]可见，决不是像有的同志所说的，文艺创作并非只要意象思维就能思维出主题和典型形象，就能达到本质的认识的。也决不像反意象思维论者所说的，思维只有一种方式，即抽象思维。恰好相反，文艺创作是意象思维和抽象思维的高度统一。

在文艺创作中，意象思维和抽象思维的统一性具体表现在下面几个主要方面：进步的世界观和社会生活的统一；积极的主题与生动的题材情节的统一；进步的思想内容与完美的艺术形式的统一；正确的创作动机与良好的社会效果的统一。

大家都知道，思想内容是受主题制约的，主题是受创作目的和动机制约的，创作目的和动机又是受世界观制约的；而其中主题和思想内容又是作者直接或间接地说明社会生活某个方面的本质和规律的东西。一个作者对于这些内容的认识，都是需要依靠抽象思维才有可能的，因而它们都是属于抽象思维的范畴。认识社会生活、把握有关具体题材、想象和构思具体情节、塑造完整而生动的艺术形象等一系列的捕捉具体意象的思维活动，则是属于意象思维的范畴。而世界观、创作目的、主题、思想内容等的抽象思维和社会

① 恩格斯：《致敏·考茨基信》。

② 高尔基：《高尔基论文学》。

生活、题材、情节、艺术形象等的意象思维，又是和谐地不可分割地结合在一起的。没有抽象思维，这一系列的题材就失去了组合的依据，也就不能表达深刻的主题；没有意象思维，就不能形成艺术作品。许多著名的文艺家，差不多都是从提高认识社会生活的本质、提炼并深化主题的能力和锤炼艺术技巧、升华艺术修养这两个方面来总结经验的。

鲁迅在创作《祝福》之前，看到并认识到许多劳动妇女在封建制度和封建礼教迫害下的悲惨命运的具体表象，认识到她们不同的悲剧性的特征，是经过多次意象思维才把这些具体表象完善化的；同时又在一定的理论指导下（如进化论、民主主义等理论），对这些具体表象进行了深刻的分析和研究，才从理性的高度认识了封建制度和礼教的罪恶及其本质。在创作过程中，鲁迅是在“揭开弊病”、“改良社会”这一崇高目的推动下，围绕着揭露封建制度迫害千千万万劳动妇女的滔天罪恶这一深刻的主题，来构思这篇小说的具体情节的。这就是说，创作《祝福》和塑造祥林嫂这一典型形象始终是意象思维和抽象思维紧密地统一在一起的。这一点，从《祝福》取材于一位远房的伯母这个模特儿就可以看得更清楚。

鲁迅的这位远房伯母曾嫁给一个秀才，生一男孩。秀才去世后，一个寡妇人家，生活十分凄凉和悲苦。儿子在远离几十里以外的地方替人家做工，性情暴劣，每次回家来总是打他母亲；他母亲常常拄着一根竹竿，像一个乞丐一样，凄凄惶惶地来到鲁迅母亲面前诉苦。一次，被他儿子打得十分难受，便想投河自尽。腊月的河水非常寒冷，她经不起死亡的威胁，便悄悄地爬上岸来，继续过着无依无靠、难以卒岁的悲凉生活。鲁迅对这一妇女的生活的真实情况是如何取舍的呢？他只用了她一个寡妇人家，孤苦无依、常常拄着竹竿像乞丐一样凄凄惶惶向人诉苦的具体表现，而舍弃了儿子总是打她和她投河怕冷而又悄悄爬上岸来等内容。鲁迅对这一妇女具体形象的认识和取舍，是意象思维的表现；但是进一步了解一下，鲁迅为什么要这样取舍？他是根据什么目的和原则取舍的呢？原来这是在他的进化论世界观影响下，在民主主义思想的激发下，为猛烈地揭露和抨击封建制度的罪恶、深化主题的抽象思维所决定的。儿子不尊重她和经常打她，从表面看起来好像是她生活悲苦的原因，其实真正原因，还是封建制度和封建的四大绳索（政权、族权、神权和夫权）加在广大劳动妇女身上的结果。可见，鲁迅对生活题材一取一舍的意象思维过程，也就是严肃的深刻的抽象思维过程。这就是说，在整个文艺创作过程中，意象思维和抽象思维是完全熔于一炉而不可分的。

有的同志说：鲁迅在《阿Q正传》末尾，加上一节原来没有料到的“大团圆”，是抽象思维的逻辑力量发挥作用的结果。我觉得还应当补充一句：也是意象思维的逻辑力量在发挥作用的结果。因为“大团圆”这一段，虽然是鲁迅原先没有料想到要写的，但是即使是临时安排的一段情节，也是为了更好的深化主题思想。在《阿Q正传》里，最后只有安排“大团圆”的悲剧结局，才能更深刻地反映辛亥革命的不彻底性，才能更深刻地揭示出阿Q典型性格的本质特征，才能使人们惊悟自身的病害，以求“解救中国”之路（鲁迅语）。试想，这种围绕“解救中国”的崇高目的，逐步深化主题的思维活动，不是抽象思维又是什么呢？《文心雕龙》中说的“思理为妙，神与物游”，“物以貌求，心以理应”。我们应当看到，“思理为妙”“心以理应”和“神与物游”“物以貌求”两个方面，而不应只看到“神与物游”“物以貌求”一个方面。反意象思维论和认为意象思维本身能够单独思维出主题与典型形象的观点，就是各自夸大了一个方面，造成片面化，绝对化，违反了辩证法。文学作品中典型形象的形成是意象思维和抽象思维共同起作用的结果。因为典型形象是个性和共性、思想性和艺术性高度的统一，它不是对社会生活的机械的照相式的反映的结果，而是作者在一定的世界观和一定的创作目的的指引下，自觉地围绕主题选取题材，进行合乎美的规律的艺术想象与艺术构思，从而加工制作成功的，舍弃意象思维和抽象思维的任何一个方面，都是不可能创造出典型形象来的。

同样，意象思维本身就能达到本质认识的说法，也是不够全面的。因为意象思维只能解决认识个别事物的具体形态及其特征以及同一类事物的形态的共性，而不能解决认识事物的本质问题；认识本质和规律是必须经过抽象思维才有可能的。如果硬要说“意象思维本身就能达到本质认识”，那也只能是指自发性地反映了本质。这种自发性地反映本质之所以成为可能，是因为客观事物本身就包含了个性和共性、个别和一般两个方面的内容；而从作者主观上来说，是没有自觉地认识到它的本质和规律的，因为他仅仅停留在意象思维上，没有经过抽象思维的功夫。这种意象思维与抽象思维完全脱离的结果，虽然有时也能自发性地反映事物的本质，但在大多数情况下是容易犯歪曲现实的毛病的（如片面追求低级趣味等），或是容易产生主题思想缺乏应有的深度、人物形象不典型等缺点。文学史上也有过这样的作家：他的世界观是唯心主义的，政治上是保守的，但由于他忠实地描写了社会生活，由于社会生活本身是具体形象和本质的统一，故其作品却是不自觉地起到了否定他的保守政治观点和唯心主义世界观的积极作用，成为现实主义的不朽之作，即符合了“意象思维本身就能达到本质认识”的这句话的意思。然而，这毕竟只是说明了历史上的某些文艺家，受着他所处的历史条件和阶级地位的局限，我们不应一律奉为楷模。今天我们应当要求艺术家，努力做到自觉地用先进的世界观武装自己和忠实于社会生活的描写二者的统一，进步的思想内容和完美的艺术形式的统一，正确的创作动机和良好的社会效果的统一，意象思维和抽象思维的统一。

意象思维和抽象思维的统一性，也有人的生理上的原因。人的大脑两半球有不同的分工，但又是互相协作的。因为大脑两半球的神经是由一个大脑连合部所统一联系着的。这里有一个经过多次临床实验证明了的材料，它这样说道：“脑不同部位之间的神经联系叫连合。大脑两半球间的连合有海马连合、前连合和胼胝体。胼胝体是最大的大脑连合部，含有2亿条神经纤维。每条纤维平均冲动频率如以20赫兹计，则总通讯量为每秒4×10^9次冲动，可保证半球任何一部分的活动有效而及时地传到另一半球任何部分以及同一半球的任何一叶；它使得一个半球能够分享另一半球的学习和记忆。”[①]巴甫洛夫也认为，感性思维占优势的第一信号系统与理性思维占优势的第二信号系统是互相不可分割地联系着和互相影响的。由此可见，进行意象思维的脑右半球和进行抽象思维的脑左半球是由一个最大的胼胝体连合部联系起来的，在正常人的大脑两半球的思维功效是完全协调一致，高度统一的，其互相传递信息和互相分享思维成果的速度是惊人的。胼胝体大脑连合部的作用，不仅强有力地证明了人们头脑中的意象思维和抽象思维是紧密地结合在一起的，而且强有力地证明，人的大脑对客观事物在极短的一瞬间便能进行多次反复交替的意象思维和抽象思维的活动，证明在大脑中意象思维和抽象思维反复交替地互相转化的可能性和必然性。

三 意象思维和抽象思维的反复转化规律

任何矛盾着的事物，不仅在一定条件下共处在一个统一体中，而且在一定条件下是互相转化的。文艺创作和科学研究中的意象思维和抽象思维这对矛盾的东西也不例外。马克思在《<政治经济学批判>导言》中说道：“具体之所以具体，因为它是许多规定的综合，因而是多样性的统一。因此它在思维中表现为综合的过程，表现为结果，而不表现为起点；虽然它是现实中的起点，因而也是直观和表象的起点。在第一条道路上，完整的表象蒸发为抽象的规定；在第二条道路上，抽象的规定在思维行程中导致具体的再现。”列宁在《哲学笔记》（第421页）中也指出：“智慧（人的）对待个别事物，对个别事物的摹写（=概念），不是简单的直接的照镜子那样死板的动作，而是复杂的二重化的曲折的有可能使幻想脱离生活的活动；不仅如此，它还有可能使抽象的概念、观念向幻想（最后=神）转变（而且是不知不觉的人们意识不到的转变）。因为，

① 《关于裂脑人和心脑问题的争论》，《自然科学哲学问题》丛刊，1978年第4期。

即使在最简单的概念中、在最基本的一般观念（一般‘桌子’）中，都有一定成分的幻想。”这就是说，具体和概念，意象思维和抽象思维，是互相渗透和互相转化的。值得着重指出的是：在文艺创作和科学研究中，意象思维和抽象思维的互相转化，显得特别频繁而又神速，灵活而又多变，简直是难以用电脑来做机械的计算的，而它们两者之间的界限，也是难以用任何现代化机械手段予以分隔开的，这就是人脑富有创造性的思维矛盾运动的特殊性表现。正是意象思维和抽象思维两者反复交替、灵活多变地互相转化的矛盾运动，推动了文艺创作和科学研究的思维运动的发展，促进了双方彼此不断深化和提高，不到作品（包括文艺作品和科学论著）最后完成，这个互相转化和促进的思维矛盾运动就不会停止。

文艺创作中的典型意象的形成和塑造过程，就是意象思维和抽象思维不断互相反复转化和深化的思维矛盾运动过程，即由意象思维到抽象思维，又由抽象思维到意象思维的多次转化，从而对构思典型意象的认识不断深化；直至最后塑造成典型形象和完成艺术作品的创作为止。特别是构思一个大型的文艺作品，如长篇小说、大型戏剧、叙事诗、大幅画卷、大型群像雕塑等，意象思维和抽象思维互相转化的次数就更多了，几乎多到连作者自己也无法数清。要隔多少时间，在什么情况下才会转化一次，也都十分难以预计和规定。因为这些难计其数的多次转化阶段是极不规则、极不均衡、极其神速、极为灵活多变地出现的，“是不知不觉的人们意识不到的转变”（列宁语）。它们是由作者对具体生活的熟悉程度、认识生活的深度和理论水平、创作技巧的精湛程度以及自身的生理条件（神经反应快慢）、创作的目的内容和要求、个人处理问题的方法情趣和爱好以及创作的具体环境和时间条件等复杂因素所决定的。这正说明，文艺创作和构思是一件极其灵活而又富有创造性的各具特色和个性的脑力劳动，是永远也不能用电脑来代替它劳动的。在这个多次的神速的反复转化的过程中，意象思维促进和校正抽象思维，抽象思维指导和帮助加强意象思维。意象思维比较顺利时，抽象思维便采取隐蔽而不露的形式起着指导和帮助作用，如已有的世界观、已学得的文艺理论和其他理论、已有的创作经验（上升为理论时成功的经验）等，都在潜移默化地、无形地指导和帮助意象思维。如果一旦遇上难以处置和举棋不定的题材、情节、表现手法、主题等方面的问题，抽象思维便采取公开露面的形式，帮助意象思维，如查有关理论著作，反复提到理论高度来分析和研究等公开形式，直至把难题解决，意象思维又比较顺利起来，抽象思维才又回到它隐蔽的形式中去，悄悄地不让人发觉地起着指引作用。

姚雪垠同志写长篇小说《李自成》的过程，就说明了意象思维和抽象思维多次反复转化和交错进行的基本规律。他前后经过了几十年的不断深入学习、酝酿和构思，从掌握一定的历史资料，到主题的初步形成，到围绕着主题构思故事情节，安排几百名人物所参与的主要事件，以及他们互相间错综复杂的关系，从开始写第一卷到创作修改完毕，意象思维和抽象思维两者不知经过了多少次相互转化。你瞧，他时而收集记载李自成起义的《绥寇记略》和《见闻随笔》等大量的史实，时而翻阅有关的理论著作，时而考证某历史材料的真伪和撰写历史论文，时而深入紫禁城了解那宫闱深处的秘密和揣度那刚愎自用的崇祯皇帝的形象，时而去考察当年农民军浴血奋战的古战场情景，时而在洛阳、开封和潼关，时而在偏僻的山村——杜家寨。“李自成领导农民战争的故事应当从哪里开始写？怎样处理这部长篇小说的结构？应该大体上确定什么主题？怎样表现民族气派和民族风格而不流于陈套？如何掌握革命现实主义和革命浪漫主义的关系？应该如何处理不同阶级和不同身份的人物的语言？应该如何力求再现三百年前的历史生活？如何既是写历史又体现无产阶级革命的时代精神？这些问题，虽然他已考虑过千百次，但到动笔时，他又一个一个地反复思考，探索，在设计的多种方案中进行最后的选择。最为困难的还是塑造人物。许多人物、史料只记下他们的名字……如何使他们在稿纸上活动起来。”“他还要赋予那些不同阶级、不同身份的人物以生命，使他们有个性，有血有肉，活在他的心上，围绕在他的身边。”[①]从上面这段关于他写作经过的简略介绍中，便可以看出意象思维和抽象思维反复交错地互相转化的频繁情景，而且这种互相转化的次数之多简直是无法计算的。正是这种互相反复转化，推动了作者对《李自成》的认识不断深化，直至最后撰写和修改完毕为止。正如他自己在《〈李自成〉创作余墨》中所总结的：“在历史小说作家的劳动中，关于历史事变的科学研究，题材的形成，主题思想的逐渐明确和深化，由简略到比较细密的艺术构思，原是互相伴随着进展的，是辩证的统一。……不仅抽象思维能够指导形象思维（即意象思维，作者注），而且伴随着创作实践过程的形象思维也能够反过来影响抽象思维。由于二者存在辩证关系，我们常常在一部长篇小说的写作过程中会不断修改提纲，会不断地改变原来设计的故事情节，人物活动，甚至人物性格，也不断修改、丰富和深化主题思想。特别是写长篇小说的作家都有一种经验：当小说的某些人物真正‘活起来’以后，这些人物会按生活的逻辑向前发展，推动作家改变原来的情节设计，或引起作家想出来更好的情节。”

构思长篇巨著需要多次反复转化，创作一篇短小的文艺作品又何尝不是这样。就以曹植的《七步诗》来说。七步之内，他脑子对于《七步诗》所要运用的具体题材、主题和表现形式等的反复思考，远非经过简单的两段论或三段论所能奏效的。在此生死攸关的紧迫关头，凭着他作诗的熟练技巧，凭着大脑连合部传递信息的惊人速度，在十几秒钟内（慢七步，相当于十几秒钟），必要的意象思维和抽象思维，已经反复交替地活动了相当多的次数。当然比起大型作品，所需要的反复交替地思考的次数和时间是要少得多。但是辩证法告诉我们，不能孤立地看问题。如果问一下他为什么能做到如此迅速地脱口而出，一挥而就，就会明白，如果没有平时对豆萁煮豆的自相矛盾的具体形象的细致观察和了解，没有长期兄弟矛盾以致发展到如此残酷无情的现

① 姚雪垠：《姚雪垠和〈李自成〉》。

实的激发，没有立即需要设法解除兄弟相残的危险局面的急切愿望和随机联想，没有长期培养起来的善于将意象思维和抽象思维高度统一的思维能力，没有平时对诗的规律和技巧的熟练掌握，是决然不能在七步内写成这样一首好诗的。这就是说，十几秒钟内完成的作品，是来自作者一生的生活、一生的理论修养、一生的艺术实践、长期进行艰苦的意象思维与抽象思维反复交替的思维培训的结果。可见，那种认为艺术家从来不对某一事物作抽象的推理和判断的说法，是割断了他长期以来认识和思维发展的历史的，是只见现象不见本质，只看结果不问原因的表现。而那些所谓“表象——概念——表象”、“科学研究是从具体到抽象，文艺创作是从抽象到具体”等机械的公式和规定，也是站不住脚的。它们的一个共同的错误，就是把意象思维和抽象思维两者反复交替、灵活多变、不断推进和不断深化的复杂的思维矛盾运动，把意象思维与抽象思维的统一的复杂过程，机械地简单地分为三个阶段或两个阶段。这种三段论和两段论，是根本不符合文艺创作中意象思维和抽象思维的矛盾运动的特殊规律的。

在文艺创作中，意象思维和抽象思维为什么需要反复转化呢？是什么条件（或原因）促使它们双方不断地反复转化和深化的呢？毛泽东同志在《矛盾论》中指出：“无论什么矛盾，矛盾的诸方面，其发展是不平衡的”，“在矛盾发展的一定过程或一定阶段上，主要方面属于甲方，非主要方面属于乙方；到了另一发展阶段或另一发展过程时，就互易其位置，这是依靠事物发展中矛盾双方斗争力量的增减程度来决定的。”（着重号笔者所加）。意象思维和抽象思维所以需要不断地反复转化，因为塑造一个具有典型形象的艺术作品，需要有一个艰巨的构思和认识的过程。在这个不断深化的认识过程中，意象思维和抽象思维两个方面的发展是不平衡的，作者对哪个方面认识不足，就需要转化到哪个方面进行思维。对具体形象认识不足，就转到思维具体形象方面；对事物的本质和规律认识不足，便转化到思维抽象方面。也就是说，是不是要转化，主要是看思维的对象是否需要，思维的对象需要，大脑连合部就会立即下令互相转化，不断出现认识不足的一方，就不断地互相转化。由此可以看出，意象思维和抽象思维不断反复转化的过程，就是两者互相促进和不断深化的认识运动的过程，直至构思和创作完毕。

把文艺创作中的意象思维和抽象思维看成是如此反复交替、灵活多变的矛盾运动过程，是不是会抹煞意象思维是文艺创作的特殊规律呢？不会的。前面已经说过，文艺创作和科学研究的共性是：都要认识世界（包括认识事物的现象和本质）和改造世界。因此，在文艺创作和科学研究中，都要进行反复交替的意象思维和抽象思维。但它们又有各自不同的个性：文艺创作的成品和科学研究的成品，其外在形态截然不同，一个呈现在你面前的是活生生的感人的艺术形象，另一个呈现在你面前的，则是抽象的本质、概念和规律。这两种根本不同的表现形态，要求在创作构思过程中，须有各自不同的重心和目标。文艺创作的构思过程，要求自始至终都以捕捉具体意象为重心和目标，即以意象思维为重心和目标，从这个意义上说，抽象思维是为意象思维服务的；也正是从这个意义上说，意象思维是文艺创作的特殊规律。创作科学著作的过程中，则要求自始至终都以捕捉事物的本质和规律为重心和目标，即以抽象思维为重心和目标。从这个意义上说，意象思维是为抽象思维服务的。也正是从这个意义上说，抽象思维是科学研究的特殊规律。

总体来说，只有正确地理解了意象思维和抽象思维各自不同的科学含义及其对立统一关系，只有正确地认识了文艺创作和科学研究的共性和个性，才能自觉地掌握两者的特殊规律，更多更好地创作出高水平的文艺作品和科学论著。

（原载《河北大学学报》1981年第4期，此次略有修改。）

也谈艺术掌握世界方式

读了诸家对“艺术掌握世界方式”方面的文章以后，总感到还有个什么东西没有说清楚似的。在反复学习和琢磨之余，也想谈一点认识和看法。

一 究竟什么是“掌握世界方式”？

马克思在《<政治经济学批判>导言》的《政治经济学的方法》一节中谈到理论活动时说：“整体，当它在头脑中作为被思维的整体而出现时，是思维着的头脑的产物，这个头脑用它所专有的方式掌握世界，而这种方式是不同于对于世界的艺术的、宗教的、实践—精神的掌握的。”①

马克思在这里提出了四种“掌握世界”的方式，即“理论”的（哲学的、科学的）方式、“艺术”的方式、“宗教”的方式和“实践—精神”的方式。而艺术掌握世界方式就是其中之一种。

对“掌握”一词的理解，我们同意有的同志提出的要到德文的原词中去找原义，这样比较容易正确地理解它的真正的含义。德文原文“aneignet”（原型为a neignen）一词具有“占有”、“据为己有”、“掌握”、“学会”等含义，均作动词用，即将什么东西占为己有或是把握住它的意思。在“把握

① 《马克思恩格斯选集》第2卷，人民出版社1995年版，第104页。

住它”或“占为己有”的行动之前，必然先对掌握的对象有个认识和了解的过程，随之才是一个更为重要的行动上的占有或把握它。这样理解“掌握”的含义，才是正确而又全面的；同时这也能与下面的“方式”一词相呼应。所谓“掌握世界方式”，不管哪一种掌握世界的方式，都不能只单纯地理解为“认识、反映世界的形式”，也不能单纯地理解为“思维规律或思维方式”，而是除了正确地认识对象的特点和规律以外，还必须要有具备一定生产（包括物质生产和精神生产）能力的主体对对象运用什么手段和方法进行创造性的生产活动，从而生产出标志着最后对世界掌握的产品。也就是说，“掌握世界方式”是“劳动对象”、“主体的认识和劳动活动”、“劳动手段和方法”以及“劳动成果”四者有机的结合或总和，缺一都是不能成其为掌握世界的方式的。正如马克思所说：“劳动过程的简单要素，是有目的的活动或劳动本身，它的对象和它的手段。”[①]离开了劳动对象，也就失去了掌握的对象；离开了主体对对象的认识和劳动活动，则又有谁去掌握客观世界呢？离开了特定的劳动手段和方法，就无法进行创造活动；离开了劳动成果，就难以衡量是否真正掌握了客观世界。可见，掌握世界方式本身就是主客体有关生产活动的重要诸因素有机结合的方式，就是由人的活动来调节和“来统制人与自然之间的物质变换”的一个过程。

研究的对象不同，主体活动的宗旨和目的不同，运用的手段和方法的类型也就不同，其劳动成果——产品的性质也就随之各异，因而由这些基本要素有机地结构而成的掌握世界方式也就不同。例如，“宗教掌握世界方式”是以如何超脱苦难和罪恶的人生与虚妄的理想的天国或仙境为研究对象，以信奉者的著经和诵经为主要实践活动，以文字宣传经义和定期举行宗教仪式为主要手段和方法，以众多的众生纷纷虔诚信奉和自觉履行宗教职责为宗教掌握世界方式的最终标志。也就是说，宗教掌握世界方式是宗教研究的对

① 《资本论》第一卷，第172页。

象、信仰者的认识和各种活动、宗教宣传的手段和方法、众生虔诚信奉四者的有机结合。

又如“实践——精神掌握世界方式”，就是指的实践精神掌握世界方式。所谓实践精神，即是具体实践和为实践直接所需要的思维或认识。正如美学家蔡仪说的，它是“一种为实践所要求的和实践直接联系的认识”。这就是说，实践精神就是解决局部的具体的课题——兴修某个水利工程的设想和劳动活动，创办某个工厂的工作等均属此类。因此，实践精神掌握世界方式所包括的范围很广，工业掌握世界方式，农业掌握世界方式，军事掌握世界方式，等等，可以说，人世间有多少个行业就有多少个掌握世界方式。但不管哪一种实践精神掌握世界方式，都必须具有它所要研究的对象、从事这种专业的主体的认识和劳动活动、活动的手段和方法与劳动成果四个要素及其有机的结合，否则，便难以构成实践精神掌握世界方式。以其中的军事掌握世界方式而论，它包括以研究双方力量对比下的战略和战役等内容为对象，具有一定军事知识和能力的主体的军事活动，以各种武器为手段、以各种战术（游击战、阵地战等）为方法，打垮或消灭敌人和保存自己为掌握世界的最终标志。

也许有人会问：马克思在《<政治经济学批判>导言》中的《政治经济学方法》一节中说的“整体，当它在头脑中作为被思维的整体出现时，是思维着的头脑的产物，这个头脑用它所专有的方式掌握世界”这一段话，明明说的是头脑中的理论思维就是一种掌握世界的方式，在这个头脑所专有的掌握世界方式中并不包含主体的实践活动、手段和方法、劳动产品等内容，这又怎样解释呢?

这的确是一个不能、也不应回避或绕开的问题。应当说，光是头脑中的理论思维或思维方法是不能成为一种完整的掌握世界方式的，因为掌握世界方式除了包含头脑中理论思维或对客观世界的认识以外，还必须要有主体运用一定手段和方法进行劳动活动及其活动的成果等要素。马克思在这里不是要专门给“掌握世界方式”下定义，即不是要严正地回答什么是理论掌握方式，或什么是头脑中所专有的掌握世界方式，而是为了行文方便和在对比中着重说明头脑中“思维着的整体”或理论思维是有其自身特点的，即仅仅是为了强调这个头脑中所“思维着的”“整体”，即理论思维是不同于艺术的、宗教的、实践精神的掌握世界方式的这个道理。这种不是要专门给什么是掌握世界方式下定义而是为了行文方便和强调某个问题的特点的做法，在其他场合也能见到，如在《资本论》中，马克思则是把艺术看成是实践——精神掌握世界方式中的一种方式之一[①]。这与他在《政治经济学方法》一节中将艺术掌握世界方式和实践——精神掌握世界方式放在并列地位的做法是不一致的。但是，如果不从什么是掌握世界方式的定义来衡量它，而是从他在两个不同场合所要强调的问题来看它，那么两处都很有说服力。何况从分类学来看，归类法是多种多样的，每种归类法可能都会有其优缺点，将艺术掌握方式作为实践——精神掌握世界方式中的一种，也有一定道理。以上这种情况，说明马克思在当时的条件下，确实来不及给“掌握世界方式”下定义。

另外，马克思在《政治经济学方法》一节中虽然不是要专门地给“头脑所专有方式”或“理论掌握方式”下定义，但是，如果不是孤立地来看这一句话，而是与前后文联贯起来研究，就不难发现，这个头脑所专有的方式或理论掌握的方式，实际上指的是包含着研究的对象、主体的认识和实践活动、劳动的手段和方法、劳动的成果等内容的科学掌握世界方式（首先是政治经济学这门科学）。从前后文看，“这个被头脑思维和理解的整体”是科学掌握世界方式中的首先要强调的内容，即对掌握的对象首先要进行科学思维。那么这个被头脑思维和理解的整体是从哪里来的呢？它“决不是处于直观和表象之外或驾于其上而思维的、自我产生着的概念的产物，而是把直观和表象加工成概念这一过程的产物”。这个直观和表象又是从哪里来的呢？是从“主

---

① 参见《马克思恩格斯全集》第46卷上册，第340页。

体，即社会”来的，“主体即社会必须经常作为前提浮现在面前”。这分明说的是科学掌握方式中的对象问题。那么这个社会又怎样成为表象的来源呢？因为“范畴的运动表现为现实的生产行为（只可惜它从外界取得一种推动），而世界是这种生产行为的结果”。可见，生产实践和科学研究乃是科学掌握世界方式中一个至关重要的内容或因素。在这里，马克思虽然没有直接提到手段和方法的问题，但是，众所周知，任何一种实践活动都是不能不运用一定的手段和方法的，科学掌握世界方式中的实践活动自然也不例外，何况马克思在别的场合如在《资本论》第一卷第171至173页已经反复地强调过生产手段和方法的重要性。可见，马克思所说的“这个头脑所专有的方式”，确乎是指的具有对客观对象的认识和思维、实践活动、手段和方法、活动成果等基本要素的科学掌握世界方式（首先包括政治经济学在内）。

二 艺术掌握世界方式的基本要素和结构

艺术掌握世界方式同样必须具备下列几个基本要素：1.对社会生活的体验和认识——艺术思维；2.具有一定艺术创造能力的艺术家的创造活动；3.运用必要的艺术创作手段和方法；4.创造成果——艺术作品。艺术掌握世界方式便是由这四个基本要素有机地组构而成的。现分述如下：

艺术掌握世界方式的第一要素：艺术思维

艺术思维在艺术掌握世界方式中是第一个基本要素，因为人的任何一种生产活动，或是任何一种掌握世界方式，都是有目的有计划地进行的。生产活动开始之前，必须先在自己头脑中通过分析和综合、抽象和概括的思维活动，把劳动的目的即结果，以表象或概念的形式创造出来。正如马克思所说：“最蹩脚的建筑师从一开始就比最灵巧的蜜蜂高明的地方，是他在用蜂蜡建造蜂房之前，已经在他的头脑中把它造成了。劳动结束时得到的结果，在这个过程开始时就已经在劳动者的表象（实指意象——引者）中存在着，即已观念地存在着。”[①]在运用艺术方式掌握世界的过程中，也同样需要首先在艺术家头脑中按照艺术美的规律构想，即便是即兴之作，也是首先要“胸有成竹”和“意在笔先”的，一挥而就是长期学习和积累的结果。艺术家通过艺术思维在头脑中形成的艺术意象系列（艺术意象）规定着艺术活动的方向，调节着活动中每一个动作，使之合乎创作活动的目的和要求，即合乎活动结束时要得到的结果。虽然创作活动也可以检验和校正艺术思维的运动和发展，但这也是必须首先经过头脑的认识和首肯后才能付诸实施的。

（一）艺术思维及其在艺术掌握世界方式中的地位

究竟什么是艺术思维呢？艺术思维是指艺术创作和艺术鉴赏过程中人脑所进行的思维活动，是在意象思维（原称“形象思维”，误也，理由详见后）和抽象思维的辩证统一的联系系统中，以意象思维占相对优势，即以生动的、审美的、富有感情和个性的意象思维为主要特征的；是一种艺术地认识和反映社会生活的特殊的思维活动过程。它表现在艺术家的生活体验、艺术构思和塑造艺术形象的全部创作活动过程中，也表现在艺术欣赏的全部活动过程中（科学思维则是在意象思维和抽象思维的辩证统一的联系系统中，以抽象思维占相对优势，即以概念、判断和推理为特征）。

在艺术思维中包含着意象思维和抽象思维两个方面的内容，这两者是有机地统一的。所谓意象思维，即指人脑中以记忆表象为材料，通过联想和想象等加工成新的艺术意象系列的感性思维活动；所谓抽象思维，是指人脑中以概念为思维材料的理性思维活动。

意象思维和抽象思维是人类思维的两种基本的思维形式。这两种基本思维形式是统一的，它们总是相互联系、相互制约、相互作用和相互转化的。与此同时，自然还伴随着审美、情感、意志和个性等心理活动形式。事实上，在人脑中所有的一切心理、意识（包括感觉、知觉、表象、想象、思维、情感、意志、个性等）是作为一个辩证统一的联系系统而又有机地交织在一起进行活动的。列

① 《马克思恩格斯全集》第23卷，第202页。

宁说，“人的感觉、知觉、表象和一般意识”都“是客观现实的映象”[1]。在辩证唯物主义能动的反映论看来，感觉、知觉、表象、概念和理论等都是“客观世界的主观映象”，因此，以表象为材料进行的想象和以概念为基础进行的判断与推理都称之为映象。十分明显，这里所说的“映象”，包含着感性映象（感觉、知觉和表象）和理性映象（概念和理论）两个不同层次的内容及其有机统一性。这就是说，艺术思维包含着意象思维和抽象思维两个不同层次的内容及其有机统一。抽象思维是离不开意象思维的，同样，意象思维也是离不开抽象思维的，因为意象思维是在理性概念或抽象思维的调节下进行活动的，并起着提高意象思维的效率和质量的作用，两者是互为前提条件、互相促进的。心理学家谢·列·鲁宾斯坦在谈到感性和理性、意象思维和抽象思维的辩证统一的相互关系时写道：“任何思维都是在或多或少的抽象的概念中完成的，并且任何思维都包括着直观的感性意象；概念和意象在思维中都是不可分割地在统一中互相给予的。人不可能只以概念而没有意象和脱离感性的直观性来思维的。因此，决不能将作为外部对立性的直观思维和概念思维分割开来，意象和概念是彼此联系着的。当然，在艺术思维的内部，一方面可以区分出直观意象思维，另一方面，也可以区分出抽象的理性思维。第一种思维的特征是：意象和概念、个别的东西和一般的东西的统一性在思维中主要地是以直观的意象的形式表现出来；第二种思维的特征是：直观的意象和概念的统一性在思维中主要地以一般概念的形式实现出来。”[2]可见，人类的两种思维方式（艺术思维方式和科学思维方式）中的任何一种思维方式，都是意象思维和抽象思维两种思维形式的统一，因为，意象思维和抽象思维是人脑左右两半球神经细胞分工的结果，两者是互为前提条件、互相制约、互相促进的。

① 《列宁全集》第2卷，第273页。

② 《普通心理学原理》第1卷，苏联教育出版社1990年版，第389页。

当然，在艺术思维中，单是说明意象思维和抽象思维的统一性是很不够的，充其量，仅仅说到了问题的一半，甚至是不重要的一半，因为在科学思维中，意象思维和抽象思维也是有机统一的，所以还必须找出艺术思维不同于科学思维的基本特点所在。艺术思维和科学思维各自不同的基本特点和主要区别就在于它们各自以哪种思维形式占相对优势上。事物的性质是由主要矛盾方面决定的。在意象思维和抽象思维辩证统一的联系系统中，以意象思维占相对优势的便是艺术思维；与之相反，在意象思维和抽象思维辩证统一的联系系统中，以抽象思维占相对优势的则是科学思维。

在艺术思维中，所谓意象思维占相对优势包含下面几层意思和内容：1.艺术家在构思和创作过程中，自始至终都以捕捉和创造能够体现主题倾向（或审美旨趣）和塑造艺术形象所需要的艺术意象系列为其目标（科学思维则始终以捕捉事物内在本质和规律为其目标），这也是艺术思维的一个基本特点。2.正因为这样，艺术思维是以直观和记忆表象作材料，通过想象、联想以至幻想等途径，在头脑中加工成艺术胎儿——艺术意象（科学思维则是将直观和表象通过分析和综合、概括和抽象等方法加工成概念和理论）。3.倾向性或艺术旨趣虽然属于抽象思维范畴，但是，它在艺术思维和创作过程中，却是始终要以直观的映象或表象系列来表现的，这在形成了作品后的艺术形象中看得更加清楚。正如恩格斯说的："我认为倾向应当从场面和情节中自然而然地流露出来，而不应当特别把它指点出来"；"作者的见解愈隐蔽，对于作品就愈好。"恩格斯说的"倾向"和"作者的见解"就是指的抽象思维及其在艺术思维中的应有的作用，而他说的"场面"和"情节"则是属于具体生动的意象或表象系列方面的东西，倾向或艺术旨趣只能被隐蔽地从场面和情节中体现出来，正是意象思维在艺术思维中占相对优势的表现之一。4.在艺术思维中，虽然也不可避免地要遇上一些如何遵照艺术美的规律和怎样运用特定的艺术手段与方法来结构和塑造艺术形象的理性思考（即抽象思维），但这些抽象思维是为构思艺术形象的意象思维服务的。

从以上四点可以看出艺术思维不同于科学思维的基本特点。这当然不是说，在艺术思维中，抽象思维是可有可无或是无足轻重的。倾向性或审美旨趣是艺术思维的中心内容，任何意象思维都离不开这个中心。然而，如何遵循艺术美的规律和怎样运用艺术手段与方法来塑造人物形象的理性思考也是不可或缺的。事实上，在整个艺术思维过程中，占相对优势的意象思维和抽象思维是不断地互相补充、互相交替地转化的，特别是构思和创作长篇巨作（长篇小说、大型绘画等），这种互相补充和互相转化的情况表现得更加明显。正是这种频繁、神速、灵活多变的相互转化的矛盾运动，推动了艺术思维的运动和发展，从而使艺术思维和创造艺术形象的认识活动不断深化，直到最后完成艺术创作为止。例如姚雪垠构思和创作《李自成》，前后经过几十年的准备、酝酿和构思，时而翻阅李自成的历史事迹和传记，时而寻找马克思主义历史唯物主义理论和农民战争的论述，时而沉浸在塑造人物形象的想象之中，时而又思索如何布局、如何运用艺术手段和方法更有表现力。这种长时期频繁地灵活多变地互相交替地转化的频率简直难以用电脑来计算，甚至连作者自己也无法统计，这就是人脑创造性的思维永远胜过电脑的地方。

艺术思维在意象思维和抽象思维辩证统一的联系系统中，以意象思维占相对优势的这一基本特征，是由艺术作品中的艺术形象这一特性所决定了的。艺术家创作的目的就是要塑造出可以供人鉴赏和感人肺腑的艺术形象，而艺术的主要特征就是用具体生动的艺术形象来展示作者的思想倾向、审美旨趣和情感。在艺术形象中，对个别和一般、现象和本质、偶然和必然的相互联系的关系，是通过个别的具体的典范的艺术形象来表现的。艺术形象的这一特性，决定了意象思维在艺术思维中必然要占相对优势。

艺术思维在意象思维和抽象思维辩证统一的联系系统中以意象思维占相对优势的这一基本特征，也是有其客观基础的。现实客观世界中的任何具体事物（包括自然的和社会的）都是外在表现形态和内在本质的有机统一体。这种情况，反映在科学家头脑中，则以抽象思维为前提，通过分析和综合、抽象和概括等思维活动揭示出事物的本质和内在规律，从而形成以概念、理性为相对优势的科学思维；反映在艺术家头脑中，则是在记忆表象的基础上，通过想象、联想、夸张、虚构等手段和方法，加工成更加新颖动人的艺术意象，展示客观事物的本质和作者的审美理想的。没有这个客观世界丰富多彩的具体事物作基础，是不可能形成以意象思维占相对优势的艺术思维的，正如马克思说的："植物、动物、石头、空气、光等等，一方面作为自然科学的对象，一方面作为艺术对象，都是人的意识的一部分，是人的精神的无机界，是人必须事先进行加工以便享用和消化的精神食粮。"

艺术思维在意象思维和抽象思维辩证统一的联系系统中以意象思维占相对优势的这一基本特征，是有其生理的依据的。苏联著名生理学家巴甫洛夫对认识论中所讲的脑对客观世界的反映过程的结果：感性映象和理性映象的生理机制——第一信号系统和第二信号系统——做过多次科学实验，证明：在人脑的高级神经活动中，两种信号系统——第一信号系统和第二信号系统是发展不平衡的：第一信号系统占相对优势的是艺术型；第二信号系统占相对优势的是理性思维型；两种信号系统相对平衡的是中间型。艺术型的特点是直观映象的鲜明性和想象的丰富性；理性思维型的特点是运用概念进行判断和推理的思维能力强；中间型的特点则是对艺术型特点和理性思维型特点兼而有之。后来美国生理学家通过裂脑人的试验进一步证明，人脑左右两半球的神经是有分工的：左半球主要是起抽象思维作用；而右半球则主要是起意象思维作用，中间以一束粗大的神经束胼胝体将左右两半球连起来，使其产生既分工又协作的功能。艺术思维是在左右两半球互相协作的前提下，以右半球的意象思维为主要特征的、复杂的思维活动过程。

艺术思维是一个非常复杂的心理现象和思维体系，它是意识、观念、认识过程（感觉、知觉、表象、记忆、想象、灵感、注意、概念、理论）、审美、意志、情感和个性特征等全部心理现象的总和。而其中的审美、想象、情感和个性在这一总和中占有特殊重要的地位。如果说占相对优势的意象思维是艺术思维的基本特征（与科学思维对比），那么在意象思维占相对优势的艺术思维过程中，同时表现出来的审美、想象、情感和个性便是艺术思维的具体特征。想象在占优势的意象思维中占有极其重要的地位，它是在记忆表象的基础上创造新的艺术表象系列的心理过程。想象总是以创造新的意象系列为其特征的，在某种意义上说，没有想象便没有占相对优势的意象思维，也就没有艺术思维。艺术家总是根据一定的审美理想进行想象的；同时，怎样想象，也就表现出对所想象的对象抱怎样的情感态度，因此在艺术想象中相应的情绪和情感色彩是很浓厚的，也是很真挚的。想象、审美、情感等都是通过具有个性特征的艺术家的思维活动来表现的，所以它们又都打上了艺术家的个性特色的烙印。可见，审美、想象、情感和个性及其恰到好处的有机的结合是艺术思维的具体特征。而艺术思维的基本特征和具体特征有机地结合在一起，从而构成了艺术思维的总体特征，这与以抽象思维占相对优势的科学思维有本质上的不同。

（二）艺术思维与意象思维的区别

有的同志认为艺术思维就是意象思维，这是长期以来对意象思维误解的结果。事实上艺术思维和意象思维各有其根本不同的含义。从上面所说的艺术思维的基本内容和基本特征中可以看出，不论是其中包含的抽象思维还是占有相对优势的意象思维，以及它们互相频繁地转化的思维矛盾运动过程，都是人脑中一种看不见、摸不着的、以观念的形式所进行的心理活动和心理活动过程的内容，都是客观世界在人脑中的主观映象和主观观念，是属于第二性的东西。而意象思维则是指艺术作品借助艺术形象的形式来显示或表现作者的思维内容，即以艺术形象来显示或表现作者的思想、审美旨趣、情感和个性等心理意识全部内容的一种方式，它是一种看得见、摸得着，而且是专门供人鉴赏的客观存在，即第一性的东西。

形象思维是从19世纪俄国著名文艺理论家别林斯基提出的“诗歌是寓于形象的思维”这个艺术的定义演化而来。他反复强调：“诗歌是用形象来表达的思维”，“艺术是寓于形象的思维”，或是“用形象显示的思维”[①]。这些表述都说明：形象思维是指作品用艺术形象即以物质的形式或“物质的外壳”来表现艺术家的思想和情感，它已经不再是人脑中的主观观念、主观

① 《外国理论家作家论形象思维》，第56页。

映象或意象思维，即不再是第二性的心理、意识了，而是把人脑中的艺术思维——艺术意象系列以物质的形式，如文字、色彩、线条、音响、表情、姿态等艺术手段再现在艺术作品中，成为“静的属性”的供人感知、认识和鉴赏的第一性的东西了。

映象和形象是俄语“образ”(德文Abbild，英文image)一词的中译文，俄语中的“образ”一词在哲学、心理学中作“映象”解释，指人脑对外部世界的反映，即指以观念形式存在于人脑中的心理现象。所以在翻译苏联哲学和心理学著作时，根据马克思列宁主义能动反映论的基本原理，都是把“образ”译为“映象”，如对列宁的《唯物主义和经验批判主义》、《哲学笔记》等中的“образ”一词便是这样翻译的，这自然是正确的。但是，“образ”这个词在艺术学、美学中，除了上述含义外，还作“形象”一词解释，即指艺术作品中的艺术形象，而且使用得非常普遍和广泛。相应地，映象思维和形象思维也是从俄语中的“образное мышление”翻译过来的，俄语中这个术语也是既可作哲学、心理学中的“意象思维”解释，指人脑运用表象或概念进行思维的心灵活动过程，它是一种尚在头脑中以观念的形式进行的思维活动，因此，随着脑神经活动的停止便不复存在；同时，“образное мышление”可作艺术学、美学中的“形象思维”(以形象显示或表现思想)解释，即指艺术家已经将头脑中的意象思维(包括抽象思维和占相对优势的意象思维)物化为可供人鉴赏的显示作者思想感情的艺术形象。可见，意象思维和形象思维是有着本质上的差异的，前者是以观念形式存在于人脑中，是第二性的东西；后者则是以物质的形式表现出来的第一性的东西。正因为这样，所以在《苏联大百科全书》中是将意象思维和形象思维区分开来写的，如在哲学和心理学部分中，“образное мышление”是作“映象思维”解释的；而在艺术学、美学部分中，则作“形象思维”解释。在1989年出版的由C.C.阿韦林采夫主编的《哲学百科辞典》也是做这种区分的，如对“образ”一词作“映象”解释时这样写道：“映象是客体在人的意识中的反映形式。在感性认识阶段上的映象是感觉、知觉、表象。在思维水平上的映象则是概念、判断、理论。映象按其源泉——所反映的客体来说是客观的，而按其存在的方式（形式）来说是观念的。”[①]当它对“образ”作“艺术形象”解释时，则又出现另一番不同的含义：“艺术形象是艺术创作的普遍范畴，它是艺术掌握生活的方式和形式。所谓形象通常被理解为作品的要素或部分，而作品是具有独立的存在和意义的（例如，在文学作品中形象是人物，在彩色写生艺术中是对象的摹写等）。从最一般的意义讲，艺术形象是艺术作品的存在方式本身。”[②]在这里，作为人脑对外部世界反映活动结果的、以观念形式存在着的“意象”和作为物质形式存在着的“形象”（艺术形象）两者的区别是十分明了而不容混淆的。

从心理学的基础知识来说，形象——任何客观事物的形象（包括生活中各种具体事物的形象和作品中的艺术形象）都是不能直接进入思维的，只有当客观具体形象通过人的感觉、知觉并进而形成表象以后，这个表象才有资格作为思维的材料而直接进入思维。所以形象思维中的“思维”二字不是、也不应是作动词解释，而只能作名词使用，即指作者的思想、审美意识、情感等含义的名词解释，亦即以艺术形象来显示作者的思维（即显示作者的思想感情等）。因此，它与意象思维或艺术思维中的“思维”二字作动词使用是完全不同的。这种词性的变换，在中外古今的语言学和语法学中是常见的现象。

别林斯基关于艺术是“寓于形象的思维”或“用形象来显示思维”的论述，是非常深刻而又正确的。艺术原本就是作者用艺术形象来表现或显示自己的思想感情的东西，所以博得了普列汉诺夫、法捷耶夫、阿·托尔斯泰等人的赞赏。高尔基十分赞赏地写道：“真正的艺术家是用形象来表现思想的，而在形象上面使用的文字愈少，形象便愈鲜明生动。”而且他还是第一个干脆直接应用“形象思维”这一术语的人。从此，便专门用它来表述艺术形象的特征，其含义是“用形象显示思维”。这就是形象思维原来的真正含义。

① 苏联《哲学百科辞典》，第432页。

② 苏联《哲学百科辞典》，第738页。

我国翻译者可能由于不慎，或是尚未认识到俄语中的映象（意象）和形象、映象（意象）思维和形象思维的根本不同的区别所在，往往把应当译成“映象”（意象）或“映象（意象）思维”的地方也都译成了“形象”或“形象思维”（原本是“形象思维”的地方译成形象思维自然是正确的和无可非议的）。例如“Вообразование-лроцесс создания новых образов на основе лрошлыах вослриятии”应当译为“想象是在过去知觉的基础上创造新的映象（意象）的过程”，可是却把它译成了“想象是在过去知觉的基础上创造新的形象的过程”。一词之差，便成了根本性的错误。同样，“образное мышление”在应当把它译成“意象思维”的地方，却也都译成了形象思维，如亚里士多德、阿波罗尼阿斯、汤密达诺、莎士比亚、培根、狄德罗、康德、黑格尔等人所论述的想象、感知、幻想、联想和理解等均属意象思维方面的范畴，却都统统把它们译成了形象思维。于是以讹传讹，普遍传讹，终致错误地将“形象思维”取代了艺术思维中的“意象思维”。

这就是说，在我国几十年来，原来为大家普遍运用的“形象思维”，实际上指的是“意象思维”。这种将观念中的意象思维和物质化了的形象思维混同起来的做法是不科学的，也是非常有害的，实际上无形中混淆了精神和物质的界限。这又怎能将艺术理论、艺术心理学和美学理论建立在真正科学的基础上呢？！现在该是还其本来的含义和名称的时候了。由此也可以看出，形象思维和艺术思维也是根本不同的，因为，用形象显示思想的形象思维是可以直接提供鉴赏的客观物质的艺术形象；而艺术思维和意象思维一样，均属作者头脑中的精神活动，只是两者含义有宽窄之异罢了。

艺术思维和形象思维虽然具有本质上的不同，但这两者之间却又是相互联系、相互转化的。艺术家头脑中的艺术思维向表现作者思想感情的艺术形象转化，即向形象思维转化，是借助于他的创造性的艺术活动来实现的，否则是不能由艺术思维转化为形象思维的。正是从这个意义上说，形象思维是艺术思维的特殊的（物态化的）表现形式。当艺术欣赏者对已经物态化的形象思维——艺术形象进行鉴赏的时候，艺术作品中的物态化了的艺术形象又变成了欣赏者头脑中的感觉、知觉、表象、概念等艺术思维了（艺术思维有广义和狭义之分，狭义的艺术思维指艺术家创作时的思维；广义的除了含有艺术家的思维以外，还包括艺术欣赏和艺术批评中的思维）。但是，艺术思维和形象思维的相互转化是有条件的，否则不能实现转化；而艺术思维和形象思维的区别则是无条件的，因为它们本来就各有不容混淆的不同的特点、不同的性质和不同的作用。

艺术掌握世界方式的基本要素之二：艺术创造活动

艺术思维仅仅是艺术掌握世界方式中的一个首要的元素，它的主要作用是从思想意识上将生活材料（对象）加工成艺术意象系列。这个艺术意象系列尚需通过艺术创造活动将它物化为可供鉴赏的艺术作品，才算最后完成了用艺术方式掌握客观世界的任务。实践是检验真理的标准，头脑中的艺术思维必须通过创作的实践，才能检验出它是否真正艺术地认识了客观世界。

物质财富是通过物质生产劳动创造出来的，同样，精神财富也必须通过精神生产劳动才能创造出来。应当说，用艺术方式掌握世界的重要环节还在艺术创造活动上，因为它关系到能不能将艺术思维的结果——艺术意象物化为艺术作品的问题，也关系到艺术家是否真正能够发挥艺术才能的作用问题。只有通过艺术创造活动，才会使艺术思维有所用场，也才能真正生产出艺术作品。因此，艺术创造活动是艺术掌握世界方式中的一个至为重要的环节和内容。正如马克思说的："在劳动过程中，人的活动借助于劳动资料，使劳动资料发生变化，过程消失在产品中……劳动与劳动对象结合在一起，劳动物化了，而对象被加工了，劳动者方面首先以动的形式表现出来的东西，现在在产品方式作为静的属性，以存在的形式表现出来。"①离开了艺术创造活动，不能将艺术思维的结果物化为艺术产品，也根本不能艺术地掌握世界。

① 《资本论》第一卷，第17页。

艺术掌握世界方式的基本要素之三：手段和方法

艺术家从事艺术创造活动必须借助于一定的艺术手段和方法，否则，艺术生产是无法进行的。马克思强调指出："劳动手段是一物或诸物的复合体，劳动者把它用在他自己和劳动对象之间，把它当作传导物，传导他的活动到对象中去。他利用某些物品的机械属性、物理属性和化学属性，把它们当作发挥能力的手段，适合于他的目的而在别的一些物品上面发生作用。""没有它们，劳动过程就不能进行，或是只能不完全地进行。"[①]因此，文学家创作文学作品必须借助于文字、语言等手段；音乐家创作音乐必须借助于旋律和音响等手段；画家作画必须借助于色彩和线条等手段；舞蹈家创作舞蹈必须借助于表情和人体动作等手段；否则，艺术创作就无法进行。有了创作手段，不善于运用各种表现方法，也创作不好艺术作品。

艺术创造活动和艺术思维是辩证统一的。在艺术创作过程中，艺术思维指向性地调节着艺术创作活动，使艺术创作活动有目标有步骤地进行着。而艺术创作活动又可以检验和校正艺术思维中不符合生活真实和艺术真实，即不利于塑造艺术形象的内容，因为艺术实践活动既是检验艺术思维是否正确的标准，又是艺术思维深化必不可少的前提条件，只有在艺术创作活动中才能不断地发展和优化艺术思维，才能在业已被深化和优化的艺术思维的指向性调节下，更加理想、更加完善地创造出艺术形象。所以在艺术创作过程中，反复修改和几易其稿，或是多次排练，或是频繁的变换草图，等等，乃是更正确更艺术地掌握世界的需要，也是选取最佳艺术手段和艺术表现方法的需要。

艺术掌握世界方式的基本要素之四：艺术作品

用艺术方式掌握世界的最重要的标志是艺术创作活动的成果——艺术作

① 《资本论》第一卷，第173、175页。

品。因为只有这个创作的成果才能供作者自己和广大鉴赏者检验和品评其艺术的高低优劣，才能最后证明其是否真正艺术地掌握了世界（包括证明其艺术思维和艺术手段与方法的运用是否得当和优化），才能使作者在反馈中不断总结实践经验教训并加以提高，才能使鉴赏者受到艺术美的熏陶和启迪，才能激发和调动广大鉴赏者正确地认识和改造客观世界的积极性。

客观世界是五光十色、变化万千的，艺术家的才能、技巧和个性是多种多样、各有特点的，艺术思维是丰富多彩、因人而异、因时而变的，艺术手段和方法的运用又是千变万化、各具神功的，因此，作为“艺术地掌握世界”的最后标志的艺术作品，也是百花争艳、各放异彩的。

但是任何一个艺术家创造任何一个艺术作品，都需要共同遵守下面四个基本步骤和原则：1.根据得来的生活材料进行艺术思维，以求得胸有成竹；2.遵循艺术美的规律来进行艺术创造；3.最优化地运用艺术手段和艺术方法来塑造艺术形象或艺术意境；4.将形象性、倾向性、审美性、情感性和个性五者恰到好处地有机地结合成感人肺腑的艺术作品。这是艺术家们共同遵循的创作的步骤和原则，也是艺术掌握世界方式的基本要素和基本结构。

说得更明确一点，所谓“艺术掌握世界方式”，就是艺术思维（对客观生活和艺术规律的认识）、创作活动、艺术手段和方法、艺术作品等四大要素的有机结合或总和；缺少了其中任何一个要素，都结构不成完善的艺术掌握世界方式。

（原载《文学评论》1993年第2期，此次略作修改。）

艺术语言的特征及其活动规律[①]

一 艺术语言

“语言”、“艺术语言”与“艺术心理”、“艺术思维”的关系究竟是怎样的？这是一个非常复杂的问题，不可简单而又笼统地做出结论。在这里，值得我们深入具体研究的有如下几个主要问题：语言与艺术语言的区别、自觉运用艺术语言进行艺术思维和非自觉地运用艺术语言进行艺术思维的关系、艺术语言的类别及其不同作用、艺术语言的活动规律等问题。其中有些问题是中外学术界尚未探讨过的。

（一）一般“语言”与“艺术语言”的区别

首先我们确认：“语言”和“言语”是有区别的。十九世纪初德国方·洪堡尔特是最早开始把语言和言语这两个概念区别看待的语言学家；后来在苏联时期的心理学界，也把它们作为不同的概念来使用；中国学者也有同样的看法。中外许多学者都把语言和言语看成是两个不同而又相互紧密联系的概念。“语言是以语音或字形为物质外壳、以词汇为建筑材料、以语法为结构规律而构成的体系……言语是人运用语言材料和语言规则所进行的交际活动的过程。”[②]这就是说，语言的组构和语法的规律是语言学研究范畴中

① 本文原名为《艺术思维中的艺术语言》，发表于学术专著《艺术心理学新论》第二章（文化艺术出版社1999年版）。

② 曹日昌主编：《普通心理学》下册，第1页。

的事；而言语则是研究如何运用语言材料和语法规律来进行具体的、有实际内容的思维活动和交际活动的言语过程。因为，心理学是研究心理活动及其过程的，所以，在心理学中所说的言语，偏重指如何运用语言材料进行具体思维和表达思想感情的活动过程，它与语言学侧重研究一般的语词组构和语法规律是不同的。

“艺术语言”和“语言”也是有区别的。“语言”是指口头语言和书面文字语言；文学语言则是从口头语言和书面文字语言中选取最精当、最富有表现力的语言，来刻画文学形象和表达思想感情。而所谓“艺术语言”则是一个借用词，是一个含义比较宽泛的概念。它不仅包括了文学语言，也包括了其他各艺术门类中起类似文学语言作用的一切艺术表现手段以及各种艺术媒介、载体和艺术思维的材料（如表象这种语言符号）。这里所说的类似文学语言作用的一切艺术表现手段，是指如绘画需用色彩、线条等造型语言，音乐需用音响、节奏、旋律等音乐语言作为表现手段。艺术语言既是一切艺术心理活动和艺术思维活动的工具，又是物化为供人鉴赏的艺术作品的物质外壳，因此，“艺术语言”这个术语所包含的内容比较宽泛，含义比较窄的“语言”或“文学语言”便起不到这样宽泛的作用。因为，在艺术心理、艺术思维和意象物化的过程中，有时是不用语言或不用文学语言的，而只运用起类似文学语言作用的其他诸种艺术表现手段或尚未与语言结合的表象材料。这就是艺术语言不同于语言的地方。

可见，“语言”、“文学语言”、“艺术语言”，它们是既有联系又有区别的。

把各种“艺术表现手段”看成是艺术语言的一个组成部分，原因就在于它们确确实实是在艺术中起着类似文学语言的作用，在于它们也是一种语言符号。如音乐语言主要是指音响、音色、音调、节奏、和声、旋律，以及音乐所需要的其他表现方法与手段。绘画语言是指色彩、线条、明暗、质感等造型手段。舞蹈语言主要是指各种形体动作、手势、步法、眼睛和面部表情、音乐配置等。建筑语言主要是指以砖瓦木石、水泥、金属等为材料，以建筑物的总体布局、结构、比例、对称、均衡、变化、呼应、色彩、装饰等作为艺术语言的。戏曲是综合艺术，其语言包括道白、唱词等文学语言；形体动作（做、打）等舞蹈语言；服饰、化妆、道具、布景等美术语言；音响、节奏、旋律等音乐语言等诸种艺术语言。显然，各门类艺术的这些表现方法和手段，是起着类似文学语言表达作者思想感情和刻画艺术形象的相似的作用，只是所刻画的艺术作品具有不同的艺术类型罢了。

明确地区分语言、文学语言、艺术语言——各种艺术的表现手段和表象等不同的语言符号——的不同作用和特点，对于研究和把握它们在艺术思维、艺术创作和艺术欣赏等艺术心理过程中的活动规律，是有着十分重要的意义的。

（二）“语言思维”与“非语言思维”的不同特点

关于“语言”与“思维”的关系问题，中外学术界对此都存在着两种简单化的倾向和观点：

一种是认为不论在什么情况下，语言都是思维的工具、手段和物质外壳，两者是不可分开的。其最具代表性、也是影响最大的就是斯大林在《马克思主义与语言学问题》中所说的，“语言是思维的直接的现实”，它是“实践的……现实的意识”，“语言是和思维不可分割地结合在一起的”。斯大林这些话究竟有多少真理性呢？我们认为，在现代文明人的一般思维情况下，在多数场合，在思维过程中的主导作用和终结点上来说，这些话确实是千真万确的真理。但是，斯大林那个时代，还没有普遍认识到各种不同类型的无意识心理活动是可以不用语言这一事实的，也没有对表象在艺术思维中的两重性作用（有的表象已与语言结合，有的尚未结合）全面地认识，更缺乏对古人类和幼儿与儿童的思维的发生、发展过程的认识。也就是说，斯大林没有认识到在某些特殊情况下，在思维过程中的某些特定环节上，在古人类、婴儿、儿童的思维发展阶段上，思维是可以不用语言作工具的，即语言并非在任何情况下都是思维的必要条件和工具。

另外一种见解是：不用语言思维的无意识心理活动是主要的，也是唯一富有创造性的思维，而运用语言进行的思维却是次要的，甚至是无足轻重的。这显然又走到另一个极端上去了。不错，人类的不以语言为工具的各种不同类型的无意识心理活动确实是存在的，它们在一定范围和条件下所起的重要作用也是无可否定的（详见拙作本书《试论无意识的不同种类、不同性质和不同作用》）。但是，它们与自觉地运用语言作工具进行思维和交际活动这一人类高级的思维形式的作用是不可同日而语的，更不可抹煞或贬低自觉运用语言思维的重大作用和意义。因为在客观事实上，任何一种思维形式，包括意象思维和抽象思维，或艺术思维和科学思维，或日常工作和生活中的思维及交际活动等，都是少不了要运用语言来作工具的，只是有的用得少一些，有的用得多一些罢了。这是文明时代人类的思维不同于动物、原始人类和婴儿的思维的特点所在，也是人类发展到文明时代的一个重要标志。

历史的事实是：人类的心理活动和思维活动是经过了由低级逐渐到高级的漫长的发展过程的。在这个过程中，本能无意识心理活动先于行动思维的产生，行动思维先于表象思维的产生，而表象思维则又先于语言思维的产生。这就是说，运用语言思维是在人类心理活动发展到一定历史阶段才出现的；当语言发展成在人类思维活动中占主导地位的文明历史阶段，也依然保留着各种非语言的思维活动（如本能无意识心理活动、行动思维、表象思维等），并且这些非语言的思维是随着自觉运用语言思维的能力的发展而发展的。这可以从下面几个方面得到充分证明。

原始人类的行动思维是从猿猴和猩猩的本能无意识心理活动中发展起来的，表象思维是在行动思维的基础上发展起来的，语言思维又是在表象思维的基础上发展起来的。古人类学、神经解剖学、脑行为学、语言起源学等的研究成果已证明了这个由低级到高级的发展规律。动物最初产生的脑有管髓、后脑和中脑三部分，构成一个神经框架。覆盖在这个神经框架之上的，是先后相继产生的三层神经皮质：爬虫复合体、边缘系统和新皮质。爬虫复合体是最古老的中脑，它从几亿年前进化而来，它仅有本能的、简单的神经感觉，是爬行动物、哺乳动物和人类所共有的。到了约1亿年前，动物的脑中又出现了围绕在爬虫复合体四周的边缘系统，这在类人猿、黑猩猩和其他哺乳动物表现得最为突出，它们的本能无意识心理活动已大大进一步发展和丰富起来。大约到了5000万年前至1500万年前之间，类人猿和灵长动物的脑中，又出现了新皮质覆盖在爬虫复合体和边缘系统之上。这个阶段，类人猿和灵长动物虽然仍旧以本能无意识心理活动占统治地位，但在它的后期已出现了某种程度的原始的自我意识。它们的大脑皮层已经发展到有较高水平的感知能力，不仅具有感觉、知觉、表象和记忆等的反映，而且达到了进行简单的分析、综合、归纳、演绎等初级思维能力的知识水平；它们已经能够运用二十几种呼喊声来表达自己的惊恐、欢快、愤怒、哀伤、求偶等思想感情，但还根本谈不上运用什么语言来表达思想感情的问题。新皮质的产生和进化大约已有几千万年的历史了，在这个阶段的后期，已经产生了实象思维，即行动思维。早期猿人的实象思维或行动思维大约经历了280多万年。

到了1000万年前左右，出现了腊玛古猿（分布在东非、印度北部和我国西南部），开始从动物分离出来，是为人科之始，亦即旧石器时代的开始。他们运用自然的木、石为工具从事劳动，因而需要直立起来行走，这就使前肢变成了手。在长期运用自然木、石劳动的过程中，手不仅是劳动的器官，变得越来越灵巧，也是识别劳动工具和劳动对象的器官，它向大脑输送越来越多的信息，促使大脑中的新皮质逐渐发展得更加完善起来。同时，在这个运用自然木、石进行劳动的漫长过程中，当语言器官尚未发育成熟之前，除了原有的各种呼叫声代替语言的职能以外，还伴有各种手势以交流思想感情。也就是说，语言正式出现之前，是用各种叫喊声和各种手势来代替语言的职能的，如美洲印第安人的手势语言非常丰富发达，形成了一套适用于普通交谈的手势语言体系。特别是在不同部族之间，借手势语言、加上面部表情语言和各种体态语言的辅助，完全可以互相对话，所以，人类学家把手势称之为“史前时代的世界语”[①]。各种呼喊声和各种手势的逐渐丰富和多样化，反映了灵长动物和类人猿的思维已经从直观动作思维发展到以表象为特征的形象思维的初期阶段了。各种呼喊声和各种手势的不断发展、丰富和逐渐巩固下来，也为以后语言的产生准备了必要的生理上和语音上的条件。这个准备是经过了从腊玛古猿到南方古猿的500万年漫长时间的人猿揖别的过渡过程，其中至少有200万年是处在无语言的表象思维状态。因为，腊玛古猿时代仅仅运用天然木、石作工具是难以出现语言的，只有到了南方古猿时代后期，运用天然工具比较频繁起来，直立行走成了固定行为，各种呼喊声和各种手势也不断得到了丰富，才有可能在这个漫长过程中发展起思维器官，使额叶皮质大大丰富突出起来，其他顶叶、颞叶、枕叶等皮质也相应地得到改善和发展，喉腔和口腔的语音器官也都得到相应的改造和发展。正如恩格斯所说，劳动不仅改变了自然环境，也改造了人自身。这时，也只有这时，语言才从以往积累起来的各种丰富的叫喊声和多种多样的手势中逐渐脱胎产生出来。

如果只就呼喊语言和手势语言两者孰先孰后产生来说，那么便可肯定地讲，呼喊语言先于手势语言出现。应当说，呼喊语言远在灵长动物时期便开始产生了，只是随着对自然木、石的使用而得到不断发展和丰富就是了。而各种手势语言的产生和发展是必须要以直立行走的巩固和经常化为前提的，也就是说，必须是在旧石器中期以后才有可能产生出来。然后手势语言和叫喊语言又相互补充、相互促进地同步继续发展。发展到旧石器晚期，才开始产生单音节语言，但叫喊和手势仍占主要地位。到了新石器时代，人类开始制造工具，劳动的目的性逐步加强起来，直立行走已经巩固和形成经常性习惯，大脑的额叶亦随之特别发达起来，因而，思维器官和语言器官也就逐步发达起来（语言器官的形成大约经过了200多万年的进化过程），语言也就由单音节到多音节、由简单到复杂、由形象到抽象地不断发展起来。特别是到了新石器时代

① 张浩：《思维发生学》，中国社会科学出版社1994年版。

的中晚期，如北京猿人中后期，发明了火和弓箭，劳动的目的性和自觉性进一步增强起来，随之而来的表达一定目的和思想的言语也就普遍地运用和发展起来。

人类运用语言进行思维和交往大约经过了三个大的发展阶段：第一阶段：原始语言时期，用原始动词表述某个整体活动；第二阶段：语言分化时期，从原始动词中分化出主体词、客体词、目的词、方位词等，具体细致的词汇丰富起来；第三阶段：语言的成熟完善时期。

“语言”一经产生后，反过来便又“和劳动一起，成了两个最主要的推动力。在它们的影响下，猿的脑髓就逐渐地变成了人的脑髓”。[①]而人类的思维也就与语言紧密地结合起来，并成为表达思想感情最有功效的工具和外壳，使人类的思维进入更高阶段——用形象语言表达具体事物，用抽象语言表达抽象的概念和范畴。只有从这个时候开始直到现在，我们才能说：人类自觉运用语言进行思维和交流思想已经占到了主导地位；但是与此同时，仍旧保留了各种非语言的思维活动（如运用手势、表情、动作、尚未与语言结合的实践思维和表象思维、本能无意识和习惯无意识等），并且这些非语言和非自觉的思维能力是随着自觉运用语言的思维能力的发展而发展的。因此，它们在某些特殊情况下和某个阶段上，却能起着十分重要的作用。就像当类人猿在长期使用自然木、石进行漫长的劳动的过程中，大脑里逐渐产生了边缘系统时，还保留着爬虫复合体；当头脑中产生了新皮质时还保留着爬虫复合体和边缘系统一样，当人类在长期劳动和直立行走的过程中产生了语言，并运用语言进行思维和交际活动这一高级的思维工具与外壳以后，仍然保留了非语言的本能无意识、行动思维、表象思维、习惯无意识等心理活动。

由上可见，那种只看到“语言”是思维和交际的工具，而看不到“非语言”的各种思维的存在和作用是不全面的；那种只强调非自觉和非语言的无

① 《马克思恩格斯选集》第3卷，第512页。

意识心理活动的重要作用，而否定文明人类运用语言来进行思维的主导作用和重要地位，更是过偏了的。

婴儿也是遵照这个由本能无意识到非语言意识、再到自觉运用语言等由低级到高级的发展顺序而辩证地发展起来的。皮亚杰在他的著作《发生认识论原理》[①]中指出，从儿童思维到言语发生和发展的角度看，思想也可以先于言语而产生。儿童在一岁半至两岁初，就已经具有“感知—运动智力”，这种智力自有其行动逻辑。当儿童已学会把毯子拉到身边以取得它上面的玩具后，他就能够用拉毯子的方法取得上面的任何别的东西，并且也会去拉一根绳子以取得绳子另一端的东西。这就说明儿童能够在行动中形成概括。而这个阶段的婴儿还没有学会运用语言。可见，意识和思维是先于语言而出现的。皮亚杰还引证法国和美国心理学者关于聋哑儿童的研究，指出聋哑儿童虽然没有言语，但其思维逻辑结构的发展比正常儿童只是时间上稍微迟缓，而这种迟缓也与聋哑儿童缺乏有利的环境影响有关。他因此断言，14至16个月的婴儿智力结构的发展不是以言语的发展为前提的，这种智力结构的发展反而是儿童言语发展的基础。

根据生物学家和脑行为学家的生物重演学说，也证明无意识先于意识而产生，意识先于语言而出现，语言出现后仍保留非语言的思维活动这一发展的顺序和过程。胎儿在子宫内尚未变成人形之前，也经历了鱼、爬行动物和灵长动物非常相似的几个变化阶段，几乎是只需几个月的时间，就走过了鱼、爬行动物和灵长动物所走过的亿万年的历程，即胎儿的脑的发育也经历了神经框架、爬虫复合体、边缘系统和新皮质几个阶段。婴儿生下来一个多月便本能无意识地向每天喂他（她）奶的母亲亲切地微笑起来，母亲逗他说话，他也跟着阿咯阿咯地说一番。3个月到11个月之间是言语发生的准备阶段，虽然还不能运用语言来说话，但已经先后经历了由感知动

① 转引自《教育研究》1979年第2期。

作思维到非动作的内部言语思维的两个思维发展过程了。所谓感知动作思维，就是只能直接对自己动作过程进行简单思考，如看到布娃娃就拿它来表现睡觉，而不能做动作之外的思考。这样经过几个月以后，很快就发展到内部语言思维阶段，即他已经从大人口里听懂了不少语言，但就是说不出来，因为发音器官尚未发育成能够随意发音的程度。但是，你要问他，他都很懂，如问他：你妈妈在哪儿？他马上用小手指指妈妈所在的方向。小皮球滚到墙边了，也知道要求妈妈捡回来，但还不能发出“球”字的声音。这个阶段，孩子的要求都是通过哭叫、表情和手势来表现的。早期灵长动物和人类祖先所先后经历的动作思维和表象思维的两个阶段，是经过了几千万年才完成的，如今婴儿却只需要七八个月的时间便可以完成，然后进入到牙牙学语和逐步先后运用形象的语言来表达自己的思想感情了。当儿童学会了运用语言来进行思维和表达思想感情以后，仍然保留着并随着运用语言的思维发展而发展非语言和非自觉的思维。由上可见，婴儿和儿童的思维和语言的产生和发展过程，实际上是灵长动物、类人猿和早期人类的思维与语言的产生与发展过程的缩影。

我们还不难从当代文明人类的实际生活中清楚地观察到：世界上的事物是无限之多的，人类仅仅认识了其中的一部分，甚至是很小的一部分；在这所认识的一小部分中，又仅仅有一小部分可以用语言来表述，而其中大部分则是处在尚未与语言结合的表象和表象思维以致尚在本能无意识的表现状态。当然，这不是否定语言是当代文明人类所用以进行思维和交际不可缺少的主要工具和外壳的重要作用，不是的。而是说，不论语言在现代人类的思维和交际过程中如何重要，也不论语言怎样发展和丰富，总是比不上客观事物的多样性及其发展的多彩性的。任何一种悠久发达的语言，充其量只有二三万字，而其中常用的字只有二三千。因此，任何一个词汇和句子，却具有一定程度的类的概括性。而宇宙中的客观事物却是多到难计其数的程度，而且每一个具体事物都具有其特点和差异，即以人的头像来说，世界上有多少人口，便有多少个具有不同特点的头像。作家运用语言来描写人的头像，只能取类的主要特点来描写，而且是从塑造人物形象和突出主题的角度来描写和夸张某些特征的，根本不可能也没有必要把每一个人及其每一个细部特征都描述出来。天下的桃树和桃花也不计其数，而且千姿百态，各不相同。而用来描写桃花的语言却是十分不够用的，当然也没有必要将每株桃树和每朵桃花的特点都描写出来，只需根据作者抒发某种思想感情的需要，取某种类的特征描绘出来即可。这就是说，语言是十分有限的，而思维的内容却是比语言丰富得多，而客观具体事物则更是难以穷尽其认识的。自觉地运用语言进行思维活动和交际活动固然是人类进入文明时代的主要工具和特征，但与此同时，还保留了大量的非自觉和非语言的思维（如本能无意识、行动思维、表象思维和习惯无意识等）作为一种补充，这也是无可否定的事实。

二 艺术语言的活动规律

（一）“艺术语言”的不同类别及其不同作用

什么是“艺术语言”？

构思艺术意象和创造艺术形象都需要运用各门类艺术所特有的艺术语言。艺术语言是一个“借用词”，是一个含义比较宽泛的概念。它不仅包含了文学语言，也包括了其他艺术门类中起类似文学语言作用的一切艺术表现手段以及各种艺术的媒介、载体。这里所说的“文学语言”的意思是很清楚的，而“起类似文学语言作用的一切艺术表现手段”的含义却是需要做科学的界定。我们认为，“起类似文学语言作用的一切艺术表现手段”，包含着赖以进行艺术思维的基础材料——表象语言，各种有关的物质媒介、载体，进行艺术创作的各种艺术表现手段和艺术的技能和技巧等。现将文学语言和一切艺术表现手段的诸内容分述如下：

1.文学语言

所谓文学语言，即是在文学作品的构思和创作过程中，从口头语言和书面文字语言中选取出来的最富有表现力、最精练、最恰到好处的语言。虽然在文学构思过程中，有时也会用表象和其他艺术方法进行思维和想象，但在多数情况下总是以文学语言作为艺术思维的工具的，特别是将头脑中构思成熟的艺术意象物化为艺术作品时，更加须臾离不开文学语言的运用，否则，就根本无法创作文学作品了。“文学是语言的艺术”，正是从这个意义上说的。高尔基也说：“语言是文学家的武器，正如枪是士兵的武器一样。武器越好，战士也越有力量，这是显而易见的。”因此，任何一个文学家都必须要具备善于从口头语言和书面语言中选取最富有艺术表现力的文学语言的能力。口头语言和书面语言越丰富，选择起来越方便，越运用自如。

文学语言用途很广，除了文学构思和物化为文学作品必须要运用它以外，其他各门类艺术构思和艺术创作也常常要运用它。如绘画、建筑、雕塑、音乐、舞蹈和戏剧等的创作，虽然各有它们自己的特殊的艺术表现手段，但都一律少不了要运用文学语言这一共同性的思维工具。如创作一幅画的主题和意境的酝酿，结构的安排，如何运用线条和色彩等艺术手段来表现；创作电影中的主题歌的思考，创作套曲运用什么音响、节奏和旋律来配合和强化主题歌的情调和感情等；创作舞蹈时对舞蹈主题思想的提炼，运用哪些形体、动作来体现主题情绪，如此等等，都是离不开文学语言的运用的。至于在创作绘画、雕塑、音乐、舞蹈等艺术作品的过程中，作者常常凭着自己熟练的创作经验和艺术心理定势，非意识和非语言地沉浸在习惯无意识地构思和物化艺术形象的现象也是时有出现的，这与自觉地运用文学语言进行构思和创作是不矛盾的。

如果从头脑中构思艺术意象和将艺术意象物化为文学作品两者的不同特点来区分，又可把文学语言分为内部文学语言和外部文学语言以及习惯无意识内部文学语言和习惯无意识外部语言（不加思索地写成某个词语或某个句子，或某一段落等）。

所谓内部文学语言，就是指作者在头脑中运用文学语言进行艺术意象的构思，其第一个特点，是发音器官活动的隐蔽性。作者在默默地构思艺术意象或艺术意境时，也有语言器官在隐蔽不露地活动着。根据实验，从语言器官的肌肉电流记录可以为证。内部文学语言的第二个特点，是言语的简缩性。因为，在头脑中构思艺术意象是时而鲜明有序，时而粗略、跳跃，只提供一个大概的艺术意象的线索和主要轮廓。

内部文学语言又分两种不同情况：即自觉地、有意识地运用内部语言进行艺术构思和不自觉地、习惯无意识地运用内部语言进行艺术构思。对一个老练的文学家来说，在艺术构思和艺术创作过程中，对这两种内部语言运用的机会都是比较多的。当然，自觉地、有意识地运用内部文学语言是占主导地位的。

如果从概括的程度来区分，文学语言又可分为形象语言和抽象语言两种。艺术思维是在意象思维和抽象思维辩证统一的联系系统中，以意象思维为主要目标并占相对优势，即以审美的、富有情感和个性的、生动的意象思维为主要特征的一种思维形式（科学思维则是在抽象思维和意象思维辩证统一的联系系统中，以抽象思维为主要目标并占相对优势）。这就是说，在艺术思维中，既有作为主要目标、主要任务和占着优势的意象思维，又有幕后起指导和辅助作用的抽象思维（如如何突出主题和安排情节、结构，如何刻画人物形象等，都需要借助抽象思维），而这两种思维形式又都要分别以形象言语和抽象言语作为思维的工具，即意象思维多以形象言语来做工具（有时也用尚未与语言结合的表象），抽象思维则当以抽象言语（概括性高的概念）为其思维的工具。

2. 表象语言

为什么表象也可以算作一种艺术语言呢？因为，任何一种艺术思维都是以表象为基础材料的，在艺术想象中，表象往往起着比语言更重要的艺术语言符号的作用。一切艺术表现手段都建立在特定的表象及由表象生发出来的意象的基础之上的，就是在以文学语言为主要工具的文学创作构思过程中，也难免常常要以表象作为材料进行艺术想象。

3. 物质媒介和载体

任何一门艺术的创作都需要借助一定的物质媒介和载体。物质媒介和载体是指艺术家所借以创作艺术作品的具体物质材料，如绘画需用纸、画布等，雕塑需要石、木等做物质媒介，它常常表现为作品的外在形式。物质媒介在艺术创作中有多重性质：首先，它具有艺术家和艺术品之间的媒介作用，因为只有主体运用这个客体做材料，才能把它创作成可观赏的艺术品；其次，当这个媒介已经创造成了艺术作品以后，它的每个部分便变成了生动形象的可供鉴赏的艺术本体性存在了，就像文学作品中每一句文字都是生动可感的文学语言一样，让人看出人物形象的内涵和精神面貌；第三，作为艺术语言，有些艺术门类的媒介本身就具有审美价值，如文学语言，绘画中的线条、色彩等，自有其韵味和情调。人们在对作品鉴赏的同时，也是在鉴赏作品的艺术语言。正如当我们聆听一位歌手满怀深情的演唱时，我们如何区分歌曲与歌者？

4.艺术表现手段和艺术的技能、技巧

艺术创作作为一种具体的实践性的活动，需要运用艺术表现手段和技能技巧，对艺术媒介和材料进行恰到好处的运用和操作。这里所说的类似文学语言作用的一切艺术表现手段，是指如绘画需用色彩、线条等造型语言，音乐需用音响、节奏、旋律等音乐语言等作为表现手段。而艺术的技能、技巧，显然是指艺术家运用各种艺术语言把自己已经设想的艺术意象凭借艺术媒介生动而又传神地表现出来的艺术表现能力。艺术表现的基本制作能力是属于技能的表现，在技能的基础上形成的使之成为神韵盎然的艺术作品的能力，便是艺术表现的技巧。它是运用特定的工具进行精神生产、表现审美意识、使物质材料变成艺术形象的技巧性的艺术语言。它主要是体现在使用艺术语言的精妙性上。如果艺术家不能熟练地掌握表现手段和物质媒介材料的性能、特点和规律，不能熟练地运用各门类艺术所特有的艺术语言，就不可能顺利地传达出他的艺术意象和艺术情感，完成他的创作。也就是说，在进入创作之前，创作主体应具备起码的艺术表现的技术和能力，熟悉和掌握自己从事的独特表现手段的“游戏规则”。各艺术院校学生在校学习的百分之七十课时，都是在学习独特的艺术语言。它是进行艺术创作的基础、手段、方法和能力。罗丹认为：“如果没有体积、比例、色彩的学问，没有灵敏的手，最强烈的感情也是瘫痪的。”[①]因此，艺术语言是进行审美认识、艺术思维和意象物化的直接现实。

为什么各种艺术表现手段也是艺术语言的一个重要组成部分呢？

从当代语言学研究的最新成果来看，语言符号可分为三种类型：一类是指传统的人类的听、说、写、谈等语言符号，前面所说的文学语言属于此；二类是指在形式上起着类似文学语言作用的各种艺术表现手段，或称之为非语言的语言符号，因为它们和语言一样，起到表达和传播思想感情和艺术观点的作用；三类是指新的科学技术如电脑、传真、无线电通讯、电视等现代传播媒介，即新型的语言。这种语言正在以强大的生命力，开拓着人类运用各种新的符号来表达新的领域的内容，提高着人类认识客观世界的能力。这三类语言符号都是属于人类所需要的符号表达方式。可见，不论从广义的语言符号的意义来说，还是从艺术表现手段所起的实际作用来说，艺术表现手段是艺术语言的一个重要组成部分，便是十分自然而又清楚的事了。

文学语言既有内部语言和外部语言之分，作为起类似文学语言作用的一切艺术表现手段，自然也有内部艺术表现手段和外部艺术表现手段之别。所谓内部艺术表现手段，就是在构思艺术意象的过程中，必然要在头脑中运用作为构思艺术意象的各种艺术表现手段的表象和概念（包括习惯无意识的表象和概念）来进行，这种用来构思艺术意象的各种艺术表现手段的表象和概念（语言），便是内部艺术表现手段（起语言符号作用）。当把已经构思成熟的结果——艺术意象物化为艺术作品时，便由内部艺术表现手段转化为外部的，即物质的艺术表现手段了。

（二）艺术语言的活动规律

艺术语言符号的运用是有规律可循的，它们是受某种特定关系制约的。那么，艺术语言符号的运用究竟有哪些活动规律可循呢？

---

① 《罗丹艺术论》，人民美术出版社1978年版，第3页。

1.特定艺术语言和特定艺术类别的互制律

即特定的艺术语言符号规定着相应的特定的艺术类别，特定的艺术类别需要相应的特定艺术语言符号来表现。这就是说，运用什么样的艺术语言符号，便会产生和表现出什么样的艺术类别。例如，运用从口头语言和书面语言中提炼出来的文学语言来创作，必然产生和表现为文学作品这类艺术品种。虽然在构思过程中，也会常常运用尚未与概念结合的表象进行艺术想象，但毕竟是要受主题和内部文学语言支配的，并且最终也是要以文学语言来物化为文学作品的。以音响、节奏、旋律、和声等为艺术语言，只能创作出音乐这类艺术作品，虽然在构思过程中也常常运用内部文学语言，甚至有时还要运用其中的抽象语言，但是它毕竟自始至终都以捕捉特定的节奏、旋律等为主要目标和主要任务。以线条、色彩为艺术语言，只能创作出绘画这类艺术作品，虽然在构思过程中也常常运用内部文学语言，甚至其中的抽象语言，但它毕竟自始至终都以捕捉特定的线条、色彩和造型为其主要目标。可见，任何一种艺术，都需要以与之相应的特定的艺术语言来表达和物化为该种艺术作品，任何一种艺术都是与之相应的特定的艺术语言的艺术。

2.艺术语言与艺术思维的互彰律

艺术思维和艺术语言是互相制约的，艺术思维决定艺术语言。因为，艺术思维是属于内容方面的东西（艺术思维的内容来自社会生活），而艺术语言则是表达思维内容的形式。事物的内容决定事物的形式，所以，有什么样的艺术思维内容，便要运用什么样的艺术语言来把它物化为艺术作品。反过来，艺术语言对艺术思维和艺术物化而言，也决不是被动的和苍白无力的，它有着强大的反作用力，艺术语言的精确度、鲜明度、含蕴度和生动度等，直接会影响到艺术思维和物化为艺术作品的效果。艺术思维是一个由多种思维形式构成的复杂的思维体系，艺术语言也是由多种艺术语言符号组成的复杂的语言符号体系，因此，两者也就构成了一个非常复杂的相得益彰、互相制约、互相推移运动的关系。谁不充分地认识这条基本规律，谁不在这方面下苦功夫来学会驾驭这个规律，谁就谈不上是一位优秀的艺术家。

3.内部艺术语言和外部艺术语言的转化律

所谓内部艺术语言，即是在作者头脑中进行思维时所运用的诸种艺术语言符号，它是由外部艺术语言转化而来的。外部艺术语言又是人类或族类根据自己社会实践的需要（思维、交流和表达思想感情的需要），创造和设计出来的诸种语言符号。人们在幼年和青少年时期通过学习而把这些不同的艺术语言符号继承过来，记在脑海里，转化为内部艺术语言。当艺术工作者运用内部艺术语言构思出一个比较完善的艺术意象以后，又可把它转化为外部艺术语言，即变成可供人鉴赏的客观的艺术作品。如此循环往复，随着外部艺术语言的增加和丰富，内部艺术语言亦不断增加和丰富起来。随着内部艺术语言的不断丰富，又为艺术思维（包括艺术想象）提供了更为多彩多样的艺术语言符号，使艺术思维和艺术想象有可能达到“思接千载”、“视通万里”的高速而又美妙的境界。舍弃诸种艺术语言符号的工具作用，任何艺术思维和艺术想象都是难以展开的。

4.自觉运用艺术语言与非自觉运用艺术语言的同一律

不论运用文学语言，还是运用其他一切艺术表现手段语言符号（包括表象），都包含着自觉运用这两种语言符号和非自觉运用这两种语言符号两个方面。所谓自觉运用这两种语言符号，就是指有意识、有目的地运用这两种语言符号；所谓非自觉运用这两种语言符号，主要是指文艺工作者在长期艺术学习和艺术实践过程中所形成的各种艺术思维定势，因而产生职业习惯无意识所使用的各种艺术语言符号。这种职业习惯无意识运用艺术语言的能力和技巧，已经发展到非凡的、自动化的熟练程度和异常精妙的地步，如艺术家有时习惯无意识地运用内部艺术语言进行艺术构思，忽然不期然而然地有所得；有时在物化为艺术作品的过程中，也习惯无意识地运用外部艺术语言创作出了艺术作品的某一片段，或某一乐句，或某一局部画面等。这是每一个成熟的文艺家都有的经验。

自觉地运用艺术语言和非自觉地运用艺术语言是同一的。在艺术创作过程中，自觉地运用艺术语言是起主导作用的，也是非自觉地运用艺术语言的前提和基础；非自觉地习惯无意识地运用艺术语言，是在长期自觉运用艺术语言进行艺术思维的前提和基础上产生的，有时在此基础上还会开出艺术思维的最灿烂、最神奇、最迷人的花朵——艺术灵感的出现；它与自觉运用艺术语言进行艺术思维的目的和任务是一致的，并且直接接受自觉运用艺术语言的自觉艺术意识的指引和检验。否则，很难形成职业习惯无意识地运用艺术语言进行艺术思维，更难开出艺术思维中这样璀璨迷人的艺术灵感的花朵。根据艺术思维的实际情况来看，自觉运用艺术语言和非自觉运用艺术语言是互相交替进行的，它们两者从起始到往复循环的终了，都是相互补充、相得益彰地同一着的。特别是一个处在激情旺盛之年的已经开始成熟的艺术家，自觉运用艺术语言和非自觉运用艺术语言的能力都已进入鼎盛时期，两者频繁地互相交替运用的同一性就更显得突出而又奇妙了。那种把自觉运用艺术语言进行艺术思维和非自觉运用艺术语言进行艺术思维对立起来的论点是不科学的。

5.诸种艺术语言的交替运用律

艺术语言包括文学语言（文学语言又包括形象语言和抽象语言）、表象语言和起类似文学语言作用的各种艺术表现手段等方面内容。而这些不同的艺术语言符号又都表现为内部艺术语言和外部艺术语言、自觉运用语言和各种无意识运用语言。可见，艺术语言是个复杂的语言符号系列。这种多种多样的艺术语言符号是如何有序地遵循一定规律进行运作的呢？原来它们是遵循着以始终捕捉某一种规定着艺术类别的艺术语言符号为主要目标和主要任务的。为此，随时根据需要，其他相关的艺术语言符号也就随时与之交替地运作起来。如文学构思，是以捕捉内部形象文学语言为主要目标的，间或也用内部抽象文学语言（如提炼主题和处理难题等需运用抽象语言），有时又会用上表象进行想象，情感特别激动时，还会表现出职业的习惯无意识各种语言符号活动。又如绘画构思，始终以捕捉特定需要的线条、色彩、造型和画面结构等绘画语言符号为主要目标和主要任务，间或也会运用上表象、文学语言（包括形象语言和抽象语言）。其他各门类艺术构思，也都是以体现和规定该种艺术特征的艺术语言为主要目标和主要任务，间或也会交替地运用上其他种类艺术语言符号的，直至艺术创作完毕，才会终止诸种艺术语言符号交替运用的活动。

在诸种艺术语言符号交替运用的过程中，有时还会出现这样的情况：随着自觉交替运用内部艺术语言和习惯无意识地运用内部艺术语言的联合作战的力度和主动性的增强，从而把与之相应的本能无意识艺术心理活动和激情也都调动起来，真是达到了如醉如狂、难以自制的境地。这往往便是艺术灵感到来时的特征。艺术灵感就是自觉和非自觉地同时运用几种不同的内部艺术语言符号进行艺术思维而产生的强大和积极的效应的表现。

以上五种运用艺术语言符号进行艺术思维的基本规律也是互相制约、互相补充、互相促进的。当艺术工作者自觉地从理论上认识了这五条基本规律以后，便会奋发努力地创造优越条件，以便做到自觉地有效地运用和驾驭这些规律，更加准确、更有把握地创作出更多的优秀艺术作品。

我们知道，艺术语言的美与不美取决于是否准确、精练、鲜明、真挚、生动而又美妙地表现出特定的艺术形象（或艺术意境）和思想感情，这也是衡量艺术语言美与不美的标准。我们在艺术心理学中研究艺术语言的目的，就在于找出如何自如地、巧妙地运用和驾驭艺术语言进行艺术思维和艺术创作的基本规律。

艺术语言是随着社会实践的发展而发展的，因为，艺术心理和艺术思维的内容本身就是特定时空下的产物，表现特定时空下艺术心理和艺术思维的艺术语言，自然、也必然是随之发展而发展的。惟其如此，任何一个优秀的艺术作品才可显示出它的时代特色和个性特色。

（原载吕景云、朱丰顺：学术专著《艺术心理学新论》第二章，文化艺术出版社1999年版。此次略有修改。）

第二编 艺术心理学新论

艺术心理学新论的研究对象与研究方法

研究任何一门学科，都要首先明确它的研究对象。艺术心理学新论的研究对象是什么呢？我们认为，它与已经出版问世的有关艺术心理学著作的研究对象是不尽相同的。为了弄清楚这个问题，先让我们谈谈艺术心理学（或称文艺心理学）研究的对象问题。

一 艺术心理学新论的研究对象

艺术心理学研究的对象问题，学术界是有着各种不同的阐释的。我们认为，对于“艺术心理学”这一名称是可以顾名思义的，因为这个名称定义得十分明确，也非常科学。所谓艺术心理学，就是研究有关艺术方面的心理特征和心理规律的学科。

心理学分一般心理学即普通心理学和各个专门行业的心理学两大类。所谓普通心理学（一般心理学），是研究一般人，即任何行业的人的共同心理现象和心理规律的学科。只要是生理正常的人，在任何社会生活和环境以及在任何实践中，都会有感觉、知觉、表象、记忆、注意、想象、思维、情感、意志、个性、气质等心理现象，普通心理学就是研究这些一般人共同的心理现象和心理规律的。

所谓各个专门行业的心理学，实际上是指各个不同行业的特殊心理现象和特殊心理规律，如军事心理学、医疗心理学、商业心理学、工业心理学、农业心理学、教育心理学、艺术心理学等等，都有它们各自不同的心理特点和特殊规律。这些不同行业的心理学与普通心理学的关系，是特殊和一般、个性和共性的关系。我们知道，普遍性对于特殊性来说，具有高度概括的特点。因此，普通心理学对各个专门行业的心理学研究有着一定的指导意义，但它不能代替各个专门行业心理学的研究。从各个专门行业心理学中也可以看出普通心理学的内容，但它毕竟不是普通心理学。作为一门特殊的艺术行业的心理学与普通心理学自然也是具有这种个性与共性、特殊性与普遍性的关系的。文艺方面的一切心理现象和心理规律有它自已的特殊性，因此，凡是属于艺术活动中的一切心理现象和心理规律，都是艺术心理学研究的对象和范围。如文艺家的艺术心理（包括艺术个性心理和艺术心理定势等）、文艺创作心理、文艺作品心理、文艺欣赏心理和文艺批评心理等，均属于艺术心理学研究的对象和范围。

一般和特殊是相对而言的。艺术心理学对普通心理学来说，固然是具有它的特殊性，然而对各门类艺术心理学，如绘画心理学、书法心理学、建筑心理学、音乐心理学、舞蹈心理学、戏曲心理学、电影心理学等来说，却又变成了一般艺术心理学了，因为它是从各门类艺术心理现象和规律中概括出来的共同的艺术心理现象和规律，而其他各门类艺术心理则又算是特殊的艺术心理学了。

艺术心理学既然是研究艺术专业方面的心理现象及其规律的科学，就又必然是艺术学科所属的一个分支。因为，艺术学包含着艺术社会学、艺术心理学、艺术创作学、艺术欣赏学、艺术批评学、艺术风格学、艺术类型学等内容。如此看来，艺术心理学既是普通心理学的一个分支，又是艺术学的一个分支，这是就它的来源说的。如果就它的内容、性质和作用的特性来说，它既不同于普通心理学，也不同于艺术学，它已经是具有自己独特的特点和规律的一门学科，否则，它就不能成为一门真正独立的学科了。也就是说，凡是一门学科既已脱胎独立出来，我们就再也不能说它是一门交叉学科了，这样说只有在追溯它的来源时才有意义。就像一个婴儿，一生下来就已经具有他自己的特性和独立存在的特点了，我们不能说，这个婴儿是没有他自己独立存在和特性的父母交叉的婴儿，这只有追问他是谁生的婴儿的时候才有意义。总之，艺术心理学是一门具有自己特殊内容体系、特殊性质、特殊规律和独立存在的学科，它不再是普通心理学，也不再是艺术学，自然更不能说它是普通心理学和艺术学相交叉的学科了。

从语文基础知识——语词结构的角度来考察，也可以殊途同归地得出上面所做出的结论。如“普通心理学”是个主从结构的词组，“心理学”是主词，“普通”是个限制词，即限制主词“心理学”的范畴和性质的从语。也就是说，这里所说的心理学，不是别的方面的心理学，而是指普通的即一般人所共有的心理现象和心理规律的心理学。同理，“艺术心理学”中的“艺术”这个从语是限制这个词组中主语“心理学”的范围和性质的；这里所说的心理学不是别的，而是专指艺术方面的心理学。以此类推，军事心理学、医疗心理学、教育心理学、商业心理学等等，均属这种主从结构的关系。而且，这种主从结构关系是不能颠倒的，颠倒了，主便变成了从，从便变成了主，其含义甚至性质也就跟着变化了。由此也可以看出，艺术心理学不是艺术学和普通心理学交叉的学科，也不是心理学和美学交叉的学科，这些提法都容易造成混乱，也容易否定艺术心理学自身特有的特点、特性和特殊规律及其作为一门学科的独立性。

在这里，值得提及的是：美学心理学、审美心理学和文艺心理学三者是有一些区别的，因为这三者的限制词是有一些区别的，它们的含义不是完全一致的。而文艺心理学和艺术心理学倒是可以而且应当完全一致，从广义的和根本的意义上说，文学作品也是一种艺术，即语言的艺术，它甚至是影响更广、功能更大、拥有群众最多的一种艺术。

以上辨析希望能得到学术界的认同，以免造成概念上的混乱，名不正往往会造成言不顺的。

至于说艺术心理学与哲学、美学、心理学、文艺学、审美学、生理学、脑科学、人类学、历史学、系统论、控制论、信息论等有着某些联系或密切关系，那是千真万确的事实。科学分类虽然有着绝对的需要，但也带来许多局限和不方便的地方，特别是人类历史发展到二十一世纪的科学非常发达的时代，科学分类的相对意义便进一步呈现出来，每门学科均已发展到仅依靠本学科所具有的知识和研究方法，已经不能解决研究过程中出现的难点和要点了，而是十分需要依仗其他相关学科所取得的最新研究成果和最新研究方法来进行“会诊”，才有可能突破和解决。各个学科在某些问题上需要互相借鉴、互相吸取最新成果的养分而又保持越分越细的学科独立性和它特有的特点，乃是今天人类科学事业发展的特点和必然趋势。如心理学，经过一个多世纪，由普通心理学发展到各门类专业心理学（包括艺术心理学）；艺术心理学又发展为各门类艺术心理学。可以预见，各门类艺术心理学还将会分得更细，如戏剧心理学可分为表演心理学、导演心理学、舞台美术心理学、戏剧（曲）文学心理学等等。正因为学科分得越来越细，所以越需要借助相关学科的研究成果和研究方法。也就是说，学科越向纵深发展，越需要加强横向联系。从系统论观点看，小而言之，每一门学科是一个系统；大而言之，自然科学、社会科学和思维科学综合起来也是一个系统，然而它却又不排斥各门学科特有的特点和独立性。例如，艺术心理学中的艺术心理的本质和规律问题，需要运用唯物辩证法的哲学观点和方法才有可能揭示出来；艺术灵感的生理机制问题则需要运用脑科学、神经生理学、实验心理学、人类学、生物进化论、控制论、系统论等自然科学有关的成果和知识及其研究方法，才能把它揭示出来。但是我们不能因此说，艺术心理学是这些学科的交叉或混合体，因为，虽然它吸取了这些学科的营养和研究方法，但并不影响到艺术心理学这门学科应有的特性和独立性，恰好相反，倒是更有力地发展和提高了这门学科具有的独立性的地位。

本书第二编所论及的“艺术心理学新论”，区别于已出版的诸多艺术心理学著作所流行的艺术家心理、艺术创作心理、艺术欣赏心理、艺术批评心理及各门类艺术心理等分类的写法，从这些分类的具体内容中抽取和概括出一些重要的基本理论和长期以来尚未得到解决的难点（有些难点往往也就是重要的基本理论）和空白来予以重点分析和阐述。这些重要的基本理论、难点和空白有些在艺术心理学中是具有全局性和根本性作用的，对它们阐发清楚了，则艺术心理学中的其他具体问题和诸方面艺术心理现象可能有助于解决。

二 艺术心理学新论的研究方法

在科学研究中，由于客观事物是无限多样的，所以研究的方法也是多样的；又由于客观事物是无限发展的，所以一切科学研究的对象和方法也是不断发展和不断丰富更新的；还由于每个科研工作者研究的理论水平、知识的广度与深度、思维方法、实践经验和能力、研究的视角和兴趣等各不相同，所以他所选用的研究方法、途径等也就不同。客观真理的相对性和绝对性是对立而又统一的。在特定的时空范围内，在特定的对象和具体条件下，相对真理具有绝对性；超出或远离了这个时空和具体条件的范围，真理便变成了谬误。如牛顿的力学就属这种情况。但是，我们不是相对主义论者。爱因斯坦的相对论的伟大发现，堪称人类征服自然的又一大跃进，但并不否定牛顿在一定时空范围和条件下依然具有真理性；弗洛伊德发现无意识的作用，并不能否定意识是人类心理活动的主要内容；弗雷泽和列维·布留尔发现原始人类特殊的思维方式，也并不否定文明人类思维方式的高级水平。绝对真理是无限个相对真理的历史长河，每个历史阶段的人只能发现与之相应的时代的相对真理，却不能穷尽绝对真理的长河。

对同一事物（或问题）的研究，每个人和每个时代的人都会带有自身特有的“参考系”（即主体的特定时代精神和主观努力的不同条件、不同视角、不同思维方法和研究手段等诸因素的组合）投入工作，因此得出的结论也就不尽相同。然而，这一被大家所研究的事物本身却是有着它自身固有的特征、本质和发展规律的，这是任何人和任何参考系所改变不了的。参考系有优异和非优异之分，不是任何参考系都能使人对事物的认识上升到一个新的高度，只有具有优异参考系的人，才有可能使他的认识上升到一个新的高度，即提高到现代科学和现代思想文化应有的新的水平。

基于以上认识，我们认为，研究方法及其体系是属于“参考系”中的一个极为重要的内容，它集中地反映了研究者的世界观、方法论的性质及其科学性程度，反映了他原有的科学理论和文化的水准，反映了他运用方法的实际科研能力和发现真理的可能性程度，同时，在一定意义上也反映了他所处的时代以科研意识为中心的科研文化和科研水平与风貌。

正因为这样，一门学科研究的对象确定以后，便是要找出研究它的合适的方法。由于当代每门科学都已发展到很高水平，并继续不断地向纵深发展，科目越分越细，这就势必使得提出来的许多重点和难点问题所涉及的科目很多，除了运用本学科的研究方法以外，势必还要借助于其他相关学科的研究方法。有时为了解决某一难题，需要运用多个研究方法，否则，就很难将研究推进一步。特别是对具有指导全局性的哲学方法论的掌握是至为重要的。因为，哲学问题是世界观和方法论的问题，它是自然科学和社会科学的共同规律的概括和总结，所以，它是指导研究一切科学的方法论。这就是说，哲学的方法论和各门学科诸多具体研究方法是统一的，即一和多的统一，它们共同构成了一个比较完整的方法学系统，代表了我们时代的以科学研究意识为中心的科研文化的水平与风貌，也是研究者们进行科研过程中的“参考系”的主要内容。

（一）“辩证唯物论”的方法论在方法学系统中的作用

应当承认，“辩证唯物论”的方法论是一种科学的方法论，它在方法学系统中居于最高层次，在某种意义上起着指导全局的重要作用，它渗透在研究全过程的各个方面和各个学科诸多具体方法之中。

唯物辩证法至少可以给我们提供下面几个大的研究和思维的原则：

（1）“客观性与主观能动性相统一”的原则；

（2）“解决主要矛盾和解决次要矛盾相结合”的原则；

（3）“量变和质变相结合”的原则；

（4）“分析和综合相统一”的原则；

（5）“辩证唯物主义哲学方法论和各学科诸多具体方法相统一”的原则。

钱学森同志在武汉《文艺学方法论学术问题讨论会》上的书面发言指出：“世界上的一切理论，都是一层一层地概括的，到了最高层次就是哲学，就是人认识客观世界、改造客观世界总结出来的最高原理，最具普遍性的原理。这种最具普遍性的原理就是辩证唯物主义。科学是个整体，而不是分割的，所有的科学之间都是互相联系的，所有的科学技术最高的概括就是哲学。哲学指导我们一切科学部门的研究。当然，这不是说马克思主义哲学是僵化的，恰恰不僵化。因为，它通过九个桥梁与各门学科相联系，如通过自然辩证法作桥梁与自然科学联系起来，通过历史唯物主义作桥梁与社会科学联系起来，通过数学哲学作桥梁与数学联系起来，如果把学科分成九个方面，便有九个桥梁通到马克思主义哲学；而各门科学的发展又通过桥梁反映上去，发展和深化马克思主义哲学……文艺理论要发展，必须建立在正确的基本理论观点上，即要符合马克思主义哲学，在这个前提下，什么方法都可以用，包括所有的有效方法。方法是根据问题的需要来选择的。”这段话说得十分正确、全面而又透彻，不失为一位大科学家居高临下的宽广胸怀和智慧眼光，也是他一生从事自然科学研究并取得杰出成就的亲身经历的深切体会。可见，辩证唯物论的方法论与各学科诸多方法是统一的，它永远是开放的、发展的，“随着自然科学领域中的每一个划时代的发现，唯物主义也必然要改变自己的形式”。因此，它永远具有强大的生命力。

例如，戏曲创作与演出便需要贯彻唯物辩证的方法论及其他有益的方法，解决诸如进行戏曲创作如何将个人体验、书面资料及相关舞台演出的成败信息（参照系）的有机融合，按照唯物辩证的原则去广泛地占有第一手资材；在艺术构思和舞台演出时，如何能站在历史及现代意识的高度去观照历史、反思文化，使作品及其人物体现出时代精神和现代意识；如何按照戏曲艺术本身所特有的舞台时空及戏剧观念的规律，处理好继承借鉴和革新创造的辩证关系，如在戏曲舞台设计中，如何体现出写意戏剧观指导下的戏曲艺术在假定性、虚拟性、程式性等方面对舞台布景、道具、灯光、服装等的特殊需求，使京剧姓“京”，又有利于充分发挥戏曲表演载歌载舞的优势和特色，强化舞台声、光、色对现代戏剧的重要作用，创作出中国的“音乐剧”，以进一步与世界戏剧接轨（当代欧美的音乐剧很有市场）；在戏曲表演方面，如何协调和创新处理好戏曲对现代生活表现的局限，即现代生活与戏曲程式的矛盾，努力创造新的戏曲程式，以符合戏曲表演的规律，并广泛地吸取世界现代各重要表演体系与流派的优长以“为我所用”；在戏曲演出与观众欣赏的问题上，如何处理好戏曲作为世界重要的戏剧表演体系、作为“国宝”与青年观众的“接受”问题，等等。

（二）“系统论”方法

路·冯·贝塔朗菲创立了“系统论”。所谓“系统”，就是由许多元素构成的相互间具有有机联系，并具有特定功能的一个载体。也就是说，任何一个系统中，都有各个组成部分——元素或要素，各个元素之间具有有机联系，而系统外部有环境，它与环境之间的联系形成特定的功能。所以，贝塔朗菲把“系统”定义为：“处于一定的相互关系中的与环境发生关系的各个组成部分的总体。”所谓“系统方法”，就是用系统论的基本观点去研究所要研究的对象，即从整体出发，考察其内部各个元素之间的结构质及其与外部环境之间的功能质，从而加以综合地处理问题，以达到最佳目的的一种方法。

“系统论”所指的系统、元素、结构、功能、环境等一整套范畴，都是偏重于它们的结构功能及信息流程的研究的。根据近代和现代自然科学证明，凡是客观的事物都有质量、能量和信息三种属性，这三种属性又都以一种具体形态表现出来，而系统论只充分利用事物的信息这一属性。“系统论”所确立的系统、元素、结构、功能、环境等一整套范畴和原则，给我们提供了一个对任何一个系统（不论系统的大小和性质如何）都可以套用的框架（仅仅是个框架）。

系统的规模大小是相对的。大而言之，整个自然、人类社会和精神世界都可以看成一个系统；小而言之，物理学中的分子、原子、中子、粒子也算是一个系统。由于系统的大小是相对的，所以，系统论方法适用的范围很广。

此外，系统论所强调的系统、子系统、亚子系统、多层次、多维向等范畴，使我们观察和研究问题时能做到比较全面、比较系统，更为自觉地避免只看一点、不及其余和只见树木、不见森林的片面性。

从运用系统论方法研究艺术心理学来看，艺术心理学研究的对象所包含的内容不外乎这样几个大的元素：艺术家的个性心理、艺术创作心理、艺术作品心理、艺术欣赏心理、艺术批评心理等。这些元素是有着内在联系的，它们有机地构成了艺术心理学的系统。从艺术心理学的这些元素中考察它的结构、功能及其与外周环境的密切联系的关系，这样是有利于对艺术心理学的深入研究并从宏观上把握其形成、发展及其所产生的社会意义的。系统论的研究方法和传统的历史的研究方法与逻辑的研究方法相结合，加上艺术心理学自身的传统研究方法与相关学科研究方法相结合，那效果就更好了。另外，我们也可以把文艺创作中主体的心理活动和艺术思维活动看成一个相对独立的系统，其中包含着世界观、历史观、人生观、审美观、艺术观、科学文化知识、专业知识、实践经验、想象力、艺术思维力、意志、情感强度十二个元素，其中每个元素又包含着许多子元素。由上可以说明，系统论方法适用范围是很广的。

（三）“控制论”方法

作为当代自然科学中“天之骄子”的控制论，研究的主要对象是信息，是研究生物、机器装置和人类社会等不同性质的系统对于信息的利用和控制的共同规律。电脑和人工智能所控制的对象就是信息，如信息交流、反馈调节、定向控制、自组织、自调节等共同控制规律，都是以信息为其对象和内容的。也就是说，任何一个控制系统的控制，都是建立在它们对于反映周围环境及其本身状态的种种信息的获取、传输、变换、处理和利用的基础上的。所以，从这个意义上可以说，信息是控制论的基础，离开了信息就无所谓控制。控制过程的本质是信息的变换和处理的自动化过程。

作为检验是否能达到预期目标的反馈原理，就是研究如何通过反射环路不断接受信息的调节过程的。人们认识客观事物的本质和规律，往往需要反复实践的过程，这个过程也就是反馈调节的过程。而控制论所说的信息的获取、传递、加工、利用和反馈，实际上就是模拟人脑认识或反映客观外界事物的物质过程。这种反映了人、生物和机器（电脑或人工智能）获取、传递、加工及利用信息的共同规律，有力地证明了感觉和观念与有机体和外部客观世界之间信息交换的相互联系的密切关系。

控制论方法在“艺术心理学”中怎样运用？这个问题实际上就是要回答“艺术心理学”和“艺术思维”究竟是怎样在艺术创作（包括二度创作）、艺术作品、艺术欣赏和艺术批评中起控制作用的？这也正是前面所提到的艺术心理学在艺术掌握世界方式中是占首要地位的内容。也就是说，“艺术心理学”本身就是直接研究如何首先由主体的心理活动和艺术思维活动来认识、把握和控制客观世界的。可见，研究艺术心理学的目的和作用是完全能够与控制论的原理和作用相吻合的，因而，控制论方法也就可以直接应用于艺术心理学的研究中了，只不过艺术心理学是偏重从艺术的心理方面来认识、把握和控制客观世界就是了。

从控制论观点来看，艺术创作、表演、欣赏、批评等都是人们自觉地、有目的地进行控制的过程，而艺术心理学则要求首先从心理（即思想）来认识和控制创作或表演或欣赏或批评的客观对象（客观内容）。以其中的艺术创作来说，它是一个相对独立的控制系统。它包括信息源——社会生活、艺术知识和其他有关知识的获取；决策机构——大脑对有关信息的利用和加工（包括艺术想象和艺术思维等）；执行机构——运用艺术语言将所构思成熟的艺术意象物化为作品；反馈线路——作者的体验、内省、推敲、修改以及读者和评论者的评价等等。在这整个控制过程（包括各个环节）中，都是首先以艺术心理的活动来开路的，离开了艺术心理的活动及其首先开路的控制（认识和把握）作用，一切控制环节和过程都成为不可能。这说明对艺术心理的深入研究是十分重要的，可推进艺术学进一步向纵深发展，有助于许多创作和欣赏中的难题的解决。

当然，运用控制论方法研究艺术心理学也是有局限性的，它仅仅是从一般的控制功能的规律上来说明一些艺术问题，而不能解决艺术学及艺术心理学的特殊问题，如对于社会生活的丰富多彩的具体形态、具体性质和具体发展规律，对于每一个作者主观能动性的各个元素的具体表现、具体特征、具体发展过程，以及对于艺术作品的具体形象的特征、特殊性质、特殊规律等问题，它是置之不顾的。因为，电脑只从功能上模拟人脑的思维活动的一般过程，而不可能从人的生理结构和性质上模拟人的思维活动的具体过程。艺术的特殊性问题只能用艺术学自身所规定了的方法加以研究和解决。

除了哲学方法论、系统论方法、控制论方法以外，其他各学科所用的各种具体方法就更多了，我们可以根据具体问题的需要，灵活地择用。因为，这些具体方法都是只有在特定条件下才被选用的，虽然其中有的方法被选用的机会稍多一些，但毕竟都是单个的具体方法，如进行实地考察的有调查法、观察法、实验法、测量法、比较法等；逻辑思维的有分析法、综合法、演绎法、归纳法、推理法等；心理方法的有内省法、催眠法、联想法等；历史方法有历史法、横切法、溯源法、定性法等等，都是可以根据研究的需要，随时选用的。甚至在辩证唯物论的方法论指导下，同时选用两个以上具体研究方法来“会诊”地帮助解决某个课题中的难题，也是常见的。

以上说明，“辩证唯物论”的方法论、“系统论”方法、“控制论”方法，以及“其他各学科诸多具体方法”构成了科学“方法学”的体系。在这个“方法学”体系中，充分说明了下列必须遵循的几个原则：理论与实践相结合的原则；逻辑方法和历史方法相结合的原则；实地考察与内省相结合的原则；社会科学方法与自然科学方法相结合的原则；定性和定量相结合的原则；等等。

（四）方法是根据研究对象的性质、任务和需要来选用的

在对文艺理论的深入研究中，我们深感灵活地选用方法的重要性。因此，我们是很自觉地运用辩证唯物论的方法论来指导和审视全部问题的，力求避免主观主义和形而上学的片面性与封闭性。在这个前提下，再根据问题的性质和需要来选择具体的研究方法。

如对“意象思维逻辑形式和逻辑规律”的探讨，需要“逻辑推理法”（包括推理和类比法）、“类型比较法”、“询访法”（询访了11位文艺家）、脑科学、心理学方法、“内省法”、艺术学方法等多种方法的综合运用。

对“艺术掌握世界方式”的含义和“艺术思维”是艺术掌握世界方式内容中居于首要内容的阐释，是受历史唯物主义的“生产方式”观点的启发并由此采取“类比联想法”而深入进行推理的结果。

研究“艺术语言的特征及其活动规律”问题，需要运用“符号论”方法，把艺术语言看成是符号，即在艺术心理活动和艺术思维活动过程中，除了运用艺术语言外，还可以把表象和各种艺术表现手段、物质载体和媒介等都看成是艺术语言符号。只有这样，才能得出艺术语言是艺术心理活动和艺术思维活动不可缺少的工具的结论。否则，按照斯大林的“语言”含义便难以下这个结论了。

对“艺术心理定势”的深层结构、神奇功能及其成因的研究，需要运用“系统论”方法、“历史”方法和“对比”方法。这样，才能找出艺术心理定势中诸元素及其有机的组合状态，再找出它形成的过程，进而将文艺理论和艺术心理学中长期存在的不少难点——诸如直觉、灵感、无意识、天才、艺术思维的神速性和艺术技能、才能超群的神秘感等原因，得到较清晰的揭示和科学的阐释。

“艺术心理的特征”的正确把握需要“比较法”和“综合法”。因为，凡是事物的特征都是在比较中见出的，任何事物的特征都至少具有两个以上，特别是一个大的比较复杂的事物，更加具有多个特征，而且每一个特征都是由多个因素的规定性相结合的产物，这就需要细致的科学的综合，否则是不能抓住事物的主要特征的。

对“艺术灵感发生的生理机制和神经来路”的探讨，需要脑科学、神经生理学、“实验心理学”方法、“传记法”、“阅卷法”、“内省法”、“系统论”、“控制论”、“唯物辩证法”等方面的知识和方法，才能找出它赖以产生的生理机制和神经来路，这个工程是很艰巨的，前后花了我们整整两年的时间。

“无意识”的六种不同类型、不同性质和不同作用的结论，是经过大量阅卷、询访（访问钢琴家、胡琴演奏家、舞蹈家的技术熟练程度——习惯无意识的活动情况等）并运用“观察法”、“比较法”、“历史方法”（人类大脑及其神经系统逐步完善的发展史）得出的。特别是有一次在红领巾公园先后观察两位六七十岁老人在手心上滚健身球，发现先一位老人在和一位熟人打招呼时，手心中的健身球就停止了转动，待那位熟人走过后才又滚了起来；后一位老人则不仅在和别人打招呼时手中还在继续滚健身球，甚至在指挥儿子、儿媳、小孙子排好座位照相的整个复杂动作过程中，他右手里的健身球一直不断地连续滚动，显然已经达到了“习惯无意识”地滚球的境地。这与老胡琴师的许多拉胡琴的指法和技巧均已达到习惯无意识的境地的情景是一致的。这就使我们最后毫不犹豫地断定，无意识是有不同种类之分的，于是进一步将各种不同无意识汇集起来进行比较和分类，才写出了六种不同类型、不同性质、不同作用的无意识的文章，得到学术界的好评。

从上面的事例可以看出，方法是根据课题的性质、任务和需要来选定的，有时甚至同时要运用多个方法才能解决一个课题。这就进一步证明，辩证唯物主义哲学方法论和各学科诸多具体方法是统一的。这里所说的各学科诸多具体方法，自然包括西方当代哲学和现代派中的一些行之有效的具体方法。也就是说，这个方法学的体系是开放的，包含了一切行之有效的具体方法在内的，所以，它是具有优异性的。

（原载吕景云、朱丰顺：《艺术心理学新论·绪论》，文化艺术出版社1999年版。此次略有修改。）

原始社会的技艺和技艺心理的演变

一 原始社会的技艺和技艺心理

（一）“艺术前的艺术”指的就是“技艺”

关于艺术和艺术心理产生的年代，中外学者众说纷纭。有的认为，艺术和艺术心理是与原始人类的劳动同步产生的；有的认为，旧石器时代晚期欧洲岩洞壁画标志着艺术的产生；有的认为，新石器时代的彩陶才是艺术产生的标志；等等。

在这里，有个值得探明的问题，即原始社会中出现的所谓“艺术”能不能与文明社会的专供审美和欣赏的艺术等同起来看待？黑格尔是很敏锐地意识到两者的区别的，他把原始社会各个阶段上出现的所谓艺术称之为“艺术前的艺术”，这与后来其他史家们称之为“史前艺术”的意思差不多。黑格尔等人的这些表述，首先承认了“艺术前的艺术”或“史前艺术”与文明时代的“艺术”有着很大区别，因此，在“艺术”前冠以“艺术前的”或冠以“史前”等限制词，这不能不算是学术认识上的一个进步。但是，这些表述的缺点似有尚未找到能够替代“艺术”的合适的词汇之嫌。

我们认为，在艺术和艺术心理尚未从技艺和技艺心理中分化与独立出来以前的“艺术前的艺术”或“史前艺术”，都不过是包含着某种“艺术因素”的一种技艺罢了。因此我们认为，把“史前艺术”和“艺术前的艺术”等一律称之为“技艺”，比较符合它本来的历史面貌，也显得比较科学一些，所谓技艺，它不同于一般技术，而是包含着某种“艺”的因素（如对称、均衡、规整、比例等）的技术。这个纯粹从实用的功利出发的“技艺”的概念，正好能准确而又科学地涵盖艺术和艺术心理正式产生以前的整个原始社会的一切“艺术前的艺术”或“史前艺术”的内容；同时，也把专供审美和欣赏的艺术与艺术心理同只从实用功利出发的技艺与技艺心理区别开来了，并且还把两者的继承关系科学地表述了出来。

古希腊对艺术的看法和我们想象的很不相同。古希腊的“技艺”一词一直沿用到文艺复兴时期才从其中分离出“艺术”这一新的概念。古希腊所说的艺术是指生产性的制作活动和制作技能，特别是指技艺，而不是指产品。由于轻视体力劳动，希腊雕塑虽堪称不可企及的典范，但在当时，雕塑、建筑和绘画都没有被纳入艺术范畴，而是把它们看成是一种工匠的技艺。他们只重视巫师们朗诵的诗的艺术，而贬低造型艺术。诗与画的对立在古希腊表现为诗对整个造型艺术的排斥。如古希腊盖伦把艺术分为自由艺术（或称智力艺术）和平民艺术（或称奴隶艺术）两种。所谓自由艺术是指修辞学、几何学、算术、辩证法、天文学、语法学等，这与今天的艺术概念是完全不同的。所谓平民艺术则是指一种手艺。可见，他们所谓的艺术，实际上只是指的一种技艺。这种情况，一直延续到十六世纪文艺复兴时期，绘画和雕塑艺术得到巨大的发展，并形成了一个高潮，造型艺术在历史上才第一次取得了与诗同等的地位，由技艺一跃而正式成为艺术了。由此也可以看出，艺术和艺术心理是从技艺和技艺心理中分化和独立出来的，而早期的刚刚分化和独立出来的艺术的概念是不确定的，而且与今天艺术的含义是完全不同的，它是一个历史的发展的概念；艺术和艺术心理分化和独立出来以后，技艺和技艺心理依然保持它原有的特点和特性继续发展着。如我国直到现在，民间尚在使用技艺和手艺等概念；有的国家和民族目前也有运用技艺或手艺等词的，以示与艺术的区别。可见，“技艺”这一术语用以取代“艺术前的艺术”或“史前艺术”，以示与文明时代的专供审美与欣赏的“艺术”的区别，是恰到好处的。

那么，艺术和艺术心理究竟是在什么年代正式从技艺和技艺心理中分化与独立出来的呢？我们认为，艺术和艺术心理必须要等到原始社会发展到一定历史阶段，即发展到原始社会晚期和向文明社会过渡的阶段（奴隶制国家正式建立前为止）才能产生，亦即才能从以往发展起来的成熟的技艺和技艺心理中分化与独立出来；在此以前的原始社会任何阶段的“艺术前的艺术”或“史前艺术”，均只能一律称之为一种技艺。

（二）艺术心理是从技艺心理中分化出来的

从进化论、考古学、人类学、原始文化学、原始思维学、人类心理发展史、儿童心理学、脑科学、发生认识论、历史唯物论等学科研究的最新成果来看，原始人类的心理、技艺心理和艺术心理的发展顺序和规律是：

1.无意识心理状态

（距今约3000万年—1000万年，即类人猿时代）

2.简单意识的产生和发展

（距今约1000万年—400万年，即旧石器时代前期阶段）；

3.混沌意识与技艺心理开始产生

（距今约400万—100万年，即旧石器中期前半段时期，或称打制石器前期阶段）；

4.巫术意识与技艺心理的发展

（距今约100万年—4万年，即打制石器中期阶段）；

5.图腾意识与技艺心理鼎盛时期

（距今约4万年—6500年，旧石器时代晚期，即打制石器后期至新石器时代中期）；

6.后期彩陶意识与艺术、艺术心理开始分化和独立出来

（距今约6500年—5000年，即新石器时代晚期至向文明社会过渡阶段）。

从上面排列的原始社会各个发展阶段的心理和技艺心理的不同特点中，可以清楚地看出，艺术和艺术心理是在原始社会末期并向文明社会过渡的阶段，才开始从成熟的技艺、技艺心理中分化独立出来的。决不像有的学者说的，艺术和艺术心理是与原始人类的劳动同步产生的，彩陶技艺也谈不上就是艺术。我们认为，这些说法都是不符合原始社会进化和发展的客观规律的

（这个论点后面将详细论证）。

原始人类或原始社会是一个绵延了3000多万年的漫长的历史过程，其中包括约2000多万年类人猿无意识心理发展阶段；约600多万年旧石器前期简单意识发展阶段；约300多万年打制石器前期的混沌意识发展阶段；约90多万年技艺和技艺心理发展阶段；约5000年艺术和艺术心理从发展成熟的技艺与技艺心理中分化独立出来的发展阶段。所以，我们研究原始人类或原始社会中的任何一个问题，都绝对需要把问题提到当时的历史背景和条件下来加以客观地分析和研究，以求还其历史的本来面貌，而不能用我们今天的科学水平和认识水平来衡量原始人类的心理和技艺心理。法国著名人类学家列维·布留尔在其名著《原始思维》中曾深刻地指出，用现代人的思维或认识去解释原始人的思维方式，“越合理就越不合理”。我们不能用今天所理解和确认的艺术与艺术心理的概念，来衡量原始社会各个历史进化阶段所表现出来的各种不同的技艺和技艺心理，甚至将它们两者等量齐观，即都看成是艺术；同样，也不能把不同历史发展阶段上的东西等同看待，如把简单意识和混沌意识等同看待；把动物有灵论和万物有灵论等同看待；把巫术的起源与图腾的起源混同起来；把各个不同阶段的技艺和技艺心理等同起来；等等。否则，就难免要从根本上违反历史的本来面貌了。

下面让我们分别考察一下原始人类各个进化阶段不同的心理和技艺心理的特征，从而看出艺术和艺术心理到底是什么时候从高度成熟了的技艺和技艺心理中分化与独立出来的。

二 从心理、技艺心理到艺术心理

（一）本能无意识心理阶段（类人猿时代）

地球形成于45亿年前，约15亿年后地球上出现了最早的原生的单细胞生物；6000万年前左右，哺乳类动物在生物界居于统治地位。距今3000万年至1000万年，一支善于攀援和觅食的类人猿的无意识心理活动已经相当丰富；

在这段时间的后期开始产生了某些朦胧的意识，如有意识地觅食、采摘、同类相依等。可见，无意识是先于意识产生的，至少比意识先产生2000多万年。在与一般动物相类似的无意识心理支配下的类人猿，自然根本谈不上有什么技艺和技艺心理了。

（二）简单意识的产生及其发展（旧石器时代前期）

到了距今1000万年至400万年，即旧石器时代前期，东非腊玛古猿便最早地运用自然木石做工具。这是一件了不起的创造，它说明了腊玛古猿有着不同于一般灵长动物的简单意识和智慧；它标志着人猿揖别和人科之始，即人类开始从动物中分离出来。他们过着在简单意识指导下运用自然木石做工具的以采集为主的原始群体生活。随着漫长的600万年的运用自然木石的实践过程，脑量在逐渐缓慢地增大，意识的作用也就随之缓慢地在增强着。他们认识事物的方式是最先进入他们眼中的一些经常与之接触的实体，因而直观地识记这些实体。在此基础上，久而久之，才在大脑皮质上形成简单意识和对自己具有了生命的感知，随之而来的护生意识也逐渐地增强。但是，无意识心理活动依旧占据着主要地位，他们还只能做到如何适应环境，这是由于他们所运用的自然木石改造自然的能力极为低下的必然结果，这也是简单意识先于比较复杂的混沌意识产生的原因所在。

在简单意识支配下的只知道运用自然木石做工具的腊玛古猿，自然也就谈不上有什么技艺和技艺心理了。所谓技艺是必须在发展到一定历史阶段，能够用自己的双手制造出某种工具或用品，并且在制造这种工具或用品的技术中包含着“艺”的因素（如对称、均衡、规整等），才能称得上是技艺。所以，当原始人类发展到旧石器中期，即人工打制石器出现以后，才有可能产生某种技艺和技艺心理。

（三）混沌意识与技艺心理的产生

在距今400万年至100万年，即旧石器时代中期前半段时期，亦即打制石器前期，是能人完成直立人的过渡阶段，也是混沌意识开始占统治地位的时期。由于在长期运用天然木石的基础上，原始人类开始意识到自然木石工具常常不能按照人的狩猎目的和要求起作用，于是东非腊玛古猿在世界上最早开始使用人工打制的石器。这表明他们已在头脑中有着一定的改善工具的目的、如何改善、改善的结果会带来什么好的效果等认识，也就是说，意识相对于无意识来说，又明显地提高了一步（无意识和意识的消长是个几百万年的漫长的过程）。就在这个时期，人科旁系南方古猿也开始学会了打制石器工具。打制石器的技术和经验一经推广，人类便开始进入普遍使用打制石器时代的前期阶段。打制石器不仅给狩猎带来了更多方便和提高了合目的性的生产效率（自然木石有时找不到，找到了也不一定合乎使用目的），而且随着打制石器的技术的提高和经验的不断丰富，眼界逐渐开阔，脑量也逐渐增加起来。如南方古猿在距今350万年至260万年间脑量是500毫升，100万年后即在距今175万年时，能人的脑量增至600毫升，这就使自觉意识也随之跟着发展起来。

这时期，由原始人群发展为母系氏族为中心的氏族公社，原来的族内原始群婚制改为族外群婚制，火已普遍使用，语言也由以前的单音节词发展为多音节词。但是，对巨型动物尚不能捕猎和制服，于是动物有灵论产生了。他们开始是运用简单的类比法，即把自己的灵性看成动物的灵性，认为动物和人一样有感觉和灵性，因而对动物的灵性产生崇拜（动物有灵论先于万物有灵论）。这就是说，原始人类这时期的思维特点是处于动物和人不分、幻想和现实不分、主观和客观不辨的混沌状态。这也就是列维·布留尔在《原始思维》中说的，原始思维中普遍存在的主体与客体、社会和自然、人和动物、生命与无生命、世俗与神圣之间神秘“互渗”的“原逻辑”的思维方式。原始人类发展到这个阶段，由于他们所接触和思考的事物多了起来，但是，他们对所接触的许多事物及其相互关系却又不可能正确地认识，因而形成了一个比较混杂的混沌意识。这是打制石器前期阶段必然的产物和表现。这种混杂的混沌意识在很大程度上一直延续到新石器时代才逐渐被分化。

在这个将近300万年的打制石器前期阶段，特别是这个阶段的后期，原始人类开始产生了技艺和技艺心理。在他们打制的石器中，有不少具有一定技艺特点的从实用功利出发的石器，如人工打制得很规整、很对称，因而很好使用的石刀、石斧等工具。这些工具反映了打制石器前期原始人类开始产生的技艺和技艺心理的水平和状况。这种技艺和技艺心理是只有从人工打制石器开始以后经历了很长一段时间，才有可能产生和发展起来的，它们既标志着人类的自觉意识在狩猎劳动和生活中开始占到了一定的地位，也反映了原始人类的手的灵巧性的发展程度，同时也是原始人类第一次用自己的双手开创了从未有过的技艺和技艺心理，谱写了原始人类的创造和智慧的史诗。

在这里，值得着重说明的是：从特定的实用功利出发的技艺（包括它的产品）和技艺心理与文明时代的专供审美和欣赏的艺术与艺术心理是很不同的，但它们之间又有某种相同的因素。

从它们之间不同的方面来看。

首先，目的不同。前者是从实用的功利出发而进行制作的；后者则是从审美和欣赏出发而进行创作的。其次，如从对称、均衡、规整等形式的创造来看，前者之所以创造出这些形式，完全是为了使用，石刀、石斧、石球等的对称、均衡和规整等形式能产生狩猎等工作效率高的效果，这是从长期使用的实践经验中总结出来的认识，绝非是他们已经懂得了审美，也就是使用意识先于审美意识的产生；而后者创造和运用这些表现形式则完全是为了艺术审美和欣赏的需要。第三，从技艺和技艺心理的特点和性质来看，在古代，“技”和“艺”是未分的，“技”是主要的，“艺”（对称、均衡、规整等）则是从属于“技”的需要，是附属的。事物的性质是由矛盾的主要方面决定的，“技”既然在技艺中占主导地位，因此，它决定技艺的性质，技艺的实用功利的性质便是由“技”的目的、作用和性质所决定了的。也因此，技艺中的“艺”的次要因素也就必然被打下了社会实用功利的性质，即绝对地服从“技”的实用功利的需要。正因为这样，两者才有机地结合在一起，形成技艺所特有的特性。这也是本文不用“艺术前的艺术”或“史前艺术”这些不大科学的术语而要采用“技艺”这个术语的原因所在。第四，从产生的不同的历史背景来看，技艺和技艺心理是在旧石器时代中期的前半期，即打制石器的前期（距今400万年—100万年）开始产生的，那时的能人尚处在向直立人过渡阶段，他们的心理和意识尚处在混沌意识水平上，无意识心理活动仍占很大比重，手还只能操作石器的打制，甚至对石器磨光的技艺尚不知为何物，怎么可能就设想这时的原始人类——能人会有艺术和艺术心理的出现呢？就是到了新石器时代前期，人类懂得了磨光制作新石器的更高一级的技艺，也还是谈不上头脑中有什么明确的审美意识和艺术欣赏意识。因为，专供审美和欣赏的艺术与艺术心理则是必须要在新石器时代晚期和进入文明社会初期，在社会分工和私有财产出现的历史条件下，才可能从发展成熟的技艺和技艺心理中分化与独立出艺术和艺术心理。

现在再来看看技艺和艺术、技艺心理和艺术心理具有相同的一面。

前面已经提到技艺包含着技和艺两个方面的内容，即技艺具有两重性：一是技术性，是为了某种实用的功利性质；二是这个技术不同于一般的技术，而是具有对称、均衡和规整等“艺”的因素的技术，而这个“艺”的因素是与后来出现的艺术是一致的，也是相同的地方。一旦技艺中的“艺”的因素发展、壮大和成熟起来，便可从技艺中分化和独立出艺术来，艺术心理也便可从技艺心理中分化和独立出来。这就是说，技艺和艺术既是两个不同的东西，但两者却又具有“艺”的相同的一面，否则，也就谈不上技艺在历史发展进程中有什么将“艺”分化和独立出来的问题了。但是，又必须强调指出：当它尚未分化和独立出来之前，技艺是无论如何不能与艺术等同起来的，技艺心理也是不能与艺术心理等同的。

当人类发展到文明时代的二十世纪三十年代以后，美学研究进一步发展，审美的需要进一步普及和提高，人们又提出了一门崭新的学科，即技术美学。这实际上是把打制石器时代就已开始出现、后又经人类各个历史阶段不断发展起来的各种技艺命名为技术美学（其实，技术美学不如改用技艺美学来得更确切更科学）。这标志着当今人类审美的需要已发展到非常普及，普及到各个方面和每一个角落，这与打制石器时代只从实用功利出发、尚无审美观念的技艺，是有着天壤之别或是性质上的不同的。也可见，当今中外学术界把石器时代（包括新石器时代）的技艺看成就是一种艺术，把技艺心理看成就是艺术心理，实在是站不住脚的。

（四）巫术意识与技艺心理的发展

这是距今100万年至4万年，即打制石器中期阶段。在这个阶段的前80万年，原始人类已经完成了向直立人的过渡，成为完全的直立人。打制石器的品种增多了，使用效率也提高了一步，手的灵巧性也提高了一步，随之脑量也增加到800毫升，即在这80万年中增加180毫升（上一阶段的能人在100万年中只增加100毫升），意识的作用开始超过无意识的作用。因为与自然和社会接触的面逐渐宽广起来，所以遇到的问题也就多起来，但他们又不能做出科学的理解，因而在动物有灵论的基础上进一步提出万物有灵论。另一方面，又因为打制石器的进步和意识的增强，人们对如何制服有灵的万物，特别是制服其中有灵的动物的幻想和意图也增强起来，所以，有经验的聪明的狩猎者终于想出了企图制服有灵动物的巫术招数（后不断推广并用在制服其他有灵事物上去）。这表现了原始人类开始为维护自己的生存而加强了抗争意识，并表现了抗争的勇气和信心，发挥了幻想的智慧和才能。

毫无疑问，巫术在我们今天看来，是十分荒谬的原始的落后意识和行径，然而，它在当时的历史背景下却是具有重大的现实意义的。自从创立了巫术以后，原始人每次出去狩猎之前，都要严肃庄重地举行一番巫术仪式，祷祝狩猎顺利和丰收，也显示了原始人对有灵的动物（后来还包括其他有灵的事物）是可以通过人的智慧来制服的信念和才能。在打制石器的中期，原始人类一方面设法如何将石器打制得更合目的性一些，以提高狩猎的效率；另一方面，在动物有灵论进而发展到万物有灵论的氛围和思想水平下，他们也只可能设想出制服有灵动物的虚幻的巫术招数，这就是以巫治灵的法术，即企图以求神之术来制服有灵之物。这虽然是有虚空的歪曲的理解现实世界的荒谬一面，但是，我们又不能不看到，当时的打制石器的合目的性和狩猎效率的提高同时也提高了他们与“灵”抗争和企图“伏灵”的大智大勇，所以，我们不能过分低估巫术及后来的图腾的出现在人类社会及其相应的思想意识的发展史上的重要的过渡意义。正像十七世纪以来的某些科学假设被后来的科学实验证明是错误的，但又不可否认这个假设在当时历史条件下的必要性的意义一样，在特定的历史条件下，荒谬的东西往往是不可避免地合乎群情需要的东西，因为，这是人类不可避免地必经的过程和历史阶段。巫术和后来出现的图腾在特定的历史阶段和特定的意义上，“艺”（技艺中的“艺”）能够给人类增添征服自然的勇气和智慧，同时在天灾、人祸和不吉利的困境下，也是多少能给人带来心灵幻觉上的慰藉和寄托的。只是后来到了人类进入文明时代特别是到了科学发达的时代，它们的虚幻的荒谬的实质才被逐步地充分地揭示与暴露出来，成为不可再信的迷信和戏谑的历史的陈迹。

在打制石器中期的后16万年，即古智人时期，打制石器的花样增多了，打制石器的技术也提高了不少，脑量也明显地增加得更快了。在古智人生存的25万年中增至1200毫升至1400毫升，即净增加400毫升至600毫升，比前一阶段的80万年中增加180毫升的速度多出数倍。人类的心理活动基本上由自觉意识占主要地位，而无意识的作用已退居到次要的地位了。生命意识明显地增强，语言也进一步发展起来。人们开始认识到族外群婚的弊端和对偶婚姻的好处。巫术意识和活动也比较普遍（有经验的猎人主持巫术仪式）。与此相应的技艺和技艺心理也得到了进一步的提高。除了打制石器的技艺和技艺心理有明显的提高以外，人们还懂得对死者的尊敬而运用赭石、赤铁石埋葬，穿孔的小珠和兽牙等技艺也比较普遍，狩猎前的巫术仪式显得更为隆重，而且多是模仿动物和猎人姿态。这些技艺和技艺心理都是从功利出发的，或是表现一种心境的，与后来产生的审美艺术和审美心理的距离还是很远的。

总之，巫术从打制石器中期开始产生，到打制石器后期的普及，再到最后与统治整个新石器时代的图腾与图腾意识结合为用（巫术先于图腾产生），先后绵延了几十万年的时间。人类的心理和认识不仅是由低级向高级的发展过程，而且有时甚至几乎常常是把谬误当成真理，因为，人类荒谬的思想和行径往往也能展示出人的勇气、信心和智慧。要知道，没有这个在一定意义上展示人的勇气、信心和智慧的荒谬的桥梁，是不能达到生存真理的彼岸的。“莫将今人笑古人，安知后世不论今”，说的正是这个道理。

（五）图腾意识与技艺心理鼎盛时期

在距今4万年至6500年，即旧石器时代晚期至新石器时代中期，是从古智人发展到能自由思维的现代人的阶段。图腾意识、图腾和图腾文化是从旧石器时代晚期（打制石器后期即距今4万年至1万年左右）开始的，到了新石器时代，图腾、图腾意识和图腾文化便逐渐具有完整的形态，并占到了统治地位。这是由少数发展比较快的地区，已经出现了以磨光、均匀为特点的新石器工具和人工取火、弓箭等的普遍使用，逐步发展为母系氏族转为父系氏族公社和定居农耕村落的必然结果。据考证，在距今5500年左右，由古智人进化而成的现代人的脑量增加到1400毫升至1600毫升，2万年中增加200毫升至400毫升，已经接近现代人的脑量。这说明人类大脑新皮质的发展已具现代人的规模和水平了，意识已经占到了绝对的主导地位，而无意识已经退居到被人们忽略为无足轻重的次要地步；口头语言已经相当发达；手也变得相当灵巧，能建筑成木制定居的房屋和适合农耕事业发展的村落。在这样一个物质、思想和文化背景下，创立具有幡号性质和表示特定信仰和具有凝聚力的崇拜物的图腾、创造为巫术仪式所需要的欧洲岩洞壁画与雕刻的技艺，也就是合乎规律的自然的事了。

图腾是多种历史文化因素的综合的产物。第一个因素，是从打制石器中期以来积累起来的具有几十万年巫术意识及与之相应的技艺经验；第二个因素，它是在新石器时期提高了生产效率和农业大兴起的前提下，人们定居为村落和父系氏族公社大发展的需要；第三个因素，它是早期的动物有灵和万物有灵的思想向纵深的发展和升华——如今只集中信仰和崇拜代表祖宗的一物一灵；它既可以表示寻根返祖和对崇拜物信仰的幡号，对内有着强大的凝聚力，对外则又具有彰目的名称和独立不可侵犯的威力。基于如此种种原因，所以，它有着强大的生命力，到了新石器时代便成为普遍的社会组织幡号和形式。也正是因为这样，图腾与历史上遗传下来的巫术（包括巫术仪式）及与之相应的技艺、技艺心理是具有一致性的，所以，两者在某些方面便结合为用。巫术是以动物有灵和万物有灵为前提而设想出来的招数，而图腾则发展为崇拜某一种动物（或某一种植物），并与寻根返祖的“祖宗”概念联系起来，同时充分利用和发展了巫术的仪式，这便形成了图腾的特点和完整形态。这是定居为村落后的返祖意识与新的社会组织形式兴起后的必然结果。

图腾表现了原始人类丰富的想象力，它把对某种动物崇拜与祖宗的观念联系起来而加以物态化的表现形式——图像化造型，如象征华夏氏族以蛇崇拜为主体构成的龙图腾、表示东部氏族集团从鸟演化而来的凤图腾、生殖崇拜的性图腾、祈祷丰年的植物图腾等均有符号化的形式。[①]这些图像化造型当然不是从审美需要出发，而是从图腾的功利需要而想象和制作出来的一种更为复杂的技艺，它具有象征性特点，因而对以后的象征艺术的产生起了很重要的作用。另外，因为图腾是与巫术结合为用的，所以，代表部落图腾集体举行巫术仪式活动时，常常载歌载舞。这种实用功利性的歌舞技艺，是在旧石器时代中期便开始产生了的，由当时巫术活动所需要的简朴歌舞技艺发展而来，这就为以后的纯属审美需要的歌舞分化和独立出来，准备了必要的前提条件。

图腾既是在特定历史条件下产生的，所以当原始社会发展到新石器时代后期，农业氏族公社内部出现了新的社会发展因素，如铜器的使用，农耕生产和驯养兽类均有了剩余，氏族首领和主持仪式的巫师的专职化，社会分工，家庭中出现家奴，私有制开始产生以后，以图腾为标志的农业氏族公社开始逐渐解体。

旧石器时代晚期在欧洲出现的、为中外学者公认为标志“史前艺术”第一繁荣期的岩洞壁画，也是合乎该历史发展阶段的客观规律的：第一，应当说，欧洲岩洞中的壁画和雕刻是巫术鼎盛时期的必然产物。从巫术产生后的几十万年来的实践活动中，各代主持巫术仪式的猎人，积累了对野兽特点、习性和活动规律的深刻认识和丰富经验，也充分总结和提高了对兽类形象描

① 李泽厚：《美的历程》。

绘的技艺；第二，这些岩洞壁画的目的，是为举行较大规模的狩猎巫术仪式而采取的不寻常的举措。那时尚未产生单纯的审美观念和需要，也不可能到一片漆黑、阴森可怖的岩洞底下去描绘专供审美和观赏的壁画的；第三，壁画中的各种动物的形象虽然堪称是“史前艺术”第一繁荣期的代表作，洞穴壁画是在远离动物的情况下非写生的记忆性复现。从各种逼真的动物图像上，可以看出原始人的“延迟模仿”力很强，但是，它们毕竟是显得比较幼稚和粗拙，组合和排列上也缺乏整体艺术感，只是大体上勾画出了一些野牛、野熊等动物的形体。这种水平的壁画，在旧石器晚期所具备的诸种有关条件下，对那些年长有经验的猎人来说，是完全有可能达到的；第四，至于调色板的运用，在当时原始人类已经进入到与现代人相接近的能够自由想象的思想水平，其脑量也发展到与现代人相接近的程度，手的灵巧性也已开始接近现代人水平，更何况既然懂得运用简单的几种颜色画动物图像，就必然相应地懂得要运用简单的调色工具，这是一点也不奇怪的。以上的分析并没有贬低这些岩洞壁画应有的历史地位，而是说，在当时的人类历史进化的程度，是具备画这些动物形体的技艺的能力的。如果上溯4万至5万年，即放在旧石器时代中期，恐怕就不具备画这些壁画的条件和水平了。

为什么标志着史前技艺文化第一繁荣期的岩洞壁画仍旧不能称之为艺术，而只能算是一种技艺呢？这在上面实际上已经做出了解答，即它们不是为了审美和欣赏的需要，那时的人类尚未产生艺术的概念和审美的观念，仅仅是从巫术的需要出发的一种模仿野牛野熊等制作的技艺。我们不能用现代人的艺术审美的观念强加于旧石器时代晚期的人类，这是不符合历史真实的。但是，正如前面所分析的，这种从巫术目的的需要出发制作的技艺是包含了艺术的因素的，而且是发展到比以往任何技艺中的艺术因素都要水平高的艺术因素。这就是说，技艺和技艺心理中的艺术与艺术心理因素是随着原始人类历史的进化而不断壮大和发展的。当它们壮大和发展到一定历史发展阶段，便有可能从技艺与技艺心理中分化和独立出来。从旧石器晚期，以欧洲洞穴壁画和壁画心理为主要标志的史前第一繁荣期，至新石器晚期，以彩陶技艺和技艺心理为主要标志的史前第二繁荣期，便说明了人类的技艺和技艺心理已经发展为一期比一期成熟，其中所包含的艺术和艺术心理的因素也一期比一期更为壮大、更为丰满和更为成熟，以致丰满和成熟到必然迟早要从技艺和技艺心理中分化和独立出来，正像怀胎十月的婴儿，要从母体中脱胎而出一样。

由上可见，在新石器时代晚期和进入文明社会以前，艺术和艺术心理尚未正式从技艺与技艺心理的母体中脱胎而出时的一切具有对称、均衡、规整的石器工具、石雕、佩戴的圆珠、穿孔兽牙、兽骨、文身、女雕像、岩洞壁画、彩陶和诸种歌舞乐等等，均无不是从实用需要，或巫术图腾需要，或代表勇敢、智慧和自豪感，或部族的生息繁衍的生殖崇拜等功利目的出发而制作的一种技艺。因为，在产生这些技艺和技艺心理的原始人类的心理中，尚不知艺术美和艺术审美为何物。

（六）后期彩陶意识与艺术、艺术心理的产生

在距今6500年至5000年，是艺术和艺术心理从后期彩陶技艺与其他各种发展成熟的技艺中开始分化和独立出来的时期，也是新石器时代晚期至开始进入文明社会初期（即人类第一个文明社会——奴隶制国家正式建立以前）的历史阶段。

彩陶的前身——陶器在新石器时代初期便普遍出现了。由于定居农耕，人们对各种土壤的特点和性质非常熟悉，为制造陶器提供了条件和需要。彩陶是进一步提高了的农业家庭生活不可或缺的急需用品，所以应运而发展起来。

开始制成的陶器比较粗糙。随着新石器时代的发展，制陶的技艺越来越高。到了新石器时代中期，开始出现了彩陶，或称前期彩陶。此时彩陶技艺中的“艺”的因素尚未得到提高和丰富，而且受巫术和图腾的影响颇大，画的多是与巫术、图腾有关的图纹。到了新石器时代晚期和向文明社会的过渡阶段（奴隶制国家正式建立前），彩陶的内容丰富、花样繁多，所表现出来的技艺显得十分成熟，特别是其中“艺”的因素更加显得突出出来。彩陶上绘制的各式各样的动物非常生动逼真，如奔驰的野鹿，张口吞噬的大鱼，跳跃的青蛙，人面鱼纹、各种形状的鱼纹、人面纹、兽形和兽面纹、鸟纹、植物花纹、舞蹈纹，以及各种圆圈纹、葫芦纹、半弧纹、折线纹、旋纹、水波纹、日月纹等等，真是包括了人类原始社会的采集、渔猎、农业、手工业和自然界与社会生活等诸方面内容。这些丰富多彩的彩陶技艺已经充分发展和充实了“艺”的内容，突出了“艺”的特点，也大大提高了“艺”的水平，这是史前第一繁荣期欧洲岩洞壁画和雕刻所难以相比的，也说明“艺”这个胎儿在彩陶技艺的母体中已经发育成熟，行将要脱胎而独立出来了。

在这段历史时期的末期出现的彩陶（或称后期彩陶），许多工艺简直是特意加工美化的，如各种镂空花纹、细长的高脚杯、鬼脸式鼎足凸起纹等。此外，还出现了装饰性的陶杯、骨珠、石璜，各种玉石工艺品，刻有透雕花纹的象牙梳、刻有透雕花瓣纹的象牙筒，松绿石镶嵌的骨雕工艺品，用玉石玛瑙制作的璜、环、镯、坠、珠等，还有刻花鱼形骨匕、双头鸟骨匕等等。这些工艺品明显表现出装饰艺术已开始从各种技艺中分化和独立出来的迹象，同时也为以后的青铜器纹饰及各种艺术和艺术心理分化与独立出来准备了充分的条件。

所以从这个意义上看，新石器时代晚期和向文明社会的过渡期（奴隶制国家正式产生前）的彩陶和彩陶文化，是集以往原始社会诸文化、特别是集以往诸技艺与技艺心理之大成的结果，因而也是以后的一切新的艺术和艺术心理由此脱胎而出的母体，即为文明人类的艺术和艺术心理的出现揭开了序幕。紧接着在向文明社会的过渡阶段，先后从这个大型母体中分化和独立出来了专供观赏和审美的音乐、舞蹈、歌谣、抽象写意画、雕刻、象形文字等，它们是或直接移植和模仿，或变形效法和嫁接，或是在它的启迪和引发下进行新的开拓和发展。

总之，“艺”的因素发展得特别突出而又丰满成熟的后期彩陶技艺和彩陶文化（包括与彩陶相应的其他技艺文化）对各种艺术和艺术心理的产生起了十分重要的摇篮作用，它是人类史上开始区分技艺、技艺心理和艺术、艺术心理的分水岭，也是史前技艺文化第二繁荣期高潮的重要标志，又是结束原始社会而向文明社会发展的前奏和先声。

当艺术和艺术心理从技艺与技艺心理中分化和独立出来以后，人类的诸种技艺依然保留着，并随着人类社会的发展而发展着。正像人脑在几百万年进化过程中逐渐产生和发展了大脑新皮质，而对原来的古皮层却仍保留着，并让它对新皮质起着辅助和加强运作的作用；也正像前面所提到的自觉意识产生、发展和起主要作用后，却依然保留着无意识心理活动的辅助作用；巫术意识的产生和发展依然保留着混沌意识的作用；图腾意识的产生和发展仍旧保留着巫术意识的作用等一样。发展总是离不开继承的。

为什么只有当原始社会发展到新石器时代晚期和向文明社会过渡阶段，才会产生专供欣赏和审美的艺术与艺术心理的呢？

专供欣赏和审美的艺术和艺术心理的产生决不是偶然的，必须具备一定的物质条件、社会基础、意识发展水平、艺术创作技能等诸条件，然后再集中地从后期彩陶和后期彩陶文化的特性上表现出来。

人类发展到新石器时代后期和向文明社会过渡的阶段，即距今8500年至5500年，便完成了原始社会的整个进化过程（美索布达米亚在5500年前建立奴隶制国家，埃及在5000年前建立奴隶制国家，中国在3500年前建立奴隶制国家）。这是地球上事态发展的第二大转折（地球上事态发展的第一大转折是生命从无机物中脱胎而出，距今约30亿年）。在这个历史阶段，不仅磨光石器发展得丰富多彩，铜器开始推广，而且发明了风箱和熔铁术，开始制造铁器，大大提高了狩猎和驯养牲畜的效率，使肉食开始有了剩余；牛拉犁的普遍使用，带来了农业大发展，使粮食又开始有了剩余；织布机的发明，进一步解决了人类衣着问题；车和船的发明，又提高了交通运输的能力；文字的发明（开始是祭司记事的需要）提高了备忘和传播思想文化的效力。交通方便的农庄所在地开始发展成城市，并建筑城墙和城楼。此时农村公社的酋长，既是军事首长，又是社会组织首领。祭司成了一种专职，还有一批仆从，负担管理各种社会事务。社会逐渐分为贵族和平民两个阶层，家内奴隶制也产生了。社会分工使脑力劳动和体力劳动分离开来。有权势者可以随时将生产剩余品据为己有，这批人不仅具有物质享受的特权，而且也有观赏舞蹈、音乐、诗歌、绘画、雕刻和其他具有鉴赏价值的工艺品等精神享受的需要，于是产生了生活理想意识和审美意识。这样，人的审美意识便开始从混合着是非、得失、好坏、功利和道德等的意识中分离出来，自由想象和抽象推理也能结合起来交替为用。这就是说，一方面，产生艺术和审美的意识的物质基础和精神需要均已充分具备；另一方面，创造艺术的认识水平和技能也已发展到瓜熟蒂落的程度。上面已经提到，集原始社会以来的技艺和技艺心理之大成的后期彩陶技艺及其他诸种技艺，特别是其中“艺”的因素已经发展得非常成熟，随时有可能从技艺中分化和独立出各种艺术和艺术心理。现实社会生活的需要和可能均已发展到非常成熟的地步，于是艺术和艺术心理应运而生焉！正如恩格斯说的：“当人的劳动生产率还非常低，除了必需的生活资料只能提供微少的剩余的时候，生产力的提高、交换的扩大、国家和法律的发展、艺术和科学的创立，都只有通过更大的分工才有可能。这种分工的基础是，从事单纯体力劳动的群众，同管理劳动、经营商业和管理国事以及后来从事艺术和科学的少数特权分子之间的大分工。这种分工的最简单的完全自发的形式，正是奴隶制。”①可见，真正专供审美和欣赏的艺术和艺术心理，是在新石器时代晚期和向文明社会过渡阶段才开始出现的。

此外，还可以从其他几个方面找着旁证：

第一，美学和艺术心理学一直到十八世纪中期才开始先后创立起来的，以往均是附带在哲学或诗话、词话中论及的。也就是说，美学和艺术心理学是很晚很晚才从哲学、诗话、词话中分化与独立出来的。

第二，建筑这门技艺，一直发展到文艺复兴时期才取得把它列为一门艺术——建筑艺术——的资格的，造型艺术此时才真正取得了与诗并驾齐驱的地位，在欧洲文化史上首次使艺术家摆脱了工匠和手艺人的困境。建筑以前一向是被称为一门技艺（中国民间称之为一门手艺，即木匠手艺和石匠手艺）。

① 《马克思恩格斯选集》第3卷，人民出版社1972年版，第221页。

上面两点证明，艺术和艺术心理确实是产生得比较晚的，而艺术学、美学和艺术心理学等产生得便更晚了。因为，它们是一种高档次的精神需求，不到物质生活和精神生活具有相当水平的时候，是难以分化和独立出来的！

（原载吕景云、朱丰顺：学术专著《艺术心理学新论》第十章，文化艺术出版社1999年版。此次略有修改。）

论艺术灵感发生的条件及其神经生理机制

关于艺术灵感问题，历来众说纷纭，到了近现代，虽然经过思维学家、心理学家、艺术家、文艺理论家等不断的揭示和阐释，但总嫌未能透彻。本文试图就艺术灵感的特征、类型、爆发的条件及其神经生理机制等问题，做一些探求，提出一些新的见解。不当之处，请批评指正。

在科学不发达的古代，灵感被染上了各种神秘的色彩和朦胧的面纱。到了近代和现代，不少艺术家和科学家从艺术创作和科学发明过程中爆发灵感的实际感受和经验中，初步总结和描述出了灵感的特征、类型和产生的条件及其对艰辛脑力劳动的依附性，但却阐发得不够全面。新时期以来，一些学者引用西方无意识理论来证明灵感爆发的原因，这自然是一个进步。但是，无意识究竟是怎样产生的？它与意识的关系是怎样的？灵感之赖以产生的神经生理机制是什么？它究竟有哪些重要的神经通路？这些似乎仍是朦胧和神秘的。我们认为，如果不运用当代心理学、神经生理学、脑科学、控制论、信息论、系统论和辩证唯物论等学科所取得的最新成果及其研究方法，是难以比较全面而又准确地总结出灵感的特征、类型和爆发的条件的，更难以揭示和阐明无意识心理活动特有的规律、灵感爆发的神经生理机制以及爆发灵感的几种主要神经通路的秘密所在。

当然，即使在今天科学比较发达的条件下，也很难做到彻底地解决这些问题，只能说，我们的时代给我们提供了可以进入这个极其复杂的脑神经生理机制的迷宫去粗略地察看一番的条件。但由于这个迷宫处处都异常地神秘和复杂，比探索宏观的太空和微观的原子核还要艰难数倍，因此，对这一专题虽然我们花了几年时间的探索，仍旧感到难以彻底解决，只是把我们在这个迷宫中粗略地看到的但尚未被人们发现的几点真实的情况介绍出来。哪怕在灵感问题研究发展的阶梯上能够再步上半级台阶，或是由此能够引起国内外同行朋友们展开这方面的讨论，也就使我们感到十分心满意足了。为了论述的方便和完整起见，还是先从灵感的特点、类型和爆发灵感的条件谈起。但因为这些问题已经为中外学者论述不少了，基本上是明确的，所以这里只作一些简要的概括，重点放在初步阐明灵感爆发的神经生理机制及其几种主要神经通路，这是大家很少涉及的。

一 艺术灵感及其产生的条件

（一）灵感的特征

什么是灵感？从创作的实践经验来看，灵感就是久思不解的关键问题突然在无意识中产生的一种顿悟；从心理学和神经生理学来说，灵感就是大脑皮质中忽然不自觉地形成了一种新的暂时神经联系；从控制论（包括信息论）来说，灵感就是通过无意识心理活动（尤其是其中的习惯无意识）突然发现或接通了所急需的信息（包括脑神经细胞中储存着的信息和从外界突然发现的信息）。如果将这几个方面概括起来，可以说，所谓灵感的实质，就是大脑皮质兴奋中心的神经细胞，经过一段长时间的高度自觉和异常紧张的苦思冥想地寻求急需要的信息材料以后，调动起所有的脑神经细胞的警觉性，特别是调动起了本能无意识、职业习惯无意识和梦幻无意识的心理活动的积极性，[①]因而在无意识心理活动中忽然发现或接通了所急需的信息材料，从而建立起了新的暂时联系。也就是

① 无意识心理活动是有不同种类、不同性质和不同作用的，请参看本书《试论无意识的不同种类、不同性质和不同作用》。

说，它是在一种高度自觉、高度兴奋的有意识的心理活动的推动和调遣下出现的无意识心理活动所表现出来的创造性的心理功能和特征。

一般来说，灵感具有如下几个特征：

第一，就其发生的原因和性质来说，是在经过一段长时间自觉的高度集中注意力、全神贯注于所要思考的问题之后，偶然间在无意识中产生的一种心理现象，即无意识中的顿悟。在这里，必须要说明的一点是：在一切创造性的（包括艺术创作和科学发现）心理活动过程中，由有意识的自觉的心理活动所发现或接通的信息和建立新的暂时神经联系是不能算作灵感的，因为，灵感的主要的也是最基本的特征，是在无意识心理活动过程中，不自觉地突然发现或接通所急需的信息。

第二，就其外在表现来看，正如历来论者所描述的：如痴如醉，如迷如狂，情思超常明晰和敏锐。

第三，就其所占时间来看，灵感爆发是瞬间性或短暂性的：在无意中突然发现或接通了所急需的信息后，很快就通报意识，并以意识为主而一道进行如火如荼的艺术构思。可见，真正属于在无意中发现或接通所需要的信息的时间是短暂的，甚至是瞬间之事。

第四，就其效果来说，灵感是一种突破性的创造性思维活动，是一种无意识心理活动过程中的认识上的飞跃。任何一项科研项目或艺术创作，都会遇到一两个关键性的难于解决的问题，一旦在无意识心理活动中忽然发现或接通了所急需的信息，自然是一个认识上的飞跃和富有创造性的奇迹。

灵感的以上这些特征是容易把握的，也是为中外学者描述得比较多的。在这里要强调的是：这四个特点是有机地联系和结合在一起的，是不可分割的，否则就不能构成灵感了。因为，有意识的心理活动过程中的发现或接通所急需的信息，有时也可以是顿悟的、时间短暂的、如醉如狂的、富有创造性的，而且在大多数情况下的科学发明和艺术创作，都是由发现或接通所需要的信息的这种有意识的心理活动来完成的。可见，只有把这四个特点有机地结合在一起来看，才显出灵感产生的原因和特点在于，它是在无意识心理活动（尤其是其中的习惯无意识）过程中忽然发现或接通了所需要的信息的。

（二）艺术灵感的类型

灵感分为意象思维的灵感和抽象思维的灵感两种。

人类思维只有两种基本的思维类型：一是艺术思维类型，二是科学思维类型。这两种基本思维类型中，每一种思维类型都包含着意象思维和抽象思维两种相互作用相互影响的思维形式，所不同的，只是艺术思维类型在意象思维和抽象思维的辩证统一的联系系统中，以意象思维占相对优势，因为，它的目的是要创造出供人欣赏的艺术形象；而科学思维则是在意象思维和抽象思维辩证统一的联系系统中，以抽象思维占相对优势，因为，它的目的是要探求客观事物的本质和规律。这就是说，意象思维和抽象思维是人类思维的两种最基础的思维形式。在进行两种基本思维形式的思维过程中，必须具备一定的条件才有可能爆发灵感。在意象思维过程中有可能会爆发灵感，在抽象思维中也有可能爆发灵感。正如普希金所说："灵感在几何中需要，在诗歌中也同样需要。"在科学思维方面，如爱因斯坦研究相对论，是在经过多年的苦心思考和坚持不懈的努力钻研的过程中，突然在脑子里爆发灵感，即闪现出关键性的起决定作用的观念：相对性原理——在任何惯性参考系中，自然规律都相同；光速不变原理——在任何惯性系统中，真空光速c都相同的原理，因此最后才创造出了举世闻名的狭义相对论。陈景润在对"哥德巴赫猜想"的论证中，也是在运用抽象数学概念进行推理的过程中突然产生灵感——找出哥德巴赫猜想的理论论据。

在艺术创作过程中灵感爆发的机会那就更多了。比如，列夫·托尔斯泰对他的长篇小说《安娜·卡列尼娜》的人物和情节早就想好了，就是找不到一个好的开端，苦思苦索了很久，也没有想出来。一天，一个偶然的机会，他拿起普希金的《别尔金小说集》，翻到最后一章的第一句："在节日的前夕，客人们开始到了。"他突然兴奋地叫喊起来："真好！就应当这样开头。别的开头一定要描写客人如何，屋子如何，可是他马上跳到动作上去了。"他立即走进自己的书房，坐下来写出了《安娜·卡列尼娜》的头一句：“奥布朗斯基家里一切都乱了。”

在艺术思维中也可以爆发抽象思维的灵感，如托尔斯泰构思《复活》的主题。《复活》的原型来自托尔斯泰的朋友科尼对他讲的一个故事：在科尼担任地方检察官时，有个青年找他，说自己准备同一个女犯人结婚。这个女犯人叫罗扎丽雅·奥尼，是个下等妓院的妓女，因为偷了喝醉酒的嫖客100卢布被判了刑。科尼听了这事后大吃一惊，虽然他多次劝阻，青年人仍坚持要结婚，女犯人也表示同意。不久，女犯人得斑疹伤寒死去，婚礼未能举行。据女监看守说，罗扎丽雅的父亲是贵族的佃户，父亲死后女主人收她当佣人，她在16岁时被青年人（女主人的亲戚）诱奸，有了身孕后又被女主人赶走。她走后生活越来越过不下去，终于沦为妓女。

对尖锐的社会问题具有强烈敏感性的托尔斯泰被“科尼的故事”深深打动，认为“情节极好，好得很，我很想写”[①]。但是在具体创作中却进展困难，接连几年创作一直不顺手。究其原因，就在于托尔斯泰想抨击沙皇统治专制制度的强烈情感，没有能与“科尼的故事”很好地结合起来。直到1895年（《复活》创作于1889—1899年），他才在11月5日的日记中写道：“现在出去散步，我清楚懂得《复活》为什么写不下去：开头写得不对……我懂得了应该从农民生活写起，他们是主体，是积极人物，而其他不过是影子，是消极人物。”由此可以看出，托尔斯泰在多年的艺术探索之中，由于主题的定位没能与笔下的主人公相契合，致使创作进行不下去。当他运用抽象思维忽然在散步中发现和找到了真正的主人公——下层被压迫的农民时，便将注意力和强烈的感情从贵族聂黑留道夫转移到劳动者卡秋莎身上。因此，在《复活》的开头，托尔斯泰安排贵族聂黑留道夫与受害者卡秋莎两人在法庭相见，受害者卡秋莎坐在被告席，而有罪的聂黑留道夫却坐在陪审员的安乐椅上。通过这种强烈的对比，使《复活》所表现的，不再是贵族悔罪的故事，而是通

① 多宾：《生活素材和艺术情节》，第108页。

过对一个下层普通劳动者卡秋莎悲惨命运的揭示，提出对专制制度强烈的控诉，同时也使后面的创作顺畅了。在艺术创作中爆发灵感的事例是举不胜举的。

科学研究中爆发的灵感与艺术创作中爆发的灵感是有区别的。在科学研究中爆发的灵感多属抽象思维范畴，它们是运用抽象的概念、判断和推理的形式和遵照抽象思维的规律进行思维的。与一般的抽象思维（非灵感的抽象思维）所不同的就在于：科学研究中所爆发的灵感是一种突发式的理论顿悟。因为，在推理中长时间未得到解决的问题忽然触机想出了解决的途径和答案。物理学家杨振宁说："所谓灵感，是一种顿悟，在顿悟的一刹那间，能够将两个或两个以上以前从不相关的概念串联在一起，以解决一个搜索枯肠仍未解决的难题，或缔造一个科学上的新发现。"但在科学思维中有时也会出现意象思维方面的灵感，如牛顿忽然看到树上苹果掉到地上，而不掉向别的方向，顿悟出地球具有引力的道理。只是在科学思维中出现意象思维方面的灵感的机会要比出现抽象思维方面的灵感的机会少一些，而且往往只是起一个引发抽象思维中的顿悟爆发的作用。这是由科学思维要揭示事物的本质和规律这一特点和任务所决定的。所以，在科学思维中的灵感是以抽象思维方面的灵感为主的。

有人认为，灵感是一种与意象思维和抽象思维相并立的具有独立性的思维形式，即第三种思维形式，这是站不住脚的。从严格的科学意义上说，人类头脑中的思维仅有意象思维和抽象思维两种思维形式，这是有客观具体事物和人的生理条件做充分依据的。从客观事物来说，任何客观具体事物都是外在具体形态及其内在本质与规律这样两个方面的有机统一，反映到人脑中来，便产生以表象为材料的意象思维和以概念为基础的抽象思维两者的统一。由于人类在长期生产劳动、科学研究、艺术实践以及与之相应的生活实践中，形成了大脑皮质各大区域的分工，右脑半球神经细胞分管意象思维，左脑半球分管抽象思维，大脑前额部分则总管计划和调度行动（总管和发号施令），中间胼胝体神经束把各区域联结起来，形成统一的既有意象思维和抽象思维分工的生理机制，又有最高计划对行动发号施令的总的生理机制。

由上可以看出，人类只有意象思维和抽象思维两种思维形式，在意象思维和抽象思维中都有爆发灵感的机会，因而灵感可以分别归属到这两种思维形式中去。当在抽象思维中爆发灵感时，其灵感活动是采用抽象思维的思维形式并遵循抽象思维的逻辑规律的；当在意象思维中爆发灵感时，其灵感活动是采用意象思维的思维形式并遵循意象思维的逻辑规律的。艺术思维和科学思维中都有爆发意象思维或抽象思维的灵感的可能，只是在艺术创作中爆发意象思维的灵感的机会多一些，而在科学思维中爆发抽象思维的灵感的机会多一些罢了。因此，灵感是不能成为独立的第三种思维形式的，就连持灵感“独立论”者，也承认灵感自身“没有固定不变的思维形式，而是兼用形象思维[①]和抽象思维的具体思维形式”。因为，灵感总是在一定的意象思维或抽象思维的基础上继发性的一种顿悟的心理现象，而不是毫无思维基础的独立的自发产生的。

由上可见，艺术思维、意象思维是各有其不同含义的，不应将它们混淆起来，虽然它们也有相同的一面，即意象思维仅是艺术思维中的一个主要内容。因为，任何一种独立的思维形式，都必须具有它自己独有的逻辑的思维形式和思维规律，如抽象思维是运用它独有的概念、判断、推理等思维形式和必须遵照的独有的思维规律（形式逻辑中有不矛盾律、排中律、充足理由律等规律；辩证逻辑中有质量互变律、矛盾律、否定律等）；而在意象思维形式中则亦有它自己独具的逻辑的思维形式——基形意象、完形意象、群形意象、易形意象，以及必须遵照的独有的思维规律——和谐律、融合律、理想律。[②]而灵感却不具有它特有的独立的思维形式和独有的思维规律。如果是属于抽象思维方面的灵感，则是运

① 应改为“意象思维”，作者注。详见本书《也谈艺术掌握世界方式》中“艺术思维与意象思维的区别”和本书《意象思维逻辑论》。

② 详见本书《意象思维逻辑论》。

用抽象思维的思维形式和遵循抽象思维的思维规律；如果是属于意象思维方面的灵感，则是运用意象思维的思维形式和遵循意象思维的思维规律。

（三）爆发艺术灵感的条件

爆发艺术灵感必须具备一定的条件，这些条件是在长期努力学习和实践中创造出来的。

第一，艺术家大脑神经系统中要储存着丰厚的生活信息、文化科学知识信息，特别是专业知识信息。控制论所研究的就是各种控制系统的信息利用和信息控制的共同规律，其中自然首先包括人脑这一更为复杂完善的控制系统的信息利用和信息控制的规律。任何生物体和机器的控制系统都是建立在对反映周围环境及其本身状态的种种信息的获得、传输、变换和处理的基础上的。文艺创作也是一种控制的过程，即对社会生活信息、科学文化知识信息，特别是专业知识信息的获取、变换、加工、完善化和理想化的能动的控制过程。获取和储存着大量生活信息和其他各种知识信息是艺术灵感产生的最基本的先决条件。掌握哪方面生活信息和知识信息越丰富，就在哪方面有更多机会爆发艺术灵感。“灵感是最美妙的物质之花”，此之谓也。

第二，艺术心理定势的重要作用：所谓艺术心理定势，就是指艺术家在以往长期学习和实践中业已形成并固定下来的、影响甚至决定以后观察和思考问题的既定之心理。任何一个艺术家在体验生活和创作构思之前，均有其业已形成和比较固定的世界观（包括方法论）、历史观（包括政治观）、人生观、审美观、艺术观（包括艺术旨趣）和个性等心理。这些既定之心理，势必会影响或决定对客观生活的态度、选材、艺术构思等思维活动，势必会影响到自觉的有意识的心理活动和不自觉的无意识的心理活动，因而也就会或多或少、或强或弱地影响着艺术灵感的内容的确定和引发的可能性。

第三，必须具备一定的创作经验和艺术思维的能力。曹禺创作名作《雷雨》和《日出》之前，是经过了小学、中学和大学等十多年的努力学习中外名作和长期练习写作的；郭沫若创作名诗《地球啊，我的母亲》和《凤凰涅槃》之前，也是经过长期练习写诗的专门训练的。一个从未学过写诗或是根本不具备作诗的能力的人，是根本不可能获得作诗的灵感的。

第四，寻找解决问题的优势兴奋中心的建立。在任何创作过程中，都有可能会遇上某个一时难以解决的问题。集中注意力和全神贯注地寻求解决难题，从而建立优势兴奋中心，是直接引发艺术灵感不可缺少的条件。所谓难题，是因人和因课题而异的，或待创作的推动，或待主题的明确，或待艺术意象的发现，或待结构的明晰，或待表现手法的选定，或待某个妙语的推敲等等，无一不可以建立兴奋中心，也无一不可以调动起无意识心理活动的积极性，从而引发出艺术灵感的可能性。

创造以上四个爆发艺术灵感必备的条件，都需要长期地进行艰辛的劳动；而且这四个条件是互相为用、互相协作的有机统一体，哪一个方面薄弱都会影响到这个产生灵感的有机统一体的功能的发育和健全。

二 艺术灵感的生理机制

（一）意识和无意识的生理机制

具备了爆发艺术灵感的诸条件，仅仅说明了艺术灵感爆发的可能性。但是，艺术灵感爆发究竟是怎样由可能性变为现实的呢？艺术灵感的产生是与无意识心理活动分不开的。那么，无意识究竟是怎样起作用的呢？它与意识究竟是个怎样的关系呢？艺术灵感爆发的神经生理机制的内部构造究竟是怎样的呢？

为了阐明无意识和意识的关系，首先需要从心理发展的历史过程谈起。

根据现当代科学研究的成果和材料证明：心理的发生和发展是有一个漫长的历史过程的，在这个历史发展的过程中又呈现出许多不同的阶段。最早是原始生物的普遍相互作用，进而发展到选择性反应（指非生命自然界有关元素的互相反应），再发展到分子识别（自然界在化学进化过程中出现了大分子——蛋白质，才产生分子识别），再发展到细胞识别（有了细胞形态的生命才产生细胞识别），再发展到动物的无意识的感觉（如变形虫、黄蜂、鸽子等），再发展到无意识的主观映象（如蛙类），再发展到黑猩猩和类人猿的占主导地位的无意识心理活动，但在此阶段已出现了某种程度的原始的自我意识，[①]再发展到人类自觉的与语言相结合的占主导地位的意识，但同时又保留和继承了人类祖先——类人猿时期遗传下来的并且随着意识的发展而发展和完善起来的无意识心理活动的作用，如无意识的感知，无意识的主观映象，无意识的记忆，无意识的想象，无意识的概括和推理等。正像人脑经过上百万年甚至几百万年的进化，产生了在组织结构和功能上更为重要的新的大脑皮质，但仍旧保留着原有的古皮层（由海马及齿状回组成）和旧皮层（由嗅皮层及部分海马组成）的道理一样，保留古皮层和旧皮层不仅不影响新皮层，而且对新皮层起着稳定和加强其功能的辅助作用。保留无意识心理对自觉的意识活动也起着稳定和加强其功能的辅助作用。

由上可见，意识是在无意识心理活动发展到一定历史阶段的必然产物。从类人猿到人类这一漫长的发展和进化过程中，在无数代祖先长期劳动实践的过程中，随着大脑神经元、两半球各神经区域、各个皮层（共六层）、各个柱状体等新皮质的神经系统逐渐形成和发展，在神经元的构造和功能不断提高和完善的过程中，在长期反映客观事物的磨炼过程中，在脑神经系统各部分互相作用和不断比较的情况下，在电脉冲和化学物质编码、加工和储存信息的效率越来越高的条件下，在神经网络和线路不断互相通报和反馈的鉴别中，其中有一部分神经元，特别是在直接担负着整合任务的第三联合区和担负着目的、计划与调节行动的前额区中的很大一部分神经元发展成为有意识的心理活动，就是十分可能而又必要的了。也就是说，无意识的心理活动发展到某个阶段、某个层次、某个环节时，便使得某些神经部位的神经元首先发展成为有意识的心理活动。在由类人猿开始发展到人类这一漫长的历史过程中，就是由无意识心理活动为主要形式，发展为以有意识心理活动为主要形式的转化阶段，这也是人类区别于类人猿的一个重要标志。正如马克思说

① 请参看胡文耕著《信息、脑与意识》，第135页。

的："有意识的生命活动把人同动物的生命活动直接区别开来。……他自己的生活对他是对象。仅仅由于这一点，他的活动才是自由的活动。"[①]现当代科学证明，人的感觉有意识到的感觉，也有非意识到的感觉；有意识到的视觉，也有非意识到的视觉；有自觉的推理，也有非自觉的推理。也就是说，人脑神经系统中确实存在着无意识和意识两类不同层次的心理活动。这是由各个部位神经元在长期分工和实践活动中逐渐形成的不同类型、不同性质和不同功能所决定了的。

意识和无意识既是两个大的不同层次的心理活动，在每个大层次中又分为几个小层次的心理活动，这是对客观事物不同内容和不同程度的认识的必然反映。如意识可分为自觉感知、自觉表象、自觉想象、自觉概括、自觉判断和推理等小层次；无意识也可分为无意识感知、无意识表象、无意识想象、无意识概括、无意识判断和推理等层次。[②]那么意识和无意识的具体神经生理机制究竟是什么呢？

客观事物反映到人的大脑皮质中来，首先要经过外周感受器选择性的接收后，记录在信息记录器上，即形成图像，大约只储存0.1—0.5秒左右，经过简单加工、换能，转为神经脉冲，传入神经细胞及其树突和轴突（触突），将信息传入大脑皮层投射区即一级区，形成10秒钟左右的短时记忆，如视觉感受器传入枕叶一级区，听觉感受器传入颞叶一级区，这种分类组成记录感觉信息（二级区也有类似相应的记录信息的细胞组织），经过初步加工，再传入相应的二级区进一步加工后，再传入三级联合区进行综合加工，即将视区、听区、嗅区和触区等二级区传来的信息在此进行汇总和整合成总体形象。[③]如果为特定目的所需要（如进行更高层次概括和推理以及调控行为的目的和程序等），还可以将三级联合区加

① 马克思：《1844年经济学哲学手稿》。

② 请参考朱智贤主编《心理学大词典》，第720—721页，部分词条：无意识动机；无意识记；无意识推理；无意识学习；无意想象；无意注意；无意象思维等，北京师范大学出版社1991年版。

③ 参看胡文耕《信息、脑与意识》，第254、242、243页。

工的成果传入到前额区进行最高层次的加工。从这个功能定位和神经传导过程以及加工程序等方面可以看出，第三区表象整合加工和额叶区进行目的、计划、编制行为程序等的抽象整合加工，肯定是意识产生的神经生理机制所在，从二级区到三级区，再到额叶区的那些直接专门负责传导和储存信息的神经元也可能是有意识的心理活动区，而其他不负责主线传导、不组织信息储存、不参加表象整合和不负责目的、计划等抽象加工的神经元，大约就是无意识心理活动的生理机制所在。而意识和无意识这两个大层次的神经元分泌出来的化学物质的性质、功能和效用等也是有很大差异的。如果从这个意义上说，把意识阈限以下的心理活动称之为无意识，是完全有道理的，只是过去没有把这两大类心理活动和与它们相应的两类不同神经元的性质、功能、效用等方面的差异性联系起来考察罢了。

意识和无意识是有着档次高低、性质优劣、功能大小之分的。在一般情况下，有意识的自觉的心理活动是占相对优势的，如文艺创作便是自觉的意识占优势的。只有在特殊情况下，无意识心理活动才占相对优势，如无意识心理活动一旦被兴奋中心的意识调动起了它的积极性和主动性，那末，即使有意识的心理活动暂时休息或停止下来，无意识心理活动却仍旧活动不已，而且是按照意识原先活动的指向和目标继续活动的。人们的这种经验是很多的。如经过一番高度兴奋和快乐或是经过一阵极度悲伤和痛苦后，即使主观上不愿意再去想它，然而却是不由自主地激动不已、难以自控，即达到了非想不可、欲罢不能的境地。这除了情感的作用外，显然无意识心理活动占到了主要地位。艺术灵感也是属于这种性质的心理活动，即由兴奋中心的意识将无意识心理活动的积极性调动起来以后，当无意识心理活动一旦突然发现或接通了所急需要的信息时，便立即通报意识，从而又立即转为以意识为主，并与之一道完成某个艺术创作的构思任务。[①]可见，无意识心理活动是

① 参看胡文耕《信息、脑与意识》，第254、242、243页。

离不开意识的帮助的。从指向性的调动无意识的积极作用，到最后接过无意识所发现或接通的信息来继续完成构思任务，都是由意识来完成的。对意识来说，无意识始终是起着配合、补充、强化作用的，就像前面说的古皮层和旧皮层对新皮层来说，始终是起着配合、补充和强化的作用一样，二者是统一的。那种过分夸大无意识的作用，看不到它对意识的依赖关系的观点是片面的。

（二）记忆和遗忘的生理机制

意识和无意识的心理活动都以信息为前提条件。艺术灵感不仅与无意识直接有关，而且与对信息的记忆和遗忘直接相关。当我们深入考察爆发艺术灵感的无意识生理机制的同时，还必须深入考察记忆和遗忘的规律及其生理机制，这样才能全面地把握艺术灵感爆发的原因。

从当代心理学、神经生理学和脑科学等学科研究的最新成果来看，对信息的记忆和遗忘都是由神经电脉冲和化学物质对信息的编码和储存的特性所决定了的。

感觉器官受外界事物刺激后引起神经冲动，神经冲动引起生物电流的产生和传递，即以离子变化的形式向前运动，而离子变化的电信号便构成动作电位。也就是说，神经冲动的传播是由于神经兴奋部位的局部电流刺激了邻近未兴奋部位细胞的结果。这一局部电流是由离子夸膜运动所引起的神经冲动通过时产生的。当神经冲动到达突触结时，突触结内某些小泡便释放传递物质（如乙酰胆碱、去甲肾上腺素、多巴胺等化学物质），从而改变离子的透性，产生强离子流。而轴突传递信息则是由电信号携带的。这样，化学信号和电信号互相不断转化地传递着信息，最后直到大脑神经中枢。可见，大脑神经系统是通过神经电脉冲和化学物质相结合的方式来编码、加工、传递和储存信息的。神经电脉冲主要是起信息编码和传递作用，但也配合化学物质起储存信息和强化记忆的作用；而化学物质主要是起储存信息和巩固记忆的作用，但也配合神经电脉冲起强化信息编码和传递的作用，它们两者是互相依存、互相连结和互相组合排列而形成众多的信息编码和信息储存的。

客观事物千千万万，不计其数，而变化有限的神经电脉冲和化学物质怎么能编码和储存这么多事物的信息呢？其实不然。电脉冲是由它的繁杂多变的频率、强度、幅度、线路、次数和序列等元素的组合物，信息便是由这些繁杂多变的诸元素排列组合的数目及其序列来编码的；而化学物质则是由100亿个计150种的神经元分泌出100亿个计150种的化学物质来加工和储存信息的（根据万事万物各有特点的原理，每个神经元必能分泌出一个具有特点的化学物质，同一种的神经元亦必能分泌出同种的化学物质。在目前科研条件和水平下，只发现了四十几种化学物质，显然今后对它们发现的任务还十分艰难繁重。其实，100亿至140亿个神经元也决不只分成150种，可能会分成几千种几万种，只是还没有发现就是了）。这样便可想而知，如果再用具有多种多样的电脉冲与100亿以上的化学物质进行新的排列组合，其信息的编码和储存的数量就更大了。就像各国文字中拼音字母一样，几个韵母和几十个声母便能拼组成几万乃至几十万个不同的语言文字。如果将各种化学物质数量比作信息编码韵母，将电脉冲的组合数量比作信息编码的声母，那么这些信息编码的韵母和声母组合排列出来的数目，便是大脑神经系统的信息总量。现将信息编码的韵母和声母列表如下：

化学物质信息编码韵母个数		
细胞总数	细胞总类	细胞信息线路
100亿个 化学物质	150种 化学物质	几百万条通路 （已发现数）

电脉冲信息编码声母个数				
脉冲频率	脉冲强度	脉冲幅度	脉冲次数	脉冲线路
每秒千余次	100等分	千分之一秒扩散长度和广度：厘米/360°	1至数百万编码序列	几百万条线路

从信息编码韵母和声母的个数及其特性可以看出下面几点：

1.以100亿个以上化学物质作信息编码的韵母，以多种不同的频率、强度、幅度、次数等元素组合成的电脉冲为信息编码的声母，然后用每个信息编码的声母与每个信息编码的韵母组合，发现信息编码总量简直是大到了惊人的程度，难怪K·萨根估计100亿种神经元大约有10^{13}比特即10万亿个的信息量，通常人脑中加工、储存信息的总和仅仅利用了其中的极小一部分。这个估计是一点也没有夸张的，甚至还显得保守了一点。

2.信息加工和储存是大脑一般地区和重点地区相结合的。大脑神经系统中任何一个部位的任何一个神经元都具备一定的编码、加工和储存信息的能力，但又是以映象整合的第三联合区和以整合抽象概念（目的计划等）的额叶区为信息加工和储存的重点地区的。

3.语言信息包括形、音、义，是一起编码和储存的，长期记忆主要是语义记忆，任何客观刺激物都得编码为语言信息才能记得牢固，也才能准确记忆。

4.在信息编码、加工、储存和调用的过程中，往往是与目的性、意志性、兴趣性、情感性和个性等结合在一起的。这是电脑信息编码和储存不能相比的，也是人脑编码的特点。

5.人脑对信息的编码、加工、储存和选用不仅依靠神经生理结构，而且还依靠认识结构。不同文艺专业知识水平、不同科学文化水平、不同理论水平和社会阅历的人，其信息的连结方式和选择、处理信息的方式也不同。一般来说，储存知识信息越多，思辨能力也就越高。

6.记忆和遗忘的神经生理机制就在以电脉冲和生物化学物质相组合的信息编码和储存上。根据现当代实验心理学材料证明：复现的精确性的增长与诵读或复习次数成正比。同一事物的刺激次数越多，产生相同的神经电脉冲和分泌相同化学物质的次数也就越多，因而记忆也就越牢固。为什么在没有任何干扰的安静环境里和在精神旺盛的条件下有利于记忆？原因就在于有关部分的神经元可以集中精力实现充足的电脉冲和分泌更多的生物化学物质。

因为人的生存的需要，记忆必须保持较长时间，有的记忆甚至终身难忘。但目前条件下所发现的神经元分泌出来的几十种化学物质充其量只能保持几天就消失了，因此，我们有理由推断：脑神经元内有可能分泌出一种专门从事信息储存（记忆）工作的能够比较持久而又稳定地把握住信息的化学物质，比方说记忆激素之类的东西（如肾上腺素、睾丸素、甲状腺素等所起的特殊功能那样），不分泌这种专门从事记忆的化学物质是不可能的，只是目前受科学水平的限制，尚未发现它们就是了。

以上说的是以神经电脉冲和生物化学物质对信息编码、加工、储存和选用的特点和优点所在。但与此同时，这种电脉冲和化学物质也就不可避免地要产生一些缺陷，那就是各种不同程度的遗忘。原来人脑是依靠精确度较差的通信方式的，即电脉冲信号和化学物质信号都是或迟或早地要逐渐消失的。电信号的特点本来是和电脑一样的，电源一断，电流便消失。但是人脑中的电脉冲由于它可以引起神经元分泌出化学物质，在分泌化学物质过程中又会产生电信号，如此互相起着推动和接替的作用，所以电信号尚能保持和延续一定的时间，而最终则是由化学物质来编码和储存信息的。然而，随着时间的流逝，任何化学物质都会或多或少先后相继消失的，所以储存的信息逐渐泛化、淡化以至部分或全部遗忘乃是人脑记忆的普遍规律，只是每个人的神经元记忆功能有高低强弱之分罢了。

遗忘的快慢和遗忘的程度是由刺激物的强度和神经元记忆的强度及其注意力与兴趣的强度——即由电脉冲强度和化学物质的多少、浓淡、高低来决定的。为了说明问题方便，我们不妨把它分成下列几种不同程度的遗忘：

第一种，刺激异常强烈，引起电脉冲非常强烈而又较长时间地冲动，震撼着全部身心，脑神经系统每个部位都迅速而又急剧也分泌出大量记忆物质，以至终生难忘。但随着时间不断流逝，最强大的电脉冲也是会逐渐消失的，而比较稳定的化学物质也多少会减少一些的，因此，个别的局部的不重要的细节也就难免逐渐被淡化和遗忘了，只记下了那些特别重要的内容和细节。

第二种，刺激物强烈，化学物质分泌得也很多，但随着时间流逝，某些方面的内容和一些细节被遗忘了，但主要的总体映象和意义还是记得很清楚的。

第三种，刺激物比较强，时间长了，化学物质基本保留，可其他部分都消失了，通过联想等方法可以重新回忆起某些内容，但已经记不全了。

第四种，刺激一般，时间长了，化学物质仅留下一小半，大部分都消失或沉没在底层，在兴奋中心指向性调唤下，有可能重新呈现出来。这就是“众里寻它千百度，蓦然回首，那人却在灯火阑珊处”的生理机制所在。

第五种，刺激较小，化学物质仅有一点很小的痕迹，且被挤压在深处，被调唤回来的机会很小，但在神经元不断运动下，偶尔也能作短暂而又微弱的呈现，这就是“稍纵即逝”的生理机制。

第六种，刺激微弱，时间一长，电脉冲和化学物质均相继完全消失，一点痕迹都找不出来了，这便是永久性的遗忘。

以上所说的刺激的大小与遗忘的快慢的关系是指一般情况说的。在特殊情况下，刺激较小和刺激一般甚至刺激较强的事物，有时也会出现永久性遗忘的。造成遗忘还有其他方面的原因，如睡眠不足、过分劳累、工作繁杂紧张、饱尝各种刺激、身体不适或生病和衰老等，都容易引起心力不足和各种不同程度的遗忘。

除了永久性遗忘以外，其他各种不同程度和不同原因的遗忘，均属无意识的记忆范畴，它们在意识的调唤和推动下，有可能被唤回到意识中来。这也再一次说明有意识的记忆和无意识的记忆的区别的生理机制就在神经电脉冲和化学物质存在的多少和强弱程度不同的一定界限上。由此也可以看出，艺术灵感的爆发除了前面所说的无意识心理活动这个重要原因以外，还有无意识的记忆被唤回到意识中来，即由暂时遗忘和长时间遗忘被忽然回忆起来的原因所在。

弄清了意识和无意识的生理机制，探明了记忆和遗忘的神经生理原因，再来考察艺术灵感爆发的几种主要神经来路就比较方便一些了。

三 灵感爆发的几种主要神经来路

艺术灵感爆发不外有两个方面的神经来路：一是休息时由内部无意识心理活动忽然发现和接通了所急需的信息；二是从外界忽然在无意识中触发接通了急需的信息。现分别从这两个方面谈谈每个方面所具有的几种主要神经来路。

（一）休息时爆发艺术灵感的几种主要神经来路

1.艺术灵感来自兴奋中心区域。为什么在兴奋中心区还要等待休息时由无意识心理活动来发现或接通所急需的信息呢？因为任何一个神经区域，都是由一定的密集的柱状体组成神经元的宽度和密集的六个层次的皮层神经元的厚度有机的、立体的、纵横交错的、大量的神经细胞群组成的，许多信息沉积多年，形成了长时间遗忘，有的重叠挤压、疲弱无力，意识一时是很难以调唤起它们的积极作用的；而且意识是一种自觉的有意志、有控制力的心理，这种自觉的意志和控制力往往却容易起抑制无意识的记忆复苏的作用。所以当兴奋中心内，有意识的心理活动停止或休息后，无意识的心理倒是可以自由活动起来，在偶然的碰撞的机遇中，忽然由无意识心理活动发现或接通了所急需的信息。这里既有正诱导的作用（无意识心理活动是在兴奋的意识调唤和推动下而活跃起来的），也有负诱导的作用（不仅兴奋中心区域和周围被抑制区域有负诱导规律的作用，而且在兴奋中心区域本身也有负诱导规律的作用）。

2.艺术灵感也可以来自兴奋中心转移区域。兴奋中心是不固定的，当放弃原来的思路而另找解决问题的途径的时候，兴奋中心便会转移。在新的兴奋中心区域内也同样会发生由无意识心理活动发现或接通所急需的信息，其原因与上面相同。兴奋中心可以进行多次转移。

3.灵感还可以来自兴奋中心周围被抑制的区域。有兴奋中心区域必有抑制区域，根据负诱导规律，兴奋中心区域一旦休息下来，周围被抑制的地区的神经元和无意识心理活动便活跃起来，从而有可能提供所急需的信息。

4.距离兴奋中心区和抑制区较远的边缘区域也可以由无意识心理活动忽

然发现和接通所急需的信息。大脑神经系统是个有机的立体的网络系统，它有几百万条信息通道并联接着每个神经细胞。兴奋中心索取所急需的信息是采取并行的扩散式的处理方法的（电脑只作串行处理）。这说明整个大脑神经系统甚至包括全身的神经系统都是互相联系互相作用的。在兴奋中心区域长时间调唤和影响下，即使距离兴奋中心较远的边缘皮层区域的神经元也会活动起来，从而有可能由无意识心理活动提供信息。

5.梦境中的无意识心理活动也可能是艺术灵感的来路之一。白天高度集中地自觉地思考过的问题，在睡眠中无意识心理活动却是更加自由更加有效地联合进行着美妙的艺术思维。因为白天兴奋中心的意识在晚上停止了紧张活动以后，大脑皮质各区域的无意识，包括兴奋中心区无意识、周围抑制区无意识以及其他有关区域的无意识心理活动则可继发性地自由联合作战，共同寻求理想的艺术意象，所以梦中的艺术意象往往显得更加美丽动人。

（二）外界机遇触发艺术灵感的神经来路

由外界偶然机遇在无意中触发艺术灵感的特点是：长时间在社会生活中孕育起来的创作内容和创作欲望唤起了无意识心理活动，在无意识心理活动过程中，偶然发现或接通了外界有关信息（这与由无意识忽然发现或接通了内部有关信息是正好相反的）。这种在偶然间由外界机遇引发的艺术灵感的神经生理机制，也仍然是由无意识的神经生理机制起着重要作用，而且这里所说的无意识心理活动，也仍然是需要有意识地进行长期积累和孕育起来的创作内容和创作愿望来调唤和推动的，而且也是一旦由无意识忽然发现所需要的外界信息后，立即要诉之于意识并以意识为主导作用，才能最后完成某个艺术思维的任务的。

揭示和认识产生艺术灵感的条件及其神经生理机制是有着重要现实意义的。它可以彻底破除艺术灵感的神秘性。艺术灵感是长期艰苦劳动和忘我探求之树结出的美丽硕果。意识和无意识的心理活动的能力及其神经生理机制，都是可以随着不断努力学习和艺术实践活动得到无止境的改善和提高的。任何一个天才的艺术家，他的过人的艺术思维能力，他的神经生理机制的功能的超常性，以及他的超群的艺术表现技能，都不是天生的。

亲爱的艺术工作者特别是年轻的艺术工作者朋友们，你们想要情思敏捷、才华横溢和艺术灵感的光临吗？那你们就不断地努力创造产生艺术灵感的诸条件，不断改善和提高意识和无意识的心理活动的能力及其相应的神经生理机制的功能吧！世间没有天生的艺术才能，也没有无缘无故凭空而来的艺术灵感！

（原载《文艺研究》1994年第5期，此次略有修改。）

试论无意识的不同种类、不同性质和不同作用①

一 研究无意识的历史由来

对无意识这一心理现象的考察和研究已经有两百多年的历史了。最早正式提出“无意识”这一概念的，是18世纪初德国哲学家和心理学家莱布尼兹。他认为，有觉悟的“单子”具有等级的不同，因而观念可分为微觉、大觉和统觉等不同的明晰程度。统觉含有自我意识，而明晰性极小的不被自觉地意识到的微觉就是无意识。但是它是建立在神秘的“单子”这一唯心主义哲学基础上的，缺乏科学的依据。18世纪后期法国哲学家、生理心理学家卡巴尼斯把神经系统分为三个部分：管理思想和意志的最高级部位脑具有意识的活动，只管反射动作的低级部位脊髓具有无意识的活动，中间部位的活动则是半意识的。这种从神经系统考察无意识和意识的区分，自然比莱氏前进了一大步，对后来用实验方法研究心理现象起了一定的促进作用，但是他的观点和论证显得简单、粗糙和笼统。19世纪费希纳的感觉强度和刺激强度的关系论、赫尔姆霍茨的无意识推理论、哈特曼的无意识哲学、叔本华和尼采的反理性主义等，都在某个方面或某一层次上肯定了无意识的作用，但立论都有不同程度的偏颇，缺乏严格的科学性。到了19世纪晚期至20世纪30年代，巴甫洛夫从长期科学实验中提出两种信号系统，其中为人类和动物所共

① 本文原名是《试论无意识与文艺创作》，发表于《文艺研究》1988年第4期。

有的第一信号系统有力地论证了无意识心理现象的存在，并强调指出："我们清楚地知道，精神生活、心理生活是多么形形色色地由意识和无意识的东西构成的。"[①]他对无意识的肯定虽然有了科学依据，但仍旧显得笼统。与巴氏同时代的弗洛伊德，从伯恩海姆的催眠术试验中（1889年）发现精神病者表现出的无意识心理状态以后，经过几十年著书立说，建立了无意识心理学体系，创立了影响深远的精神分析学派，充分确认了无意识心理现象的存在和作用，将无意识理论进一步深化和系统化，并起到了广为传播和普及的作用，影响颇大。但是它是建立在泛性论基础之上的，有夸大性欲和无意识的作用之嫌，以至于某种程度上否定了意识的重要性，就连他的学生荣格和阿德勒也不得不起来质疑他的泛性论和恋母情结说了。荣格提出集体无意识和个人无意识说，阿德勒在他的个性心理学中也强调无意识的社会意向，但他们同样流于相对笼统片面地考察无意识。

二 意识与无意识

从人类心理的发展史来看，人的意识活动是人的心理活动的最高形式，它是在人类发展到较高历史阶段才产生的，是人类社会生产劳动的产物。在此之前，早期猿人（类人猿）主要是处在本能无意识心理活动状态。本能无意识是先于意识而产生的。

意识和无意识虽然都是人类心理的内容，但它们却是各有其不同含义的。

什么是意识？

所谓意识，就是指人在清醒状态下对现实的一种具有自觉性、目的性和能动性的心理活动，它是人清醒地觉察到所反映的对象和觉察到自己在做什

① 巴甫洛夫：《动物高级神经活动客观研究的二十年经验》。

么以及如何做才能达到一定目的的自觉心理。意识作为人类反映现实的一种高级形式，表现在它透过事物外部的现象和特性来反映事物的本质和规律，也表现在能依据事物的本质与规律的反映来指导人的行动。动物（包括高级灵长动物）就达不到这样的高水平，所以，只有人才会意识到自己在思考，才会意识到自己的思想里发生了什么认识。在艺术创作中，意识的重要作用表现为对艺术的审美理想、创作目的、创作规律（包括艺术思维规律）等诸方面的自觉认识和掌握，以及对艺术创作规律的自觉驾驭及其自觉追求艺术的独创性等方面。应当说，在艺术创作的整个过程中，这种最高形式的意识（包括自觉进行艺术想象的意识）始终是起主导作用的，即使是在艺术灵感爆发的前后，或是职业习惯无意识生效的前后，也依然是意识在起着主导、检验和匡正的作用。离开了艺术家对生活的深切体验、自觉意识所进行艰辛的思维活动的重要作用，灵感和职业的习惯无意识以及艺术直觉、即兴诗等，都是不可能产生和出现的。

总之，所谓意识，就是人的自觉地反映客观现实并运用语言或文字表达的心理活动的高级形式。它的含义非常丰富，即包含着各种不同层次、不同性质和不同作用的内容，如个体意识、阶层意识、阶级意识、民族意识、时代意识等；个体意识又包括世界观、人生观、社会观、美学观、艺术观、思想、想象、联想、感知、记忆等内容。而在这些不同的意识中，又有进步的科学意识和落后的非科学意识之分，等等。意识的内容和种类不同，其性质也各异，而其作用自然亦各不相同。

什么是无意识?

所谓无意识，亦称潜意识，就是未被意识到的、潜在的心理活动，即在不知不觉中进行的一种隐蔽的心理活动。谈到无意识，首先要从西格蒙德·弗洛伊德（1856—1939）说起。

西格蒙德·弗洛伊德作为奥地利医生兼心理学家，从治疗精神病人的临床经验中获得了很多无意识的例证，在前人提出的无意识理论的基础上，创立了影响深远的精神分析学派，将无意识理论进一步深化和系统化。

弗洛伊德把人的心理结构分为意识、前意识和无意识三个部分，后来，弗洛伊德又改用三重人格理论，与前述人的心理结构的三部分对应，将人格结构分为“本我”、“自我”、“超我”三个层次。最下层的“本我”与无意识相对应，是人的原始本能、冲动和欲望在无意识领域的总和，特别是其中的性的欲望，它是人类心理活动最深层最原始的动因，遵循本能冲动的“快乐原则”；中间层的“自我”代表着理智，如同一个看门人而与“本我”相对立，遵循“现实原则”以控制和压抑本能的自由冲动。最高层的“超我”是与意识对应的，是伦理化了的自我，是受人的良知、道德和社会原则支配的理想形态，遵循“至善原则”。“超我”一方面约束“自我”，另一方面，又与“自我”一道，从道德理想的高度控制“本我”的非理性冲动。由于人的本能，特别是性欲，是受着“超我”的良知和社会规范的抵制，便只有采取迂回的途径，巧妙地伪装那些被压抑的欲望，在不受意识稽查的空当上得以释放，求得替代性满足。于是，通过梦、艺术、宗教等方式，可以间接地得到转移、满足、升华。因此，艺术创作就是艺术家在清醒状态下做的梦，即“白日梦”；艺术作品是用技巧来改变和伪装其白日梦的性质，成为人人都可进入并从中得到替代性满足的对象。

弗洛伊德的最大贡献就是充分确认了无意识心理现象的存在和作用，对无意识理论的传播起到了普及的作用。他使人们第一次以特殊的目光关注艺术创作主体的深层意识，对创作心理的研究具有重大的意义。他研究所及的诸多方面，大都对艺术理论的研究有深刻的启示。但是，由于其理论以人的性欲冲动为基础，故具有泛性论倾向；过分夸大无意识的作用，具有明显的偏颇之处。

近几年我国文艺理论界在弗洛伊德论著的影响下，也似乎存在着笼统地看待无意识、夸大无意识的非理性主义的作用，将理性和感性（包括直觉）、思想和情感、意识和无意识绝对对立起来的现象。我们以为这是对弗氏无意识心理学体系缺乏全面和科学的分析所致。

的确，前人（包括弗氏）给我们发现并从各个方面论证了无意识这一心理现象的存在，丰富和发展了心理和心理学的内容，这是具有非常重要意义的。迄至今日，中外心理学家、精神病学家、生理学家、文艺学家、艺术心理学家、哲学家等，恐怕没有一个会持否定态度的。但是，科学事业是没有止境的，前人的科研成果我们要尊重、发扬，但我们不能停留在前人的水平上。前人夸大了无意识的作用，我们则力图恰如其分地评价和运用它；前人笼统地看待无意识，以致得出某些不科学的结论，我们则应该进一步研究和区分无意识的不同类别、不同性质和不同作用，才能真正了解哪些类型无意识与艺术思维无关（或关系不大），哪些类型无意识在文艺创作中起着何种程度的作用，从而正确地阐明它们与意识的辩证统一关系，以及这种辩证统一关系又是怎样体现在文艺创作过程中的，以利于文艺创作的发展。否则，把各种不同类型、不同性质和不同作用的无意识笼统地混为一谈，或是互相代替，不仅在理论上不能科学地说明问题，而且在实践上也是有害的。

统观各种无意识的心理现象，我们认为无意识大体上可分为六种不同性质和不同作用的类型，即：误差无意识、病患无意识、梦幻无意识、本能无意识、习惯无意识和集体无意识。

三 无意识的不同类别、不同性质和不同作用

钱学森在《关于思维科学》中谈道："现代心理学实验通过关于脑对于阈下的各种不同的潜意识（无意识）信息的电反应的测定表明，脑中的潜意识活动是客观存在的。人们可以在潜意识水平上处理所见到的形象并理解之。"[①]。这就进一步说明无意识不仅确实存在，而且在电反应的测定中可以看出具有各种不同的无意识信息。这些都说明，当代心理学的重要进步，为我们进一步研究无意识的不同种类、不同性质和不同作用等问题，提供了

① 钱学森主编：《关于思维科学》，上海人民出版社1986年版，第351页。

广阔的思考园地。无意识大致可分为六种不同性质和不同作用的类型，即误差无意识、病患无意识、梦幻无意识、本能无意识、习惯无意识和集体无意识。现将此六种无意识分别加以具体分析如下：

（一）误差无意识

所谓误差无意识，是指在言论和行动中本不应该产生误差而在无意识中发生了误差，如笔误、失言、失手、遗忘、张冠李戴等。例如，“弗洛伊德说他自己对于不出钱的病人常常易忘记，这是由于他在潜意识中不愿做没有报酬的工作。……一位著名的政治家有一次做主席，在宣布开会时站起来说：‘我宣布闭会’，这是由于他疲倦过度，隐意识中原有闭会的愿望。”①

（二）病患无意识

病患无意识包含着幻觉病患、高烧病患、相思病患和各种不同的精神病患等病患无意识。幻觉是指没有外界事物的刺激而出现的虚假的感知，如没有声音而无意中忽然听到了某种声音。这往往是由于心境过于寂寥，心志过于空泛，或是神志不适等原因致使视觉和听觉神经系统失调与错乱，从而产生神经功能紊乱的结果。特别是在发高烧过程中，幻觉更加突出。精神病或癫痫病患者在催眠状态下或是在医生采用的自由联想法作用下，也会表现出种种无意识心理现象，无意识地说出精神的深层病因。这些病患者的一个共同点，都是在程度不同的精神失常、意识紊乱的情况下，隐藏在内心深处的病因，借机以无意识心态形式表现出来。这些病患无意识实际上有些也像心上梦，是长期积恨（或积怨）成疾的意识内容的折射和透露。因此，这种无意识是只有患这些轻重不同精神病的人所独有的，可以为医生了解病根提供分析的依据。

应当肯定，弗洛伊德在用大量精神病患者的病例论证无意识的存在，

① 《朱光潜美学文集》第一卷，上海文艺出版社1982年版，第439页。

并用自由联想法治疗精神病等方面，是取得了重要成就的。但他将病患无意识上升到一般无意识的高度，并夸大精神病患无意识的作用，是有失之于偏颇的。

然而，为什么自古就有将艺术家与疯子联系起来的说法？就连亚里士多德都曾说“大凡优秀的人也免不了半疯”呢？这里的情况很复杂。实际上，往往被称之为疯狂的行为，实为一种超出寻常的心理功能。它往往表现为艺术家具有超越一般人的敏感，情绪活动往往极为强烈，极易冲动，使人感到具有“神经质”；或具有超乎寻常的创造能力，这能力超出一般人的理解范围。因此，文艺创作者所表现出的疯狂般的不可自制的激情是与精神病患无意识有着质的区别的。

（三）梦幻无意识

梦也是无意识的心理表现。一般认为，梦大体有三类：第一类是心上梦，即日有所思，夜有所梦（或前有所思，后有所梦）。对于文艺创作来说，这种心上梦有可能会反映作者创作构思的具体情景，显得很完美，很理想，很动人。这种梦中出现的艺术灵感，在文艺史上是不乏其例的。

这是艺术家朝于斯、暮于斯，不断在某个艺术环节的构想或反复辛苦地寻求他要解决的艺术构思中的重要问题时，才有可能在梦中得之。实际上是某些脑细胞在长时间辛苦做功的基础上，在睡梦中也继续进行习惯无意识的（心理定势中的）心理活动的结果。因为在睡眠中自觉的意识活动停止了，但是白天被激烈的刺激所唤起的神经元的兴奋余波尚在，它们伙同主管其他无意识的神经细胞一齐参与活动，互相推波助澜，于是便形成了比白天想得更完美或更惊恐的梦境。这种心上梦的实质，是清醒时的意识和各种无意识在睡梦中的反映，也是大脑神经系统有关部分的神经元未能得到休息而继续活动的表现，因此在一定程度上它对人醒后的启发和作用往往不亚于白天的意识和各种无意识的作用。对于文艺创作者来说，这种心上梦有时可能会反映作者创作构思的具体情景，醒后可以用它来作为创作时的构思内容，这在文艺史上例证颇多。但是这种偶然在梦中出现的构思情景是难以作为一般文艺创作者所必须追求的目标和对象的。

第二类是荒诞梦，即梦中所展示的情景显得离奇、怪异、荒诞、飘忽，或是东扯西拉、杂乱无章。这是神经系统功能紊乱的表现。在睡眠中，脑神经细胞有的半休息，有的继续活动，有的朦胧，有的活动无常，有的过分疲惫，有的惴惴不安，这些都是不规则的反常活动，因此人们做的梦大多数是荒诞类型的。这类荒诞梦对人没有太多积极意义；对文艺创作的构思也没有太多作用，有时可能会由此及彼地触发创作的某些灵感。

第三类是混杂梦，即心上梦和荒诞梦交织在一起的混合体，既在一定程度上表现了“日有所思”的心理内容，又在一定程度上表现出神经功能的紊乱。它既有起作用的一面，也有不起作用的一面。

荒诞梦、混杂梦以及病患无意识中的思维状态通过心理分析能够折射出某些内心的隐秘和幻觉，有时会表现为作品中人物的特定心理表现及特定场景等，在超现实主义等作品中有所展示，但在艺术创作中没有广泛的现实意义。

（四）本能无意识

本能无意识是由生理机能内驱力产生的先天遗传下来的心理活动，包括觅食、性本能、冷热反应等本能心理，是人的心理活动的最原始的本源，它们是由一系列无条件反射构成的。它是人的身体及其各种器官的需要的自然反映和心理现象，是人的身体内部矛盾运动的产物。婴儿饿了，就在母亲怀里争着要吃奶，渴了就需要喝水，病了就会不由自主地呻吟。神经过分兴奋就会失眠，身体发育成熟了就无形中想找异性朋友，等等。这些都是天生的本能无意识的心理活动，也是人类最起码最基础的生理学上的本能的心理反映。它似乎只是依照一个最简单最低等的原则——在生理上舒适抑或不舒适的原则进行直感心理反映的。

本能无意识是人类神经系统发展为意识的生理基础，这不论是从类人猿发展到人类的心理发展史来看，还是从现实生活中婴儿的心理发展过程来看，都说明了这个问题。随着婴幼儿身体机能和各种器官发育到一定阶段，便逐渐发展为有意识的感知，有意识的识别，有意识的思维等。但不管有意识的心理活动如何成熟，如何起着重要作用，而原有的本能无意识也还是与意识起着配合和助推作用，这在母爱、性爱和表演艺术中看得比较明显。戏剧影视演员在表演中，将内心体验和外部表现有机统一后，常常不自觉地和角色融为一体，瞬间完全进入角色，无意识地做出很自然恰切符合人物性格的姿态，正是表演最感人的时刻。这种“无意识表演”，实际上是本能无意识和习惯无意识共同配合做功和创造的结果。

（五）习惯无意识

在无意识的家族中，是不是真有“习惯无意识”？不少艺术家异口同声地谈到他们曾经历过的不想主题，主题自来；未思平仄，平仄天成；未思形象，灵感突降等的思维现象。正如法国文学大师巴尔扎克所说：“某一天晚上走在街心，或当清晨起身，或者狂欢作乐之际，巧逢一团热火触及脑门，这双手，这条舌头，顿时，一个字能唤起一整套意念，从这些意念的滋长、发育和酝酿中，诞生了显露匕首的悲剧，富于色彩的画幅，线条分明的塑像，风趣横溢的喜剧……”[①]实际上这是长期在艺术创作实践中，逐步养成的“习惯成自然”的结果。

只要你关注，现实生活中习惯无意识的表现比比皆是。芭蕾舞演员翩翩起舞渐入佳境时，其多姿多彩的舞姿是怎样被快速调遣的却怎么都意识不到；用餐时无意识地使用筷子；情人有说有笑各自无意识地蹬着自行车，而无须专注于脚下，等等，都是习惯无意识的表现。特别是有一次在红领巾公园先后观察两位六七十岁老人在手心上滚健身球，发现先一位老人在和一位熟人打招呼时，手心中的健身球就停止了转动，待那位熟人走过后才又滚了起来；后一位老人则不仅在和别人打招呼时手中还在继续滚健身球，甚至在指挥儿子、儿媳、小孙子排好座位照相的整个复杂动作过程中，他右手里的

① 段宝林编：《西方古典作家谈文艺创作》，春风文艺出版社1980年版，第315页。

健身球一直不断地连续滚动，显然已经达到了“习惯无意识”地滚球的境地。这与老胡琴师的许多拉胡琴的指法和技巧均已达到习惯无意识的境地的情景是一致的。这就使我们最后毫不犹豫地断定，无意识是有不同种类之分的，于是进一步将各种不同无意识汇集起来进行比较和分类，才得出了六种不同类型、不同性质、不同作用无意识的观点。只有当这些习惯性的无意识的行动出了问题时，自觉意识才出面帮忙纠正，然后又让习惯无意识继续去执行任务了。以上这些实例均说明，习惯无意识是确实存在的，它与其他种类的无意识是有明显区别的。

概括起来说，所谓习惯无意识，是指在意识的驱使和指导下，对于某种心理活动或动作经过严格的规范和长期的反复练习，最后达到高度熟练、高度自动化的习惯无意识的表现状态。也就是说，它是在天长日久的艺术实践中形成的习以为惯的、不用特意思考便自然而然地展开的一种潜在的心理活动。其心理活动的基本特点就是习以为惯，潜动自如。

习惯无意识是一切无意识中最高级最重要最富有熟练性和创造性作用的一种心理活动。所谓“熟能生巧”，其所表现出来的功能往往令人感到惊奇和赞叹不已。它是在意识的直接指导和强制下，经过反复多次练习而逐渐培养起来的。它的实质是意识的直接延伸和熟练化，是意识的自动化和灵巧化，表现出人的高超的智慧和非凡的技能。人类的一切创造性的熟练劳动（包括体力劳动和脑力劳动），都有赖于习惯无意识的建立，它是主体习惯成自然地驾驭客观规律的一种非常自由而又高妙的理想境界，是人的智慧和才能的皇冠上的一颗最灿烂、最美丽、最夺目的宝石。它所具有的这种特性和特殊功能，在某种意义上往往是意识也望尘莫及的，正如人工智能机器人在某些功能方面远远超出了发明它的人的能力一样。

1.习惯无意识的不同种类

习惯无意识可分为多种不同层次和种类，这是由意识具有多种不同层次和种类所决定的。可以说，意识有多少不同层次和种类，习惯无意识便有可能产生多少层次和种类。因为，习惯无意识是在不断实践中，千百次乃至千百万次重复运用某些意识，才使它们变成习惯无意识的。

（1）习惯无意识感知

感知分为本能无意识感知、有意识感知（即自觉感知，这是新认识某一事物时常用的一种感知）和习惯无意识感知三种。

习惯无意识感知，往往是在长期的生活和工作的实践中，随着生活的习惯和职业工作的习惯而形成的。一个长期种菜的菜农，常常习惯无意识地走到喜爱的丝瓜秧架下去看看丝瓜的长势；一个有弹钢琴习惯的人，看到人家新买的钢琴便情不自禁地走到钢琴边抚摸起来；一个不断耕耘颇有年头和成就的文学家，对某个生活细节总是爱估量起它的可作题材的意义。这就是说，习惯无意识感知的特点是：人在感知某个对象时，总是情不自禁地自然而然地爱去亲近它，并且不自觉地要把它拉向自己职业习惯或其他习惯的内容方面去感知。这就无形中超出一般感知的范畴，其中包含着早已熟悉和习惯的感知、识别与喜爱的情感等内容。因此，习惯无意识感知便是艺术家的直觉产生的原因。因为，艺术家的直觉就是这样远远超出一般感知的内容和作用的。这也是科学的直觉论。

（2）习惯无意识识记

识记可分为有意识识记和无意识识记。无意识识记又可分为本能无意识识记和习惯无意识识记。习惯无意识识记原是在有意识识记的前提下经过反复多次的识记，从而形成一种非常熟悉的习惯成自然的识记。这种习惯无意识识记对艺术家来说具有重要的实践意义，钢琴家的手指可以不假思索地按照既定的识记的音符按动琴键，文学家的习惯无意识的情感识记（对表象的回顾），往往有可能萌发出创作的初衷。

（3）习惯无意识想象

文学家的想象是非常丰富的，在长期不断构思文学作品的创作实践中，对于所有将表象进行加工、改造和重组，以及最后结构成艺术意象，不知经过多少次的训练和实践，从而在大脑皮质上已经形成了一种习惯，其中有的已经达到了习惯无意识地进行艺术想象的境地，并且养成了这样进行艺术想象的习惯：随时遇到一个一般人并不在意的事物，却能对他引发出一段习惯无意识的艺术想象。这个短时间的习惯无意识的艺术想象，又往往容易引发出意识的合作，即意识很自然地顺着习惯无意识想象引发的思路，进一步共同构思出一个完善的艺术胎儿——艺术意象。

（4）习惯无意识推理

习惯无意识的心理活动不仅在感性的意象思维中起着一定的积极作用，而且在抽象思维中的一定范围和一定环节上也起着一定的积极作用。如一位多年从事逻辑和哲学研究的学者，对一些普通的经常运用过不知多少遍的简单类比推理和三段论式判断，简直像大厨师炒一碟小菜，和你在欢快的交谈中不知不觉地便把它炒好了一样，不费任何思索地习惯无意识地便可以作出具体的类比推理和三段论式判断。其特点是熟练到这种程度：无须类比，就早已烂熟于心地作出类比推理；无须进行机械的三段论，便早已习惯地、不假思索地作出具体的三段论式的判断。因为，他已养成了在一定范围内进行习惯无意识的推理、判断的习惯了。[①]

（5）习惯无意识观念

有些观点和观念由于长期地运用自如地盘踞在大脑皮质之中，形成了自己的虔诚的习惯无意识的信仰和思维定势。如一个成熟的信仰辩证唯物主义世界观的哲学家，处理一般问题时，他总是习惯地情不自禁地自然而然地运用起辩证唯物主义方法了；而一个主观主义和个人主义极强的人，他在处理同样问题的时候，却是出现与之相反的习惯的表现——情不自禁地感情用事起来。感情用事成了他的无意识的习惯。

此外，还有习惯无意识行为、习惯无意识语言、习惯无意识个性和习惯无意识情感等表现。

---

① 请参考朱智贤主编，《心理学大词典》第720—721页，部分词条：无意识动机；无意识记；无意推理；无意识学习；无意想象；无意注意；无意象思维等，北京师范大学出版1989年版。

总之，习惯无意识是有不同类别和层次之分的，而且它们都是在一定思维或心理活动的一定环节和范围内，起着一定的配合意识进行思维活动的积极作用。但是，在习惯无意识和意识的共同配合下进行活动的过程中，意识毕竟是起着主导作用的，而且在大多数情况下，意识都是起着决定作用的。不承认这一点，无限夸大习惯无意识和本能无意识的作用是不科学的，也是十分有害的。

2. 习惯无意识在艺术思维和艺术创作中的奇异功能

习惯无意识在艺术创作和艺术思维中的作用表现得最为突出，最为灵巧，也最为自由。

所谓表现得最为突出，就是说，艺术家创作任何一件艺术作品，只要它称得上是艺术作品，几乎都概莫能外地需要习惯无意识的参与，有时它甚至还要充当创作舞台的“表演主角”（尤其在二度创作中），而意识则要暂时退居到次要的乃至幕后的“观望”地位。艺术家在运用艺术语言（艺术表现手段）时，往往习惯无意识起着很大的作用。例如艺术灵感的爆发，就是习惯无意识伙同本能无意识共同作用的结果。又如前面所提到的艺术心理定势[①]中就包括了不少习惯无意识的内容。几乎所有艺术心理定势中的要素都在一定程度上表现为一种习惯意识和习惯无意识的结合体。艺术直觉之所以能越过一般认识过程而直接把握认识的对象，其中舍去艺术心理定势中的习惯意识和习惯无意识的作用，那简直是不可思议的。有时在创作中出现未思考主题而主题自来的表现，也是艺术心理定势中的习惯无意识作用的结果。一个初学创作的人就不具有这种熟练和掌握自如的特点。此外，其他诸如“浮想联翩，夜不能寐”、“思如潮涌，欲罢不能”等创作心态，也都是习惯意识和习惯无意识加上本能无意识及与之相应的情感所翻卷起来的创作激情的波涛与冲动的结果；回过头来又成了强大的创作动力。又如不少艺术家对艺术语言运用的技

① 详见本书《艺术心理定势的结构、类型、性质、功能及形成的规律》。

能和技巧达到了得心应手、流转自如、妙不可言的地步，如钢琴家拨弄琴键的十指之灵巧等，简直令人十分惊讶和由衷钦佩，原来其中的奥秘也是职业习惯意识特别是习惯无意识使然。至于即兴诗、即兴画、即兴乐曲等所表现出的艺术心理定势中的习惯无意识的重要作用，那就更明显了。

如曹植在踱行七步的时间里（约十几秒）创作了流传千古的诗句："煮豆燃豆萁，豆在釜中泣；本是同根生，相煎何太急!"他为什么能如此快地脱口而出，一挥而就？这是因为曹植在长期创作实践的积累中，首先对诗的韵律、技巧的熟练掌握已达到了驾驭自如的程度；其次对豆萁煮豆的自残现象有细致的观察和了解；第三，他与曹丕兄弟之间长期矛盾发展到相残逼命的地步，以及由此引发的设法解除危险局面的急切愿望和随机联想。这三条都发展到习惯意识和习惯无意识的地步，一旦在命令他七步成诗的威逼下，大脑神经系统就像接通了电流一样，立刻调动起了具有作诗的一切条件的习惯意识和习惯无意识以及本能无意识共同构思的神奇功能，七步之内成就了一首千古绝唱。舍弃了艺术心理定势中的习惯无意识和本能无意识的作用，就不可能出现这种神奇的功效了。这也是为什么灵感与灵感获得者的知识水平总是趋于一致——一般水平的音乐爱好者产生不出贝多芬水平的灵感；美术学院一年级学生产生不出齐白石水平的灵感；也是为什么灵感与灵感获得者的需要和目的及其艺术构思相一致的原因所在。正如美国学者莉莉阿斯·麦金农在《凭记忆演奏音乐》中说的："没有习惯，任何演出都是不可能的。"[①]可见，即兴诗、即兴演奏、即兴画等创作，其中有很大成分是习惯无意识起着重要作用。（至于意识扮演什么角色，它与习惯无意识的关系怎样，后面将详谈）别林斯基说："如果一个诗人决心从事创作活动，那么，这就意味着，有一股伟大的力量，一股不可克服的情欲在推动着他，驱策着他做这件事。""在这种情况下，唯一忠实可信的指南，首先是他的本能，朦胧的，不自觉的感

---

① 转引自《文艺研究》，1986年第4期。

觉，那是常常构成天才本性的全部力量。”[①]这种构成天才本性的“本能”和“朦胧的不自觉的感觉”，实际上指的就是长期在创作实践中培养起来的习惯无意识（有的同志把它看成是天生的本能，或本能无意识，这是不符合作者成长过程的事实的）。可见，在创作任何优秀的文艺作品的过程中，没有习惯无意识的参与，简直是不可思议的。

在文艺创作中，习惯无意识表现得最为灵巧。应当说，最为灵巧是习惯无意识的一个重要特征，它从下面几个方面表现出来。第一，它的规范具有惊人的准确性。因为它是长期在意识的强制和指导下，严格按照艺术的特定规格和特定要求逐步培养起来并进而习以为惯了的，因此，习惯无意识的记忆和行为显得特别自然、纯熟而又准确，准确到简直使你感到吃惊。上面所举的表演实例都可以见出它的高度准确性。灵巧的第二个表现，是习惯无意识的记忆和动作具有超常迅捷的特性，如音乐家弹琴的手指，书画家的画笔，文学家的遣词造句，舞蹈家身段舞姿的形体变换等，都是极为轻便迅捷、流转自如的，不但观众无法记录和统计，就是艺术家本人也来不及作有意识的认知。灵巧的第三个表现是最能灵机应变。“触景生情，随情成章”，这是老练的艺术家进行创作时共有的灵机应变的自由心态，特别是表现在即兴创作中，其随机之巧、应变之奇、意境之妙，简直使你感到由衷的钦佩。灵巧的第四个表现，是最富有情致。艺术最核心的奥秘是要生动地表现作者的某种独特的情致。一个艺术家创作才能和技巧只有发展到习惯无意识地表现出其独特的情致的，才能创作出韵味无穷、别具一格的艺术佳作。情致是艺术的生命，是打动人心的奥秘所在。所谓“熟能生巧”，习惯无意识既然“熟”到了习惯成自然的无意识程度，自然也就必然要产生出高度的“灵巧”来。这是合乎艺术创作实践规律的。

在文艺创作中，习惯无意识的心态也显得格外自由。从哲学的观点看，

---

① 《别林斯基文集》。

自由是对必然的认识和驾驭。在一般情况下，有意识地认识和掌握客观规律，本来就可以获得自由。而艺术家由有意识地把握艺术创作规律，发展到习惯无意识地把握其规律，即达到随心所欲、得心应手、运用自如的习惯无意识境地，当然就进入了最自由的境界了。不仅作者感到最自由，观众或读者亦能欣赏到他最自由的心态美了。

在文艺创作中，习惯无意识表现最突出、最灵巧、最自由，是艺术家的创作思想、创作技巧和艺术修养臻于成熟的标志。初学创作的人是不能取得习惯无意识的心态自由的。不管从事哪一门艺术专业，首先都得要学习一段较长时间最基础的文化科学知识；在普遍学习文化基础课的过程中，逐渐培养艺术创作的基础知识和基本技能。在练习艺术创作的过程中，需要全神贯注、一丝不苟。即便如此，仍旧会产生许多手不听使唤、嗓子接不上气、腿脚笨拙等力不从心、身不由己的种种不熟练的表现。经过若干年认真学习，矢志训练，并经过多次失败之后，始能创作出勉强像艺术品的作品，但这时尚不能达到习惯无意识的心态自由境地，还须进一步积累多次艺术创作经验，使创作的能力和技巧能够“融情入化”“得心应手”，方才有可能开始进入习惯无意识的自由王国，这才标志着艺术家的成熟。在文艺创作中，习惯无意识的运用是没有止境的，习惯无意识的成分越多，创作的心态越自由，创作的才能和技巧也将显得越高超。

在这里我们之所以重点分析了习惯无意识的特点、性质、种类、作用、重要性和分类，就因为它在文艺创作中确实具有非同小可的地位。它根本不同于本能无意识，也不同于意识。如果从功能上来区别它们，那么便可以这样说：本能无意识是生理机能的需要和外部刺激的结果；意识是认识的高级阶段（有意识的感知是意识的低级层次），而习惯无意识则是认识的高级阶段中的超级境界。它们有着各自不同的性质和作用。它们与病患无意识、梦幻无意识、误差无意识也有着严格的本质区别，更不能随意把它们混同起来看待。

（六）集体无意识

集体无意识是瑞士心理学家荣格（1875—1961）分析心理学的著名理论。他将无意识分为处于表层的个体无意识和处于深层的集体无意识两层。认为集体无意识的意义远远大于个体无意识。集体无意识是从人的祖先继承下来的原始经验的总和，是与生俱来的，凭借遗传蓄积在每个个体心灵的深处，成为种族的心理积淀。其内容是原型，是通过遗传而被继承的人类原始意象的某种基本模式或结构。集体无意识包括两大要素，它们都是先天的。其一为本能，即为延续种族和维持生存的性欲和营养本能；其二为原始意象，它是人类自原始时代积蓄的印象。

我们认为，集体无意识是相对于个体无意识而言的，也认同上述集体无意识的两大要素，但对第二大要素却认为是后天的。人类历史经验和民族诸文化要素，是后天地、一代一代地流传下来的。它是一个民族在长期的（千百年乃至数万年）相同的自然条件和社会环境中，在共同进行生产实践、社会生活实践和共同交往等多种因素的作用下，逐渐形成起来的共同心理。按照人类心理发展过程的规律来看，最早是先有个体本能无意识，进而为了适应集体运用石器工具进行生产的需要，才产生出没有语言表述的潜在的共同心理，即集体无意识。这种集体无意识产生以后，又与个体本能无意识形成两个互为一体的无意识心理系统，而意识则是在这两个互为一体的无意识系统的基础上逐渐出现和发展起来的。

从上面集体无意识的含义中可以看出，它包含着两个方面的内容：一是人类生理进化方面的本能集体无意识；二是民族文化历史发展中形成的集体无意识。下面分别阐述。

1.人类生理进化中形成的本能集体无意识。

马克思说："人的感觉，感觉的人性，都是由于它的对象的存在，由于人化的自然界，才产生出来的。五官感觉的形成是以往全部世界史的产物。"①正因为人类的生理机能（包括五官感觉），特别是大脑神经系统的结构

① 《马克思恩格斯全集》第42卷，人民出版社1979年版，第126页。

质和功能质，是会随着生产实践和社会生活实践的发展而不断进化和改善的，个体的本能无意识和集体无意识心理活动也会相应地得到发展和提高。所以，今天的人类的本能个体无意识和集体无意识心理的结构质和功能质，也就必然会远远超出远古人类个体本能无意识和集体无意识的结构质和功能质。这就是为什么人类的婴儿能够很快学会语言，而猴子则永远学不会人类语言的生理和心理上的原因所在，也是为什么人类能够学会绘画、弹琴、演电影，而猴子却学不会艺术创作的先天的生理（包括口腔、喉腔等）与心理条件的原因所在。这种在集体进行生产劳动和在原始民族部落集体生活的自然条件下，人类五官和大脑神经生理上为了适应这种集体劳动和集体生活的需要而产生的潜在的（尚未用语言表述的）本能的共同的心理活动，也是构成集体无意识的生理基础。

2.民族文化历史发展中形成的集体无意识。

这是指一个民族（或国家）在长期的文化历史发展过程中逐渐形成的传统的民族性格和民族精神中，最富有凝聚力的、共同具有的、潜在的民族心理，即民族的集体无意识，也可以称之为民族魂。它也是在长期的同一自然条件和社会环境中，在祖祖辈辈的生产实践和社会生活实践中逐渐积累和形成起来，并一代一代地流传下来的。它包含着以血缘关系和崇敬远祖的传统习惯无意识的内容；包含着在共同劳动、共同生活、共同抵御外侮而获得生存发展所存积起来的内在的深沉情感的习惯无意识；包含着传统的世世代代皆照例遵循的礼仪道德的习惯无意识的崇尚心理；包含着传统的本民族特有的生活习惯、文化传统、各种节日和风俗习惯等的习惯无意识；一句话，即包含着该民族特有的传统的习惯成自然的凝聚力非常强大的民族魂。这种民族的集体无意识，是经过几百代乃至几千代人延绵不绝地锤炼熔铸而成的，世世代代像接力赛跑一样，一代一代不断深化和完善化地留传下来，形成根深蒂固的永远不可磨灭的最为宝贵的民族魂。

这种由民族（或国家）的文化历史发展积淀和丰富起来的集体无意识，与前面所说的人类的生理进化，特别是脑神经系统的进化所形成的共同所特有的本能集体无意识相结合，便构成完整的稳定的凝聚力特别强大的不可磨灭的完整集体无意识。由此也可以看出，荣格提出的集体无意识确实是存在的。同时还可以看出，集体无意识实际上包含了本能的集体无意识和习惯的集体无意识两种内容，是这两者的结合。

集体无意识在艺术家身上体现得十分突出。因为艺术家对民族文化、历史发展的知识经过系统的学习，了解和继承得相当多，其中对集体无意识的继承自然也是相当丰富的。每个艺术家的头脑中所形成的艺术心理定势，就包含着文化历史所遗留下来的，包含书籍资料和教师与父母等人的言传身教等所逐渐形成的集体无意识的内容，当然也包含有他自己在长期艺术实践中形成起来的个体无意识和个体本能无意识的内容。艺术家正是靠这种艺术心理定势和文化素养的支撑，才能产生创作冲动，创作出具有本民族文化风格或韵味的艺术作品。越是伟大的艺术家，越是对他本民族的民族精神和民族性格所积淀起来的集体无意识表现得越充分；所谓艺术的民族风格，就包含了自觉不自觉地（习惯无意识地）对民族性格和民族集体无意识的充分体现。例如一位京剧演员为什么能唱得韵味十足而另一位则唱得淡而无味，关键在于民族文化素养的深浅及其对剧情领会的深度上。傅聪在谈到他的中国传统文化素养时曾深有感触地说："中国文化就像高山大海这么深厚，给了我很多养料，这种精神已经灌注在我身上，也就变成我的一部分。"[①]正因为如此，他演奏肖邦的乐曲时，蕴含着浓厚的中国古代浪漫主义的韵味。

但是，我们也不能过分夸大各种无意识的作用。各种不同层次、不同性质的意识和各类不同层次、不同性质的无意识是统一的，它们都统一在人的心理机能——大脑神经系统细胞的分工合作之中。它们都是人的心理这一大系统中的不同的元素。这些元素是互为前提条件、互相补充、互相渗透、互相转化的。人类没有本能无意识就不可能发展为意识；没有意识就没有习惯

① 傅雷：《与傅聪谈音乐》，三联书店1984年版，第122页。

意识；没有习惯意识就不可能发展为习惯无意识。其中，意识居于领导地位，因为意识是人类自觉地进行的一种高级的心理活动，各种无意识都需要意识的指导和统一调度。即使是在艺术思维和艺术创作过程中具有神奇功能的习惯无意识，也是在意识的指导和强制下培养起来的，而且自始至终受着意识的检验和制约。

四 文艺创作中无意识与意识的关系

意识与本能无意识是有着质的不同的。人类和类人猿的一个重要的分界线，就是由本能无意识发展为自觉地运用语言来表达自己的心理和思想，即发展为意识。这是人类心理机能和心理发展的一个巨大飞跃。在原始蒙昧时代，人们尚不能创造工具进行劳动，仅仅过着被动地适应自然环境的生活，在漫长的时期中停留在本能无意识心理活动状态。后来逐步懂得制造和使用石器进行劳动，在社会劳动和交换过程中，逐步产生了表达心理活动的语言，于是，“语言和劳动一起成了两个最主要的推动力，在它们的影响下，猿的脑髓逐渐变成人的脑髓”。[①]“在脑髓进一步发展的同时，它的最密切的工具，即感觉器官也进一步发展起来了。正如语言的逐渐发展必然是和听觉器官的相应完善化同时进行的一样，脑髓的发展也完全是和所有感觉器官的完善化同时进行的。”[②]早期人类或是现代婴儿，一旦由本能无意识发展到有意识的自觉的认识客观事物（包括认识人类自身），意识便成了人的最高级的心理活动的内容，也是最主要的心理活动形式。它能认识到感官所不能认识到的事物的内在本质和规律，通过实践和思考，有可能解决未认识的东西和创造新的东西，并且根据事物内在联系和各种条件，能够推断事物发展的方向和

① 恩格斯：《自然辩证法》。

② 马克思：《1844年经济学哲学手稿》。

预料未来。于是，本能无意识便退居到次要的或辅助的地位去了，因为意识对人类的认识和行为起着主导的和决定的作用。正如马克思说的："人和绵羊不同的地方只在于：意识代替他的本能，或者说他的本能是被意识到了的本能。"[①]各种不同层次的意识和各类不同性质的无意识（指与创作有关的无意识，下同）是统一的，它们都统一在人的心理机能——大脑神经系统之中。它们都是人的心理这一大系统中的不同的元素。这些元素是互为前提条件、互相补充、互相渗透、互相转化的。没有本能无意识就不可能有感知无意识，没有感知无意识就不可能发展为意识，没有意识就不可能发展为习惯无意识，反之亦然。其中，意识居于领导地位，各种无意识都需要意识的指导和统一调整。即使是在艺术思维和艺术创作过程中具有神奇功能的习惯无意识，也是在意识的指导和强制下培养起来的，而且自始至终受着意识的监督和检验。

在文艺创作中，所谓意识和无意识的统一，理性和直觉的统一，思想和情感的统一，具有它自己特殊的表现形式，那就是作者自始至终都在以捕捉和塑造感性的、富有情感的艺术意象为其出发点、为其过程、为其归宿，而理性的抽象意识是为塑造艺术意象服务的。因为，艺术作品呈现在人们面前的必须是可以供人鉴赏的艺术形象，即使是抽象的作品也罢。艺术的这个特点就决定了本能无意识、感知无意识（直觉）、有意识的感知，特别是习惯无意识的记忆与想象等意象思维在创作过程中显露得最为突出，表现得最为鲜明；而理性的抽象意识却是隐蔽不露地在"后台"起着作用。只有当意象思维遇上了难以解决的问题时，才公开露出来帮助分析和提出解决问题的途径，待问题一解决，它又自动地隐去。也就是说，在艺术创作中，意象思维和由此伴随而来的情感是扮演主角的，而抽象思维（理性的作用）是为意象思维服务的，即为塑造艺术形象而暗中或无形中起作用。特别是构思艺术意象比较顺利而又迅速，或是习惯无意识起着主要作用的时候，理性的意识更加隐蔽

① 《马克思恩格斯全集》第3卷，第35页。

得无影无踪，或是早已包容在艺术意象构思中隐含不露了。而创作出来的艺术作品也就以其艺术的形象为其外形，同时又以其主题倾向或思想观点藏而不露地融化在艺术的形象之中，两者天衣无缝地形成浑然一体的艺术作品。

主题倾向包容和隐藏在艺术形象之中这种特殊统一的形式究竟是怎样形成的呢?

原来是作者职业的习惯意识和职业的各种无意识（特别是其中的习惯无意识）互相默契地以塑造某个特定的艺术作品为目标而密切合作、交替为用、逐步发展和统一的过程。

一个成熟的作者，脑子中贮存着长期培养起来的各种层次的意识的信息，贮存着不断积累起来的各种科学文化知识的信息，贮存着自己非常喜爱的各种艺术作品的榜样的信息，贮存着从小就开始训练的非常习惯、异常敏捷的艺术构思和创作技能的经验的信息，贮存着许许多多直接和间接得来的生活信息，等等。这些创作知识和技能的信息，有的已经成了职业的习惯意识，有的甚至已经变成了职业的习惯无意识，并且有机地融化在作者大脑神经系统神经元之中，于是又与职业的本能无意识有机地交融在一起，与它们一同完全融解在作者情感的血液之中。这些元素有机的融合已经发展成熟到一点即化的境地，即一旦作者触机豁然形成某个创作意向，便迅捷地围绕着这个意向将神经系统中有关的信息通道和构思通道接通起来，用心理学术语来说，即立刻形成许多“暂时联系”，于是有机地包容着创作意向（主题等）和真挚情感的艺术想象，便像生长成熟的春蚕吐丝般地既灵巧又高速地生发出来，连绵不断，一泻千里，构成浑然一体的艺术意象，充分表现出艺术创作中特有的自由舒卷的最佳心态。

可见，一个文艺创作者必须及早地选择科学的世界观、人生观、社会观、美学观和艺术观，并化为自己的信仰，成为自己观察社会生活和创作的习惯方法，使它们与自己长期在实践中积累起来的各种创作知识、创作内容、创作经验和创作技能等同步化为思想和情感的血液，并进而形成创作职业的习惯意识、习惯无意识、本能无意识等水乳交融的高度统一体，即化为既有自然的健康的思想内容，又有真挚而又丰富的情感的，有血有肉的艺术构思和艺术创作。由此也可见，主题倾向、思想观点不是生硬地外加进去的，也不是主题和观点先行所能济事的。也就是说，在创作过程中，作者根本不需要临时外加一段“表达什么主题”的思考，正如契诃夫说的：“平时注意观察人，观察生活，……后来在什么地方散步，例如在雅尔塔的岸边上，脑子里的发条忽然咔的一响，一篇小说就此准备好了。”这就是职业的习惯意识、习惯无意识和本能无意识高度有机统一作战的奇功。

意识和无意识统一的程度是有广度和深度之分的。这是由作者对各种层次的意识和各种不同类别的无意识具有的广度和深度的不同所决定的。它大体可分为三类：第一类，文艺史上最伟大的文艺家都能做到，将各层次的各种不同的意识和各类不同性质的无意识高度统一起来，而且达到创作的最佳自由心态，创作出最杰出的艺术作品，如大文学家莎士比亚、托尔斯泰、高尔基、鲁迅、郭沫若；大画家达·芬奇、毕加索；大音乐家贝多芬、莫扎特等。第二类，有些文艺家对世界观、人生观、美学观等最高层次的意识并未有比较系统的知识或明确的见解，而只具有一定的文艺理论知识、文化科学知识、社会生活知识和一定的创作能力，在他所掌握的这些知识范围内也能将它们统一起来，达到某种程度的心态自由，创作出有较高水平的艺术作品。第三类，有些文艺工作者既未掌握最高层次的理论，也未掌握直接指导创作的系统的文艺理论知识，只是凭着自己对文艺创作的爱好，凭着在中小学所学到的语文知识、文艺知识和创作技能，凭着他所熟悉的某些方面的社会生活，他就在他所掌握的这些比较狭小的知识和技能范围内进行创作，有时也能达到某种程度的意识和无意识的统一，发表一定水平的艺术作品。这三种不同程度的“统一”只是一个约略的分类，其实严格说起来，各种层次的意识和各种不同类别的无意识有机的组合（或统一）是多种多样、千差万别的。但是每个作者都在极力追求从低层次的统一到最高层次的统一，都力争做到从一般心态自由到最佳心态自由。心境不统一、心态不自由，是无法创作出艺术作品的。

意识和无意识、理性和感性、思维和情感的统一是有其生理基础的。根据美国和苏联等国家的各学科的实验和解剖证明，人的大脑神经系统包括周围神经系统和中枢神经系统两大部分。周围神经系统由脑神经和脊神经组成。两者各有传入神经和传出神经，它们是中枢神经系统和有机体的感受器官与效应器发生联系的机构，它们组成了一个反馈的反射弧。中枢神经系统分有许多组成部分，大脑左半球主管抽象思维，右半球主管意象思维，大脑皮层是反射活动的最高调节机构。条件反射的反射弧中间部分的接通——暂时联系，主要靠脑皮层来实现。整个神经系统各个部分通过上行和下行神经纤维而起着传递（输入和输出信息）的作用，把中枢神经系统比较高级的部分和比较低级的部分联系起来，形成统一的活动整体，这就是在文艺创作中各种层次的意识和各种不同性质的无意识、理性和感性、思维和情感统一的生理基础。

意识和无意识、理性和感性（包括直觉）的统一性还有其客观事物本身的两重性作依据。任何外界客观具体事物都表现为外观的具象和内部的本质、规律两个方面。外部客观具象是能用感官直接感知的，并直接在脑海中呈现为表象和记忆（信息贮存）。艺术思维就是要善于围绕着特定的创作意向组织有关的表象，并善于生发为更理想更美好的系列艺术想象，所以有意象思维之说。至于外界客观具体事物内在的矛盾、本质和规律，则是看不见摸不着的，它需要作科学的分析、研究、比较、抽象，才有可能认识和把握它们，所以有抽象思维之说。然而，事物的外在具象和内在本质是统一于该事物之一身的，因此，反映到人脑中便是抽象思维与意象思维的统一，各个层次的意识和本能无意识、习惯无意识等的统一。

各种层次的意识和各种不同性质的无意识既然存在着性质和功能上的差异，自然也就不可避免地要产生各种矛盾，主要表现在下面两个方面。

第一，意识往往会压制无意识的心理活动。例如，一位钢琴家到一个特别隆重的晚会上演出，如果信心不足或胆怯意识占上风，便会使本能无意识以及肌肉紧张起来，习惯无意识也容易受到干扰，使弹琴的指法常常出现错误。一位文学作者如果害怕自己的作品受到批判，或是强制自己勉强地遵循某种硬性指定的政策观点去进行创作，就会大大削弱习惯无意识和其他各种无意识的功能而影响到作品的艺术性。“有意识的思维能够严重地阻碍潜意识的动作。”[①]就是指的这种情况。

在某些情况下，意识甚至可以破坏各种无意识的功能。如一个过分辛勤耕耘的文艺创作者，日久天长，记忆力和思维敏捷度逐渐减弱，本能无意识首先受到破坏，习惯无意识亦随之受到严重影响，以致最后导致意识和无意识的全面崩溃，需住院急救。这就说明只有意识和无意识的使用得当，才能取得和谐统一的高功能。

第二，各种无意识有时也会出现暂时不听意识指挥的现象。本能无意识、习惯无意识的积极性和情感冲动一旦被意识全面地充分地调动起来，便到了如痴如醉、如癫如狂的高度兴奋的地步，想刹也无法刹住，简直废寝忘食、欲罢不能，就像司机开足马力，一旦将机车最高限度地开动起来以后，即使来个急刹车，惯性的冲力也会将机车冲出几丈远一样。遇到这种情况，最好因势利导，将创作继续进行下去，不要中途勉强中断。否则，作品的艺术性会受到影响甚至会改变艺术形象的模样。

正因为意识和无意识、理性和感性、思想和情感是有矛盾的，所以新老作者在创作过程中都会遇上这些矛盾，只是程度不同罢了。创作的过程就是各种层次的意识和各种不同类型的无意识的矛盾统一的运动过程。

有的同志说：艺术创作主要靠直觉。辩证唯物论和系统论以及心理学都不否定直觉在文艺创作中的作用；承认本能无意识和习惯无意识的作用，便是充分地承认直觉的作用。前面已说过，艺术作品是形象的，艺术家从观察生活、积累素材到创作艺术作品，都始终是以捕捉具体形象为中心和目标的。艺术创作和艺术作品这一基本特点，就决定了直觉具有一定

---

① 转引自《文艺研究》，1986年第3期。

的作用，这是不可忽视的。但是，主要还得靠职业的习惯意识和习惯无意识来把握生活的具象和本质，而且如何将生活具象和自己的主观想象有机地熔铸成艺术形象，也是离不开职业的习惯意识和习惯无意识的作用的。只靠本能无意识和习惯无意识的直觉，是无法完成艺术构思和艺术创作的全部任务的，因为它仅仅是创作的认识链条中的一个环节，是心理活动这一大系统中的一个元素。

有的同志说，曹禺创作《雷雨》时，主题并不很明晰，为什么写？怎样写？“没有明显地意识着”；郭沫若在创作《凤凰涅槃》时，灵感袭来，全身作寒作冷，真有点近乎“迷狂”了。其实，这只引了曹禺所说的在创作时“没有明显地意识着”主题的一面，即各种无意识起作用的一面，而曹禺在创作前和创作末了有明确的目的和主题的另一面，即自觉意识起作用的一面，却是被忽视了。就在曹禺说过“没有明显地意识着”主题的后面，紧接着写道：“起首，我初次有了《雷雨》一个模糊的影像的时候，逗起我的兴趣的，只是一两段情节，几个人物。”“写到末了，隐隐仿佛有一种情感的汹涌的流来推动我，我在发泄着被压抑的愤懑，毁谤着中国的家庭和社会”，“悲悯”那些“怎么呼号也难逃脱这黑暗的坑”的人们。这不就是有个明确的主题吗？而且在写作之前是有“一两段情节，几个人物”的思考的。郭沫若是在写作的时候“全身作寒作冷”，手像扶着乩笔一样写着，“迷狂”似的忘乎一切，然而在写作前却也是十分明确地决心用文学去“唤醒东方的‘睡狮’”，“改造社会”，有意地要借凤凰“集香木以自焚，复从死灰中更生”的故事，来象征地表达“旧中国以及诗人旧我的毁灭，新中国以及诗人新我的诞生”。在写作的后半部，也是更为有意地要诅咒现实的冷酷、黑暗、污秽和表现五四运动中国人民彻底反帝反封建的自觉革命精神这一主题的。可见，曹禺和郭沫若自己的介绍倒是很全面的，既说明了各种无意识的认识和迷狂般的激情在创作中的重要性，也说明了理性的意识在构思中的诱导作用，二者是有机地交织成艺术想象和艺术意象的。我们应当全面地了解作者全部的思想情感发展的脉络。如果只看到创作时“没有明显地意识着”主题和灵感大爆发的一面，而看不到创作前和创作末了（或创作后半部）有明确的主题思想以及作者长期积累的一面，文艺创作便成了不可理解的无规律可循的神秘的事情了。

诚然，文艺创作前的构想自然不能像建筑师那样，需要严格按照事先精细而又严密地设计好的图纸一丝不变地进行施工，这是没有必要的，也是不可能的。因为文艺创作与建筑师搞建筑不同，它有自己的特点：许多内容，特别是大量细节的刻画，都是随想随作，情感也是随想随发的，灵活性特别大，因而创造性也特别大。正如列夫·托尔斯泰说的：“我也不知道以后写些什么。”然而这并不排斥创作前需要有个粗略的酝酿，特别是鸿篇巨制。写作前的粗略构想与创作时的灵感大爆发、随想随作是统一的，只是由于创作的习惯意识和习惯无意识特别丰厚、特别灵巧、特别神速，作者事先构想的时间极为短促，使你无法觉察、无法统计，就连作者自己也无法做出科学的统计，这就是作为万物之灵的人的职业的习惯意识、习惯无意识所特具的神通之妙。

总之，艺术创作是个非常复杂的精神活动，不论从系统论观点看，还是从创作实际情况看，艺术思维和文艺创作是各种不同层次的意识和各类不同性质的无意识的多种元素的有机统一。任何只抓住其中一个元素（或一个方面）无限夸大，以至于代替其他元素的论断，都将是不全面、不科学的。

（原载《文艺研究》1988年第4期。此次略有修改。）

艺术心理定势的结构、类型、性质、功能及形成的规律

艺术心理定势是艺术心理学中一个极为重要的课题。如果研究艺术心理学而不深入研究艺术心理定势的特征、结构、性质、类型、功能及形成的规律，那么艺术心理学特别是艺术创作心理学中诸如艺术灵感、艺术直觉、艺术构思的神速性、创作技能心理致导力的精当性和精巧性，习惯意识和习惯无意识的关系及其协作的神秘性、主题的自发性、神童的神秘性等许多令人感到神妙莫测的问题就无法做出科学的解释。

一 艺术心理定势及其结构

（一）艺术心理定势的特点

最早提出“定势”一词的是德国心理学家缪勒（G.B.Ma1ler，1850—1934）和舒曼（F.Schumann，1863—1940）。缪勒不仅在记忆实验中发现定势对记忆效果的影响，而且和舒曼进行重量辨别中也发现定势的作用。这对以后屈尔佩的思维实验起了很大作用。后来苏联心理学家乌兹纳捷加以改造，发展成为一种系统的理论。美国心理学家克雷奇等人在《心理学纲要》中解释说，“有机体做特殊反应或系列反应的准备”；“知觉定势主要来自两个方面：早先的经验和像需要、情绪和价值观念这样一些重要的个人原因”。苏联心理学家鲁利业在《神经心理学》中，进一步证明主体对知觉活动的指向性，即知觉活

动对主体状态的依赖性和归属性。如人的知觉无形中呈现出注意的选择性、表象的情绪性、意识的主观偏颇性等。我国古典文论名著《文心雕龙》中有一专章叫“定势”的（即第三十篇），则是指由不同文体所决定的体势，偏重于表现形式而说的，与现代心理学中所指的心理定势的概念是完全不同的。

由上可以看出，心理定势及其效应，在心理学界已经被普遍证实和承认。中外虽然也有不少学者对艺术心理定势做过不少努力研究，也取得了某些进展，但从总的来说，我国现当代心理学和艺术心理学界虽也有不少论及心理定势的，但似未做系统的突破性的研究，特别是对艺术心理定势的定义、结构、类型、性质、功能及其形成的规律问题的研究，尚需进一步深入探讨。本文拟从新的视角，系统地、深入地谈谈艺术心理定势中的有关问题。

根据中外文艺家成长过程的共同性及其在文艺创作中的诸种艺术心理表现，对于艺术心理定势这一概念，我们认为必须做出新的界定，否则是无法包容艺术心理定势所应有的全部内容的。

所谓艺术心理定势，是指艺术工作者在掌握了一定的文化科学基础知识、艺术基础理论与艺术创作的基本技能的基础上，在长期进行艺术修养的过程中，头脑中逐渐形成的稳定而又习惯成自然的艺术心理态势。这就是说，以往长期反复运用惯了的文艺知识、创作经验、艺术思想、审美观念和世界观等形成了习惯意识和习惯无意识，这种习惯意识和习惯无意识便是主体的既定心理态势，它可以预先决定后来活动的趋势的模式，也在以后进行艺术创作活动中起着充分的准备和指向性作用，在一定程度上无须意识的操作。因为它把未来的心理活动所必需的思想和动力、所可能引发的情感、所可能需要的思维方法和经验等都一一准备好了，只要一触机遇，便非常熟练地立即迅速地指向若定地工作起来。“所谓定势，即指主体状态的模式对以后心理活动趋向的制约性。定势不是主体的什么具体‘心理体验’，而是主体状态的模式，即主体对某种体验的准备性、倾向性。”[①]可见，艺术心理定势是指艺术家的修养与审美创造能力中那些掌握得非常娴熟、运用自如、习以为惯的内容部分所组构而成的一种特殊的心理系统。至于其他尚未到达如此习以为惯、运用自如的娴熟程度的内容部分，即那些还需要“意识”的控制和操作的内容部分，则是不能列入艺术心理定势这个特殊的心理系统的。

当然，当遇到不熟练的新的创作内容，或是难题，或是长篇巨著，只有习惯意识和习惯无意识的作用是不够的，必须还要有自觉的意识，甚至还需要借助抽象思维的分析、判断和推理，全神贯注、夜以继日地连续进行思维活动，才能逐步解决它。这也就是说，艺术心理定势中的习惯意识和习惯无意识的心理活动与自觉的意识是互相配合和统一的。所以，只有成熟的艺术工作者，才能形成这种比较系统而又稳定的艺术心理定势。因此，它对任何一种艺术心理活动，如艺术感知、艺术记忆、艺术思维、艺术想象、艺术意象物化、艺术欣赏等艺术心理活动，都起着导向、调控、升华、强化速度和质量以及其他各种神奇和特异的功能的作用。

艺术心理定势分为优化和非优化两种。优化艺术心理定势和非优化艺术心理定势是相对地说的，在一定条件下两者可以互相转化。下面分别详细论述之。

（二）艺术心理定势的结构

艺术心理定势是由下列诸元素有机地结构而成的：1.世界观（含方法论）；2.社会观（含历史观和政治观）；3.人生观（含价值观和道德观）；4.艺术观（含艺术的需要、目的和动机）；5.科学文化知识信息量（首先包括艺术作品和艺术理论的信息量）；6.社会生活信息量；7.创作经验信息量；8.艺术个性心理强度。

艺术心理定势就是由这八个基本元素有机地组构而成的。我们认为，将艺术心理定势中基本元素分为八个是比较合适的。如果把元素分得太细，必

① 纳季拉什维利：《宣传心理学》中译本序言，辽宁人民出版社1984年版，第1页。

然显得啰唆而不便研究和论述；如果把元素分得太大，则势必又嫌说得不明晰。八个基本元素正好概括了八个方面的内容，结合起来就是比较完整的艺术心理定势体系。

第一个基本元素——世界观和方法论

世界观和方法论是从事精神生产的文艺工作者首先要解决的一个重要问题，也是艺术心理定势中首要的一个基本元素。古今中外有着光辉作品传世的伟大文艺家都是自觉或不自觉地遵循着唯物的辩证的世界观和方法论，去深入了解他那个时代的社会生活，捕捉住时代的重大主题，从而真挚而又热烈地表达了自己对真理和崇高理想的追求而获得作品的成功的。这不仅是当今世界著名的诺贝尔文学奖的评奖标准，是以“作品表达了高尚的理想和对真理的追求，捕捉了时代的重大主题”，“影响历史进程的社会价值”等为首要标准的。[①]这也是任何时代、任何国家评价文艺作品的一个重要标准，同时也是一切伟大文艺作品之所以久传不衰的一个重要原因。

所谓唯物的辩证的方法，不仅是哲学的抽象概念，而且是具体的实践。一个文艺工作者不深入了解所要描写的对象，不认真细致地研究它的本质及其发展过程的必然性，是无论如何写不出感人至深的伟大作品的。不错，艺术构思离不开艺术想象，但任何艺术想象也不能从根本上违反生活真实。罗曼·罗兰说得好：“假如艺术不能和真理并存，那就让艺术去毁灭吧！”[②]加缪也说：“为艺术而艺术的理论，不过是喊出了不负责任的声音罢了。”马尔克斯说得更加入木三分：“那种认为一个人可以写他没有经历过的事，写他没有以此为基础而经过构思的见解，我是完全无法理解的，我永远也写

① 孟宪忠：《20世纪文学轨迹——诺贝尔文学现象研究》，时代文艺出版社1992年版，第52、57页。

② 《听文化巨人诉说》。

不出从概念出发的小说。”“不以本人的亲身经历作为基础，我可能连一个故事也写不出来。”他们的文学创作实践也确实是这样的。罗曼·罗兰《约翰·克利斯朵夫》是以追求崇高理想和真理而获得诺贝尔文学奖的；马尔克斯第一部问世名作《百年孤独》前后用了十五六年的时间搜集了许多资料，翻阅了大量参考书，反复在心中打下腹稿，然后用了将近两年时间把它写完。郭沫若创作的名剧《蔡文姬》的艺术形象为什么那么感人？蔡文姬嫁给藩王已经多年，生了一个胡儿，思汉心切，可是一旦离开胡儿回汉时却又万分难分难舍，回汉后更加日夜思念胡儿。这些真切的描写实际上是以他自己类似经历为底本的。郭氏曾在日本多年，常常思念祖国；当离开日本妻儿子女之时却是缠绵悱恻，留恋不已，回到祖国更加怀念日本妻儿子女。倘若郭氏没有自己这段经历，对蔡文姬形象的刻画恐怕就不会这样深切动人了，甚至会不会创作《蔡文姬》这个剧本也都不一定了。愿不愿深入了解和体验自己所要描写的对象，这确实是一个十分重要的方法论和世界观的问题。

信仰什么样的世界观和方法论，就会按什么样的世界观和方法论去创作。丹麦作家约翰内斯·威廉·扬森就是以林奈和达尔文的进化论的实证科学思维方式去创作他的著名长篇系列小说《漫长的旅程》的。鲁迅原来也是一个民主主义的进化论者，创作出来的作品也表现出进化论的思想；只是后来在实际斗争中才开始变为辩证唯物论者，他的最后十年所创作的大量犀利、深刻、冷嘲热讽而又文采灿然的杂文便是有力证明。

有抱负有作为的文艺工作者不仅不否定科学的世界观和方法论的作用，而且要通过自己的艺术实践自觉地信奉它，把它溶化在自己的精神血液中，变成艺术心理定势中一个有机的组成部分，形成艺术心理定势中的职业的习惯意识和职业的习惯无意识，才是艺术工作者趋于成熟的一个重要标志，才有可能为创作许多优秀艺术作品提供正确的思想方法和丰富的哲理内容。

第二个基本元素——社会观

人是社会的人，人的本质是一切社会关系的总和。因此，任何一个文艺工作者都不可能对自己所赖以生存在其中的社会没有一个基本的看法和态度，这种对社会的基本看法和态度便是社会观。社会观是个复杂的概念，它包括政治观，因为社会的核心组织是政治。它以政治为中心纽带，下以经济为基础，上接各种思想意识形态，这便构成了人类社会的共同的总体框架。社会观还包括历史观，因为人类社会是一个不断发展的过程，它是随着生产力和生产关系、经济基础和上层建筑之间的矛盾运动而不断向前发展的。社会观还包括对一定历史阶段的社会发展状况、社会风尚和社会思潮的看法和态度。

对文艺工作者来说，所谓社会观，实际上是一个面临着种种社会现象和问题，究竟描写什么和舍弃什么，歌颂和同情什么，批评和鞭挞什么，疑虑和困惑什么，追求和提倡什么的问题，也是一个捕捉什么样的重大时代主题的问题。社会观越正确、越明确和越成熟，它在艺术心理定势中的作用也就越大。

在封建社会，封建统治者提倡“三纲五常”的社会观和伦理观，于是文艺界出现了许多讴歌帝王将相和才子佳人的文艺作品，其中也不乏有一些具有一定进步意义的作品，如包公审案、《琵琶记》、《三国演义》等。但在封建统治走向没落和社会矛盾日益尖锐的时候，下层文人则写出了许多同情劳动人民、揭露封建社会黑暗、讴歌农民起义等的进步作品，如屈原《离骚》、杜甫《三吏三别》，《水浒传》、《红楼梦》等。

在资本主义社会，新兴的资产阶级提出的人道主义社会观像一根轴线贯穿始终，但在资本主义发展的不同阶段，人道主义社会观也随之出现某些新的特点或强调的方面。而与之相应的文艺也先后出现各种不同特点的人道主义作品。如文艺复兴时期人道主义的特点是充满了理性启蒙和乐观色彩的。它是针对中世纪神权主义的统治而提出要把人从神权统治下解放出来，从而肯定人的尊严、价值和地位，肯定人的理性具有万能的创造力，赞美人的现实社会生活。艺术家们画的各种圣母、美神维纳斯和少妇（如《蒙娜·丽莎》）等也都无不充满了人本主义精神和对宗教禁欲主义的挑战。人本主义社会观成了许多艺术大师们追求的目标和艺术心理定势中的一个非常重要的有机组成部分，也是他们的伟大艺术作品中的时代主题和灵魂。

到了17、18世纪资本主义发展时期，人道主义社会观又从理性启蒙发展到理性统治的阶段，反映在文艺界，则以古典主义文艺思潮表现出来。古典主义一个重要特点就是以古希腊罗马的文艺为典范，并以古代题材来表现理性批判一切、理性统治一切的重大时代主题。

18世纪末和19世纪初，随着理性推动着科学技术和生产的发展，“知识就是力量”，“理性万能”，于是由理性统治变成了理性崇拜，人们对社会充满了理想。反映在文艺中则出现了浪漫主义思潮，其特点就是在反映现实的基础上对理想世界的炽烈追求。如歌德、席勒、雨果、雪莱、拜伦等人的作品都充满了浓郁的理想主义色彩。

19世纪30年代，资本主义世界出现了难以克服的经济危机和阶级矛盾，因而出现否定资本主义的空想社会主义社会观和思潮，于是文艺也就随之涌现出批判现实主义作品，如巴尔扎克、司汤达、狄更斯、果戈理、托尔斯泰、库尔贝和列宾等人的作品。

到了20世纪，两次世界大战给人类带来的灾难，科学方面理性的相对性和局限性也暴露出来了，因而在文艺中出现了不少对理性反思的文艺作品，如奥尼尔《榆树下的欲望》等作品。

在1917年十月革命到70年代末这段时间的社会主义国家里，共产主义的社会观是占统治地位的（共产主义是一种思想信仰，也是一种社会制度，同时也是一种社会观），因此在文艺界又涌现了大批社会主义文艺作品。

20世纪80年代进入了改革开放的时代，改革开放的社会观又不能不在文艺工作者头脑中占据着重要地位，形成艺术心理定势中一个重要的基本元素。

由上可以看出，社会观在艺术心理定势中所占的地位和分量是多么重要，每个时代的社会思潮和社会观往往就是该时代文艺的主旋律和文艺作品的重大时代主题。

第三个基本元素——人生观

所谓人生观就是对人生的看法和态度。人究竟怎样活着才有价值？人的价值是以他对社会和人类所做的贡献大小为衡量的标准的，这恐怕是人类几千年来的社会生活实践的文明史所积淀起来的集体意识和共同认识。对于文艺工作者来说，究竟怎样活着才有价值和意义呢？那就是要坚持文艺永远为人民服务、为人类进步事业服务的目标和原则。因为文艺工作者的价值是以他所创作出的作品对人民和人类所起的积极作用的大小为衡量的标准的。这恐怕也是几千年来文艺实践的文艺发展史所积淀起来的集体意识和共同认识。因为任何时代的人民都需要与他们的时代相应的具有审美价值、娱乐价值、思想情感交流价值、认识价值、教育价值等作用的文艺作品，而每个时代的文艺工作者创作的目的和使命，首先就是为了满足人民的这种需要，就是要认真负责地创作出反映人民的疾苦、愿望、呼声、斗争和命运的艺术作品（当然也有为没落统治阶级腐败统治歌功颂德和唱挽歌的文艺作品）。雨果说："文学这位姑娘需要的是人民文学……我们的结论是文学有着这个目的：人民。"[①]裴多菲也说："不管人们怎么讲，可是真正的诗歌是人民的诗歌。"[②]罗曼·罗兰说得更详明："我吁请你们竭力彻底置身于你们民族的苦难和企冀中，要成为一道光，明亮在黑暗中的伟大的社会群众，因为他们担负着改造世界的使命。……做他们的喉舌吧。当他们听到你们说话时，他们就会意识到自己。你们在表达自己的性灵时，就会创造你们民族的性灵。"[③]中外文艺发展史也都证明：文艺工作者的正确的人生观和价值取向，必然驱使他站在广大人民的立场上来创作出为历代人民所喜爱的光辉艺术作品，这就不一一举例了。

① 雨果：《宝剑》，新文艺出版社1957年，第15—16页。

② 《古典文艺译丛》第四册，第70页。

③ 《致美国作家》，《罗曼·罗兰文抄》，新文艺出版社1957年版，第86页。

正确的人生观不仅可以正确地解决文艺为谁服务的问题，而且还会促使文艺工作者勇于探求真理，为维护真理而献身，这也是文艺作品获得永久生命力的一个重要原因。历史是人民创造的，因此，真理永远在人民一边。文艺工作者不站在人民立场上是永远掌握不了真理的，没有表现真理的作品是苍白的无生气的。

正确的人生观还能使文艺工作者产生强烈的爱和恨，产生深厚真挚的感情，而这正是一部具有感人魅力的艺术作品的一个不可缺少的因素，也是文艺工作者创作的动力的源泉。为金钱和荣誉而创作的作品是永远也不会有艺术的魅力的。鲁迅说得好："我以为根本问题是在作者不是一个'革命人'，倘是的，则无论写的是什么事件，用的是什么材料，即都是'革命文学'。从喷泉里出来的都是水，从血管里出来的都是血。'赋得革命，五言八韵'，是只能骗骗盲试官的。"[①]可见，正确的人生观和价值取向是决定着他的文艺作品能不能追求和坚持真理、能不能表现出真实的艺术情感的问题，也就是决定着他的艺术作品有没有生命力的重大问题。只有真正建立了为人民和为人类绝大多数人服务的人生观，才能对人民产生无限的爱，才能有勇气追求真理、坚持真理，才能在文艺作品和艺术形象中表现出感人至深的真挚情感。也就是说，正确的为人民而创作的人生观，必须要化成艺术心理定势中的一个重要元素，化成习惯意识和习惯无意识，化成周身血管中的血液，才有可能在创作的时候流出艺术珍品的血来。

第四个基本元素——艺术观

艺术观是指对艺术创作的目的、审美理想和审美标准等问题所持的态度和看法。艺术观是世界观、社会观（包括政治观和历史观，下同）、人生观、科学文化知识、社会生活经验和艺术实践经验等元素在艺术思想上集中的体现，它是

① 《鲁迅全集》第3卷，第408页。

艺术心理定势诸元素有机结合的总核心和总结果。也就是说，艺术心理定势中各个基本元素都会影响着艺术观的形成和发展，然而它们也都以艺术观作为核心，有机地融合在一起，构成一个巩固而稳定的艺术心理体系。

关于艺术创作目的，在前面“人生观”中已经重点阐述过，不再赘言。下面只偏重谈谈审美理想和审美标准问题。

所谓审美理想，是说艺术观中除了包含着一般的艺术审美这一基本内容以外，还包含着更为重要的审美理想。这个审美理想就是作者所追求的，以理想的现实和理想的未来为基础，从而形成一种至高或极致的艺术形象或艺术意境，寄托着作者最深沉、最美好的艺术情思、艺术情意、艺术情旨和艺术情趣。尽管每个文艺工作者的风格和个性不同，有的人喜欢表现豪放和雄浑的至极境界，有的人善于描写抑郁和深沉的情思，有的人爱写悲壮和热烈的场面，有的人擅长表现幽默和嘲讽的喜剧情节，有的人则喜欢自然和清新的情境，有的人特别爱追求朦胧和抽象的意境，有的人崇尚淡雅和恬静的境界，有的人则专门描写瑰丽和奇特的情景，等等。在这些不同风格和个性里，却是寄寓着作者所矢志追求的极致的情思、情意、情旨和情趣，隐含着作者的审美理想，从而又集中地表现出作者的艺术观。

审美理想的建立和运用是艺术工作者成熟的标志，也是作为艺术心理定势核心元素——艺术观已经形成的具体表现。正因为作者建立了自己独到的审美理想，所以他所创作的艺术作品容易给观赏者带来独特的品尝的回味，留下醉人的艺术美的芬芳，永远鼓舞着人们向着理想的境界升华。

艺术审美是必须要掌握一定的审美标准的。这就涉及什么样的艺术品是美的，什么样的艺术品是不美的这个原则的区分问题。这在前面所说到的两种不同类型的艺术观中已初见端倪。如果从审美标准的角度来说，不外两个方面的标准：在思想内容方面，抓住了时代的重大主题、表现了人民的疾苦、愿望和理想以及人类面临的困境和命运等有利于推动社会进步的内容；艺术方面具有创造性的突破和审美价值的探求；思想内容和艺术形式高度有机的和谐统一。

艺术观越正确、越完善、越成熟和越运用自如，在艺术心理定势中的核心作用也就越大。

第五个基本元素——科学文化知识信息量

以往积累起来的科学文化知识信息量是艺术心理定势中不可缺少的一个基本元素。它包括艺术作品和艺术理论本身方面的知识信息量、其他各门科学文化知识的信息量两个方面。

对一个文艺工作者来说，首先必须阅读大量的中外文艺名作和通晓艺术理论。艺术心理、艺术爱好和兴趣，是通过从幼年和童年时期便开始了的艺术观赏、艺术模仿、艺术学习和大量阅读才培养起来的，没有广泛地长期地阅读中外古今艺术名作是难以使自己成为一个具有艺术创作能力的艺术工作者的，也是很难形成自己的艺术观的。许多伟大的文艺家都是从吸取前人的丰富的巨著的营养而开始成长起来的。

另外，还要具备其他方面的科学文化知识。广博的科学文化知识可以扩大作者的眼界和心胸，可以增强和丰富作者的智慧与拓展解决社会实践和艺术实践中的问题的思路，可以帮助作者捕捉时代的重大主题，可以丰富艺术想象的时空场地，还可以起到随时备用的知识信息的仓库作用。特别是生活在今天科学文化非常发达的时代，许多作品的内容便直接要描写到某些科学文化方面的东西。而且艺术心理定势中的世界观、社会观、人生观等基本元素的形成和发展，也是离不开一定科学文化知识信息量的掌握的。世界观的形成离不开对一定的社会科学和自然科学知识的掌握；社会观的形成离不开历史知识、政治知识、经济知识、民俗知识等的掌握以及对当代实际社会生活的洞察；正确的人生观的形成也是离不开家庭教育、学校教育、社会教育和其他各方面知识的掌握的。可见，比较广泛而又系统地掌握一定的科学文化知识，不仅是艺术心理定势中一个不可缺少的基本元素，还在于它对艺术心理定势中其他基本元素的形成也起着重要作用。文艺史上许多伟大的艺术家，同时也是伟大的思想家、学问家、社会观察家，有的甚至还是自然科学家，如达·芬奇、贝多芬、罗曼·罗兰、罗素、泰戈尔、萧伯纳、马克·吐温、巴尔扎克、托尔斯泰、萨特、柏格森、鲁迅、郭沫若等文学大师都是大学问家，他们都饱读了前人遗留下来的文艺和文化的巨著，广博地吸取了人类优秀的科学文化知识，从而使自己知识丰富、心胸开阔、智慧超人，能够居高临下地把握时代的脉搏和走向，否则，无论如何是创作不出具有思想深度和艺术高度的巨著的。没有西北高原上的崇山峻岭，是涌现不出世界最高的珠穆朗玛峰的。一个人的生活经验再丰富，充其量也不过几十年的时光，不到人类几千年文明史中去吸取丰富的智慧，永远是成不了当代文化巨人的，而他的艺术心理定势中的内容也必然是干瘪的，没有多少分量的。

第六个基本元素——社会生活信息量

这里所说的社会生活信息量是偏重指以往的特别是童年和青少年时代亲身经历的丰富而又记忆犹新的社会生活信息量，其中那些使人感到欣喜若狂、悲伤落泪、惊恐万状、反复出现的旧人旧事等终生难忘的情绪记忆，更容易形成艺术心理定势中一种基本元素的主要内容。这种社会生活信息量，待到一旦能运用自己所学得的理论和科学文化知识分析其本质及其社会意义的时候，领会得便更加深切，更加透彻，更加不期然而然地常常出现在脑际，于是创作的愿望和情绪冲动也就不时地油然而生。这种社会生活信息量的重要性就在于，它们是艺术构思和艺术创作的重要材料，没有这个丰富的材料，即使是艺术大师，也是无从进行创作的，就像巧妇难做无米之炊，巧匠难做无材之具一样。只有积累了丰富的社会生活信息量，而且刻骨铭心地不自觉地常常浮现在作者眼前，敲击着作者的心弦，激发着作者创作的愿望，才有可能创作出生动感人的艺术作品。

社会生活是多方面的，长期在哪方面生活，便会在哪方面积累较多的生活信息量，形成艺术心理定势中的一个方面的基本元素。托尔斯泰曾在部队积累了许多戎马生活信息量，所以写出了《战争与和平》的名作；刘易斯曾长期生活在美国的城镇，所以创作出了美国商业资产阶级市侩形象的长篇名作《巴比特》。鲁迅生长在与农村相接近的小县城，亲身看到许多劳动妇女被摧残致死的悲惨景象，所以在《祝福》中深刻而又生动地刻画了祥林嫂的艺术形象。他有一个远房的伯母死了丈夫，生了一个男孩，长大了又不学好，每次从二十里以外的地方做工回来，便对他母亲进行无理打骂，逼得他母亲跳河自杀。鲁迅还有一个邻居屠夫的女儿宝姑娘被许配到深山里而她很不愿意，一天深山里的婆家开了一只船来抢亲，宝姑娘吓得慌慌忙忙地爬到楼上的年久失修的窗子上，忽然随着破窗一同掉到河里，正遇上她婆家抢亲的船，把她打捞起来带到深山里去了，从此也就过着无穷尽的悲凉生活。还有一个为鲁迅家守坟陵的一对年轻夫妇，生的一个男孩忽然被狼吃掉了，他母亲日夜哭泣，把眼睛哭瞎了，从此生活更加艰难和不幸了。这些不幸的过着悲凉生活的妇女，都是鲁迅身前身后的耳闻目睹的令人无限同情和落泪的熟人熟事，几乎不时地浮现在鲁迅的脑际，重重地敲击着他的心，形成了他心理中的定势，待到他懂得了封建社会的神权、政权、族权和夫权等四大绳索是残害广大妇女的总根源的道理以后，这些长期积蓄在心中的广大妇女不幸遭遇的种种情景，就像火山爆发时岩浆喷出一般，把它们集中到祥林嫂这个艺术形象上。由此可以看出，社会生活信息有没有变成艺术心理定势，主要是看它有没有孕育成习惯意识和习惯无意识，从而不时地自觉不自觉地敲击着作者的心弦，使之欲罢不能。同时也可以由此看出，已经形成了艺术心理定势的社会生活信息量对一个创作者来说又是何等重要。

第七个基本元素——创作经验信息量

创作经验信息量也是艺术心理定势中非常重要的一个基本元素。它包含三个方面的内容：一是指创作知识方面的经验的积累，如各种文体和创作方法运用的知识经验、体验生活和物色题材的知识经验、如何围绕主题谋篇的知识经验等；二是指创造性艺术思维和艺术想象的能力的强度，如艺术感知力、艺术意象创造力、艺术情感强度等；三是意象物化技能心理致导力的强度，如选择最美最传神的艺术语言、表现手法等恰到好处地惟妙惟肖地将艺术意象物化为艺术作品的技能心理致导力。后两者均属创造性艺术心理活动能力的问题。

一般说，创作经验信息量越大，其艺术心理活动能力也越强，在这方面积累起来的艺术心理定势也越雄厚。一点创作经验都没有的人，就根本谈不上有什么创作心理活动能力。但是，艺术创作经验与艺术创作心理的创造性活动能力又是有区别的。艺术心理的创造性活动能力，是在积累一定的创作经验过程中还必须有效的追求自己的艺术的独创性，才有可能培养起创造性的艺术思维能力。所谓后来居上和后起之秀，其主要原因就在于培养这种具有独特的创造性的艺术心理活动能力。生活中有不少这样的事例，具有非常丰富创作经验的艺术家，或因创作意志衰退，或因受打击而情绪下降，或因衰老和疾病、精力枯竭等原因，而失去了创造性艺术心理活动能力，但对以往的创作经验和创作情景却依稀记得。

一般来说一个艺术工作者创造性事业的顶峰是在年富力强的阶段出现的。由于各个人的受教育的条件、创作的专业和性质（如戏剧剧本和小说等创作不同于艺术理论创作，也不同于表演等二度创作）、环境条件、生理条件和个人主观努力程度等的不同，这个事业的顶峰期来得有早有晚，延续的时间有长有短。在这个黄金段上，既取得了一定的也是非常必要的熟练的创作经验，也是年富力强、才思最为敏捷的时期，因而也是创造性艺术心理活动能力最强的阶段。

积累一定的创作经验和培养创造性艺术心理活动能力是对立而又统一的。如果把两者完全等同起来看待，是不利于艺术工作者的全面发展的，往往在艺术创作过程中注意了一般创作经验的积累，而忽视了创造性的艺术思维能力和艺术独创性技能心理致导力的提高。当然，创造性的艺术思维能力和独创性技能心理致导力的培养和积累也是一种创作经验，但是它是一种更有出息、更有才华的独特的经验。一般的创作经验和独特的富有创造性的经验积累到一定阶段和程度，便会形成艺术心理定势中的一个重要的基本元素。也就是说，这个基本元素是在长期学习和艺术实践过程中逐步形成的，是一种“积学以储宝、酌理以富财”的宝贵的从事精神生产的精神力量和精神财富，没有这个基本元素的积累和形成，是成不了“巧妇”，即成不了艺术家的。

第八个基本元素——艺术个性心理强度

艺术个性心理具有体现艺术心理定势总体特征的性质和作用。每一个艺术工作者的艺术心理定势都是具有其个性心理的特色的。也就是说，艺术心理定势中的每个基本元素都渗透着这个艺术个性心理，都为这个艺术个性心理的形成提供特殊的养料和条件，它是各个基本元素所提供的特殊养料、特殊内容和特殊条件的有机的综合体。每个基本元素的具体内容、具体形成的过程和具体表现以及运用的效果等都是各不相同、千差万别的。同是信仰辩证唯物主义的世界观，但是在具体的领会的深度、理论体系的完整程度、论证的内容、运用的熟练程度和解决具体问题的具体方法等方面，则是各不相同、各显神通的。同在一个家庭长大、同在一个城镇生活、同在一个学校学习，同是具有十年创作经验，同是创作一个城镇中的劳动妇女的形象，然而他们所表现出来的艺术个性心理和艺术个性却是相差很大的，其根本原因就在于艺术心理定势中诸元素的内容是五花八门、千姿百态、各有其不同的特点的，而这些特点和不同的具体情况，正是形成艺术个性心理和艺术个性的原因所在，否则也就形成不了艺术个性心理、创作不出富有个性特征的艺术作品了。正如屠格涅夫说的：“在文学天才身上，不过我以为，也在一切天才身上，最重要的是我称之为自己的声音的一种东西。是的，重要的是自己的声音。重要的是生动的特殊的自己个人所有的音调，这些音调在其他每一个人的喉咙里是发不出来的。”[①]可见，艺术个性心理定势是整个艺术心理定势的生命线，也是每一个文艺家的艺术心理定势的主要特点所在，它使艺术感知、艺术想象、艺术思维、艺术意象和艺术作品等均打上艺术个性心理和

① 《俄国作家论文学创作》第2卷，苏联作家出版社1955年版，第712页。

艺术个性的烙印。唯其如此，艺术家通过艺术构思而形成的各种艺术意象也就是多种多样、千变万化的，而将艺术意象物化为艺术作品和艺术形象，自然也就会出现千姿百态之妙。

艺术心理定势中的艺术个性心理和艺术家日常生活中的个性，既有相同的一面，又有不同的一面。艺术心理定势中的个性心理在艺术家日常生活中有可能会表现出来，特别是优化的艺术心理定势中个性心理表露得会更多一些，有的则不会表现。因为艺术心理定势中的个性心理活动毕竟不等于日常生活中的心理活动。正如巴尔扎克说的："彼特拉克、拜伦爵士、霍夫曼和伏尔泰，他们的性格和天才是很接近的，然而拉伯雷——一个有节制的人——却在他的生活中驳斥了自己风格的无节制以及自己作品中的形象……他喝的白水，却颂扬新酿的酒，正像布里亚–蔡瓦兰（法国作家）一样，他吃得很少，却赞美丰富的食物。大不列颠可以引为自傲的最富有独创性的现代作家马图林（爱尔兰小说家戏剧家，1755—1826）也是这样；马图林是一个神父，留传给我们的有《夏娃》、《美尔莫特》、《贝尔特拉姆》等作品；他自命风流，殷勤体贴，尊敬妇女；这个在其作品中专门描写灾祸的人，每到夜晚，就变成了巴结献媚妇女的人，就变成了花花公子。布瓦洛也是这样，他的柔和文雅的谈话跟他那大胆诗句的讽刺精神是不相称的。"艺术心理定势中的个性心理是受创作目的、艺术观和所要塑造的艺术形象等制约的，而在日常生活中便不受这些制约，所以两者有差距乃是必然的，只是具有优化的艺术心理定势的作者，这种差距较小一点就是了。

艺术心理定势是个性和共性的统一。共性是由人类共同社会生活及人类社会历史发展的伟大过程所产生出来的，而艺术心理定势的个性心理，则是由艺术家们各自不同的特殊生活条件、特殊学习条件、特殊艺术实践和特殊神经生理基础所造成的。没有一定的艺术个性心理的强度，艺术心理定势便会显得苍白而无生气。所以艺术个性心理既是艺术心理定势中的一个基本元素，又是艺术心理定势的主要特征。

上面所说的艺术心理定势中八个基本元素可以看出两大特点：第一，它们都熟练到了习惯意识和习惯无意识地表露出来的程度（未能达到习惯意识和习惯无意识的熟练程度者自然称不上是艺术心理定势的）；第二，各个基本元素是各不相同的，并且是各司其职的。但是，它们又是彼此互为前提条件、互相渗透、互相影响、互相制约和互相促进的一个有机的心理系统。作为艺术心理定势这一稳定的总体结构来说，其内部诸元素是不可分割的，如其中的世界观、社会观、人生观等已经不是一般意义上的单独存在的东西，而是化成了艺术家的艺术观、艺术思想和艺术个性心理中的一个有机的组成部分和内容了。所以在苏联时期，一些艺术心理学家们把这些统统称之为艺术家的世界观，其根据即在于此。至于艺术心理定势中其他诸元素，那更是在艺术家的艺术观的统领下水乳相溶地融合为一体，构成了艺术心理定势这一特定的组织结构，缺少了任何一个基本元素，或是其中有哪个元素显得薄弱，都会影响到艺术心理定势的完善性和功能的优异性。由此也可以看出，那种把世界观、社会观和人生观看成是外在于艺术心理、外在于艺术心理定势和外在于艺术作品的说法是不科学的，也是一种偏见。

二 艺术心理定势的类型、性质和功能

（一）艺术心理定势的类型

如果我们将艺术家们的各不相同的艺术心理定势分别集中归类，这样便可以看出它们具有类的不同特点、类的不同性质和类的不同功能，从而使我们对它们认识得更加深刻。

那么艺术心理定势究竟可以分为哪些类型呢？这要看根据什么标准来分类才能确定。

如果从艺术心理定势诸元素组合的不同功能来划分，那么便可分为优化组合和非优化组合两种基本类型。

艺术心理定势诸元素及其内容有正和误、真和假、积极和消极、强和弱等之分。如世界观、社会观（包括政治观、历史观）、人生观、艺术观等便有正确和

不正确、进步和落后、积极和消极之分；至于其他诸元素（科学文化知识信息量、社会生活信息量、创作经验信息量等）也有真和假、重要和不重要、积极和消极、强和弱等之别。唯其如此，艺术工作者的艺术感知、艺术思维、艺术意象、将艺术意象物化为艺术作品等，才必然会出现好和坏、高和低、优和劣、美和不美之分。同样是写农民造反的题材，进步的作者把它写成了歌颂农民起义的千古绝唱，如《水浒传》等；保守的作者则写成了《荡寇志》。同样是写爱情的故事，具有正确艺术观的作者，把它写成了诗情画意、脍炙人口的《西厢记》等，反之，则写成了腐蚀青年的色情书。

艺术心理定势诸元素优化组合有四大特点，也是四大标志和优点。第一大特点和优点：每个基本元素的观点和思想都是进步的科学的有积极意义的，并且有机地溶化在以艺术观为核心的艺术心理定势之中，使艺术心理定势形成一个比较完善的有机的统一体。第二大特点和优点：每个基本元素的内容都很丰富、充实，而且都有一定的深度和广度。一个伟大的文艺家，同时也就是一个伟大的学问家、思想家和社会观察家，甚至还通晓某些自然科学。第三大特点和优点：艺术心理定势诸元素都处在活力旺盛、枕戈待命、跃跃欲试的状态，并准备随时捕捉艺术题材、进行艺术构思的活动中。第四大特点和优点：它是一个自我调整、自我完善、自我补充和丰富、自我发展的开放的艺术心理体系，即随着时代进步而进步、随着社会发展而发展。这是艺术心理定势诸元素优化组合的一个重要的条件和特点。

以上四个方面优化组合的特点和优点是作者必须坚定不移地站在时代的前锋，即站在历史发展的制高点，认真地一丝不苟地努力学习和努力艺术实践才能逐步取得，才能使自己的艺术心理定势逐步优化和完善化起来。那种笼统地认为艺术心理定势既有积极的一面、又有消极一面的论点是缺乏具体分析的，这只能用在非优化组合的艺术心理定势上才是正确的。

至于艺术心理定势诸元素非优化组合的表现也是很多的，择其要，不外乎下列几种：对世界观、或社会观、或人生观、或艺术观等不大明确，或是明确而不正确，或是不肯钻研科学文化知识，甚至不肯钻研艺术本身的理论和艺术名作，或是不愿深入生活，或是不肯下功夫培养自己创造性艺术心理活动能力，或是由于衰老和疾病，等等，这样就势必造成种种不同的非优化组合。

艺术心理定势诸元素优化组合和非优化组合都是相对而言的。优化的艺术心理定势由于种种原因（如意志衰退、疾病和衰老、环境恶化等）可以转化为非优化艺术心理定势，非优化艺术心理定势也可以转化为优化的艺术心理定势。这样的事例也是很多的。

从构思方法的不同来划分，则可分为表实型艺术心理定势和表意型艺术心理定势两类。所谓表实型艺术心理定势，就是指忠实地反映现实社会生活、真实地描述现实社会生活的一种心理的既定态势，如历代以来的现实主义的艺术作品就反映了作者的艺术心理定势是表实型的。他们的艺术心理定势中诸元素无不是以表实为主旨和特征的。表意型艺术心理定势则是偏重于表现理想的未来的憧憬着的一种意象和既定心理态势，如历代以来的浪漫主义的艺术作品就反映了作者的艺术心理定势是表意型的。他们的艺术心理定势中诸元素无不是以表意为主旨和特征的，几乎习惯成自然地这样表现着。

表实型艺术心理定势和表意型艺术心理定势既然是两个大的不同类型，每种大类型中自然又可分为若干个小的不同的心理定势。如表实型艺术心理定势中可分为纯实型、饰实型、类型和典型等不同层次为其主旨和特点，反映在艺术作品中便是自然主义作品、工艺品、类型形象作品、典型形象作品等；表意型艺术心理定势则分抒情型意象、理想型意象、神奇型意象、至境型意象（追求最高意境）、抽象型意象、变形型意象等。有的作者专门追求至境的诗歌，有的作者毕生创作理想主义作品，有的专攻抽象型艺术，有的则潜心创作变形型作品，等等，这些便是不同表意型的艺术心理定势导向的结果。

从构思体裁来分，则有小说心理定势，散文心理定势、诗歌心理定势、戏剧心理定势、音乐心理定势、绘画心理定势、书法心理定势、舞蹈心理定势、雕塑心理定势、建筑心理定势、电影心理定势等不同类型。实际上指的是小说家有小说心理定势，诗人有诗歌心理定势，画家有绘画心理定势，如是等等。而且各门类艺术心理定势中诸元素都是以各门类自己的艺术观如小说观、散文观、诗歌观、戏剧观、绘画观、书法观等为核心而有机地组构成的。

（二）艺术心理定势的性质

艺术心理定势究竟是什么性质的东西呢？它有什么基本特点？它的生理基础是什么？

所谓艺术心理定势，实质上就是艺术职业的习惯意识、习惯无意识和受这两种艺术心理影响和调唤的本能无意识以及与之相应的习惯的艺术情感四者的有机统一体。这既是艺术心理定势的基本性质，也是艺术心理定势的基本特点。

所谓艺术职业的习惯意识，是指在艺术心理的基础上，在经过多次反复的艺术实践过程中，逐渐形成一种稳固而又熟谙的具有完整体系的心理态势，其中包括各种既定的观点、信仰和各方面信息量，它们均已形成了一种习惯意识，它不同于一般的艺术意识和艺术心理。

所谓艺术职业的习惯无意识，就是指在艺术职业的习惯意识中，有某部分观点、意识和某些部分的信息量，由于多次频繁地练习和运用，便熟练到习惯无意识地进行心理活动的地步，即形成了一种不自觉的不与语言相联系的习惯无意识。它对产生特异功能起着主要作用。

所谓本能无意识，它是人的身体内部需要和外部器官受到刺激而产生的一种本能的反映和心理现象。它在意识、习惯意识和习惯无意识的培训、调唤和影响下，也能起到一定的积极作用，产生一致的共鸣。它是人的身体内部矛盾运动的产物，它是依照一种自然的简单的原则——在生理上舒适抑或不舒适的原则进行直感心理反映的。本能无意识是人类神经系统发展为意识的生理基础。

所谓与之相应的习惯的艺术情感，就是指随着艺术心理定势中的习惯意识和习惯无意识的发展而发展起来的艺术情感，只要习惯意识和习惯无意识一活动，它也随之而立即活动起来。任何艺术心理的活动都会伴随着与之相应的艺术情感的产生，如悲伤时泪腺分泌出眼泪，欢乐时则表现为喜笑颜开，等等。

根据现代科学研究成果和资料证明：人类的心理是由本能无意识发展到自觉意识；在自觉意识的基础上，由于反复实践和反复运用，便出现了习惯意识；在习惯意识的基础上，由于进一步不断频繁地实践和反复运用，便产生了一种更为神速、也更为神奇而又神秘的习惯无意识。其中的意识是起主要作用的。正因为这样，人的头脑中各种心理活动才有可能一盘棋似的构成一个有机的心理系统。人类各种不同层次的心理和意识的区别及它们的统一性是有其生理基础的。根据当代心理学、神经生理学和脑科学等研究的成果证明：负责综合加工的三级区和负责抽象综合思维的前额区内的暂时抑制区与二级区、一级区内的部分神经细胞等，是习惯无意识心理活动产生的机制所在，而植物神经系统（交感和副交感神经）和各条线路的传导神经细胞等，则是本能无意识产生的生理机制。这些生理机制本身就是既分工又协作的，所以，反映到意识、习惯意识、习惯无意识和本能无意识中，它们也是既分工又协作的。

作为艺术家的已经非常成熟的艺术心理定势来说，自然只专指习惯意识、习惯无意识以及受此两种心理影响和调唤的本能无意识三个方面的内容及其有机的统一。艺术心理定势的生理基础就是在以往形成的各个暂时联系的基础上，再经过长时间多次反复输入相同或基本相同的各大基本元素方面的信息，从而使原来已经建立的暂时联系有可能多次反复地参加大脑皮层的分析综合活动，进而留下更深刻、更巩固、更富有既定之势的记忆，使原来形成的暂时联系更加牢固、更加稳定，更加运用自如。

大脑神经系统在每次输入信息、建立暂时联系和参加大脑皮层的分析综合活动等时，有关神经细胞都会产生一定的生物电和分泌出一定的化学物质，没有这种生物电和化学物质是难以输送信息、建立暂时联系和留下记忆的。也就是说，神经细胞产生的生物电和分泌出的化学物质是建立暂时联系的物质的原因和媒介，艺术心理定势则是在已经建立的暂时联系基础上反复多次地输入相同的信息，因而反复多次地产生相同性质的生物电和化学物质而逐渐形成的。所谓习惯意识和习惯无意识，也就是在不同程度上多次地反复地产生相同的生物电和化学物质的结果。（请参看本书《论艺术灵感爆发的条件及其神经生理机制》）

（三）艺术心理定势的特异功能

艺术心理定势中的习惯意识、习惯无意识和受此两种心理影响和调唤的本能无意识是既分工又协作的。一般情况下，习惯意识和意识（意识虽然没有划在艺术心理定势中，但它们都是互相紧密地联系着的）是起主要作用的，如文艺创作、科学研究以及其他大量创造性劳动活动中的思维，大多数都是由习惯意识和意识的活动来完成的。但这也不是绝对的。当饥肠辘辘、寒气袭人的时候，本能无意识的心理活动就起着十分重要的作用，它将会强有力地催促和推动着大脑中枢中的意识和习惯意识设法解决饥饿或御寒的问题。在艺术构思的过程中，当习惯意识和意识将习惯无意识和本能无意识以及与之相应的艺术情感的活动积极性调动起来以后，即使习惯意识和意识的心理活动停止下来，而习惯无意识和本能无意识以及与之相应的艺术情感却仍旧活动不已，而且是按照习惯意识和意识活动的目标和指向而继续活动着，它们甚至常常组成一个有声有色的大合唱，唱出许多富有独创性的神奇美妙的杰作，这就是人们常说的偶然得之的艺术灵感；没有特意去思考主题而主题自明；没有想去想象而浮想联翩；睡梦中偶得佳句或佳篇；诗人随手拈来的即兴诗；书法家毫不在意地龙飞凤舞的苍劲笔意；散文家欲罢不能的妙语生花；画家寥寥数笔，妙趣横生的神来之笔；提琴家五个指头抚摸琴弦的灵巧和敏捷性简直难以想象；如是等等，真是令人神往和钦佩不已。他们为什么会获得这样近似神秘的得心应手、运用自如的极大自由和功效呢？一个非常重要的原因，就是在长期艺术学习和艺术实践中形成的艺术心理定势中，积蓄着雄厚的艺术习惯意识、艺术习惯无意识、受此两种艺术心理感染的本能无意识以及与之相应的艺术情感，它们互相激发、互相补充、互相协调，从而产生出这种神奇而又高妙的特异功能。不仅如此，艺术心理定势还在艺术活动的各个环节和各个方面都起着重大作用，下面将分别论述。

艺术心理定势在艺术创作的目的和动机上的积极作用。我们知道，人类世世代代之所以需要不断地创造艺术品，就因为艺术本身具有高级形式的娱乐作用、审美作用、认识作用、教育作用、宣泄作用等。因此作为一个艺术工作者，应当创作出能够起到这许多作用的优秀艺术作品，而这些正是艺术心理定势中的世界观、社会观、人生观和艺术观等诸元素所要求的内容。正因为艺术心理定势中早已具备了这些内容和要求，而且已经形成了职业的习惯意识和习惯无意识，所以到进行艺术创作和艺术构思的时候，也就习惯成自然地按照这个早已既定的目的和要求去做了，用不着还要临阵磨枪地来专门研究创作的目的、动机和人类社会如何需要艺术等问题了。甚至在许多情况下（当然不是所有的情况）连主题都用不着临时来反复思考了，因为如何围绕着主题谋篇的要求早已成了司空见惯、老生常谈、巧妇为炊一样熟练了的惯技。所以曹禺在介绍他创作《雷雨》的经验时说："我没有明确地想过主题是什么，我只感到有个什么东西非写不快似的。"这就是过去已经形成的艺术心理定势中的习惯意识和习惯无意识起着积极作用的表现，而决不像有的同志说的，艺术创作根本不用思考主题，这是忘本的说法，即忘记了长期培养起来的艺术心理定势的潜在的根本作用。

艺术心理定势对艺术感知和题材选择特别敏锐和迅速，它几乎在艺术感知的同时就已经给艺术赋了形，并善于由此产生某些艺术联想，也更加容易动情。从这个意义上，把这个在艺术心理定势作用下既敏锐又深刻的艺术感知称之为艺术直觉，这是很科学的，因为，在艺术直觉中早已渗透着习惯意识和习惯无意识的理性的评价和选择。但我们不同意离开长期在艺术实践中形成起来的艺术心理定势的那种神秘主义的直觉论，因为那是不科学的。

有句俗话："三句话不离本行。"有什么行业的心理定势，就会很自然地产生什么样的价值取向和评论。对一棵参天古松，木工从长期做木匠的心理定势出发，认为这棵古松是打各种大型家具的好材料；商人从商业心理定势出发，情不自禁地认为它砍伐后可以卖一个好价钱，诗人则从艺术心理定势出发，非常激动地感到它形态苍劲有力、冬夏常青，非赋诗不能尽情。对文艺工作者来说，艺术心理定势越雄厚，艺术感知或艺术直觉的能力亦越强。如托尔斯泰在路边看到一棵牛蒡花的残败不堪却又顽强地挣扎着生长下去的形态，在脑海中立即涌现出《哈泽·穆拉特》小说人物的形象，实际上是他的艺术心理定势中早有一个非常熟悉的英雄人物的事迹，不时地在敲击着他的心弦，催他非要把他写成中篇小说不可。此刻，眼前这棵牛蒡花只不过是起了一个导火线的作用而已。一个诗人要作一首即兴诗，抬头一望，偶见一棵腊梅正盛开着花朵，生机盎然，不禁以咏梅为题，一首绝句脱口而出，又神速，又美妙。试想，倘若托尔斯泰心中没有积蓄创作小说的知识和技能心理及早已熟悉的英雄事迹等内容（其中不少内容早已经成了作者的艺术心理定势），怎么一看到牛蒡花就能立即构思出《哈泽·穆拉特》小说的人物形象呢？怎么非小说家看到牛蒡花却构思不出小说形象？同样，倘若这位诗人心中没有长期积蓄诗情画意的思想感情和作诗的丰富经验，怎么能看到梅花而诗句就脱口而出呢？可见，艺术家的感知往往就是心理定势对题材的选择和即兴的艺术赋形，就是对客观事物的评价，就是直接与艺术创作的目的和主题相联系的艺术想象。他们在感知某个客观事物时，往往不需要严格经过由感觉到知觉，到记忆表象，到概念，再到思维的一般的认识过程。小学生就很难做到这样，文盲或是不搞艺术创作的人也做不到这样。这就说明，长期培养起来的艺术心理定势对艺术感知、选材、即兴艺术赋形等所起的重要作用。

艺术心理定势对艺术思维和艺术想象的导向和定调作用也是十分明显的。一个小说作家被某个原因引发出创作的意愿和激情以后，为什么只能就此进行小说的艺术构思和想象？因为他头脑中积存的是小说的心理定势，他只会按照小说的体裁、结构和人物形象的要求去构思；一个专业诗人只会按照他原有的诗的心理定势去构思诗篇；一个油画家也只能按照他原有的油画心理定势去发挥自己的专长，如是等等。他们的艺术心理定势中都早已形成了各自不同专业的习惯意识和习惯无意识，这种各自不同的职业习惯意识和习惯无意识伙同受其感染的本能无意识以及与之相应的艺术情感，如痴如醉地自觉和不自觉地沉浸在艺术构思和想象之中，最后形成他们各自专业所需要的不同的艺术胎儿——或小说意象、或诗歌意象、或油画意象等，而决不会形成与他们各自不同的艺术心理定势完全相反的艺术意象。这就证明，艺术心理定势在艺术构思和艺术想象中的作用是多么重要，简直是起着“种瓜得瓜、种豆得豆”的效果。

艺术心理定势对物化意象的作用也是很大的。所谓物化意象，就是艺术家在艺术心理定势特别是艺术心理定势中意象物化技能心理致导力的导向和作用下，按照已经构思好的艺术意象和艺术美的规律，选择最优美、最传神的艺术语言、表现方法和艺术形式，恰到好处地惟妙惟肖地表现出来，即将艺术意象物化为供人鉴赏的艺术作品和艺术形象。意象物化技能心理致导力的强度愈大，将构思好的艺术意象物化为艺术作品的能力也愈强，即选择艺术语言、艺术方法和艺术形式的能力也愈高。

艺术心理定势对艺术欣赏和艺术批评的重要作用也是十分明显的。艺术心理定势有多高，艺术欣赏和艺术批评的水平就有多高。没有科学文化知识、没有艺术欣赏能力的人，自然也就谈不上有什么艺术心理定势。欣赏一张非常普通的风景画，说不出什么道理，最多说：画得很像，色彩好看；而对一幅世界著名的写意花鸟画，却是摇头否定：画得不像，色彩不好看。一位科学文化知识比较丰富，也有一定欣赏艺术作品能力的人则不同。他对上面说的前一幅风景画，一眼就识破了它是大学一年级学生的习作画，而对后一幅写意花鸟画则倍加赞赏，认为这是出自功底很深的画家之手的大作。正如马克思说的：“只有音乐才能唤醒能欣赏音乐的感官，对于不懂音乐的耳朵，最美的音乐也没有意义，就不是他的对象。因为我的对象只能是我的某一种本质力量的证实。”①

① 马克思：《1844年经济学哲学手稿》。

至于对艺术批评工作者的艺术心理定势要求就更高了，特别是对艺术心理定势中的世界观、社会观（政治观和历史观）、人生观、艺术观、科学文化知识信息量、社会生活信息量等元素，都比一般文艺工作者水平更渊博、更高。他们在艺术理论方面有过良好的系统的训练和修养，也应具有丰富的实践经验，能敏锐而又准确地识别艺术作品的高低、优劣、真伪和美恶，并且还能考究其所以，提出中肯的改进方向和方法。一个优秀的艺术批评家，往往是艺术创作者的良师益友，也是广大读者或观众的向导和名师。

艺术心理定势对记忆力和理解力也能起到增强、加快和加深的重要作用。心理学家缪勒在实验中发现，心理定势强和决心大、专心致志的人，其记忆力也比较强，有的甚至强得惊人。因为心理定势强和专心致志的人，可以调动全部生理器官的积极性，从各种知识的角度和方面对新输入进来的表象或概念取绝对包围和征服之势，且各种知识信息都有一定内在联系，有利于形成联想记忆和联想识别，所以容易记忆和理解。一个擅长作律诗和绝句的诗人，对未曾读过的一首绝句，只需读一二遍就能背诵它；反之，没有律诗和绝句知识的人，至少要读四遍以上才能背诵。具有拼音知识的高中毕业生往往只需一次性查字典，便可永久性地记住这个生词。一个青年需要学十年的中文才能通晓它，但是当他一旦通晓了中文以后，再去学英文，只需四五年的时间便可通晓它；如果再接着学第三国文字如法文，仅需二年左右便可阅读有关专业书籍，而且如果别人教会他法文的拼音字母，他也可以通过自修法文的途径来达到这个目的。可见，随着语言心理定势的增强，其对语言的记忆力和理解力均是成倍地速增的。学习别的专业技术，也有类似情况，如学土木建筑，一般地说，一个文盲学土木建筑，需要三年时间才能出师；一个具有初中文化的人需要学一年半出师；一个高中毕业生只需半年左右便可出师；而一个专门学土木工程的大学毕业生则只需一个月左右便能比较熟练地操作一般土木技术，并且能初步把握住工程师设计的图纸的内容，识别它的结构的特点和功能。而对一个具有很强的艺术心理定势的年富力强的艺术工作者来说，他在艺术方面的记忆力和理解力远远超出一般人之上，就不是也不应是奇怪的事了。

艺术心理定势及其作用是贯穿在艺术创作全过程的每一个基本环节的始终的，即贯穿在体验生活、艺术构思、运用艺术语言创作完整艺术形象等的全过程中。艺术家艺术心理定势的强弱和优化程度，决定着对社会生活认识的深度，奠定了他的艺术思维和艺术想象力的强度，准备了运用艺术语言熟练地创作出艺术形象的技能和技巧。

艺术心理定势是有高低、优劣之分的。因为组成艺术心理定势的艺术修养各方面的内容本身就存在着这种区别。世界观、社会观和人生观等本身就有科学与不科学之分；审美观、艺术观（含动机和目的）本身就有正确、健康与否的问题；掌握的文化艺术科学知识本身就有多和少、深和浅的问题；至于社会生活信息量和创作经验与技巧的水准，更是有深广、优劣、主次的问题的。因此，一个艺术工作者要善于逐渐调整和改善自己的艺术心理定势，使每一个艺术心理定势中的要素不断完善化和优化起来。

优化艺术心理定势和非优化艺术心理定势在一定的条件下是可以互相转化的。艺术心理定势的完善化和优化是没有止境的，它是艺术家们进行艺术修养的最高目标。有抱负、有作为的艺术工作者，总是会自觉地使自己的艺术心理定势向着完善化和优化的方向发展，以有利于在艺术创作上取得优胜，从而创作出更多的艺术佳作。

三 艺术心理定势形成的规律

探究艺术心理定势的形成和发展过程，有助于揭示艺术心理定势诸元素中的职业习惯意识、习惯无意识、受这两种心理影响和调唤的本能无意识及与之相应的艺术情感四者有机统一和协调所作的神速、神奇、神妙功能的秘密和真相，从而让人们进一步看出文艺直觉论、神灵附体论、神童论、文艺构思无主题论、文艺天才天生论、灵感神秘论、艺术心理中的性灵主义等的片面性，而还它们的本来面貌。

艺术心理的形成和发展过程是一个非常具体、非常复杂而又不易统一的问题，而且艺术心理确实是后天培养起来的。从神经生理学和心理学研究成果来看，每个人在母体里先天的大脑神经细胞的灵敏度和外周器官功能的完善程度等方面是有一些差异的。但是，不管哪一种具有何种程度先天学习艺术条件的人，不等于说先天就具有艺术细胞，即先天具有艺术心理。艺术心理和艺术心理定势是在具有一定先天生理条件下，通过对艺术的学习、艺术教育的陶冶及不断的艺术实践而逐步形成和发展起来的。任何艺术家都不会忘记几十年时间反复苦学苦练的历程吧！正如鲁迅先生说的："任何艺术天才当他刚生下来时的哭声也决不是音乐。"这真是入木三分的真理，说得再透彻不过了。当然也得承认，先天脑神经灵敏度是有差异的，这是接受知识有快慢的原因之一。神经灵敏度高，接受快，加上后天良好教育和坚持不懈的主观努力，便会取得学习上的优异成绩和艺术创作上的杰出成就。但是，只凭先天聪明是不行的。因此，艺术心理定势是在艺术心理培养到一定阶段或一定程度时才开始逐步形成的。

优化和完善化的艺术心理定势是由幼年时期艺术心理的嫩芽、童年时期艺术心理的幼苗、少年时期艺术心理的形成和某些艺术技能心理定势的萌芽、青年时期（主要指高中和中专阶段）艺术心理的发展和艺术技能心理定势的基本形成、大学阶段以理论形态为特征的艺术心理定势基本形成、研究生阶段以理论形态为特征的艺术心理定势已经趋于成熟六个不同发展阶段而形成起来的过程和规律，主要目的就是要揭示这样一个真理：艺术心理和艺术心理定势不是天生的，而是在各级不同程度的学习环境中逐步发生、发展、形成和完善起来的；习惯意识和习惯无意识也不是什么神秘莫测的东西，它们也不过是经过十几遍、几十遍、几百遍、几千遍乃至几万遍的反复练习和运用而逐渐形成的两种不同熟练程度的心理活动；而本能无意识则是在意识或习惯意识和习惯无意识的影响与调唤下才起到某种程度的辅助作用的。艺术心理定势之所以能产生种种特异功能，就在于它所包含的习惯意识、习惯无意识和受此两种心理活动影响、感染和调唤的本能无意识以及与之紧密相应的艺术情感协调一致地共同作用的结果。真正值得人们赞颂的则是朝于斯、暮于斯、一月月、一年年、连续不断地努力苦练和苦学几千遍、几万遍的精神。没有这种精神，是不可能获得种种特异功能的。

当艺术创作或二度创作的艺术家们的作品或表演享受全国和全球盛誉的时候；当文艺史论家们不断发表高深学术著作而逐渐获得国内外最高声誉的时候；并且当有不少人来恭维你是一位天生的天才艺术家或天生的天才学者的时候；恐怕你心里不会忘记吧：这个成绩和荣誉的取得是多么不容易啊！它花了多少个年月的寒窗夜读、酷暑练功！哪一次期末考试不熬瘦了一身肉，眼巴巴等待着老师的评语和判分；哪一次学术论文答辩或是艺术表演不忐忑不安、辗转难眠！如果忘记了过去这种艰辛努力学习的情景和一点一滴积累的过程，也跟着人家的恭维而自诩是天生之才，岂不违背了自己的十几年乃至几十年的生活的真实！这也违反了艺术心理定势和创造性才能是由空白到艺术心理的嫩芽、幼苗、壮苗，到艺术心理定势的形态开始初步形成，到艺术心理定势比较成熟和完善地逐步培育和发展起来的这一客观规律！孔子说，三十而立，四十而不惑，五十而知天命，七十而从心所欲不逾矩。如果抛开他所指的内容的性质不说，而只从他指的一个有教养的人，在长期社会生活实践中，在不同年龄段上，心理、思想和知识具有逐步深化和不同的成熟程度，这是非常正确的。艺术心理和艺术心理定势，就是在社会生活实践和艺术实践中，不断深化和完善起来的。

也就是说，艺术家经过十几年乃至几十年逐步艰辛刻苦的磨炼的过程，形成了比较完善和优化的艺术心理定势的大量事实，使我们深切地懂得了一个非常明显的道理：那些已经成名的艺术家的艺术构思和艺术创作（包括二度创作）是那么神速、技能是那么神奇和美妙、简直令人钦羡和拜倒的奥秘，就在于他们熟中生巧。学习和钻研任何一门艺术，都得要通过长时间的艰苦努力，不仅建立起艺术心理诸种元素有机结合的内容，而且要使艺术心理诸元素熟练到职业习惯意识和职业习惯无意识的程度，才能使他们在特定的生活环境激发下，产生艺术创作的激情和灵感，才能出现一蹴而就的神奇和神妙的高超技艺。

从他们成长的过程可以看出如下几点：第一，他们都具有较好的从事某种艺术学习的生理条件。然而，只靠天生的生理条件是不可能成为艺术家的，因为，还有其他许多人（如他同班同学或同村人）也具备了这个条件却未能成为艺术家，而且心理学、脑科学都证明，艺术心理和艺术心理定势都是后天的；第二，他们都是坚持不懈地认真刻苦学习和钻研科学文化知识与艺术专业，善于接受指教和勇于改掉缺点与错误，从而使自己成为一个接受知识比较快的，因而具有比较深厚的文化教养和艺术创作素养的人；第三，都自觉地建立了进步的世界观或远大的艺术理想和坚强的事业心，否则是难以持之以恒地刻苦钻研下去的；第四，他们都具有曲折的经历和丰富的阅历，这是解决艺术内容和源泉的问题；第五，他们都养成了敏锐地感受生活和创造性地表现生活的才能。正因为他们是在日常艰苦的学习和创作中造就了这些特长和特点，所以他们显得特别聪明，进步特别迅速，成绩特别显著，人们以羡慕和尊敬的眼光夸赞为“艺术天才”。可见，所谓天才，就是在具备了从事艺术学习的生理条件下，进行持之以恒的努力学习和善于钻研的结果。这就告诉我们，只有抱有明确的追求艺术理想的目的、坚持不懈地努力、不断总结经验和教训、不断自我调整自我提高的人，才有可能逐步形成完善化和优化的艺术心理定势，才有可能在艺术心理定势的作用下，出现职业习惯意识和职业习惯无意识紧密联合作战的奇异功能——如艺术灵感、未思考主题而主题自明、想象神妙等奇异功能。那种所谓灵感神秘论，或是“神灵附体”论、天生天才论、创作无主题论、无意识决定论等，在这里显然也都暴露出它的只见现象、不见其根本原因的片面性了。这就是我们花了较长的篇幅分析和研究艺术心理定势的类型、结构、功能及其逐步形成和发展的过程的现实意义所在。

（原载《外国美学》第13、17辑，商务印书馆1997年版。此次略有修改。）

艺术心理的特征与本质

一 艺术心理的主要特征

艺术心理包含着艺术家的艺术心理、艺术创作中的艺术心理、艺术欣赏与批评中的艺术心理和艺术作品中的艺术心理等方面内容。它是一个非常复杂的、多层次、多内容、多向性、多关系的思想、心理系统，包含着意识、无意识、认识过程（感觉、知觉、表象、记忆、想象、思维、灵感等）、审美、意志、情感和个性等全部心理在内的思维活动体系。也就是说，它是包含着意象思维和抽象思维辩证统一的联系系统中，以意象思维特别是其中的艺术想象占相对优势的思维内容等的全部心理的总和。

所谓艺术心理的基本特征，首先是指从各门类艺术心理中概括出来的、为各门类艺术心理共同所有的东西，即各门类艺术心理一般的东西（撇开了各门类艺术心理的特殊性）而言的，也是与其他行业的心理，如与教育心理、军事心理、医疗心理、工业心理、农业心理、商业心理等相比较而言的（普通心理学则是从各个行业，包括文艺行业心理中概括出来的、共同的，也是最一般的心理现象和发展规律）。只有从各门类艺术心理中概括出它们共同的特征，只有在与其他行业的心理现象和心理规律作比较中，才能看出艺术心理特有的基本特征。

那么，艺术心理的基本特征究竟是什么呢？诸艺术心理的特征是如何结构成有机的系统的呢？先让我们谈谈艺术心理诸方面的特征。

（一）意象性

意象是在艺术创作和艺术欣赏的过程中，以表象为材料，在塑造或欣赏一定艺术形象为目标的前提条件下，经过艺术思维，特别是经过艺术思维中的艺术想象，而形成的意中之象。这种艺术意象不仅与记忆表象不同，而且与想象表象也有区别。表象是客观事物通过人的感觉、知觉而印在脑中的映象。任何表象都是构成艺术意象的材料，即使是想象表象也仅尚属正在想象之中的表象，想象得不符合要求时，还可以修正，即进行重新想象。意象则是通过艺术思维，特别是艺术思维中的艺术想象而形成的一种比较稳定的腹稿，是可以马上将它物化为艺术作品或艺术形象的、孕育成熟的艺术胎儿。没有这个孕育成熟的艺术胎儿是决产生不出艺术作品的。因为，创作任何艺术作品，在开始创作之前，都必须通过艺术思维特别是通过艺术思维中的艺术想象，把艺术创作的目的和结果以艺术意象的形式创造出来。我国古典文论中的“意在笔先”和“胸有成竹”，说的就是这个道理。可见，在艺术家头脑中首先形成艺术意象，是十分重要的，它规定着艺术创作的方向，调节着艺术活动中每一个动作，使之合乎活动的目的和要求，即活动结束时要得到的结果。当然，艺术创作中每一个动作所产生的效果又反过来改变着、修正着起调节作用的意象的运动和发展。即便如此，也仍然是“意在笔先”的，所谓改变着和修正着艺术意象，也还是要由头脑中的思想意识首先来认识原先意象的缺点，而在思想上首先改变和修正原先的意象，然后才能付诸物化的。艺术意象的形成在艺术掌握世界的全过程中是起着头等重要作用的，它是艺术心理诸特征中首要的最基本的特征，也是其他诸特征的载体。

关于意象的概念，新中国成立前的文艺理论界和美学界，一般都把它看成纯属主观的东西，而不是把它看成是由表象升华而来的艺术构思的结果，具有唯心主义色彩。新中国成立后，心理学界为了把心理现象放在唯物论的能动反映论的基础上，则又否定了意象在心理现象和艺术思维过程中的重要作用和地位，而只承认表象是唯物论反映论唯一正确的术语，即用表象取代了意象。然而，美学界和文艺理论界的大多数人是承认意象在文艺构思过程中的重要作用的，但其中也有少数人又否定表象在意象形成过程中的基础材料的作用和地位。这种用表象取代意象或是用意象取代表象的做法都是十分片面的，也是不科学的。

其实，表象和意象是两个不同层次、不同含义和不同作用的概念，两者是统一的。承认意象的存在，并不否定在意象形成过程中表象所起的基础材料的作用，并不会有唯心主义之嫌；而承认表象的存在，也不会否定意象的重要作用，更不会有机械唯物论之弊。因为，以表象为材料，经过艺术思维特别是经过艺术思维中的艺术想象，必然要升华为艺术意象的。

从辩证唯物论的能动反映论来看，在认识某个事物的过程中产生的任何心理上的认识，都是有不同层次、不同性质和不同作用之分的。因为，任何具体事物都是由表层、中层、深层和核心等内容组构而成的，都是现象和本质的统一，反映到人脑中来，自然也就要用不同层次和不同程度的概念来表述。列宁写道，“人的感觉、知觉、表象和一般意识”都是“客观现实的主观映象”。由此可知，这个客观现实的主观映象，首先可以分为两个大层次的概念，感性映象和理性映象。也就是说，人对客观世界的认识可以分为感性认识和理性认识两个大层次。在这两个大层次中，每个大层次又可分为若干个小层次，如感性映象或感性认识中又可分为感觉、知觉、表象、记忆、想象、意象等几个小层次；理性映象或理性认识也可分为概念、判断、推理、理论等几个小层次。就一般的认识过程来说，通过感觉和知觉，进而形成表象。这个表象既是感性映象思维即意象思维的基础和前提条件，亦即是想象和意象的材料和前提条件，又是理性映象思维（抽象思维）的基础和前提条件，亦即是概念和理论等形成的前提条件和基础。

简而言之，表象是一切心理活动或思维的基础材料和前提条件。如果用表象作材料，通过艺术想象等创造性心理活动，便可发展成为意象和意象系列，这便是艺术思维的特点。如果以表象为材料，通过抽象和概括等思维活动，便可提炼和发展成概念和理论，这便是科学思维的特点。可见，表象作为思维的材料来说，它既是意象思维即感性映象思维的出发点或起点，也是抽象思维即理性映象思维的出发点或起点。也就是说，不论是想象或意象，还是概念和理论，都是以表象为基础和前提条件的。由此可见，承认意象的存在，决不否定表象对它的形成的重要作用，正像承认概念和理论的存在，并不否定它是由表象抽象和概括而来的道理一样。物和心、表象和意象、表象和概念总是既唯物又辩证地统一着的。

目前学术界不少同志对“意象”还有这样一些解释，似乎不大确切。如说：意象是意和象两方面的结合，意即创造主体的思想感情，象则是指客体事物，意象就是情思与物象的统一。这些解释和提法似乎指的是艺术作品。因为，艺术作品是思想感情和可感的物象的统一，而不是指艺术构思和艺术想象的结果——意象而说的。艺术构思和艺术想象的结果——意象是属于仍在艺术家头脑中的尚未物化的艺术胎儿，和已经物化为艺术作品的物质的东西是有不同之处的。仍在艺术家头脑中的艺术胎儿——艺术意象是不能直接说它就是主观情思和客观物象的统一的。从心理学的基本知识来看，任何客观具体事物（包括供人欣赏的艺术作品）都必须经过人的感觉、知觉，从而形成表象以后才能进入思维，客观具体事物是不能直接进入思维的。如果承认意象是艺术家头脑中已经构思成熟的但仍旧在头脑中的“心象”，即意中之象，已经孕育成熟的腹中艺术胎儿，显然，意象中的象便不再是客观具体事物了，甚至也不再是对客观事物经过感知后而在人脑中形成的表象了。意象的形成固然需要以表象作材料，而表象的形成又固然是以客观具体事物的存在为前提的，但是，意象、表象和客观事物毕竟不是一个东西。因此，我们不能直接说意象是主观情思和客观物象的统一，也不能直接说意象是意和象两个方面的结合。

弄清了意象的基本含义后便可以看出，意象性是艺术心理中一个最基本的特点，它是艺术心理其他诸特点的共同载体，其他艺术心理诸特点都融汇在意象这一基本特点之中（具体表现，将在后面详谈）。

这里要附带地说明一下，当艺术意象物化为艺术作品后，便变成了艺术形象了，所以，形象性是艺术作品的基本特点，即是艺术形象的诸特点的共同载体，其他艺术形象诸特点都融汇在形象这一基本特点之中。

（二）倾向性

所谓倾向性问题，包含着艺术构思和意象中的主题、目的、意向、审美观、价值观、艺术观和艺术旨趣等内容。其中可分为三大类：第一类是直接反映一定政治思想倾向的；第二类是不直接反映政治思想问题，但有一定社会历史意义倾向的；第三类是仅有一定艺术旨趣或其目的在于陶冶性情和健康娱乐上。应当说，在任何一个正式的艺术构思（包括艺术想象）中，在任何一个艺术构思的结果——艺术意象或艺术意象系列中，都不例外地包含着以上三类中任何一类的倾向性。没有一定的倾向性的艺术构思和艺术意象是不存在的，否则就可能不是艺术构思和艺术意象了。因为，一定的倾向性是艺术构思和艺术想象的核心，一切艺术构思和艺术想象的内容都得要围绕着这个核心内容来展开，它是想象的羽翼展翅飞翔的航标和艺术构思的基本准则，一切可用的题材或表象信息，都得要放到这个航标和准则下来审查一番以后才能决定取舍，否则，便达不到艺术构思和艺术想象的航程的目的，就有可能脱离航线——走题，甚至会出现从根本上违反艺术思维三大基本规律，即违反和谐律、融合律和理想律，以致成为一团混乱不清的思想材料的堆积。意象思维决不是盲目的、随便的、低档次的胡思乱想，它是艺术工作者经过少则十几年多则几十年艰苦努力学习和在艺术实践中遵循一定艺术思维基本规律，而逐步培养起来的、精细而又深刻并富有创造性的人类最美妙的思维花朵，是艺术家将要准备把它物化为艺术作品专门供人鉴赏的可贵的艺术胎儿。艺术家在孕育这个艺术胎儿的过程中，就像一个母亲在怀胎十月的过程中，精心保养照料和期望自己腹内的胎儿是个发育健全的聪明美丽的祖国未来的花朵一样。如果说艺术意象是艺术心理特征中具有基本的载体的特点，那么，艺术倾向性便是这个载体中的思想灵魂。谁还不想自己胸中的艺术胎儿有个健康而又美丽的灵魂呢？没有这个载体性质的艺术意象，就无法看出艺术心理的基本内容和艺术心理的基本特点；但是如果没有一定倾向性这个起核心作用的灵魂，那么这个艺术意象势必变得苍白无力、散乱无章、毫无生气，最终不成其为艺术意象了。

因此，否定艺术心理中倾向性的存在是不科学的，也是十分有害的。有的同志不愿意用“倾向性”这个词（可能与极“左”路线下打棍子、扣帽子的流毒的联想有关，其实，这里说的倾向性，与政治棍子和帽子毫无关系，它仅是体现了中外古今任何艺术流派和任何艺术家个人的艺术意象共同的特征和发展规律而已），而喜欢用“母题”或“初衷”这些概念。其实，如果仔细认真深入研究一下，母题和初衷的意蕴，难道不包含以上所说的倾向性中某个方面的内容吗？即不包含着原初对题材或生活信息的感受、意向、目的等内容吗？实际上，任何一位艺术家的艺术构思过程，都包含着几年前或十几年前或几十年前便已经形成了的心理定势所起的作用。心理定势是包含了世界观、历史观、人生观、美学观、艺术观和艺术旨趣等抽象理论内容的，有的心理定势的内容由于长期在艺术实践中反复运用，已经形成了艺术家职业习惯无意识和职业思维的习惯成自然的意识了，只要进行艺术感知和艺术构思，便习惯地、不由自主地围绕着一定意向或主题展开艺术想象了，难怪曹禺同志说，在构思和创作《雷雨》名作时没有准确地想过主题。因为，经过小学、中学和大学长期练习写作的曹禺，发展到这时，已经具有可以自由地、随心所欲地驾驭围绕着一定意向进行谋篇的熟练技能了，用不着还要像小学和中学时代那样，艰难地苦思苦想地如何把握题目，如何围绕着主题构思，即使如此自觉地认真地去努力写作文，仍旧不免要得到老师这样的评语：“走题”或“主题不集中”、“主题不突出”，等等。经过十几年的训练，围绕主题和刻画人物形象进行谋篇，由不熟练到熟练，到掌握自如，再到职业习惯成自然的无意识，即“没有明确地想过主题”而主题自在。即使到了如此习惯成自然的程度，也还是离不开自觉的意识作指导和帮助的。如曹禺构思和创作《雷雨》的前后，毕竟是有一股强烈的反封建的进步思想在启动和牵引着他的艺术构思和创作的。可见，任何一个正式的艺术构思和艺术创作，不包含着一定倾向性简直是不可能的，只是有的自觉地表现出一定的倾向性，有的则是既很明确的（意识到的）又是不很明确的（职业习惯无意识在起作用）。不论是意识的作用，还是无意识的作用，还是意识和无意识的相互作用，在艺术构思和艺术创作过程中，都是要包含着一定的思想倾向性的。即使是一幅毫无政治思想意义的花鸟画，也是有一定的审美观和艺术旨趣在起着作用的。

总之，在艺术构思中，倾向性起着航标、决定取舍和改造表象的标准作用；在艺术思维的结果——艺术意象中，则起着核心和中枢纽带的作用，而在将艺术意象物化为作品的艺术形象中，则又起着中心思想或主题的作用。

比如，戏曲“怪才”魏明伦在编著川剧名作《潘金莲》时，首先考虑到“潘金莲是家喻户晓、古有定评、今有争议的艺术形象”，但是，“为什么祝英台之类的反封建的女性，竟连历朝最封建的卫道士们也跟着叫好呢？这至少说明祝英台式的反抗行为还没有触犯封建婚姻制的根基，在封建社会容许的范围内，人们同情这种单纯而又完美的悲剧角色，祝福他们化蝶成仙。然而，却很少有人思索另一幅血淋淋的图景——旧社会把人变成鬼！潘金莲式的妇女的命运比前者更复杂、更不幸、更值得深思。他们被封建婚姻残害，被畸形社会扭曲，在苦海中挣扎，在漩涡中沉沦……是罪归‘淫妇祸水’，还是罪归吃人的社会？”“妇女解放问题，仍应列入八十年代议事日程。据我愚见，提倡社会主义精神文明的重要任务应是彻底反封建！基于此，我的荒诞川剧《潘金莲》破土而出……”可见，在任何艺术构思中，都是不可避免地要确定其倾向性的。

（三）想象性

艺术想象是在艺术家头脑中以平时积累和储存起来的表象为材料，以围绕着一定意向（主题等）构思出一定艺术意象为目标，经过对表象的分析、修改、夸张、虚构、强调和组接等加工作用，在意识中创造出新的艺术胎儿——即艺术意象或艺术意象系列的心理过程。从它以表象为材料看，它是对现实的一种客观反映，即它是建立在对客观现实生活反映的基础上的，任何艺术想象都离不开直接对现实世界反映的表象的；从它对表象的分析、修改、夸张、强调、虚构和幻想等内容和方法来看，它又是异乎寻常地脱离现实、为现实所没有的一种富有创造性的思维活动。正因为它是艺术家按照一定的艺术意向和艺术美的规律，去选取表象、改造表象、虚构表象、美化表象和联缀表象的，所以，它有可能创造出崭新的、成熟的、理想的艺术胎儿——即艺术意象或艺术意象系列。

艺术想象在整个艺术思维过程中及将艺术思维的结果——艺术意象或艺术意象系列物化为艺术作品的过程中，起着重大的作用。它贯穿始终并占有相对优势的地位。因为，在整个艺术思维和艺术创作的全过程中，始终是以捕捉、选取、改造和完善表象——即头脑中形成完善的艺术意象为目标的，这也是由艺术家的创作任务的特性——创造出艺术作品和艺术形象所决定了的。因此，从一定意义上说，没有艺术想象便没有艺术思维，便没有艺术心理活动，也便没有比较完善的艺术胎儿——艺术意象或艺术意象系列的产生，同时也就谈不上将艺术意象物化为“静的属性”的艺术作品和艺术形象了。正如马克思说的：“想象力，这个十分强烈地促使人类发展的伟大的天赋，这时候（指历史上人类的童年时代，即人类野蛮时代的低级阶段）已经开始创造了还不是用文字来记载的神话、传奇和传统的文学，并给予人类以强大的影响。”[①]他还写道：“任何神话都是用想象和借助于想象以征服自然力，支配自然力，把自然力加以形象化。”[②]人类的童年时代用自己的想象力创造了给人类以强大影响的神话、传奇和传说的文学作品，在人类的今天，艺术想象又何尝不是在艺术思维中起着十分重要的作用呢？而且今天的艺术家的艺术想象力是远远超出人类童年时代的想象力的。想象都富有创造性。

艺术想象根据有无目的性，分为不随意想象和随意想象两种。没有预定目的、无意识地产生的想象叫不随意想象，如梦中想象等；有预定目的和有意产生的想象叫随意想象。根据创造性程度不同，随意想象又可分为再造性想象和创造性想象两种。再造性想象是根据对以前没有感知过的客体的语言的描述，如书中插图、电视中的演示等来创造相应的意象；创造性想象是运用记忆中保存的表象材料，独立地创造出新的艺术意象。创造性想象是以新颖性和独创性为其特征的。在艺术构思中，创造性想象是占相对优势的，也

① 《马克思恩格斯论艺术》，第5页。

② 《马克思恩格斯选集》，第113页。

是起主要作用的。但是，创造性想象和再造性想象有着不可分割的辩证的联系和关系，不可把它们绝对地对立起来。

艺术想象有三种主要表现形式：第一，联想（类似联想、接近联想、对比联想等），即由一事物联想到另一事物，或是把社会生活中类似的人物和事件的特点联系并集中起来，形成一个艺术意象；第二，推想，根据主题和塑造艺术形象的需要，对人物形象的生活逻辑和发展趋势做出合乎规律性的推想；第三，幻想，它是创造性想象的一种特殊形态，是人们由于向往未来和憧憬生活前景而创造出来的新的意象。幻想有积极的幻想和消极的幻想两种。积极的幻想能激励人同困难做斗争的勇气，鼓舞人的积极劳动的热情，把人引向瑰丽多彩的闪烁着理想之光的境界中去。消极的幻想则会使人完全脱离现实生活而堕入空虚、苦闷、悲观失望的情境中，甚至难以自拔。

总之，通过艺术想象的这三种表现形式，能够创造出现实中存在着但未感知过的东西的意象（如火山、热带森林等）；历史上有过但未见过的东西的意象（如恐龙、古代名人、阿房宫等）；未来会有的东西的意象（如某些科学幻想等）；现实中永远不会有的东西的意象（如神话传说中的人物嫦娥、王母娘娘，戏曲剧目中的钟馗，芭蕾舞《天鹅湖》中的天鹅等）。但是，不论哪一种艺术想象，哪怕是非常神奇美妙的艺术想象，都是建立在对丰富的表象进行选择、剪裁、夸张、强调、扭曲、变形、虚构、组接等改造加工的基础上的，因此，社会生活表象、艺术作品形象的表象、科学文化知识及其所呈现的表象等，积累得越多和越丰富，艺术想象就越丰富而又越敏捷。为什么在艺术想象中能够时而可以天上，时而可以入地，时而可以“思接千载”，时而又可以“视通万里”呢？为什么可以不受时间和空间的限制而自由地、独出心裁地创造出异常奇特和新颖超俗的新的艺术意象呢？基本原因就在于，艺术家头脑中比电报还要快若干倍的思维着的中枢神经的神经细胞装满了天上和地下的各种表象信息，储藏了千载历史知识和万里空间中的各种不同的表象信息，随时可供选择、分析、剪裁、夸张、虚构、组接等加工使用。因此，人的物质生活活动、学习活动、实践活动是艺术家的任何想象，包括一切最稀奇、最怪诞的艺术想象的形成和发展的基础。即使是浪漫主义极强的艺术家的想象，也是植根于现实生活土壤之中的，完全离开现实生活的土壤是不可能开出任何艺术想象之花的。正如鲁迅说的："天才们无论怎样说大话，归根结蒂，还是不能凭空制造。描神画鬼，毫无对证，本可以专靠了神思，所谓'天马行空'般地挥写了。然而他们写出来的，也不过是三只眼睛，长颈子，就是在常见的人体上，增加了眼睛一只，增长了颈子二三尺而已。"①可见，在艺术想象中，现实的因素和虚构的创造因素是辩证统一地联系着的。正因为这样，艺术家在艺术想象中形成的艺术意象，以及将此艺术意象物化的作品即艺术形象，是既源于生活又高于生活的。

艺术想象必须遵循下列三条原则和三个艺术思维规律。

三条原则是：第一，符合主题和一定艺术意象的需要的原则；第二，依据主题和特定艺术形象的需要（包括特定人物性格）来设想情节的原则；第三，符合生活的真实和历史发展趋势的原则。

三个艺术思维规律是：第一，遵循艺术思维的和谐律（指艺术意象各个部分之间及其与整体的关系必须和谐统一）；第二，遵循艺术思维的融合律（指艺术思维中的直接反映客观事物的表象与主观的思想感情之间必须有机融合为一体，所谓情景交融，即是一例）；第三，遵循艺术思维的理想律，想象出最理想的典型的艺术意象，展示出丰富的内容和深远的意蕴。

由于艺术想象遵循了上面三条原则和三个艺术思维规律，所以，艺术想象呈现出一个突出的特点：它始终与强烈的审美性、浓郁的情感性、突出的个性有机地、恰到好处地、不可分割地、紧密地相伴随和相融合。因此，通过艺术想象所得出的结果——艺术意象或艺术意象系列，也是与审美性、情感性和个性不可分割地、有机地、恰到好处地融合在一起的。

艺术想象力是在艺术创作的学习实践活动中逐渐发展起来的一种超前反

① 《鲁迅全集》第6卷，人民文学出版社1987年版，第219页。

应的心理活动能力。艺术家想象力越强，想象越丰富，越有利于艺术意象的完满的形成。每个艺术家的这种艺术想象力和想象内容的形成和发展，都是受社会历史条件和个人（主体）的生活经验、知识、修养、思想、情感和他活动的目的、动机与世界观、价值观等制约的。因此，任何艺术想象都是具有社会历史性和个性的。

艺术想象的生理基础，是大脑神经中枢根据一定的主题和艺术意象的需要，通过对旧的暂时的神经联系即储存起来的丰富的信息表象，进行分析、选择、修改、夸张、强调、虚构等加工手段，重新配合和组接成新的联系的过程。这就决定了艺术想象中的表象与记忆中的表象相比，具有特殊的新异性和理想性；同时也就决定了它们有一部分是一致的。艺术想象是大脑神经各个区域（其中以第三区联合区为主）进行联合活动的结果。因为，各个区域都分别储存着不同的表象信息和概念信息，第三区联合区是专门管理、综合、加工，从而重新组合成新的表象联系的。艺术想象与抽象思维是分不开的（这在前面的艺术思维的定义中已经提到），因此，主管计划、目的和行动的前额神经中枢亦必然要参与和配合进行思维活动。下丘脑——边缘系统是起稳定、强化和调节大脑神经中枢活动的区域，艺术想象离开了它的调节和强化作用也是不堪设想的，势必要造成心理上的不稳定和错乱。可见，艺术想象是重点负责的第三区联合区和其他各神经区互相配合进行活动的结果。

总之，艺术想象是艺术创作心理和欣赏心理的一个重要特征，它不仅表现在整个艺术心理活动过程中，自始至终都以它出台唱主角；而且表现在艺术思维的结果——艺术意象的形成，也是由它起着主要作用的。正如前面所提到的，在一定意义上说，没有艺术想象便没有艺术思维，也便没有艺术意象的产生，当然也就无从将它物化为艺术作品和艺术形象了。

（四）审美性

审美是艺术心理的天性。艺术心理过程（包括艺术思维）本身就是一个审美的过程。从艺术心理定势到艺术感知、艺术表象、情绪记忆、艺术思维（意象思维和抽象思维辩证统一的联系系统中，以意象思维特别是其中的艺术想象占相对优势），直到最后艺术意象的形成的全部内容和整个过程，都贯穿着审美意识和审美心理的活动。在艺术心理定势中，直接指导艺术思维或艺术心理活动的一个中心内容，便是审美观、艺术观和审美趣味。这种在长期学习和艺术实践中形成的相对稳定的艺术心理定势，特别是其中的审美观和审美趣味的心理定势，在整个艺术心理、艺术思维活动过程中是具有指向性作用的，它会影响到艺术心理和艺术思维的过程的每个环节，以致影响着在艺术创作和修改过程中的每个具体思维活动的环节。

首先艺术家在观察生活中的艺术感知，便是“本能”地“三句话不离本行”地以审美的眼光或艺术的眼光来感知社会生活的。在艺术家看来，生活中任何一个人的言行举止及与此相应环境中的任何一草一木，都仿佛值得他感觉一番，它们究竟有何审美价值和艺术特点？都仿佛直观地被他打上了艺术趣味的印记，即按照他特有的艺术审美眼光或有意或无意地被评价起来，或姿态美、或色彩美、或神采美、或行为美，往往由此引发出创作初衷。特别是自己亲身经历的惊心动魄或扣人心弦的事件，更是容易留下浓郁的审美情感和情绪记忆。而这种审美的浓郁的情绪记忆的表象，往往是艺术想象和艺术思维的重要材料。至于意象思维和艺术想象，那更是按照艺术美的特征和艺术心理的审美规律而进行的，这在前面已经详细说过了，这里不再赘述。因此，通过艺术思维和艺术想象最后形成的艺术意象，便是即将物化为专门供人鉴赏其美的艺术作品的艺术胎儿，自然也是充满了美的特征和规律的。

至于艺术欣赏和艺术批评中的审美心理特征，也是和艺术思维与艺术创作中的审美心理基本上是一致的，只是艺术构思和艺术创作中的审美心理是由客观社会生活美所引起的，而艺术欣赏和艺术批评中的审美心理则是由艺术作品和作品中的艺术形象所引发的。艺术批评中的审美心理，则又比艺术欣赏中的审美心理来得更为理论化和更为深刻一些。那种完全没有审美心理的内容，或是违反审美心理的特点，以及不遵循审美的规律的任何感知、任何表象、任何想象、任何思维、任何意象都不是艺术心理，而是其他什么方面的心理了。可见，审美性是艺术心理和艺术思维区别于其他心理特征的最重要的、也是最明显的标志和特点。

所谓审美，是必须要有一定审美观和审美意识做向导的。一定的审美观和审美意识是一定的社会生活的反映。社会生活是复杂多样的，因此，审美观和审美意识也是复杂多样的。从大的方面看，至少可分为民族性（包括国家和地区）、阶层性和个性等差异。社会生活是不断发展的，所以，审美观和审美意识都打上了时代的烙印。

美是真的内容、善的评价、美的形式的有机的统一。然而，由于人们的审美观的不同，对真、善、美的认识和理解也就不同。对某些社会生活现象和艺术作品的审美评价甚至会得出完全相反的结论。但作为整个人类来说，又有人的共同性——即人们所常说的所谓人性，又由于人与人之间及其各种不同的审美观是互相影响、互相渗透的，因此，对另外一些社会生活现象，特别是对自然现象的审美观，往往又会出现许多相一致或相融的地方。每个艺术工作者，都希望自己的艺术构思及其构思的结果——艺术意象成为最纯真、最得意、最顺利、最理想的意象境界，因而将它物化为艺术作品和艺术形象，也是最纯真、最美丽、最生动、最理想的艺术境界。这就首先需要找到科学的、进步的审美观作为自己的艺术思维的指导思想，否则是难以实现这一崇高的目的和要求的。在艺术心理和艺术思维这一特定的条件下，审美观是世界观、历史观、人生观、创作目的和动机，以及艺术观、艺术趣味等诸内容和诸因素的集中的表现和反映，并且直接指向地规定着艺术心理和艺术思维按照美的法则进行活动，从而渗透在艺术心理活动和艺术思维的全过程之中。因此，审美性形成了艺术心理和艺术思维的一个重要特征。

对人类历史的长河来说，审美、审美意识和审美观是在长期生产劳动和社会实践中逐渐产生和发展起来的。恩格斯说："首先是劳动，然后是语言和劳动一起，成了两个最主要的推动力，在它们的影响下，猿的脑髓就逐渐地变成了人的脑髓，……在脑髓进一步发展的同时，它的最密切的工具，即感觉器官，也进一步发展起来了。正如语言的逐渐发展必然是和听觉器官的相应完善化同时进行的一样，脑髓的发展也完全是和所有感觉器官的完善化同时进行的。”[①]正因为通过劳动和语言，发展了人的思维器官，使之开始逐渐认识了自然界事物的形状、色彩、音响等的性能、规律，同时也根据客观事物的使用价值及其形式特点（如比例、色彩、对称、和谐等）开始逐渐做出美丑的评价，这便产生了审美意识。可见，美或丑是人类社会发展到一定阶段上对客观事物的一种认识和评价，这也是美的客观性和社会性相统一的依据所在。在人类和人类社会出现以前，自然界事物如虫鱼、鸟兽和花草、树木、日月星辰等仅仅是一种自在之物，它们自身是无所谓美和丑的，只有在出现人类以后，在长期的劳动中，根据人类的需要（使用价值）和对事物形式的识别，才对客观具体事物做出美丑的识别和评价，从而才产生审美意识。也只有认识了美的客观具体事物的尺度以后，才有可能依据这个尺度，加上人的理想的需要，通过生产劳动等社会实践，创造出美的具体事物。审美对象和趣味是由社会经济发展的状况所决定的。新石器时代，人类只能以自己制造的石器工具为审美对象；狩猎时代，只能以狩猎对象——猎物为其审美对象；农业时代，才有可能以土地、河流、庄稼及花草树木作为审美对象。电影、电视和现代派的艺术等，则是在近现代工业发达的社会里才有的审美对象和审美意识。可见，任何一种审美意识和审美观，都是一定的社会生产实践和艺术实践的产物。

对个体成员来说，每个艺术工作者的审美意识和审美观念也都是在一定的社会环境中努力学习（继承过去文化遗产和美学知识）和认真进行艺术实践活动的结果，决不是与生俱有的。所谓艺术心理定势，其中便包含着审美观和审美意识的定势，它是从幼儿时代的家庭教育、各级学校教育、社会环境的熏陶和影响下形成的一种相对固定的审美认识。同时，每个艺术工作者的审美心理定势，都打下了时代和民族及其所处的环境与地位的烙印。当然，这种审美

---

① 《马克思恩格斯选集》第3卷，第512页。

心理定势也不是绝对固定不变，它是会随着艺术工作者或艺术欣赏者的生活变化和艺术实践的发展而发展的。但无论如何，由于艺术工作者或艺术欣赏者的生活环境和审美实践的经验各不相同，便形成了每个人的独特的审美趣味和审美经验。不管每个人的审美趣味和审美经验如何千差万别，但是，从它们的千差万别中却能分辨出它的民族性、时代性、人性和阶层性来。这便是审美的共性、局部共性和个性的辩证统一性。

正因为审美性是艺术心理的一个主要特征，它在艺术思维中既起指向作用，又在艺术思维的结果——艺术意象中起着理想化了的美的表现作用，所以，将艺术意象用物质的手段和技巧物化为艺术作品和艺术形象后，便突出显示出艺术美的特色来。即便是丑恶的形象也显出艺术美来，因为它是按和谐律、融合律和理想律等美的规律创造出来的，在技巧上表现出恰到好处的真实而又生动的艺术形象，这就是由生活丑变为艺术美必具的途径和条件。

（五）情感性

为了给情感性下一个比较科学的定义，首先必须要弄清情绪、感情和情感三者的内在联系和区别。

目前国内外心理学家对这一问题的各种认识似乎有某种片面性。应当说，情感性包含着艺术工作者这一主体对认识的客观对象的内在的感情和表之于外的情绪两个方面内容在内的（理由详见于后）。既然这样，给情感下定义时，就必须要概括这两个方面的基本内容，方能避免片面性。

那么，究竟什么是艺术的情感呢？它是艺术工作者在艺术实践中，在对客观事物的态度和审美认识下，所产生的爱憎感情的内在体验和倾向的一种喜怒哀乐的情绪表现，是由艺术的表象性、倾向性、审美性、想象性、意象性和个性等艺术心理基本特性中生发出来的，是在一定的生活素材（表象）的基础上，以一定的倾向性为核心，以一定的审美性为准则，以一定的想象性为主要特征，以一定的艺术思维为活动的过程，从而在各个环节上自然而然地生发出与之相应的艺术的情感性。也就是说，艺术情感是艺术工作者对客观世界的一种特殊的艺术反映形式和评价形式，是与艺术工作者对客观事物是否符合自己的艺术需要所持态度的一种情绪体验。艺术工作者对客观事物的态度是和自己对客观事物的艺术需要紧密相连的。因此，在艺术想象和艺术思维的结果——艺术意象中，也就充满了相应的艺术情感，而将构思成熟的艺术意象用艺术语言表现出来，即物化为供人观赏的艺术形象时，自然也就充满了与之相应的艺术情感。正因为这样，所以对生活体验越丰富越深刻，倾向性越集中越强烈，审美认识越深刻，产生的艺术情感就越真挚越强烈和越丰富。可见，艺术情感是植根于对社会生活体验、认识和审美评价的深厚的土壤中的，从来没有无缘无故的凭空产生的艺术情感。艺术情感始终是一个“派生物”，它总是由对某种事物的认识、态度和审美评价而派生出来的，它在艺术认识和艺术思维的过程中又总是起着十分重要的作用。在一定的意义上可以说，没有一定的艺术情感，便没有完善的艺术思维，也就没有完善的艺术形象。同时，它又总是强烈而又鲜明地表现出艺术工作者和艺术欣赏者的艺术倾向性、审美性和艺术表现（或欣赏）水平。

心理学家们把情感定义为，人在活动中对客观事物所持态度的体验。我们以为，用“对客观事物所持态度的体验”这种词语来界定情感的定义，是容易令人误解的。“体验”一词至少可以包括对客观事物亲身的感知、认识、评价、价值取向和情感态度等复杂内容，这样含义广泛的内容怎么能和“情感”这一派生的内容等同起来呢？所以，这个定义是不确切的，也是十分不明确而又费解的。应当说，情感包括感情和情绪两个方面，是它们的有机综合体。感情是认识主体对认识对象（包括人和物）所产生的一种较深的密切关系而说的，是对对象利害关系的认识的结果，是精神上看不见摸不着的内在的一种关系，也就是说，只有当谈到主体与满足需要或阻碍这种满足的对象的关系在头脑中的反映和体验时，才用感情这一术语；只有当这种感情表现为一种看得见摸得着的情绪的时候，才能看出他对某个人或某个事物的感情的厚薄、浓淡程度，而情绪是在感情体验和产生的心理过程中所进行的具体形式，它是要表现感情的内容和程度的。感情和情绪是两个既有内在联系又有区别的、互为表现的、不同的概念。有的心理学家把两者混同起来是错误的。我们可以说，张三与李四的感情很深，但我们不能说张三和李四的情绪很深；我们可以说某某人在闹情绪，但我们不能说某某人在闹感情。我们是怎样知道张三和李四之间的感情很深的呢？当然是从他们平时所表现出来的情绪系列和行为中看出来的，与朋友离别后不时流露出一种无限怀念之情，见面时则又表现出情不自禁的欣喜欢快之态，当朋友遇到不幸之事时又会表现出为之悲伤和不安之情，等等，这些都是表之于外的情绪状态的表现。而这种表之于外的情绪状态，又确确实实地反映了主体对客观事物和人的关系的密切程度。可见，情绪和感情是两个不同的互为表里关系的概念。而情感则是包含了表之于外的情绪与表现主客体内在关系和感情两个方面内容的，也就是说，情感是情绪和感情两者的有机综合体，所以，人的情感的最终根源在于对极其多样的自然和社会的需要。学术界在文艺评论中常说，在一定意义上说没有情感就没有艺术思维，也就没有艺术创作和艺术作品。其中所说的情感，就是包含了既有表现主客体内在关系的感情及其表之于外的情绪的。不能设想，艺术创作和艺术作品中的情感性，只是指的感情而不包括表之于外的情绪；或是只指情绪而不包含反映主客体内在关系的感情。在西方心理学中，对情绪、感情和情感三者是不作严格区分的，甚至以情感取代了情绪和感情，变成了三而为一的东西，这显然是不够科学的。苏联时期和中国的大多数心理学家把情绪看成是与生物性需要，如食欲反射、防御反射、性反射等无条件反射引起的恐惧、愤怒、性欲等相联系的体验；把情感则看成是社会性的需要，如审美需要、道德需要、人际关系需要等的体验。这样划分情绪和情感的界限也是不够科学的。首先，它没有认识到情感是情绪和感情的综合；其次，它否定了感情这一极为重要的内容和概念的存在；第三，它不懂得人类——只要是人类的任何一种需要（包括生物的和社会的需要）都首先表现为主体对客观对象（事物和人）及其与主体关系的认识和评价，从而产生一定的内在的感情，与此同时也就产生一定的外在的情绪状态；第四，它没有认识到，只要是人类的需要，不论是生理上的需要还是社会性的需要，都或多或少地打上了社会的烙印和表现了一定的社会内容。道德感、美感和理性等固然是属于社会性的东西，但是它们是建立在人的生理——脑神经活动、面部表情和手脚等的活动基础上的。性欲反射、防御反射，食欲反射等固然是属于生理方面的东西，但是任何一次的性反射、防御反射、食欲反射等，都注入了人之所以不同于其他动物的社会内容，因为，人的任何一次的性反射或防御反射或食欲反射等都绝不是和动物一模一样的。就以性反射来说，任何动物都不知道性生活的目的和结果是什么，也不知道还有一个要受法律和舆论的约束的道理，更不懂得性爱的人格性、理智性、审美性和道德性，而这一切，人都是懂得的，只是懂得的程度有深浅之分罢了。而情感是内在感情和外在情绪两者的概括。因此，只有正确运用感情、情绪和情感这三个既有内在联系又有各自不同含义的概念或术语，才能反映和表达人的诸情感内容的实际情况，哪一个概念也都是不可缺少的。事实上，任何一个艺术家在艺术构思和艺术创作之前，必然要对生活中的对象产生一定认识和在认识基础上产生感情，待到这种认识和感情积累到一定程度的时候，便爆发为一种创作冲动的情绪，而在艺术构思和创作过程中，则便表现为既饱含感情又裸露情结的非常真挚的情感性。认识积淀越深，情感积淀亦越深。这既是艺术心理的主要特征之一，也是以艺术语言的外壳为媒介而表现出来的，更是艺术作品所以感人至深的原因之一。

艺术情感在艺术思维中的作用是十分重要的。艺术情感虽然是由艺术感知、艺术表象、艺术倾向、艺术审美、艺术想象和艺术意象等所决定的，但是，艺术情感一旦被调动起来以后，便又有其自己的独特作用，除了构成艺术思维和艺术创作中不可或缺的特点之一以外，它的更重要的作用，是使其他各个艺术思维环节和艺术心理统统都染上了情感的色彩和气氛，在艺术感知、艺术表象、艺术记忆、艺术想象、艺术思维和将艺术意象物化为艺术形象等的过程中都充满了情感。因而也就是说，艺术情感对整个艺术思维和艺术创作起到了推波助澜、欲罢不能的推动作用，就像汽车被开足了马力，把车身推向高速度前进时，即使司机急速刹车，汽车也还是要推向前面数米之远的。艺术家的艺术构思和艺术创作中的激情一旦被强烈的创作对象、创作目的和意向等所调动起来以后，它就起着艺术构思和艺术创作的动力惯性作用，使艺术家兴奋而激烈地、如醉如狂地把艺术想象、艺术思维和艺术创作推向一个欲罢不能的高潮。列宁说："没有人的情感，就从来没有也不可能有对真理的追求。"对真理的追求尚且需要情感来做它的推动力，对有强烈的感染力的艺术作品的创作，自然更需要情感来做推动力了。艺术情感是对客观事物认识和审美评价的信号系统，同时又是调节创作行为的重要机能。而且，艺术情感能够对艺术感知和艺术表象起到理想化的变化作用，因此，按照一定审美观和审美法则被理想化了的艺术想象、艺术思维和艺术意象是充满了艺术情感的色彩和气势的，而把它们用艺术语言物化为艺术形象的艺术作品，才能臻于感人至深的完善的地步。从这个意义上说，没有艺术情感便没有艺术形象。不同性质的情感是不同个性的组成部分，通过艺术情感可以洞察出艺术个性的某些内容和特征。因而，情感本身对个性的形成也起着重要作用；反过来说，艺术个性又包含着特定的艺术情感。

艺术情感对意志（理智）的形成也是起着很重要作用的。情感越丰富越强烈和越真挚，对长时间坚持艺术创作和艺术实践是起着重要作用的，而且对艺术思维和艺术创作也越起推动作用；反过来说，艺术意志又能控制和调节艺术情感，使之在艺术思维、艺术意象和艺术形象中表现得恰到好处和适度。艺术情感在艺术意象或艺术形象中表现得恰到好处是至关重要的。多一分则显得粗俗，少一分则又显得不够感人。所谓"情景交融"，就是指融情入景，情融化在景中，不多不少，恰到好处，天衣无缝。就像两个氢和一个氧融合成水，不多不少恰到好处，如果多了或少了一个氢，或是多了或少了一个氧就不是水了一样。正因为这样，艺术情感与一般社会生活中表现出来的情感是不同的：一个是艺术情感，一个是非艺术情感；一个是从审美的艺术高度来感染和打动人心的，一个是从真实的生活内容给人留下浓或淡的记忆。健康的艺术情感是艺术家创作健康的艺术作品的生命线，不论创作哪种文艺体裁的艺术作品，不论创作喜剧或悲剧，也不论是史诗大作还是雕虫小技，都得要有健康的艺术情感来做推动力，才能创造出对于社会和人民群众有益的艺术作品。因为，健康的艺术情感是符合时代和社会进步要求的正确认识的结果。

艺术情感是有其自身发展规律的。

第一，它是受社会生活发展中表现出来的事物对主体是有利还是不利、是需要还是不需要的利害关系所决定的。不仅在人的一生中各个阶段表现出来的悲欢、喜怒等情感受这一客观规律的制约，而且就是在同一件事发展过程中表现出来的一喜一忧、一怨一爱等情感，也是受这一规律制约的。在谈恋爱、评职称、分房子、做买卖、找工作等过程中，也容易出现情感变化的规律，因为，这是客观规律和过程本身出现的有时有利、有时不利、有时符合主体需要、有时不符合主体需要的事实所造成的。这就是世界上没有无缘无故的爱和恨的根本原因所在，也是情感产生和发展的根本动因所在。

第二，情感是受一定神经生理条件制约的。情感的生理基础是大脑皮层和皮层下中枢——丘脑、下丘脑、边缘系统和网状结构等不同脑层次的共同分工协作活动的结果。它们是怎样分工协作的呢？

首先让我们来考察大脑皮层的两大作用：第一大作用是，它对客观事物做出（通过外周器官及其相关的神经线路的传导）认识上的判断——需要还是不需要、有利还是有害。前面已经说过，情感是由主体的认识及其所抱的态度而产生的一种情绪倾向。因此，皮层下中枢的任何专管情绪和情感（兴奋和抑制）的部位，都得要从大脑皮层发出的认识结果和所取的态度那里得到通知或信息后，才能产生相应的情感（包括情绪）。而大脑皮层神经系统所做出的认识和判断，又是受当前客观事物和已经形成了的心理定势（包括已形成的立场、观点、方法、理论、认识和经验等），以及已有的愿望、意向的直接影响与关联的。大脑皮层的第二大作用是，它是大脑皮层下各部位与整个有机体的最高指挥部和调节器，当然，它也是直接产生情感的交感神经和副交感神经（包括情绪和感情）的最高指挥部和调节器，调节交感神经和副交感神经各系统作用的范围、程度和去向。也就是说，当大脑皮层得知从外围器官传来的外界有关事物的信息后，当即对它做出是否有利和是否需要的判断（认识），随即又下传到交感神经和副交感神经系统，从而由交感和副交感神经分泌出各种不同性质的表现感情的化学物质，然后表现为表之于外的情绪。这个过程可以简化为这样的序列：外界情景信息→大脑皮层认识→机体表现→情绪。从这里可以看出：詹姆士·兰格的反应序列“情景→机体表现→情绪”是不完善的，它缺少大脑皮层的认识和判断作用这一重要环节；也可以看出阿诺德“情景→评估→情绪”的反应序列也是不全面的，它缺少机体表现这一不可缺少的环节。

根据现代生理学和心理学研究的成果证明：情感在很大程度上取决于丘脑、下丘脑、边缘系统和网状结构等各个不同水平的皮下中枢的分工和协同作用。丘脑在情绪产生上起着最重要的作用，如当丘脑受损伤或在失去大脑皮层的控制时，情绪容易激动或发生病理性变化。下丘脑对情绪的形成也起着很重要的作用，而且在下丘脑边缘系统及其临近部位存在快乐和痛苦的中枢，刺激这些部位时就会出现愉快和不愉快的情绪。网状结构对情绪起着降低或加强的作用。边缘系统则可调节与有机体的天然需要相联系的情绪，边缘系统的杏红核是凶杀情绪的发生地，内脏脑（嗅脑）间接地调节“怕”、“怒”等情绪时的内脏反应和骨骼反应。

大脑皮质下的各个神经中枢部位是与植物神经系统紧密联系着的。植物神经系统分为交感神经系统和副交感神经系统，它们共同控制内脏器官（心脏、胃肠、肾等）、外腺体（唾腺、泪腺和汗腺等）及内分泌腺（肾上腺、甲状腺、胰腺等）的活动。交感神经主管兴奋，副交感神经主管抑制，以使内脏和整个机体进行正常活动。如在激动紧张的情绪状态中，呼吸和心跳均加速，血压升高，血糖和血液含氧量也增加，肾上腺素分泌和其他腺体变化也随之增加，如突然惊惧，呼吸会出现暂时的中断，外周血管收缩，脸色苍白，流冷汗，口干；如处于愤怒、忧郁时，外周血管收缩，血糖下降，肌肉松弛，肾上腺下降，进而肾上腺皮质激素分泌增加，特别是去甲肾上腺素是交感神经系统的传递物质，这种生物化学物质对交感系统神经元的激活起着重要作用。

可见，大脑皮层、皮层下各个不同部位和不同作用的中枢，以及内脏器官、内分泌腺和生物化学物质等对情感的产生、发展起着不同的作用。

第三，情感也是要受每个人的思想方法和知识文化水平、生活经验、个性及对客观对象的认识程度制约的。由于每个艺术工作者在思想方法、文化知识水平、生活经历、个性、能力和对客观事物认识程度等方面的不同，对同一对象会产生不同的认识和不同程度甚至不同性质的情感。这种事例在现实中是举不胜举的，学术界对这个问题已谈得很多，这里不再赘述。

总之，情感的产生是以相关的神经生理条件为基础，以客观对象是否符合主体需要为客观前提，以对客观对象的认识为主观前提等多种因素相结合的结果。

（六）艺术个性心理

艺术个性心理是艺术心理的另一显著特点。所谓艺术个性心理，是指艺术家个人的倾向性（目的和动机）、性格、气质、兴趣、能力、艺术情感和心理过程进行的特点等诸种心理有机结合所构成的独特的特点和特性。艺术家的倾向性在于使社会形成健康的审美观、价值观和人生观，这些是艺术家活动的推动力。也就是说，每个成熟的艺术工作者的艺术心理都表现出一种迥然不同的审美旨趣、喜好和独特的艺术感知、认识、想象、思维、情感的特性。

艺术个性心理的主要特点就在于它的独特性。每个艺术家的个性心理都有其不同于其他艺术家的艺术心理特点，而且这个有别于他人的艺术个性心理特点具有相对的稳定性，它不是偶然的、一时的心理现象，而是一种经常地、习惯成自然地表现出来的比较稳定的心理特点。正因为每个艺术家都有其具体的独特的艺术心理个性，所以观察和认识同一对象的生活内容，却有着不同的艺术感知和认识态度，因而构成不同的艺术心理和艺术思维过程及特定的创作行为表现，也是艺术家艺术地认识和掌握世界的不同的主体效应的原因所在。

艺术心理中的个性越鲜明独特，越显示出艺术心理的成熟性，这是艺术家艺术心理必备的也是首要的特点和条件。唯其如此，才能在物化为艺术形象中显示出鲜明的栩栩如生的艺术个性。艺术语言，不论它是作为艺术思维过程中心理活动的手段，还是作为可以诉之于视、听觉的外在的物质外壳的手段，都是需要具有鲜明的个性特征的，而且两者是互为表里地统一着的。

艺术家的艺术个性心理（包括创造性艺术个性心理）是在各自不同的生理素质条件下，在特定的社会生活环境中，在长时间的特定的努力学习和特定的艺术实践活动中逐步形成和发展起来的。这里之所以特别反复强调“特定”，就因为任何一位艺术家的艺术个性心理都是由他具有的个别性和差异的生理条件、环境条件、教育条件和主观努力条件等的不同而产生的。目前心理学界，只是一般地谈到个性心理是在社会关系系统中形成的，我们以为这样说是不够的，应当还要强调出生理条件、环境条件、教育条件、主观努力和追求艺术理想的差异性或特殊性或特定的个别性，才能找出每位艺术家艺术个性心理的特征及其形成的原因。因为，一般的社会关系是从千千万万的个别社会关系（特殊社会关系）中抽象和概括出来的，它是舍弃了个别性或特殊性的；而特殊的社会关系既是艺术个性心理形成的必要条件，又可以从中看出一般社会关系。所以，当我们寻找形成艺术个性心理的原因时，必须强调要找出生理条件、社会环境条件、个人努力追求某种艺术理想的特殊性和个别性，否则，艺术个性心理就势必会变成玄妙的和不好理解的东西了。这个问题在后面谈的“艺术个性心理发展规律”中还要详谈，这里就不多说了。

从上面论述的艺术个性心理形成的原因中可以看出艺术个性心理的实质或本质。根据辩证唯物主义认识论观点和系统论来看，我们认为，艺术个性心理的实质或本质就是特定的生理条件、特定的社会生活环境和艺术实践活动与特定的艺术理想追求等诸种具体内容在艺术家的艺术心理中的特殊的稳定的有机综合的集中的反映和表现。也就是说，艺术个性心理的实质或本质，是具体的（非一般的）客观社会生活环境和主观努力与对艺术理想的特殊的追求的统一。这个艺术个性心理本质的定义也是艺术家个性的本质的定义。目前，国内外心理学和艺术心理学界对艺术个性心理的实质或本质界定，往往不是偏颇于先天的生理条件，就是偏颇于社会生活环境条件或社会关系总和，而对于主观努力追求某种艺术理想对艺术个性心理的最后形成的重要作用，则是普遍地置之于不顾，看不到艺术个性心理实质上是主客体多种特殊因素的有机结合的集中的表现。显然，这是难以抓住问题实质的。

从上面所说的艺术个性心理形成的原因及其实质中又可以看出艺术个性心理的发展规律。事物的产生原因、实质及其发展规律三者往往是三位一体的不可分割的东西，只是观察问题的角度、对问题的提法，以及该事物在不同时间和条件下表现出来的态向（静态与动态）等有所不同罢了。从事物产生的原因中可以看出该事物的实质，从事物的实质中可以看出该事物的发展规律，此乃是唯物辩证法和系统论的一般常识。看不到艺术个性心理实质上是主客体多种因素的有机结合的集中的表现，即由先天的生理条件、个人主观努力的社会环境和社会关系的综合力等诸因素有机结合的结果是片面的。

总起来说，艺术心理具有六大基本特征（元素），在艺术家的思想中、在艺术创作的构思中、在艺术欣赏中，以及在艺术作品中，都会十分明显地表现出来，特别是在艺术构思和艺术创作过程中表现得更为明显。如著名剧作家翁偶虹在改编历史剧《将相和》之前，便以过去这方面的知识材料为素材，“时刻酝酿于怀”，围绕着“不因私伤公”的主题（倾向性）展开艺术想象，从而形成蔺相如和廉颇的艺术意象（《翁偶虹编剧生涯》）。这些构思成熟的艺术意象均充满了审美理想、个性和情感。其他任何艺术构思均离不开这六个基本元素。

二 艺术心理诸特征有机结合的“度”

（一）六大特征（元素）的统一性

我们在前面论证了艺术心理具有意象性、倾向性、想象性、审美性、情感性和个性六大基本特征。这里拟重点运用系统论方法，谈谈这六大特征是如何有机地、恰到好处地结合成一个整体系统的问题。

所谓系统，就是由许多元素所构成的相互间具有有机联系并具有特定功能的一个载体。也就是说，任何一个系统中都有各个组成部分——元素或要素，各个元素之间具有有机联系，而系统外部有环境，它与环境之间的联系形成特定的功能。所以，系统论创始人贝塔朗菲把系统定义为："处于一定的相互关系中的与环境发生关系的各个组成部分的总体。"所谓系统方法，就是用系统论的基本观点去研究所要研究的对象，即从整体出发，考察其内部各个元素之间的结构质及其与外部环境之间的功能质，从而加以综合地处理问题，以达到最佳目的的一种方法。

我们用系统论方法研究艺术心理系统，就是要重点研究它所包含的六大基本特征即六大基本元素是怎样结构成有机的整体的？这个整体内诸元素之间的结构质怎样变成最佳的结构质？它与外部环境——欣赏者之间的功能质怎样才能达到最佳功能质？这些问题搞清楚了，对于一个艺术工作者来说，是有很大教益的。

我们对所研究的对象，既要分析它的内部各个元素的性能、特征和作用，又要将各个元素综合起来，使之成为一个具体的总体，才能真正把握住这个对象。如果在对这个研究的对象只知其外在整体的概貌和抽象的总体，而不知其内在各个部分的特点和性能的情况下，只有通过科学的分解和剖析，才能了解其内部各个元素的真实具体情况、特点、性质和作用。但是，深刻而又细致的分析是为了具体地综合，了解各个局部元素是为了更好地真正把握具体的整体（不再是抽象的整体），只有在分析的基础上进一步进行具体的新的综合，才能真正具体地全面地把握所研究的对象。正如马克思说的："从抽象上升到具体的方法，只是思维用来掌握具体并把它当作一个精神上的具体再现出来的方式。""因此，如果我从人口着手，那么这就是一个混沌的关于整体的表现，经过更切近的规定之后，我就会在分析中达到越来越简单的概念，从表象中的具体达到越来越稀薄的抽象，直到我达到一些最简单的规定。于是行程又从那里回过头来，直到我最后又回到人口，但是这回人口已不是一个混沌的关于整体的表象，而是一个具有许多规定和关系的丰富的总体了。""具体之所以具体，因为它是许多规定的综合，因而是多样性的统一。因此它在思维过程中表现为综合的过程，表现为结果。”[①]可见，分析各个元素的目的是为了在认识上进行综合，以期达到对具体的总体有个比较完整的具体的认识和把握。如果只分析不综合，不研究它是怎样达到最佳结构质的，那么，在认识上是不能达到真正对对象具体的总体的认识和把握的。

系统论所强调的是，任何一个系统都是由各个有关元素有机地结合而构成的。什么是有机结合？所谓有机结合，至少包含了这样两个内容：第一，任何一个系统都由有关的若干个特定的元素组成，少了其中任何一个元素或是改变其中任何一个元素都构不成原有的系统，或是会导致该系统的性质上的变化；第二，每个元素的量都是具有一定比例关系的，不可多一分，也不可少一分，否则也会影响到系统的结构质，至少会影响到该系统的纯洁度和完善度。

同理，艺术心理的六大特征也是一个有机的统一体。它们是按一定的比例有机地结合在一起而构成艺术心理这一特定的系统的。首先肯定艺术心理六大特征元素是不能缺少或改变任何一个特征元素的，它们实际上是在意象思维和抽象思维的联系系统中，以意象思维占优势的统一体。也就是说，艺术心理是以意象、想象、倾向、审美、个性和情感六个基本元素组构成一个系统的，哪一个元素也不可缺少。因为，在这个系统中，每一个元素都有它自己存在的必要性和依据。艺术意象是艺术思维和艺术想象的结果，又是其他诸元素的载体；想象是艺术意象形成的重要手段和途径，它绝不是无目的、无倾向、无中心的胡思乱想，而是依据一定的主题和一定的艺术意象的需要而进行自由的、富有个性特征又有丰富感情的艺术想象（当然有时想象也可以校正一定的倾向性和思想内容）；艺术情感是弥漫和充溢在艺术思维的整个艺术意象内容和机体之中的，几乎可以这样说，想象什么样的艺术意象，就会产生什

① 《马克思恩格斯全集》第46卷，第38页。

么样的情感，情感是艺术意象、艺术倾向、艺术想象、艺术个性、审美理想五者的混血的产儿。作者个性也是融化在整个艺术意象之中的，因此，艺术意象中的个性是十分鲜明的。这个艺术意象也是充满了审美理想的，因为，它是按照一定审美理想进行艺术思维和艺术想象的结果。任何艺术想象、艺术倾向、艺术审美、艺术情感、艺术意象都有个是谁的艺术想象，谁的艺术倾向，谁的艺术审美，谁的艺术情感，谁的艺术意象的问题存在的，如果看不出是谁的，那就一般化了，一般化的艺术心理活动是绝不可能物化为有个性的艺术作品的。可见，艺术心理六大特征是互相依承、互为前提条件、互相有机地结合在一起而不可分割的一个完整系统。前面我们之所以把它们分别地逐个进行分析，乃是为了对艺术心理的认识不停留在“一个混沌的”整体的表象上，而是通过分析，可以更具体地认识到艺术心理这一有机整体乃是一个具有“许多规定和关系的丰富的总体”，是多样的统一。单个艺术心理元素是不能代替具有许多具体规定和关系的艺术心理总体系统的。只有将六大元素综合起来，才能看出它们是具有许多内在规定和关系的有机的综合体，即丰富而又具体的总体特征。

（二）六大特征（元素）有机结合的“度”

所谓六大特征有机的结合，除了上面所说到的，它们之中任何一个特征也不能缺少或改变、共同相互依承的关系以外，还必须进一步说明它们是如何有机结合的，即它们各自是按一个什么量的比例关系，具备什么样的条件下，才能做到有机的恰到好处的结合的？如果最后不把这两个问题说清楚，还是会严重地削弱它的理论价值和实践价值的。

那么，六大艺术心理元素究竟是按一个什么量的比例关系结合成一个有机系统的呢？这里引用宋玉《登徒子好色赋》中描绘一个天下最美的东家之女的一段话：“增之一分则太长，减之一分则太短，著粉则太白，施朱则太亦。”历代以来无论是国内还是国外，任何一个优秀的艺术作品这一系统的特点，就在于作者善于将组成这个艺术作品系统的各个有关元素有机地结合得天衣无缝和恰到好处，而这一被物化为鉴赏品的艺术形象之所以形成，首先又得要依赖于作者在艺术思维活动过程中将艺术心理六大元素天衣无缝地、恰到好处地、有机地结合起来。每一个艺术心理元素都是按一定量的比例关系渗透在其中、融化在其中、结构在其中的，就像东家之女长得长短合适，皮肤白嫩得也恰到好处，构成最理想的美人；又像是两个氢加一个氧化合成水一样，如果少了一个氢或氧都是化合不成水的。这里不存在多多益善的问题，而是要多到恰到分量和恰到好处。例如，艺术想象不是科学中的想象，也不是一般零散的想象，更不是胡思乱想。它是必须受一定的艺术创作的目的、一定的倾向、一定的审美理想和一定的个性等所制约的。想象超出了主题或超出了艺术意象的需要，或超出了特定的审美的需要，或没有体现出个性，哪怕是相差了一点，也会显得是多余的或是累赘的；想象得不够丰满、不够充分，哪怕是在“万仞之巅”，只少了“功亏一篑”的分量，也难以算是最后真正建筑起了“艺术意象”的万仞之巅。这就需要作者补充想象或重新想象来加以解决。懒了一下，或凑合了事，都是影响艺术意象这个胎儿的完善发育的。倾向性太强或太露，直接会影响到艺术意象的生动性；倾向性不集中或不明确，则又影响到艺术想象和艺术意象的丰满性和典型性，自然也会影响到情感性、个性和审美性的真实的表现和发挥。在审美的量的方面的掌握，不仅要防止认丑为美和认美为丑的极端化现象的出现，而且对艺术意象美的形成，要有一个比较恰如其分的估价，让它美得恰到好处，美得有特色，真正做到“增之一分则太长，减之一分则太短，著粉则太白，施朱则太赤”的美自天成。艺术情感也要表现得恰到好处，既要有发自肺腑的真实，又要有美的展现形式。对喜怒哀怨等情感掌握分寸和适度，是根据艺术想象过程和艺术意象形成过程的需要而确定的。因此，且不说情感表现得过热、过冷或过假，容易失去真实性和艺术性，就是稍有点过头，或是稍有一点不足，或是稍有一点失真，都称不上是一个好的艺术构思和一个好的艺术意象，更不可能物化成一个好的艺术作品。生活的真实，不等于艺术的真实，生活中死去活来的泣不成声的痛哭，原封不动地放到艺术意象中来，不一定能成其为动人的艺术意象，更不一定能物化为感人的艺术形象，它总是要讲究和重视艺术表现的分寸和表现形式的适度的。

至于对艺术构思的结果——成熟的艺术胎儿——艺术意象的掌握分寸和适度，那是更不待分说的了。艺术意象就是以后据之物化为作品中艺术形象的艺术胎儿，因此，从体验生活到艺术构思，再到物化为艺术形象的整个过程（包括反复修改的过程），都是“意在笔先”地反复地思索着这个艺术意象的完美性和适度性的。对其他诸特点的分寸的掌握，都是为这一艺术意象的整体的完美性和适度性服务的。它是一个最复杂最艰难的思维过程，要照顾到诸多方面。对艺术意象思考得越完善、越适度，这个艺术胎儿越成熟，物化为艺术形象便越顺利、越有保证。所谓艺术心理六大元素各以什么数量的比例数来参与有机的结合才是适度的问题，实际上是艺术意象和艺术形象能不能成为艺术的生命线的问题。结合得好，便可达到“增之一分则太长，减之一分则太短，著粉则太白，施朱则太赤”的炉火纯青的艺术珍品境地，否则便无艺术和美之可言了。

总之，研究和分析艺术心理的主要特征，还在于学会如何将这些特征有机地、恰到好处地综合起来，使其在头脑中成为一个完善的艺术胎儿——艺术意象。如果这个完善的艺术胎儿——艺术意象已在作者腹中即头脑中生长和成熟起来，则便可指望随时分娩，即物化为一个完善的、为人们所喜闻乐见的艺术形象。如果这个完善的艺术形象在欣赏者头脑中也能得到完美的、赏心悦目的呈现，并产生“绕梁三日，不知肉味”的深刻效果，就说明人们受到了极大的艺术感染和审美享受，给人们增添了无穷的生命能源和精神活力。同时也就说明，作者当初在头脑中构思成的具有最佳结构质的艺术胎儿——艺术意象——物化成艺术形象以后，对她的外周环境——欣赏者所产生的功能质也达到了最佳境地。因为，它使广大欣赏者提高了艺术欣赏的兴趣和修养，增添了无限的生命和精神力量。如剧作家翁偶虹在其《翁偶虹编剧生涯》一书中，介绍自己由沪剧《红灯记》改编为同名京剧时酝酿构思的情景：我对“沪剧的特点，了然于胸”，“我埋头探索如何运用京剧形式，尽量保留沪剧精华，联想很多”；“我大量搜集同名题材的作品，先后找到电影剧本《革命自有后来人》、歌剧剧本《铁骨红梅》、话剧剧本《红灯志》”。“参考大量的同名剧作，不仅可以吸收许多宝贵的营养，还能启发改编者的形象思维和抽象思维。我就是从几个同一题材的作品中，展开了想象的翅膀，促使我能驰骋于有制约性的剧情之内，翔游于有典型性的作品之间”，于是，在头脑中通过“痛说革命家史”、“赴宴斗鸠山”和“刑场斗争”等几个主要情节的构想，基本上形成了李玉和、李奶奶和李铁梅三个个性鲜明又具时代特色的艺术意象。这些通过想象而形成的艺术意象，是与革命者忠贞不屈、大智大勇的彻底革命精神的主题（倾向性）、无产阶级的审美理想、三位革命者各自展示出来的独特个性和各自不同的真挚情感的表达等六个基本元素形成了有机的最佳结构质，因此，物化为戏曲艺术（包括剧本和演出），进而形成最佳功能质，即得到欣赏者的高度赞美。

（三）掌握“度”的前提条件

要想恰到好处地掌握六大基本元素有机结合的“度”，使之成为最佳结构质，必须具备下面几个先决条件：

第一，首先需具有丰富的阅历，特别是自己亲身经历过的曲折的生活经历。因为，对艺术心理系统的形成起决定作用的是特定的家庭生活、特定的学校生活和特定的社会生活，以及特定的艺术学习与特定的艺术实践活动等。没有这个特定的、不同于别人的生活条件，是绝不可能形成具有鲜明艺术心理系统的特性的。应当指出：在家庭生活中，每个家庭都有其不同的特点，即便在同一个家庭中生活的两兄弟，由于年龄、作用和地位的不同，也会影响到他们以后各自艺术心理系统发展的去向。如众所周知的鲁迅和他的小弟弟周作人的情况就是这样。哪怕父母的某种宠爱如过多地开绿灯的微笑，也会在儿童心底里种下某种心理系统的种子。在各级学校生活中，每个学校都有其不同的特点，即便是在同一个班级中的同学，由于以往家庭教育和所接触的亲友、玩具、生活条件等的不同，由于每个同学已经具有的不同的特点和所密切交往的师友、所看的书籍等的不同，都会进一步影响到他们以后各自不同的艺术心理系统的形成和发展，哪怕是受到一次不应有的表扬或批评，也会在今后心理系统发展上潜移默化地留下某种影响。特别是在艺术专业学校师从崇拜的专业老师的教诲、示范及有关艺术专业的著作（包括创作理论和艺术家生平传记等）等的学习和向往，更会对今后艺术心理系统的形成起着重要的影响作用。至于进入社会工作以后，频繁的多种艺术实践活动（特别是艺术评比活动）、特定的复杂的社会关系和人事关系、个人的特殊的遭遇和前途、民族和国家的命运、世界各国的动态和动向等问题，都会像潮水一样一阵一阵涌来，使你对以往在家庭、学校、师友、各种著作（特别是艺术专业理论著作）等那里接受过来的一些影响较深的经验知识和理论做出审查和选择，以致最后提出自己的主张和信仰——在艺术或艺术理论上究竟追求什么样的理想境界？是进一步发展某一派或某一家的东西，抑或是纳诸家之长从而独立地创造性地树立自己的新的理想境界？在这里，显然特定的社会生活作为激发艺术工作者建立自己的艺术理想和艺术心理系统的动力来说是起决定作用的。因为，以往家庭教育、各级学校教育、各种书本知识及初步的生活经验等，仅仅是一些启蒙的垫底的无关切身之痛的比较抽象而又朦胧的东西，尚未把它们化成自己的血液和信仰。只有在特定的社会生活激发下，在长期艺术实践活动中，才能形成自己独创的艺术见解。在这时，也只有在这时，才开始形成自己独特的艺术心理系统。

第二，世界观、历史观、人生观、审美观、艺术观在艺术心理系统中起着重要的导向作用，而科学的世界观、历史观、人生观、审美观和艺术观，则是使人充分地正确地比较完善地发展个人的兴趣、爱好、性格和能力等艺术个性心理的不可缺少的内容和重要因素。这些观点是必须踏入社会各种实践活动、首先是艺术实践活动以后，在特定的社会需要和个人需要下，才有可能逐渐建立和强化起来的，也是一个艺术工作者臻于成熟的标志。艺术心理系统形成以后也是可以改变的，如经过一次大的事件的教育，或是忽然发现了某些生活和艺术的哲理，或是经验丰富到一定程度，或是到达了不惑之年等，都有可能使人改变原来的艺术心理系统，使艺术心理系统中各个元素的性能和作用有调整或提高。但这都是要在社会生活实践活动和艺术实践活动中才有可能。

第三，艺术工作者特殊的主观努力、追求真理和孜孜不倦地追求某种独特的艺术理想，易于感受和善于表现的气质（包括卓越的艺术语言表现力），以及良好的文化素养和精湛的艺术技巧等。这是指在同样的学校、社会的环境条件下，在同样的艺术学习和艺术实践的活动中，到头来每个人的艺术心理系统却是有成熟和不成熟、完善和不完善、具有显著特性和不具显著特性之分而说的，其中一个重要的具有规律性的原因和奥秘，就在于艺术工作者对真理和独特的艺术理想的不断努力、追求和探索的程度如何？必须承认，艺术工作者对于达到完善的艺术个性心理系统、艺术个性和独创的艺术理想境界的需要，与满足这些需要的实际可能性之间是有矛盾的。需要和追求是艺术个性心理最后成熟和完善化的推动力。为了满足和达到创造性的艺术个性心理这种需要，除了必要的物质资料，一定的知识（特别是专业知识）水平和思维能力（想象也是一种思维）以外，还必须在主观上对独特的艺术理想境界和独特的艺术旨趣不断进行废寝忘食的努力追求和探索。只有长期坚持不懈地努力追求探索艺术的理想境界和富有特色的艺术创新，才能最后把自己的艺术心理系统逐渐臻于完善化。这自然是要建立在善于吸取某几家或众家之长的基础上，然后获得某些具有典型意义的特定的社会生活的启示和点化，其中首先包括对科学的世界观、人生观、审美观、艺术观、艺术技能和技法等方面的启示和点化，使自己的艺术思想进入一个新的境界和出现一个新的飞跃。所谓“外师造化、中得心源”，对于具有鲜明特色的艺术心理系统的形成和完善化来说也是很恰当的，关键在如何不断地从心底里苦思苦想地追求具有独创性的艺术理想境界，以及如何不懈地主动地善于“师造化”。在长期的艺术实践中，不断有所得、有所失，有所强化、有所弱化，有所追求、有所放弃地更新着、前进着。久而久之，艺术心理系统便最后完善化起来。每个艺术工作者追求独到的艺术理想境界的指导思想（如哲学观、人生观、历史观、政治观、审美观、艺术观、目的动机）、艺术思维方式、追求的方向、方法、手段，以往积累的思想信息资料、兴趣、意志和情感等都各不相同，因而所形成的艺术心理系统亦各不相同。总之，艺术工作者艰辛地对独到的艺术理想境界的追求和探索，是艺术心理系统最后成熟和完善化的不可缺少的一环。在这里，正确的目的、出众的远见卓识的目标、浓郁的兴趣、坚强的意志等心理活动联合持续地作战是起决定作用的，舍此是无法臻于完善的。

由上三点看来，每个艺术工作者大脑神经联系系统和植物神经系统的结构和机能的差异性或特点是同样事物引起不同心理效应的最初原因，也是艺术心理系统形成的生理前提条件；而特定的社会生活和特定的艺术实践活动对艺术个性心理的形成则是起决定作用的。艺术心理系统的每个元素都来自社会生活，艺术工作者主观上对某种艺术理想境界的不断努力追求和探索，对艺术心理系统的最后成熟和不断完善化起着特殊重要的作用，因为，艺术心理系统的最后成熟和完善化是一种创造性的心理活动过程。这三个不同方面的作用的有机结合的过程，便是艺术个性心理系统逐渐形成、成熟和完善化的基本规律。没有正常发育的先天生理前提条件，是无法感知和认识外界社会生活的，因为，它是感知、认识和一切活动必不可少的生理机能；没有后天的特定的学习活动和特定的艺术实践活动，也是根本无法形成艺术心理系统的，因为，艺术心理系统的基本内容和形式，都是从特定社会生活和特定的艺术实践活动中得来的；没有艺术工作者对某种艺术理想不断努力的探索和追求，更是难以最后把它完善化和优异化。只有在艺术学习和艺术实践活动中将三者逐步有机地结合起来，才能最后形成比较完善的优异的艺术心理系统。

从这个艺术心理系统形成和完善化的基本规律中可以看出，这个逐渐形成和完善化、优异化的过程，大体上可分为三个主要阶段：第一个阶段是学习和极力模仿阶段。应当说从2岁左右幼儿便开始了这个过程，一直到中学和大学一年级左右都在这个过程之中，只是一个逐步加强学习和模仿的过程罢了，以后成熟的艺术心理系统的许多因素都在这个学习和模仿中逐步显示和加强起来。第二个阶段是独立评价和选择的阶段。这大约从大学二年级开始一直到初步接触社会，包括独立评价和选择老师的学术观点与博取众家之长，艺术心理系统已初步形成。第三个阶段是独创和完善阶段。在社会上磨炼了一段时间以后，世界观、价值观、艺术观和艺术思维能力及艺术表现、技能等均已达到了一个成熟完善和独创的水平，处处都表现出独特的艺术心理系统。上述每个阶段都表现出阶段性的特点，三个发展阶段连贯起来，则十分明显地显示出艺术心理系统由幼弱到成熟、由低级到高级、由量变到质变的发展规律。其所以这样发展的内在动力，就在于艺术工作者的不断要求提高的主观意愿的需要，包括对艺术的向往和对艺术理想的追求，包括时代的需要与不断满足这些需要的心理活动水平、物化过程中的心理活动和艺术表现技能之间的矛盾运动等。需要是会不断提高并会不断产生新的需要的，因而艺术心理活动水平与物化艺术心理活动的艺术表现水平也是需要不断提高的，否则就不能不断地满足它的需要了。因此，需要越强烈，越会专心致志地提高自己应具有的艺术心理活动水平和物化为艺术作品的艺术心理活动的水平，最终致使艺术心理系统发展成熟并富有独创性和完善化。

揭示和掌握艺术心理系统发展和完善的规律，是有其理论和现实的重要意义的。它可以使艺术教育工作者在讲授艺术心理系统这一内容时，具有科学的理论依据；也能使艺术爱好者自觉地卓有成效地提高艺术心理活动的能力，自觉地卓有成效地发展和完善艺术心理系统的结构质和功能质，及早地成为一个成熟的富有创造性的艺术家。

三 艺术心理的本质

前面探讨了艺术心理现象的基本特征及其有机的结构系统，这里便拟研究艺术心理的本质了。

（一）本质和现象的关系

世间任何事物都是现象（包含现象特征）和本质（包括本质特征）的有机统一体。因此，对事物的认识必须既要认识它的外在现象和现象特征，又要把握它的内在本质，才算是认识得比较全面，才能了解它的发展规律和趋向。如果只了解它的外在现象和特点，而不了解它的内在本质和发展规律，就等于尚未认识透它，至少是认识得不全面、不深刻，因而在实践中便带有盲目性和缺乏预见性。本质和现象是不能孤立地单独存在的，本质通过现象来表现，透过现象可以看出事物的本质；本质决定和支配现象，二者是有机地结合的。也就是说，现象和本质是辩证统一的关系。但是，现象毕竟不是本质，本质毕竟也不是现象，二者是有区别的。现象、个别、具体是本质的外部表现，是世间的事物和过程借以表现出来的外在形式，这种外在表现形式是多种多样和多变的，它们一般是直接用感官可以感知的。事物的本质便不同，它是事物内部比较稳定、深刻、不能直接由感官感知的内在的东西，必须在实践基础上，经过认真的分析、研究和综合，才有可能被认识。它是事物的性质和内部联系，是事物的内部矛盾性所规定和构成的，是同类事物中的一般的共同的决定事物发展方向和趋势的东西。也就是说，本质是起决定作用的，现象是由本质决定的。列宁把本质和规律看成是同等程度的概念，他认为“规律就是关系”，就是“本质的关系或本质之间的关系”。“形式是本质的，本质是有形式的。无论怎样，形式都还是以本质为转移的。”[①]可见，现象和本质既是密切联系的，又是有区别的。

本质因是事物内部的矛盾性所规定的，因此，事物的发展也是该事物内部矛盾运动的结果。只有了解和把握了事物的本质，才能洞察事物发展的方向和趋势，所以，对事物的任何认识莫过于对事物本质的认识和把握的重要。

人们对事物本质的认识，是个由浅入深地不断深化的过程。列宁说，认识是“从现象到本质，从不甚深刻的本质到更深刻的本质的无限过程”。[②]任何一门学科的建立，最终必须要透过事物的现象揭示出它的研究对象的本质

① 《哲学笔记》，人民出版社1956年版，第135页、第125页。

② 《列宁全集》第3卷，第239页。

及其发展规律，否则，仅仅停留在一些现象的描述上，这门学科就很难说是一门成熟的学科了。马克思在《资本论》中也说："如果事物的表现形式和事物的本质是直接相符合的话，那么任何科学都是多余的了。"[1]因此，在实践活动的基础上，把现象当作入门的向导，透过现象揭示出本质，了解事物的发展方向，从而驾驭和利用客观规律为人类服务，这就是科学之所以要揭示事物的本质的重大意义所在。

正因为如此，所以当我们探讨了艺术心理现象诸特征以后（特征也仍然是属于一种现象，只不过它是在与别的事物现象作了全面而细致的比较以后而看出来的，是与其他事物现象不同的地方），还必须要进一步研究和找出艺术心理的本质。只有这样，才能对艺术心理现象了解得更全面更深刻，才能把握艺术心理发展的规律和趋势，才能使这门学科逐渐走向成熟。

那么，艺术心理的本质是什么呢？这个问题在已经出版的心理学和艺术心理学著作中，似乎尚未有人涉及，只是仍然停留在一般心理现象或一般艺术心理现象的描述上，所不同的是描述的内容和角度比过去丰富多彩了，描述的程度也比过去更深刻了，有的已经开始从某个侧面涉及了艺术心理的本质，但尚未有人对艺术心理本质作正面的整体的揭示和阐述。

例如，普通心理学中，把感觉、知觉、记忆、想象、思维、情感（喜、怒、哀、乐、爱、恶、惧等）、意志等心理现象和过程及个性心理中的需要、兴趣、观点、信念、动机、气质、能力、性格、自我认识和自我调控等诸种心理现象及其过程都研究得越来越深入了。

又如，在这些年来出版的艺术心理学方面的著作中，对艺术家的心理现象（包括个性心理），艺术创作心理诸现象和过程，艺术欣赏心理诸现象和过程，艺术批评心理诸现象及其过程等等，均有越来越丰富而又比较全面的描述。

但是，不论普通心理学方面的著作，还是艺术心理学方面的著作，均未

① 《资本论》第三卷，人民出版社1953年版，第1069页。

见到直接从诸心理现象中揭示其共同的心理本质。特别是近几年来，不少人甚至认为“本质问题已经过时”，现在还讨论和研究本质这样抽象的问题，没有什么实际意义，西方学术界早就由本质论转移到主观的本能的诸种心理现象的研究上去了。

我们认为“本质问题过时论”是站不住脚的。本质问题永远不会过时。对任何一门学科的本质和规律的探讨是永远也不会穷尽的，如物理学中的分子的发现，人们认为是最小的单位，事实上后来实验证明，分子中还有原子，原子中有中子，中子中还有质子，质子中还有电子、基本粒子。基本粒子就算是最小的单位了吗？物理学家们并不这样想，而是不断地向纵深处探索它的秘密，以至无穷。对任何一门社会科学的本质和规律的认识，也永远是无穷尽的。每个时代的人都是从他所处时代所提供的物质生产水平和文化科学知识与精神水平——即从他所处的历史时代的制高点上来审视他所研究的对象，因而，必然会发现他的前人之不足处，从而在他所处的比前人更高一级的生产水平、科学条件与手段的基础上又有新的创造、新的发现和新的发明，把科学又向更高点推进一步。对每门学科的本质和规律的研究便是这样不断向前推进和提高的，人类的历史也便是这样不断进步和不断向前发展的。只有了解和掌握了每门学科的本质和规律，才能在社会实践中驾驭和利用客观事物的发展规律，否则，仅仅是站在五花八门、眼花缭乱的现象世界的云雾中不知所向了。至于西方早就转移到了主观精神和本能作用的研究方面，这当然是无可非议的，因为，学术研究是可以自由选择的。在我国也是一样，前一个历史阶段，过多地研究了文艺的社会性，现在投入更多的力量研究文艺的主观精神方面的问题，本来也都是十分正常的现象。但不能因此而认为“本质问题过时”了。须知，学术上没有解决的而且又是永远不能穷尽的本质和规律问题是永远不会过时的。在这些年大量描述了艺术心理诸现象以后，又鉴于普通心理学和艺术心理学专著中从来都没有阐述过这样一个重要的问题——几乎影响这两门学科的成熟性如何的重要问题，所以，特别提出来加以探讨就没有什么不应该的了。

（二）艺术心理的本质特征

我们认为，艺术心理的本质特征，就是在艺术实践的基础上，主体审美的本质力量和客体审美对象两者相互碰撞、相互作用和相互转化的矛盾运动的统一，是审美感受和审美规律的统一，是主体审美理想对被升华了的（理想化了的）审美客体的紧密拥抱。这是由艺术是通过醉人的审美形象而产生极大的审美、认识、娱乐和教育等社会功能所决定了的。

所谓艺术实践，包括社会生活实践和艺术实践。文艺工作者只有通过社会生活实践和艺术实践，才能在互相撞击、互相作用、互相矛盾、互相转化的运动过程中，将客体审美对象和主体审美本质力量有机地结合和统一起来。社会实践和艺术实践起着中介和桥梁的作用，离开了社会实践和艺术实践，就什么也谈不上了。所谓客体审美对象，它包括客观社会生活已经反映到头脑中来的许多事物的表象、记忆、经验（包括前人的经验及书本知识和自己以前艺术实践的经验）等，这些客观社会生活的审美对象乃至亲身经历的诸种遭遇越丰富、越深刻，便越有利于对它们的选择和升华。所谓主体审美的本质力量，它包括作者既已形成的艺术心理定势、艺术感知力、艺术直觉力、艺术记忆力、艺术思维力、艺术想象力、艺术灵感、艺术意志、艺术情感和艺术个性的强度、艺术创作的技能和技巧等内容，也就是艺术工作者进行艺术创作必须具备的一切主观能力。所谓主体审美本质力量和客体审美对象相互碰撞、相互作用和相互转化的矛盾运动的统一，是指客体审美对象反映到作者的感官中来，引起感官的感知或直觉，从而使大脑中神经细胞上产生表象、识记和识别，进而以表象信息的形式激发主体的创作初衷，从而引起联想和想象，乃至引起整个艺术思维（包括创作设想和计划）；在这个艺术思维过程中，对各种生活表象进行选择、剪裁、加工、联接或重组，甚至由此按照主题和塑造艺术形象的需要，自由地展开超时空的、超生活的、时而天上地下、时而古今中外的艺术想象。其实这种虚拟的艺术想象也只不过是运用头脑中已广为储备好了的各种表象和知识材料，重新进行一种艺术的新异的剪接和组构罢了。可见，这种艺术想象和虚构本身，就是审美主体积极主动地去夸饰以至虚拟地去美化客观的表象和材料的表现。这种表现仍然是体现了审美主体的本质力量与客观审美对象的有机的统一，只不过审美主体的能动作用表现得更加充分更加突出就是了。如果大脑中储存的生活信息和知识信息空空如也，或是显得不充实，这种夸饰和虚拟的艺术想象势必受到影响，或降低其丰富性，或影响其真实性，或根本无法展开艺术想象，真是巧妇难为无米之炊的。可见，在艺术心理活动和艺术思维活动的过程中，每一个细小阶段和环节上表现出来的艺术想象及其变化，都是由主体审美本质力量和客体审美对象这一对基本矛盾及其运动的作用和推动的结果。否则，离开了哪一方，一切选材（谁选什么材）、剪裁（谁剪裁什么）、虚构（谁虚构什么内容）、联缀（谁联缀什么）、重组（谁来重组）、反复修改（谁修改）以至经过多次由审美主体到审美客体，再由审美客体到审美主体，如此循环往复、不断转化的艺术想象和艺术思维活动等均不可能。

与此同时，在艺术思维过程中，在审美主体本质力量的能动作用中，还有另外一对矛盾即意象思维和抽象思维，也在不时地互相交替地运动着，其中抽象思维也是需要以客体审美对象或出现的新问题为材料的，它所需要的理论根据也是包含了许多前人的生活和创作经验与材料的，否则，也是无法展开参加交替的艺术思维运动的。可见，只要有人的思维的地方，不管哪一种思维方式和思维形式，均一律离不开审美主体本质力量的能动作用和审美客体所提供的信息材料，缺一不可。因为，任何一种思维和思维环节，均有个主客体的互相交替作用贯穿于其中的问题。

在实际艺术创作构思的过程中，特别是在创作构思长篇巨著的艺术构思过程中，各个艺术想象和艺术思维所表现出来的情景如同电视一样，一幕一幕地呈现出来，有时表现为基形意象，有时表现为完形意象，有时表现为群形意象，又有时表现为易形意象，有时又表现为对某些意象和情节的更改和重组，有时表现为对主题的推敲和深化，有时表现为对情节结构的思考……总之，在整个艺术构思和艺术创作过程中，均是由审美主体和审美客体的矛盾运动贯穿始终的。试想，哪一个艺术心理活动和环节不是由主体审美本质力量和客体审美对象（表象和其他知识材料）组构而成的呢？艺术感知、艺术直觉、艺术表象、艺术想象、艺术主题、艺术意象等哪一个艺术心理活动不贯穿着主客体的矛盾运动呢？

具体展开来说，所谓艺术感知，包含着感知什么对象、谁在感知、他是如何感知的等内容；所谓艺术直觉也包含着直觉什么、谁来直觉、如何直觉的这样一些内容；艺术表象更是客观事物的具体形态反映在头脑中的一种心理上的印象和记忆；而艺术意象则是指大脑中通过艺术想象和艺术思维而形成的尚待物化为艺术作品的艺术胎儿，这就更加是从客观到主观、从主观到客观反复转化和推移的结果了。至于主题，它是客观和主观、抽象思维和意象思维、世界观和历史观、美学观和政治观、艺术观和艺术心境、过去的一切知识和现在的实际生活、有意识和习惯无意识等丰富多样的内容相结合和相统一的产物，更加表现出客观内容和主观内容的复杂性和丰富性了。

从这里也可以进一步说明，透过每个艺术心理现象可以看出艺术心理的本质特征——审美客体和审美主体的矛盾统一。在整个艺术创作构思过程中连续出现的各种不同的艺术心理现象，都是由艺术心理的本质——客体和主体能动力量的矛盾运动所规定和支配的结果。而对艺术心理本质的认识和把握，正是要通过对各种各样艺术心理现象的审视、分析和综合而得到确证其存在和所起的内在规定性的重要作用的。所以，只有认识、把握了艺术心理的本质，才能更深刻地理解各种艺术心理现象及其变化的必然性和规律性，才能更加自觉地深入社会生活和自觉地提高各种科学文化知识水平，特别是提高艺术专业水平，才能不断努力总结经验教训，提高自己掌控的主观能动力量。在我国古典文论中所强调的“外师造化，中得心源”、“情景交融”、“至高意境”等论点表明，实际上他们早就意识到创作中的主体和客体的关系是有机结合的。艺术欣赏和艺术批评也不例外地是从客体艺术作品到欣赏者的审美心理活动，再到写出文艺批评的文章这样客体和主体相互交替地变换的过程的。至于艺术家创作出来的艺术典型，那更是集中地、确切无疑地证明，它是一定的客体社会生活的素材和高于社会生活的艺术想象与作者主体创作才能两者水乳交融的有机结合。传统艺术作品且不说，即使是偏重强调主观本能创造作用的某些现代派艺术作品，也同样不超出于主体艺术审美心理与客体社会生活某些方面的内容的有机结合的范围。以上这些几乎都是古今中外艺术创作者和文艺理论家的最基本的常识，无须赘述了。

现在再让我们从艺术和艺术心理发生学来考察一下。艺术心理与艺术是在人类发展到一定历史阶段产生的。恩格斯在《自然辩证法》中写道："由于手、发音器官和脑髓不仅在每个人身上，而且在社会中共同作用，人才有能力进行愈来愈复杂的活动，提出和到达愈来愈高的目的。劳动本身一代一代地变得更加不同，更加完善和更加多方面。除了打猎和畜牧外，又有了农业，农业以后又有了纺纱、织布、冶金、制陶器和航行。同商业和手工业一起，最后出现了艺术和科学。"[①]这就是说艺术和艺术审美心理是随着人类生产的发展才逐步地分化和独立出来的，才能进行各种复杂的艺术审美活动，提出和达到愈来愈高的审美目的。离开了一定水平的物质生产活动，就谈不上有什么艺术和艺术心理的审美活动了。在艺术和艺术心理逐步分化和独立出来的过程中，总是离不开在生产劳动中从主观到客观，又从客观到主观的反复交替变换和不断反复提出愈来愈高的目的与要求，从而愈来愈高地化客观为主观和化主观为客观，最后终于从生产的技艺和技艺心理中分化、独立出艺术和艺术审美心理的。也就是说，人的主观审美心理和创造艺术美的精神本质力量，与被逐步人化的客观审美对象（包括自然和社会），都是在人的世世代代的生产劳动过程中逐步交替变换产生和发展起来的。可见，生产实践是人的诸种艺术的本质力量和客观审美对象相互交替变换和深化发展的中介和基础，离开了长期的生产实践活动，这一切变换和发展均成为不可能。关于人类的审美本质力量是怎样在"人化自然"和美化自然的过程中产生和发展起来的道理，马克思在《1844年经济学哲学手稿》中说得非常透彻。他

① 《马克思恩格斯选集》第3卷，第515页。

写道："只有当对象对人说来成为人的对象或者说成为对象性的人的时候，人才不致在自己的对象里丧失自身。……因此，一方面，随着对象性的现实在社会中对人说来到处成为人的本质力量的现实，成为人的现实，因而成为人自己的本质力量的现实，一切对象对他说来也就成为他自身的对象化，成为确证和实现他的个性的对象，成为他的对象。而这就是说，对象成了他自身。对象如何对他说来成为他的对象，这取决于对象的性质及与之相适应的本质力量的性质，因为，正是这种关系的规定性形成了一种特殊的、现实的肯定方式。眼睛对对象的感觉不同于耳朵，眼睛的对象不同于耳朵的对象。每一种本质力量的独特性，恰好就是这种本质力量的独特的本质，因而也是它的对象化的独特方式，它的对象性的、现实的、活生生的存在的独立方式。因此，人不仅通过思维，而且以全部感觉在对象世界中肯定自己。另一方面，即从主体方面来看：只有音乐才能激起人的音乐感，对于没有音乐感的耳朵来说，最美的音乐也毫无意义、也不是对象，因为，我的对象只能是我的一种本质力量的确证。也就是说，它只能像我的本质力量作为一种主体能力自为地存在着那样对我存在，任何一个对象对我的意义（它只是对那个与它相适应的感觉说来才有意义）都以我的感觉所及的程度为限。所以，社会的人的感觉不同于非社会的人的感觉。只是由于人的本质的客观地展开的丰富性，主体的人的感性的丰富性，如有音乐感的耳朵，能感受形式美的眼睛，总之，那些能成为人的享受的感觉，即确证自己是人的本质力量的感觉，才一部分发展起来，一部分产生出来。因为，不仅五官感觉，而且所谓的精神感觉、实践感觉（意志、爱等），一句话，人的感觉，感觉的人性，都只是由于它的对象的存在、由于人化的自然界，才产生出来的。"[①]这就充分说明，社会实践是人不断提高改造自然的主体本质力量的基础，人的认识客观美、丑的能力即审美能力和创造美的能力，就是在长期的实践即"人化自然"中逐步产生、增强

① 《马克思恩格斯全集》第42卷，第125—126页。

和发展起来的。随着认识和审美能力的提高，自然的人化程度也就增强，人所创造的美的事物也就增多；反过来，又扩大和增强人的主体审美能力和创造美的能力，从客观审美对象到主体审美本质力量，又从主体审美本质力量到客观审美对象，如此循环往复地不断交替变换的过程，就是审美客体逐渐丰富和艺术审美心理产生发展的过程。艺术审美心理和艺术审美客体，或人的审美本质力量和客体审美对象，自新石器晚期开始从技艺和技艺心理（详见本书《原始社会的技艺和技艺心理的演变》）中分化、独立出来后，大约经过了七八千年漫长的实践过程，才逐渐发展起来的。

（三）艺术心理本质的品位和优化

艺术心理的本质所包含的审美主体是有高低、深浅和优劣的品位之分的。所谓审美客体，它所包含的内容是复杂多样的，自然界千千万万自然现象和景物，社会中五花八门、眼花缭乱的各种社会现象和事件，古今中外书籍资料中各种科学文化知识和文艺知识等等，都是审美客体中所包含的内容，真是浩如烟海，难计其数，就是最大功率的电子计算机也难以把它们一一输入，何况人类对它们的认识尚寥寥有数，怎么也做不到全部认识它们和全部把它们输入电子计算机中去的。但是，作为一个当代的艺术工作者，应当尽可能多地深入了解和熟悉社会生活，特别是要熟悉自己所要描写的社会生活方面的内容。如他要描写工业方面的社会生活、农业方面的社会生活、政治方面的社会生活、外事方面的社会生活、科学文化教育方面的社会生活、商业和市场方面的社会生活或是医务方面的社会生活等等，而这些不同行业方面的社会生活又是复杂多样、瞬息万变的，特别是在改革开放的大变革的时代，究竟哪些方面的社会生活和主题是值得你去关注和描写的，这就更加需要另费一番功夫了。否则，了解和把握的社会生活信息显得窄而少，或是认为不重要，浅尝辄止，甚至心里空空如也，却要去闭门造车，或是盲目模仿地来个东施效颦。可见，对客观事物的了解和把握是有真假、多少、深浅、宽窄、高低、优劣和重要不重要的品位之分的。

再以审美主体的本质力量来说，它所概括和包含的内容也是复杂多样的。如前所提到的诸本质力量的内容和艺术心理定势中诸元素等，也都是因人而异、各不相同的，如各种各样的世界观、人生观和价值观，各种各样的历史观、政治观和伦理观，各种各样的美学观和艺术观，各种各样的家庭观和婚姻观等等。除此之外，还有其他各个方面的，如各个国家、各个民族、各个阶级和阶层、各个地区、各个行业、各种宗教、各种性别、各个年龄等复杂多样的思想意识的不同，而且在这些复杂多样的观点和思想意识中，又都是因人而异、因时而变的。单以其中的世界观来说，古今中外各个哲学学派的观点就很多很多，就是在同一学派的观点中，也是因人而异的，而它们对后人的影响也是各不相同的。例如，同是信仰辩证唯物主义世界观的哲学家的著作也是各个不同的，这些著作对后人产生的影响也是不同的，每个接受这些著作中观点的人，因为实践经验的不同，文化科学知识和专业水平的不同，经济地位和政治地位的不同，对它认识的深浅和侧重面的不同等等，必然产生各种各样的不同的理解和认识。在这些复杂多样、难计其数的主体审美本质力量及艺术心理与艺术思维活动的诸内容中，势必会出现正误、深浅、高低、优劣之别。如果运用具有如此复杂众多的深浅、正误、高低、优劣不同品位的主体审美本质力量中的诸多内容，与如此复杂多样的真假、深浅、高低、优劣等不同品位的审美客体相互碰撞、相互作用、相互转化而表现出来的艺术心理现象和艺术思维现象，那就更加复杂万分，不计其数，难以统计了，因而使每个人的艺术心理活动和艺术思维活动产生更加千差万别、高低不同、优劣各异的品位之别了。正因为这样，所以每个艺术工作者的艺术心理和艺术思维是各个不同、各具个性的。即使是同作一个主题，同写一个景物，同用一种文具，同在一个时间，也仍旧是各个不同，各显特色的，甚至同是一个画家，先后同画马，也会显出艺术构思上的不同。这就是因为千姿百态、千变万化的主体审美本质力量与五彩缤纷、不计其数的审美客体去相互撞击、相互作用、相互转化的矛盾运动的必然结果。

由此可以看出，艺术心理的本质特征就是审美主体和审美客体的辩证统一。而在这个矛盾的统一体中，审美主体始终是矛盾的主要方面，是审美主体主动积极地捕捉、选择、加工和制作审美客体，是审美主体按照自己的审美理想和艺术美的规律去创造高于生活的艺术美的。如对于表象的选择、剪裁和组接，置换表象和重组表象，主题的推敲，艺术表现方法的运用等等，无一不是人的主观精神在发挥能动作用的结果。虽然巧媳妇难为无米之炊，但也仍然是人发觉“无米”和主动去“找米”的。可见，艺术心理和艺术思维的实质，就是审美主体的本质力量对审美客体的紧密拥抱。

在当今号称科学界“天之骄子”的控制论，是模拟人的大脑主观能动地把握和控制客观事物的信息的，它是用软件——决策机构和模拟人脑对信息的获取、利用和控制的功能的，它充分体现了被控制的客观事物信息和电脑司控这样两个矛盾方面的统一性。所以，从电脑和人工智能模拟人脑控制外界信息而得到成功的控制论的观点，更加进一步证明：艺术创作心理（包括二度创作心理）、艺术欣赏心理、艺术批评心理等，都是人们自觉地有目的地进行控制的过程。艺术创作心理活动是一个相对独立的控制系统，这个控制系统控制的对象或信息，就是一定的社会生活、艺术专业知识信息和其他有关的科学文化知识信息。而所谓创作心理的司控者就是创作主体。这两者构成了一个控制系统。试想，不掌握一定社会生活信息和专业知识及其相关的科学文化知识信息，怎么谈得上是控制呢？控制什么呢？所谓控制不就是对一定信息的控制吗？此外，如果舍弃了对审美主体的能动作用，又有谁来控制呢？可见，控制论也进一步证明被控制的信息和司控的软件是高度统一的，它构成了控制论中的本质内容。所不同的是这是从艺术心理现象中的内在性质上来认识和把握艺术心理的本质的，而电脑和人工智能，则是从事物的结构、信息流程和功能上来模拟人脑的控制功能罢了。

我们用了一节的篇幅来探讨艺术心理的本质，目的就是想在艺术心理学中补上这一被人们遗弃了的然而却是起着十分重要作用的基本原理。因为，它是贯穿在一切艺术心理诸现象和艺术心理活动诸过程中的，它与艺术心理诸现象互为表里地成为艺术心理学的主干内容。缺少了这个主干内容，便失去了一个重要方面的支撑点，而艺术心理学也就显得不够成熟和完整了，仿佛只是一批艺术心理现象的汇集或描述，看不出它的本质和发展规律，这似乎是不与我们的时代相适应的。深入研究和探讨艺术心理的本质的更重要的意义，还在于引起当前艺术工作者要重视深入社会生活，重视努力提高自己的艺术心理和艺术创作的素养，只有在这两个方面长期下苦功夫，才有可能创作出不愧为我们时代的（甚至是划时代的）艺术珍品，否则于社会是无益的，甚至是有害的。要知道，金钱和名利是永远成不了创作艺术珍品的精神动力的。

（原载吕景云、朱丰顺：学术专著《艺术心理学新论》第四章，文化艺术出版社1999年版。此次略有修改。）

艺术心理诸范畴

一 艺术认识过程中的诸范畴

（一）艺术感觉、听觉、视觉、触觉、味觉、嗅觉和通觉

1.艺术感觉

艺术感觉是客观事物的个别属性在人脑中的直接反映。客观事物直接作用于人的感觉器官，引起神经冲动，由感觉神经传导到人脑的相应部位，便产生感觉。这种产生感觉的过程，是最简单的认识过程。人们通过感觉，可以分辨外界各种事物的属性，分辨它们的形状、颜色、声音，软硬、粗细、重量、温度、气味、滋味等。辩证唯物主义反映论认为，感觉是“意识和外部世界的直接联系，是外部刺激力向意识事实的转化”。[①]人对客观世界的认识过程是从感觉开始的，这是人认识客观事物的第一步。正如列宁所说：“不通过感觉，我们就不能知道实物的任何形式，也不能知道运动的任何形式……”[②]感觉是认识的初级形式，一切较高级和较复杂的心理现象，如知觉、表象和思维，都是在感觉的材料的基础上产生的。

由于人脑分析器的不同，感觉可分成两类：一类是反映客观事物个别属性的感觉，如视觉、听觉、嗅觉、味觉和触觉等；另一类是反映机体内部状

① 《列宁选集》第2卷，第46页。

② 《列宁选集》第2卷，第308页。

态和变化的感觉，如运动觉、平衡觉、痛觉等。每种感觉器官分工执行其不同的反映职能。感觉器官的专门化和完善化，是人类长期实践的结果。马克思指出："五官感觉的形成是以往全部世界历史的产物。"①

在审美过程中，美的感觉是美的事物的反映。只有音乐才能激起人的音乐感。艺术家所特有的感觉是在艺术实践中形成和发展起来的，长期的艺术实践养成了不同于一般人的敏锐的感觉能力：音乐家有高度精确的听觉感受能力；画家有特别精细的感受色彩、明暗和线条等的视觉造型能力；雕塑家有非常完善的对体积的视觉和触觉的感受能力；如此等等。艺术专业知识越深厚，实践经验越丰富，艺术家的感觉就越敏锐、准确和丰富，因为任何一个对象对艺术家的意义（它只是对那个与它相适应的感觉来说才有意义），都以艺术家的感觉所及的程序为限，"对于没有音乐感的耳朵来说，最美的音乐也毫无意义，不是对象"。艺术家的感觉也是客观世界的对象和现象在人脑中形成的主观映象。

2.艺术听觉

艺术听觉是识别声音的感觉。它是物体振动发出的声波作用于听觉分析器而引起的感觉，即听觉分析器对声波的物理特性的反映。听觉皮质中枢是颞横回，听觉的神经传导是双侧性的，双耳接受的声波信息既传到同侧的颞横回上，也传到对侧的颞横回上。人不仅能感受每秒16～2万次赫兹的声波和辨别声音的方位，而且能辨别声调（音高）的高低，音响（声音响度及其产生的效果）的强弱和音色（音品——各种乐音所以区分者）的差异等声音的特性。

听觉有言语听觉、杂音听觉和音乐听觉等三种形式。

具有高度音乐修养的音乐家，其听觉异常敏锐和精细，不仅能听出演唱者的艺术特色，产生"余音绕梁"、"三月不知肉味"的深切感受效果，而且能于细微的余音中察知其隐微的心声和情意。作曲家能从普通的

① 《马克思恩格斯全集》第42卷，第126页。

声音中提炼和组合成音乐的节奏和旋律，创作出一首美妙动人的乐曲。在听音乐的过程中，必须具有音乐的耳朵，否则，即使最好的音乐对它也是没有意义的。音乐是声音的艺术，因而也是听觉艺术。对音乐来说，听觉起着主导作用。发展音乐的听觉能力不仅是音乐家的职业需要，也是一般音乐爱好者的需要。

3.艺术视觉

视觉分析器辨别客观事物的形状（包括情状）、大小、颜色等属性的感觉。被物体反射的光线作用于眼球的视网膜，引起视感觉细胞的兴奋，经视神经传达到大脑皮质的视区枕叶而产生视觉。人类视觉在390～760纳米的可见光波内，不同波长的光线由短到长，分别产生紫、蓝、青、绿、黄、橙、红等不同颜色。

视觉在认识客体的空间特性方面起着主导作用。视觉的敏锐程度和以往形成的经验、知识和识别事物的能力直接联系着，也与视觉分析器的灵敏度有关。一个有才能的艺术家特别是造型艺术家，对对象的形状、结构、位置、比例、颜色和明暗度等特性，有着异常敏锐、精细而又准确的分辨能力，在生活体验中，往往一眼就能发现对象最有特色的本质特征。艺术家发展自己的目测能力是至关重要的。艺术家的目测比规尺更准确、更符合艺术要求、更富有创造性。艺术家不论是观察生活，进行创作，或是鉴赏艺术品，都必须发展这种目测能力。

4.艺术触觉

触觉是皮肤受到客观物体的刺激而引起的一种感觉。触觉的绝对感受性的高低主要是由触觉神经细胞分布的密度及相应的大脑皮质中央后回投射区投射的大小来决定，与皮肤薄厚也有关系。面部和手指的触觉绝对感受性比其他部位要高，女性触觉感受性比男性高，这是长期生活实践和历史的产物。

触觉有狭义和广义两种。狭义仅指触觉；广义包括压觉、振动觉和温度觉等等。客观物体的软硬、光滑、粗细、轮廓、重量、弹性等属性均可由手的触摸来把握。

触觉和视觉的关系最为密切，有时甚至可以互相补充、互相代替。“触觉和视觉是如此地互相补充，以致我们往往可以根据某物的外形来预言它在触觉上的性质。”

触觉对雕塑家有特殊意义。雕塑采用三度空间的立体形式，所以必须根据手的触摸动作来再现造型形状的凹凸浮面，如形状、线条、曲折和体积的其他特点。有丰富实践经验的雕塑家，凭借手对材料的触摸，就能把握雕塑中各种造型部分的空间配置和空间相互关系的信息，知道哪个部位需要修改，修改多少，其准确和精微的程度胜过尺规的测量。“雕塑家必须把这种天然的触摸发展到手指能像眼睛那样感知形状的程度。”①

5.艺术味觉

由物体的味道作用于味觉分析器而产生的感觉。味觉的感受器味蕾分布在舌的表面和咽的后部等处。味觉细胞（味蕾）受物体的味道刺激后产生兴奋，传至大脑皮质中枢中后回的最下部，便引起味觉。不同的味蕾感受各种不同物质的味道。味觉分为酸、甜、苦和咸四种最基本的类型。

由于个体的差异，食物温度的不同和机体需要的状态不同，每个人的味觉灵敏度也就不同。

味觉常常和嗅觉紧密相连，闻香而知味，尝味而知香。味觉有时也与视觉、听觉和触觉等相结合，成为复合感觉。

味觉在文艺创作和审美过程中的作用比较狭窄，不像视觉、听觉和触觉那样独领一门或几门艺术，如视觉艺术、听觉艺术等。

中国审美意识的特点是以味、触觉作为感知方式的原型，这与西方审美意识以视、听觉作为感知方式的依据形成鲜明的对比。如“美”字是从“羊大”的品评而来，即对甘美肥厚之羊的味和触的感受而产生美感的。视、听

① 瓦坦金：《少年艺术家》。

是对外在事物的美学评价，而味、触则是一种内在的感知和品评，这就导致了西方艺术写实的总体倾向，中国艺术写意的总体倾向。

6.艺术嗅觉

嗅觉是由物体挥发出来的气味作用于嗅觉分析器而引起的感觉。它的主要功能是辨别气味。嗅觉的感受细胞位于鼻腔上部两侧黏膜中，经过嗅觉神经细胞传导，到达大脑皮质中枢而产生嗅觉。一般通过香、酸、焦气和腐臭四种基本嗅觉来反映和辨别物体的气味。

嗅觉适应性很强，“入芝兰之室久而不闻其香，入鲍鱼之肆久而不闻其臭”，就是这个道理。但其适应性有一定限度，即有嗅觉绝对阈限和嗅觉差别阈限。

嗅觉的感受性很高，远远地就能闻着一股气味的信息，从而使人判断是什么物体发出的。盲聋哑人运用嗅觉可以根据气味判断熟人、熟地和距离远近等；化工师根据气味的特点能辨别出化学元素；药剂师闻着药品的气味便知药物的名称。

嗅觉对艺术创作者常常起着引发艺术情怀和联想的作用。

7.艺术通觉

亦称联觉或通感，由一种感觉引起另一种感觉，或是由一种感觉的作用借助另一种感觉的作用而加强兴奋的一种心理活动。它的特点是各种不同的感觉相互联系、相互作用、相互沟通、相互制约，如听到一种声音引起一种色觉，看到红、黄、橙的彩色引起暖觉。色觉也可以同时伴随着触觉、听觉、味觉等。

产生这种联觉的客观原因是：事物本身就是形、体、色、味等属性的综合体，可供人从不同方面感受和认识它。而联觉的产生基础则是由于各个感觉器官都受大脑皮质的统一支配，各个分析器中的中枢部分形成的感觉是互相联系、互相作用的。通觉是一种很复杂的心理现象，不同的人通觉有着很大的差异，原因就在于实践经验和生理机制等的不同。

在审美过程中的联觉表现得特别敏锐、突出和完善。在文艺创作过程中，各种不同的感觉是互相沟通、彼此感应的，有时甚至互相代替和转换。在室内闻到梅花香气，仿佛看到了室外远处梅花美丽的色彩和触到了它的苍劲有力的枝干，又仿佛听到了咏梅的歌曲，甚至眼睛能“看”事物的轻重、冷暖、软硬和声音。这是长期的艺术实践活动所赋予艺术家和鉴赏者以特殊敏锐和复杂的联觉能力。

（二）艺术知觉、表象、记忆和直觉

1.艺术知觉

知觉是客观事物的多种属性在人脑中的综合反映。知觉是直接作用于感觉器官的客观事物多种属性和方面引起的完整的感性映象。知觉和感觉都是对客观事物的直接反映，两者都属于感性认识阶段，但知觉对感觉来说是高一级的有概括性的感性映象。由于客观事物各种属性互相有机地联系着并构成一种特定关系，因此，反映客观事物的多种属性及其相互关系的知觉，比感觉在内容上要复杂得多，所获得的知识也比较全面和深刻。

知觉的基本特征在于：第一，整体性，即知觉对客观事物的各种属性作完整的反映；第二，选择性，即在多种多样的客观事物中选择所需要的对象加以集中认识；第三，理解性，即在过去的知识和经验的帮助下，对事物的各种属性及其相互关系作充分理解，否则不可能对该事物做出整体反映；第四，恒常性，即知觉所留下的映象保持相对不变；第五，相对性，所谓对客观事物的各种属性作完整的反映是相对来说的，事实上是不那么完整的，只是尽可能比较完整地反映客观事物的主要属性。

知觉的生理基础是各种分析器系统在同一分析器的个别部分的相互作用，以及与此相应的对复合刺激形成的条件反射，从而产生比较复杂的客观事物的整体反映。根据各种分析器在认知中所起的作用不同，知觉可分为视知觉、听知觉、嗅知觉、味知觉、触知觉等。

知觉是在实践中和词语运用一同发展起来的，同时实践又是检验知觉的真实性和正确程度的标准。

在审美过程中，知觉是对美好客观事物的多种属性的完整反映。由于长

期艺术实践的磨炼，艺术家有着非常敏锐和精确的观察力，并且伴随着富有艺术情趣的情绪和情感。这就是艺术家的知觉的基本特征。

2.艺术表象

以前被感知过的对象和现象在人脑中保留下来的映象叫表象。表象有记忆表象和想象表象两种。感知过去的事物在头脑中重现的映象叫记忆表象，其生理基础是大脑皮质中以前形成的暂时神经联系的复现；在改造记忆表象基础上创造出来的新的映象叫想象表象，其生理基础是已经形成的暂时神经联系的重新组合。

表象和知觉虽然都是直观的感性映象，但两者却有很大差别。表象是在它所反映的事物和现象不在场的情况下由回忆所引起的，所以，它的直观性没有知觉那么清晰，它不能鲜明地表现所反映的事物和现象的一切特征。但表象能反映事物的主要特征和具有较高的概括性，它是具体对象和现象的全部以往知觉的结果，它可以是某个具体事物属性的概括，也可以是各种相似的对象属性的概括。表象是思维必不可少的组成要素，它比知觉对事物的认识更深刻，它是在头脑中经过一定加工而形成的最高级的感性映象，也是从感性认识到理性认识的转化过程中的中心环节，是直观因素和概括因素的辩证统一。

表象是过程。在知觉过程中所反映的事物和现象的各种属性及其相互关系越深刻、越全面，在头脑中保留的高一级的感性映象——表象就越完整、鲜明和正确。对事物和现象的任何新的知觉都使原来的表象内容发生变化（或者加以修正，或者加以深刻理解），即原来的表象随着大脑皮质中越来越多的新的痕迹或新的暂时联系的加入而逐渐发展、补充，从而变得鲜明起来。

根据分析器（感觉器官）的不同，表象可分为视觉表象、听觉表象、嗅觉表象、味觉表象、触觉表象、运动表象等。不同的表象还常常形成综合表象。

在艺术创作过程中，表象起着重要的作用。如果在意识中没有积累多种多样的记忆表象和想象表象，任何艺术形象的创造都是不可想象的。艺术家在长期创造性的实践中形成了自己特有的各种表象特点，即具有鲜明的创造性、审美性和情感性。从一定意义上说，艺术创作的构思过程，就是围绕着特定意向变换和组合表象的心理活动过程。艺术家应创造一切条件来培养自己具有特殊敏锐的记忆表象、想象表象、变换和组合表象的艺术思维能力，借以不断提高自己艺术创作的水平。

3.艺术记忆

记忆指记住过去感知、体验和思考过的事物，并在一定的条件下能够复现，或在该事物重新呈现时能够确认曾经感知过。记忆包括识记、保持、再现（回忆）和再认（认知）等心理反映形式。识记是记忆的起点，它是对客体或现象的识别和映象留在记忆中的巩固的过程。再现的精确性和完整性、保持的巩固性和长久性都依赖于识记，也就是说，识记是记忆的基础，记忆是从识记开始的。没有识记就谈不上有什么保持、再现和再认等一系列记忆的心理过程。识记有无意识记和有意识记两种。无意识记是没有记忆目的、只是在某些场合和某种活动中自然而然地即自发地产生的，如色调特别鲜艳美丽，或形状特殊，或情绪体验极深，或与自己某种思想感情和兴趣有特殊关系的客观事物等，都容易产生无意识记。有意识记是有目的的、自觉的，甚至要付出意志努力和运用一定方法的识记。一般来说，大多数识记都是通过有意识记来实现的，因而对知识的掌握也比较有成效。因为，一个人的知识学问和技能的丰富和提高，主要是靠有计划、有目的、有准备、有兴趣、有意志地坚持。由于对对象的理解程度不同，识记又可分意义识记和机械识记。意义识记是在理解的基础上，即在对对象各个部分之间及对象相关的材料之间有意义的联系的认识与理解的基础上产生的识记，这种识记效果较高。机械识记则是以多种重复方法巩固外部联系，因为，识记的对象各个部分没有内在联系或是尚不能理解的东西，只好采取机械识记方法，如识记电报编码、电话号码和儿童背诵诗词等均属机械记忆。

保持是对对象的形状色彩等特征加以确认、系统化，并储存在记忆中，以免遗忘。再现和再认是对过去感知或识记过的东西的恢复，是识记和保持的积极结果。二者所不同的是：再认是当客体在场时出现的，再现则是客体不在场时出现的。

记忆有四种：映象记忆、情绪记忆、逻辑记忆、运动记忆。这几种记忆形式都是互相联系、密不可分的。一般来说，其中的映象记忆和逻辑记忆用得最多。

记忆的生理基础是，大脑皮质中暂时神经联系的形成和巩固以及随后的复活（现实化）。

记忆的重要作用是：人们借助记忆积累丰富的生活经验和科学文化知识，一旦需要，便可随时应用它们。因此，记忆对于人的整个认识过程，对于提高人的认识能力与活动能力起着十分重要的作用。如果没有记忆，人便不能掌握任何事物和知识，也就无从适应和改造自然与社会。

在艺术创作与审美的过程中，四种记忆都是十分重要的，但比较起来，其中以映象记忆和情绪记忆作用最大，用得最多。在深入体验生活的过程中，大脑皮质中刻印了许多具体人物和事物的表象，过去的记忆表象与现在的想象表象相结合，产生创作所需要的各种映象，这是任何艺术家创作任何艺术作品所不可缺少的。艺术家必须具有发达的记忆，善于凭记忆和映象进行创作，这对艺术家来说是至关重要的。如画家需要有精细的良好的视觉记忆，能准确地记住众多人物和事物的外部个性特征；音乐家需要有惊人的听觉记忆等。特别是情绪记忆，对艺术创作有着特殊的艺术效果，如屈原的《离骚》、蔡文姬的《胡笳十八拍》、郭沫若的《蔡文姬》、小仲马的《茶花女》等，均属作者亲身深刻地体验过的、由情绪记忆所带来的感人至深的不朽之作。

4.艺术直觉

不经过复杂的逻辑认识过程，而只需由直接观察便能迅速地认识事物的一种心理活动。其特点是省去惯常的理性思维过程，直接由感知即可认识事物，或是通过记忆表象和内部语言来直接认识某个事物。这种直觉认识能力，是与以往在实践中所积累起来的丰富知识和深厚生活经验，以及长期培养起来的洞察事物的能力直接联系着的。直觉是一种富有创造性的心理活动，它在各种实践中具有重要的价值。特别是在艺术创作和艺术审美中，具有十分重要的积极作用。富有经验和才华的艺术家，都具有非常敏锐的直觉能力。

在西方，对直觉有各种解释，有些存在着一定的片面性。斯宾诺莎把直觉看成是一种理智能力，是对自然界的一种高级的、理性的、没有被感觉和热情所蒙蔽的认识，这是一种唯理论的直觉论。克罗齐认为直觉是主体心灵和情感的表现，直觉即表现，表现即艺术。这种把直觉看成是与外界社会生活绝缘的纯粹是心灵和情感表现的直觉论是唯心主义的。柏格森则从非理性主义出发，将直觉和理性绝对对立起来，认为直觉本身就能掌握世界的精神实质。弗洛伊德则把直觉解释为创造性活动隐藏在无意识深处的最初原因。

（三）艺术想象、艺术联想、艺术幻想

1.艺术想象

想象是一种在过去积累的映象（表象）的基础上创造新的表象的心理反映过程。人脑不仅能在记忆中再现过去直接感知的外部对象的映象，而且还能在想象中，以记忆中保存的表象作基础，经过分析和综合的加工，创造出过去没有感知过的对象、甚至不存在的事物的新的表象。如果说，再现是记忆的主要特征，那么改造和创造就是想象的主要特征。

想象总是在一定程度上离开现实，但又总是植根于客观现实，并且总是用记忆中所保持的客观现实的主要映象（表象）进行活动。人的物质生活活动和实践活动，是人的任何想象，包括一切离奇、怪诞的想象的形成和发展的基础。在想象中，现实因素和创造因素兼而有之。

作为人所特有的一种创造性的心理活动形式，想象最初是在劳动活动过程中，随着语言和意识的产生而形成和发展起来的；反过来，它又调节着活动的每一个动作，使之合乎活动的目的和要求，即所谓“劳动过程结束时得到的结果，在这个过程开始时就已经在劳动者的表象中存在着，即已经观念地存在着”。[1]

想象根据有无目的性分为无意想象和有意想象两种。没有预定目的，无意识产生的想象叫无意想象，如梦中想象等；有预定目的和有意产生的想象叫有意想象。根据创造性程度不同，有意想象可分为再造性想象和创造性想象两种。再造性想象，是根据以前没有感知过的客体的语言描述、或书中插图、或电视中的演示等来创造相应的映象。创造性想象则是运用记忆中保持的表象作材料，独立地创造新的表象。创造性想象以新颖性和独创性为其特征。创造性想象和再造性想象有着不可分割的联系和辩证关系。

幻想是创造性想象的一种特殊形态，它是人们由于向往未来和憧憬生活活动的前景而创造出来的新的映象。幻想有积极的和消极的两种。积极的幻想能激励人同困难做斗争的勇气，鼓舞人们积极劳动的热情，把人引向瑰丽多彩的闪烁着理想之光的境界中去。列宁说，积极的幻想“这种才能是极其可贵的。有人认为，只有诗人才需要幻想，这是没有理由的，这是愚蠢的偏见！甚至在数学上也是需要幻想的，甚至没有它就不可能发明微积分”。[2]

联想也是属于想象内容中的一个组成部分（详见“联想”条）。

总之，想象在任何创造性活动中都起着重大的作用，在艺术创作活动中表现得尤为突出。

艺术想象是艺术家在创作过程中表现出来的、为塑造艺术形象所需要的一种特殊的想象。其特点有三：第一，只受主题和艺术形象的制约，而不受时空制约，更不受具体的人和事的制约，它可以任意联想、任意幻想和推想。想象包含着联想、幻想、推想及表象的分解和重组等内容。“观古今于须臾，托四海于一瞬”；“思接千载，视通万里”，即此之谓也。第二，艺术想象具有意象整合性。即艺术想象离不开平时积累起来的表象材料，并随

① 《马克思恩格斯全集》第23卷，第202页。

② 《列宁全集》第33卷，第282页。

时可以对任何表象进行分析和组合，成为新的具体生动的意象系列。这意象系列既来自社会生活中真实的内容，又来自艺术家据此而进行的连续艺术想象。第三，艺术想象伴随着相应的富有感染力的艺术情感。这种艺术情感，既是唤起艺术家情绪记忆表象的媒介，又是进一步展开艺术想象的动力。这三个特点有机地结合在一起，从而保证了艺术想象健康地、创造性地展开和发展，直至一个完整的新的艺术意象系列的构思完毕。所以，艺术家和美学家都十分重视艺术想象的重要作用，没有艺术想象便没有艺术创造。高尔基说，“艺术靠想象而生存”，马克思认为：“任何神话都是用想象和借助想象以征服自然力，支配自然力，把自然力加以形象化。”艺术想象是艺术家进行艺术思维的主要手段和途径，通过艺术想象，艺术家可以创造出高于生活美的、至真至善至美的、理想的艺术形象。

2.艺术联想

指两种或几种心理过程（感觉、知觉、表象、思想、感情等）之间的规律性联系。这种联系表现在当两种或几种心理过程中的一种过程出现时，就会同时出现另一种或几种心理过程。联想产生的原因或由当前事物的触发，或从已经想起的事物引起，或由波及的某个问题的触动等等。

暂时神经联系是联想的主要基础。联想是客观事物之间各种不同的相互联系的反映。任何一个事物总是和许多其他事物联系着的，因此，可能引起联想的事物是很多的。那么，究竟哪个或哪几个事物会首先引起联想呢？这要由两个方面的因素来决定：一方面是刺激物的强度大、次数多、时间近和符合目的性的事物容易引起联想；另一方面是受人的主观定向、活动目标、兴趣和情绪状态等因素的制约。

联想可分为简单联想和复杂联想两大类。亚里士多德把简单联想又分为三种：第一种，接近联想，即对在时空上比较接近的事物的联想；第二种，相似联想，即对类似事物的联想；第三种，对比联想，即对特点和性质相反的事物的联想。复杂联想是反映事物的本质和规律的联想，如因果联想，即对具有因果关系和规律的事物的联想；部分和整体的种属关系的联想等。

联想在心理活动中占有重要的地位，如在回忆和举一反三的推理过程中都有联想。利用联想可探究人的心理状态，如病理心理学中广泛采用自由联想方法，有效地治疗精神病患者。

艺术创作和审美过程中的联想更加具有感人的魅力。文学作品中许多优美动人的比喻就是联想的结果，甚至许多艺术作品是由构思中的联想而成为绝世佳作的。如曹植的《七步诗》："煮豆燃豆萁，豆在釜中泣；本是同根生，相煎何太急？"这首诗之所以使曹丕敛凶息怒，主要原因就是以豆和豆萁比拟兄弟关系的联想真切感人。又如李商隐《无题》诗中描写的"春蚕到死丝方尽，蜡炬成灰泪始干"，这种表达爱情坚贞不渝和相思之苦的相似而又真切的联想，便是这首诗400年来脍炙人口的重要原因之一。艺术创作者的生活经验、科学知识和美学修养越丰富深厚，联想便越自然、贴切和感人，伴随它而产生的情感亦越真挚动人。

3.艺术幻想

与个人愿望相结合的面向生活远景和未来的一种特殊的创造性想象。人往往用幻想的方式创造自己所期望和向往的表象情境，这是在理性比较朦胧却又有一定感性生活依据的情况下产生的、设想未来的一种心理过程。其特点是：它一方面具有某些现实成分，因为，任何幻想都是与物质前提相联系的物质生活过程的必然升华物；另一方面又充满自由不羁的浪漫色彩，具有易变和不稳定等特性。

幻想有积极的幻想和消极的幻想两种。积极的幻想在个人生活和社会生活中都具有重要意义，它使人产生一种感性的富有朝气的自信和动力，鼓舞人积极地追求美好的未来。科学家、艺术家及许多青少年的幻想都会产生某种积极的效果，特别是在浪漫主义文艺创作构思中的幻想更加丰富多彩。许多幻想小说家的预言和对科学幻想的描述，常对以后有关科学技术的发明具有很大的启迪和推动作用。消极的幻想则完全脱离了现实世界，陷入虚妄的荒诞的表象境地，变成一种有害的空想。俄国著名革命民主主义者和文学评论家皮萨列夫在他的《幼稚想法的失策》一文中指出，积极的幻想"丝毫没有害处”。他说，如果一个人“不能间或跑到前面去，用自己的想象力来给刚刚开始在他手里形成的作品勾画出完美的图景”，那还“有什么刺激力量会驱使他们在艺术、科学和实际生活方面从事广泛而艰苦的工作，并把它坚持到底”呢？

积极的幻想和理想既有联系又有区别。理想具有相对的稳定性，它是人一生行动的总目标和总动力，它高于积极幻想之上。

艺术幻想是一种特殊的艺术想象，是艺术家在艺术构思过程中表现出的一种自由不羁的浪漫主义情怀。它是将生活无限地升华为最美丽的境地的艺术想象。艺术幻想可以打破实际经验的局限和感受的不足，最大限度地发挥艺术家的想象力和创造力，创造出现实中并不存在但又可能存在的事物，使艺术形象更加光彩动人，更加使主体思想感情与客观生活融为一体，增强艺术形象的思想内涵和感情色彩。因此，艺术幻想是艺术想象高度兴奋、高度活跃的表现。但是，艺术幻想又必须合乎生活的本质和逻辑，违反了生活的本质和逻辑的幻想是没有艺术生命力的。

（四）意象思维与抽象思维、艺术思维与科学思维

1.意象思维与抽象思维

意象思维是指在艺术创作中，艺术家运用在生活中积累起来的与创作主旨相关的诸多表象加以升华，或分解与重组、想象与联接等艺术加工，在头脑中构成完整的艺术意象，并将其物化为艺术形象所采用的一种意象系统化的思维形式。

意象思维是专以捕捉富有个性特征也富有代表性的具体意象为其对象和目的的思维。它运用个别的具体的客观事物作材料，并按照它自身发展的具体过程进行思维，从而进一步思维和想象出更富有个性特征、更生动、更具有代表性的典型形象。这种思维方式不论是在日常生活和工作中，还是在文艺创作和科学研究中，都是大量存在的，特别是在文艺创作中显得更为系统、突出而又鲜明。文艺创作中的意象思维，始终都在为特定的目的和需要而捕捉和摄取有关的具体意象，并运用它特有的思维方法和形式进行思维。

抽象思维是运用抽象的概念进行判断、推理和论证，并最终揭示出事物的本质和规律的一种概念系列化的思维形式。

抽象思维是以捕捉一般、共性、本质和规律为其主要目标和任务的思维。它运用抽象的概念、判断、推理的形式，抽象出事物的本质和规律。这种思维方式不论是在日常生活和工作中，还是在文艺创作和科学研究中，也都是大量存在的，特别是在科学研究中更是主要的思维形式。

意象思维是有其思维逻辑和思维规律的。意象思维逻辑的思维形式是：1.基形意象——由两个以上的组成一个完整具体事物的局部意象思维形式，即最基础的意象思维形式，在人们头脑中所形成的基形意象；2.完形意象——具体事物的完整形态，在人脑中所形成的完整的意象；3.群形意象——由两个以上的完形意象构成的一种群形想象形式；4.易形意象——由完形意象或群形意象向前推移而发展成一种新的想象形式，如小说、戏剧等的情节发展就要采取这种思维形式（详见本书《意象思维逻辑论》）。

意象思维逻辑的思维规律是：1.和谐律（指被思维的意象画面的各个组成部分之间的关系等必须遵循此律）；2.融合律（指思维者主观思想感情和客观画面的关系必须遵循此律）；3.理想律（意象思维的最高理想和终极目标，就是要思维出既富有个性又富有理想性的典型形象或意境）。（详见本书《意象思维逻辑论》）

2.艺术思维与科学思维

艺术思维和科学思维是人类的两种主要的思维方式，每种思维方式中又包含着两种思维形式，即意象思维和抽象思维两种思维形式。

简略地说，思维应分为意象思维（原称“形象思维”，误也，理由详见本书《意象思维逻辑论》）和抽象思维两种思维类型。意象思维是通过感觉、知觉而在头脑中形成的表象作材料，展开和进行具体生动的想象（包括联想和幻想）；在想象的过程中，运用意象思维逻辑的思维形式（基形意象、完形意象、群形意象和易形意象），并遵照意象思维逻辑特有的思维规律（和谐律、融合律和理想律），最后在头脑中形成特定的、比较完善的艺术意象，艺术思维便是以意象思维为主要特征的。抽象思维也是通过感觉、知觉而在头脑中形成的表象作材料，但不是（或主要不是）用表象展开想象，而是对同类表象进行理性的分析、综合，从而概括成抽象的概念，进而在抽象的概念的基础上进行判断和推理，最后形成一定的理论系统。可见，抽象思维是与意象思维相对应的，即两者都统一在人的大脑中，互为前提条件、互相促进、互相转化的。艺术思维中包含着意象思维和抽象思维两个方面的内容，这两者是有机地统一的。

艺术思维是指艺术创作和艺术鉴赏过程中人脑所进行的思维活动，是在意象思维和抽象思维的辩证统一的联系系统中，以意象思维占相对优势，即以生动的、审美的、富有感情和个性的意象思维为主要特征的；是一种艺术地认识和反映社会生活的特殊的思维活动过程。它表现在艺术家的生活体验、艺术构思和塑造艺术形象的全部创作活动过程中，也表现在艺术欣赏的全部活动过程中；科学思维则是在意象思维和抽象思维的辩证统一的联系系统中，以抽象思维占相对优势，即以概念、判断和推理为特征。

艺术思维和科学思维是相对应的两种不同的思维方式，其主要区别就在：前者是以意象思维占相对优势，因为，它是以构思出一个艺术胎儿——艺术意象为其主要任务和目标的；后者则是以抽象思维占相对优势，因为，它是以发现某个科学真理和规律为其任务和目标的。

因此，艺术思维是一种极其复杂的心理活动和现象，既含有艺术创作者和鉴赏者的感性认识和理性认识，又含有艺术心理定势和审美感受、体验等心理活动；既包括他们的全部心理因素——感觉、知觉、表象、记忆、思维、想象、意志、个性和情感等心理内容，又包含着一种不期然而然的顿悟——艺术灵感和习惯无意识与本能无意识的作用等等。在这些诸多心理因素中，审美想象和情感占有重要地位。

意象思维、艺术思维在艺术心理和艺术思维中的作用，详见本书《也谈艺术掌握世界方式》中的“艺术思维与艺术掌握世界方式”。此处不再赘述。

二 艺术情感、意志、艺术个性、艺术灵感等诸概念

（一）艺术情感

情感指伴随着认识活动和意志行动而出现的一种心理现象，是人对于客观事物是否符合自己的需要和目的所表现出的一种心理反映形式。它是主体的思想意识（需要、态度、观念、信念等）与客观事物之间发生关系时所引起的态度上的爱和恨、赞美和憎恶、喜和怒、哀和乐等的心理的体验和表现。也就是说，它是在主体对客观事物认识其利害、得失、是非、真假、美丑的评价的基础上产生的一种情感和体验。正如曹日昌在《普通心理学》中说的，凡能满足人的需要的事物，会引起快乐、满意、爱等肯定性的体验；不能满足人的渴求的事物，或与人的愿望相违背的事物，则会引起愤怒、哀怨、憎恨等否定性的体验。情感的独特性质正是由这些需要、渴求或意向所决定。所以，某种情感总是某种思想认识的产物，反过来，某种情感又可增强和巩固某种思想认识。

情感可分为低级情感和高级情感两种。低级情感是客观事物与人的生理的关系而引起的结果，主要表现为一种生理上的快感或痛感；高级情感则是由客观对象与人的社会需要的关系而引起的结果，它包含着道德感、美感和理智感等内容。情感又可分为健康的情感和非健康的情感两种。

艺术情感则是艺术家在体验生活、艺术构思与艺术创作过程中产生的一种更复杂、更真挚、更富有感染力的情绪体验和表现（艺术欣赏过程中，也会产生这种情绪体验和表现），它是以对生活的认识、评价和对艺术意象的构思与审美判断等为基础或为前提而产生的一种艺术情怀的表现。强烈而又丰富的艺术情感来自对生活深刻的认识和强烈的创作动机与目的；反过来说，强烈而又丰富的艺术情感又是艺术家创作心理高度集中、高度运动的重要标志和特点，两者是合二而一的。正如高尔基说的：“艺术的本质是赞同或反对的斗争，漠不关心的艺术是没有的。因为人不是照相机，他不是‘摄照’现实，他或是肯

定现实，或是改变现实、毁灭现实。”[①]所谓“肯定”和“毁灭”，既充满了对观点的深刻认识，又充满了强烈的爱憎感情。这就是说，在艺术感知、艺术记忆、艺术想象，即在整个的艺术意象构思和物化为艺术作品的过程中，都伴随着与之相应的艺术情感。正如诗人和美学家们常说的“情景交融”、“主客观融为一体”的至高境界。这也证明了艺术情感在艺术创作中起着十分重要的作用。

由于客观事物对象的特点千差万别、各不相同，又由于艺术家和鉴赏者的主观认识和水平各个相异，所以，体现在艺术意象构思、艺术创作和艺术欣赏过程中的艺术情感也就多种多样、千变万化。由于不同时代、不同民族的人，对同一艺术作品产生的认识和评价的不同，所以产生的艺术情感也就不同。

艺术情感不同于一般日常生活中情感的地方在于：第一，它是直接受创造艺术意象和物化为艺术形象的制约，并为其服务的。有利于深化主题，有利于创造艺术意象，并有利于转化为艺术形象的真挚的、恰到好处的、感人至深的感情，才是艺术情感。第二，它是与艺术意象或艺术形象天衣无缝、水乳交融地融为一体的。艺术语言、艺术手法、艺术技巧、艺术结构和艺术情节等，都是充溢着恰到好处的感人至深的艺术情感的。第三，它与时代精神、主题倾向、艺术兴趣、艺术个性等也是融为一体的。因为，这些是以充满艺术情感的艺术意象或艺术形象为载体的。因此，艺术意象（或艺术形象）、艺术倾向和艺术情感是三位一体的。

（二）艺术意志

指人根据既定的目的自觉地要求自己坚持做下去，克服各种困难，最后终于实现预定目标的心理过程。它是人的意识的能动性和主动性的集中表现，是在改造客观世界和主观世界的行动中表现出来的，对行为的发动、坚

① 《高尔基文学论文选》，第44页。

持、激励、制止和改变等方面进行控制与调节作用的心理现象，也是人类特有的最可宝贵的心理现象。

意志过程分为两个阶段：第一阶段，在确定目标和制订计划的过程中，要有克服动机的取和舍、趋和避等矛盾的意志；第二阶段，也是更多地要表现出意志的重要作用的阶段，即在执行决策和计划的过程中，要有克服种种困难、阻力、难点以致失败挫折，从而坚持到最后，达到目的和胜利的坚强意志，而且还要有继续不断提出新的目标和计划与为之不断实现的理想和意志。

客观世界和社会实践是发挥意志力量的基础，正确的认识、目标和理想是意志的动力，健康的情感和情绪过程对意志过程会增强动力。反过来，人的意志也能影响和调节人的情绪、认识和实践活动。在艰难的环境中往往容易培养一个人的坚强意志。“有志者，事竟成。”凡是想要做成重要的事，或是创造发明等，都必然会遇到这样那样的问题与困难，只有具备坚强的意志者，才能取得最后的成功。

对于艺术工作者来说，坚定不移地追求某种艺术理想和成就，坚强的意志起着十分重要的作用。意志薄弱者，往往容易半途而废，到头来一无所获。自觉的坚强意志是在艺术实践中逐渐培养起来的，我们应当积极主动地投入到持久的实践和学习中去，自觉地培养自己的坚强意志。

（三）艺术个性

指一个人的各种心理特征的综合，也可以说是一个人的基本的精神面貌，是个人有倾向性的、本质的、比较稳定的心理特征（性格、气质、爱好、兴趣、能力、情感等）的综合。个性的主要特点就在它的独特性。每个人的个性都有其不同于别人的心理特点，而且这个特点具有相对的稳定性，它不是偶然的、一时的心理现象，而是一种经常地、习惯成自然地表现出来的心理特性。正因为每个人都有其具体的不同的个性，因而对周围的人、事、物等一切对象有着不同的态度和特定的行为表现，也是人认识和改造世界的不同的主体效应的原因所在。

个性是随着人的社会意识和自我意识的产生而开始出现的。个性被规定为社会的存在物，它是在一定的历史条件下和社会关系中形成和发展起来的。人在与生俱有的正常机体（包括正常发育的脑）的前提下，随着家庭教育、学校教育、社会生活实践以及所掌握的科学文化知识等的不同，每个人的个性也各不相同。

在一定条件下，在实践过程中，个性也可以改变，甚至改变得判若两人。完善和优异的个性具有极其重要的积极作用，它是在良好的环境锻炼下和自己不断努力追求、调整和自觉完善自己的过程中，形成并显示自己个性的积极性的。

对艺术家来说，更加需要有鲜明突出的创作个性。艺术家的创作个性是由世界观、人生观、历史观、美学观、艺术观、个性、气质、艺术思维和艺术表现能力等综合而形成的独特性，即与其他艺术家个性相区别的独特性。艺术家的创作个性是在个性化的艺术感知和艺术思维等定型以后形成的，否则就谈不上具有创作个性。艺术家创作个性的形成是创作心理发展成熟和个性发展定型的标志。

每个艺术家都有其特殊的审美个性和内在的艺术尺度，因而表现出不同的个性风格。艺术家在自己特有的个性光泽的照射下，对社会生活有着独特的感受和想象，对艺术构思有着独特的见地，对艺术的传达有其独到之处。个性不同，艺术风格也就各异。个性是艺术家的社会品格所在，也是其作品的特色之所在。

艺术家在作品中所创造的艺术形象的个性需要鲜明独特，没有鲜明独特的个性的艺术形象是没有生命力的。艺术形象的个性越鲜明独特、感人至深，其艺术价值越高。《红楼梦》中的贾宝玉、林黛玉、王熙凤等人物形象；《西游记》中的孙悟空、猪八戒和唐僧的艺术形象；《三国演义》中的孔明和曹操的艺术形象等，既具有高度的概括性，又具有鲜明独特、丰满生动的个性特征。

艺术家的创作个性和他所创作的各种艺术形象的个性常常是一脉相通

的。一个富有浪漫主义风采和个性的艺术家，与他所创作的热情奔放、胸怀坦荡的人物形象是一致的。一个饱经风霜的具有严肃深沉性格的现实主义艺术家，与他所创作出的社会真实的艺术形象也是一致的。但是，艺术形象的个性是多种多样的，他们是从客观生活中加以概括和集中起来的人物形象，这些人物形象有他们自己的不以作者意志为转移的思想、感情、性格等心理特征，以及由此而产生的相应的行动发展轨迹。

（四）艺术灵感

指在进行艺术创作时，由于某个事物的引发而突然爆发出一种思如潮涌、欲罢不能、富有创造性的特殊的心理现象。灵感状态的主要特征是：第一，注意力高度集中，全神贯注于顿悟性思潮之中，乐而忘忧，甚至废寝忘食；第二，情绪异常紧张、充沛而又激动，对自己创造性思维活动的富有成效感到特别的兴奋和愉悦，因而也就更加推动着创造性思维神速地向前发展；第三，思维具有极度明确性和敏锐性，仿佛长江拦河大坝开了闸门，思潮汹涌，一切生动感人和奇异绝妙的艺术情节和艺术语言都源源不绝地、鲜明地一涌而来。

艺术灵感往往是由疑难而突然转化为顿悟的一种特殊的心理状态。对产生这种艺术灵感的原因有各种不同的看法。客观唯心主义认为它是神灵附体或启示；主观唯心主义则认为它是特殊超人的天赋才能。这些解释都是欠科学的。辩证唯物主义认为，艺术灵感来源于长期艺术实践经验的积累，丰富广博专业知识的积淀和执著地对艺术形象和理想的苦思苦想的追求，在此基础上，才有可能在脑细胞间突然接通所急需的艺术信息，或是突然将暂时遗忘的信息材料突然唤回到记忆中来，从而产生艺术构思的顿悟。如果从哲学的观点看，这种突然性的顿悟，正是艺术家在认识上的一个由量变向质变的飞跃。实际上这种得之于顷刻间的顿悟是长期努力学习、认真积累和苦思苦求的必然结果，否则灵感是决不会自投家门的。因此，艺术工作者必须长期地努力学习，不断丰富自己的艺术实践经验，不断提高自己的艺术思维能力，一丝不苟地苦苦追求理想的艺术形象和艺术意境，为艺术灵感的到来创造必要的条件。具备了这些必要的条件，艺术灵感才会不找自来的（详见本书《论艺术灵感发生的条件及其神经生理机制》）。

（五）艺术主题

指艺术家在艺术构思的过程中，运用表象进行分析、加工、联缀和想象，进而在艺术家头脑里形成的一个成熟而又完整的艺术胎儿——艺术意象中所表现出来的、贯穿于全艺术意象之中的中心思想。当艺术家将头脑中的艺术意象物化为艺术作品——艺术形象后，它也仍旧贯穿于艺术作品中，并成为固定在该作品内的中心思想（它包括艺术意象或艺术作品的倾向性、基本情调、艺术趣味和审美理想等多方面内容，是艺术意象和艺术作品的内在灵魂，它通过“心灵化了的生活”——艺术意象系列或作品的题材系列而体现出来。这是全部艺术意象系列或艺术作品全部题材系列中显示出来的思想意义、审美理想、哲理意蕴、情感体验和感受的聚光点）。亦即是在构思艺术意象的过程中，艺术家对他所描绘的社会生活对象的认识、评价和理想在艺术意象或艺术作品中的集中体现。

表象的选择、加工和想象都直接受主题的制约，意象和意象系列直接表现主题；艺术作品中的题材和情节也都直接受主题的制约和统摄。题材和情节也是主题赖以表现和生存的物质基础。主题来自于生活、艺术创作动机、目的和思想认识水平。高尔基说：“主题是从作者的经验中产生，由生活暗示给他的一种思想。可是它聚集在他的印象里还未形成。当它要求用形象来体现时，它会在作者的心中唤起一种欲望——赋予它一个形式。”[①]由于艺术家的立场、观点和创作意图的不同，相同的题材可以表现不同的主题。主题的表现是隐蔽的、含而不露的。

艺术构思和艺术创作之所以要求要有主题，就在于每一个艺术作品都将要表现某种意愿、某种倾向、某种旨趣、某种感受，而这些所谓意愿、倾向、旨趣和感受，有的是非常明确而不含糊地表现出来和告诉读者的；有的

① 《文学论文选》，第296页。

则是隐含在职业习惯无意识中，不期然而然地表现出来的；还有的是朦胧地似有却无地表现出来的。但不管哪一种表现，对一个艺术家来说，创作任何一个有价值的艺术作品，他总是要或自觉或不自觉、或明确或不明确地表现他心底里的某种意愿或旨趣或感受的，决不是一团紊乱的思想的堆积或像疯人失控一样的胡编乱造。如果在艺术构思中及艺术创作中思想紊乱，紊乱到连他自己也不知道表达什么思想和感受，那么，读者（或观众）便更莫名其妙和不得要领了。这样的作品也就失去了鉴赏的价值和意义了。

作者和鉴赏者，对于“主题”的认识和理解往往有两种不同角度。艺术家通过艺术构思和艺术创作，主要是从与欣赏者交流生活经验、审美理想和艺术趣味等的角度来确定作品的主题，从而达到作者既定的创作目的；而欣赏者和批评家，则是从艺术作品实际包含的思想观点、审美理想和艺术趣味等方面所起到的客观社会效果的角度来进行评价的。这两种从不同的角度来审视和研究作品主题的情况，在某些作品中是统一的，或者说是基本一致的；但是在不少艺术作品中却是不统一的，甚至是大相径庭的。但是不管从作者角度还是从欣赏角度，总是要对艺术作品的主题产生兴趣而加以揣摩、领悟或品评的，因为，离开了主题，任何艺术手段和技巧也都失去了它们的生命力和评价的标准了。

（原载吕景云、朱丰顺：学术专著《艺术心理学新论》第三章，文化艺术出版社1999年版。此次略有修改。）

关于文艺心理学中的几个基本概念
——客观世界的主观映象、艺术形象、想象和艺术思维的研究

最近几年间，笔者以文艺理论和文艺心理学为中心课题做了些探索性的研究，现在将在研究过程中所涉及的文艺理论和文艺心理学中的几个基本概念："客观世界的主观映象"、"艺术形象"、"想象"、"艺术思维"置于联系系统中，做了些简要的分析和阐述。

一 "客观世界的主观映象"与"艺术形象"的辩证统一的关系

马克思主义的文艺理论是以辩证唯物主义的能动反映论为世界观和方法论作为指导原则的。根据马克思列宁主义反映论，艺术被理解为反映现实生活的社会意识形态，相应地艺术形象被理解为艺术所特有的反映现实生活的形式。艺术形象为什么能具有这种反映现实生活的特性呢？为了正确地回答这个问题，首先应当把马克思列宁主义反映论中的映象，即"客观世界的主观映象"这个基本概念做些简要的说明。

马克思列宁主义反映论中，把心理、意识理解为人脑对外部世界的能动性的反映，理解为客观世界的主观映象。所谓"映象"，即"客观世界的主观映象"，指的是人脑对外部世界的反映活动或反映过程的结果。从本体论（关于存在的学说）方面讲，客观世界的主观映象就其起源而论，是同人脑联系着的，它是作为人脑的机能或特性而产生和存在着。客观世界的主观映象不论如何复杂多变，但始终都是由客观世界的影响引起的脑的反映活动或反映过

程的结果。从认识论（即反映论）方面讲，客观世界的主观映象就其内容的源泉来说，是同外部世界联系着的，它是外部世界的反映；没有被反映者，就不能有反映。反映者是受被反映者决定的，二者之间是相符合的。

客观世界的主观映象产生于主体和客体的相互作用，因而就其性质来说，它既具有主观性，同时又具有客观性。它是主观的东西和客观的东西的辩证的统一。客观世界的主观映象是以观念的形式存在于人脑之中，存在于人的意识之中，它是第二性的东西。它具有两种基本形式：感性映象——感觉、知觉、表象；意象理性映象——概念、判断、推理等心理反映形式。

人脑中的客观世界的主观映象具有高度的能动性。它总是不断地在变化着和发展着。正因为如此，它能变得愈益符合它所反映的客体，即愈益接近于真理。

人脑中以观念形式存在的客观世界的主观映象的内容，通过人的对象活动，可以转化到这种活动的产物中，而以语言文字、色彩、音响等物质的形式被固定和储存下来。

“形象”，即“艺术形象”，是美学和文艺学中的一个基本概念。

“艺术形象”就产生的根源来讲，是客观世界的主观映象的特殊表现形式。它是艺术家的创造性的艺术活动的产物——艺术作品的组成要素。它是艺术家艺术地掌握世界、反映现实和反映自己思想和感情的形式。它是以造型、符号、手势、姿态、语言、文字等物质形式存在着和表现着。它就存在的形式来说，是第一性的东西。

艺术作品中的艺术形象之所以能够同人脑中的主观映象具有同样的（或相符合的）反映客观现实的特性，这是由于二者之间存在着辩证统一的相互关系。艺术形象就其来源来说，是人脑反映活动的产物，即由人的意识中的客观世界的主观映象通过艺术活动而物化的产物。

同任何的劳动活动一样，艺术家的艺术活动是在他脑中的客观世界的主观映象的调节中进行的。在艺术活动中进行着由人脑中的客观世界的主观映象向艺术作品中的艺术形象的转化过程。关于这种转化过程，马克思曾做过这样的描述："在劳动过程中，人的活动借助于劳动资料，使劳动资料发生变化；过程消失在产品之中，劳动与劳动对象结合在一起，劳动物化了，而对象被加工了。劳动者方面首先以动的形式表现出来的东西，现在在产品方式是作为静的属性，以存在的形式表现出来。"[①]在艺术活动的产物——艺术作品中，以存在形式表现出来的静的属性，正是以艺术形象的形式所表现的物化了的人脑中的客观世界的主观映象和由之调节着进行的艺术活动的静的属性。因为这些静的属性具有反映客观现实的特性，并且是以艺术方式所特有的物质手段、"物质的外壳"，如色彩、声音、语言、材料等体现出来的。它们是可以看得见、感觉得到的东西。所以艺术作品中的艺术形象对我们来说，是"一本打开了的关于人的本质力量的书，是感性地摆在我们面前的心理学"。[②]应当着重指出的是，马克思列宁主义反映论和以马克思列宁主义反映论为哲学基础的文艺学、心理学、美学、艺术学等，在分析人脑对外部世界的反映过程的结果时应用的"映象"（即客观世界的主观映象）的术语，和文艺学、美学、艺术学等在分析艺术作品时专门应用的"形象"（即艺术形象）这一术语，在俄语中都是用"образ"（德语Abbild，英语image）同一个词来标志的。

在苏联的美学和艺术学的论述中，都强调"образ"的两种不同意义："哲学意义"和"艺术学意义"的严格区分。在这里，可引用对我国文艺理论界有较大影响的格·尼·波斯彼洛夫的有关论述来说明。他在谈到艺术创作特点时，对"образ"的两种意义所做的解释是：在哲学上，"образ"一词意味着现实物质现象反映在人的意识中的所有的一切结果，在内容上符合这些现象的客观属性的结果。从这个观点来看，无论感觉、表象、意象、概念、理论等，都是现实生活现象的反映或"映象"；"艺术学需要对'образ'这个术语作特殊的专门的应用即做'形象'解释，形象不是人感知

① 《马克思恩格斯全集》第23卷，第205页。

② 《马克思恩格斯全集》第42卷，第127页。

现实生活的结果，而是借助于这些或那些物质手段再现已经在人们的意识中感知过的、反映过的现实现象的结果。这是借助于言语、面部表情和姿势、素描和绘画、雕塑、声音系统等对外部和内心世界的模象。”①

在我国马克思列宁主义哲学经典著作的译本，如列宁的《唯物主义和经验批判主义》和《哲学笔记》的译本中，在关于人脑对外部世界的反映活动或反映过程的结果：感觉、知觉、表象、意识的论述中，都是把外文的“образ”（Abbild、image）译为“映象”。例如，列宁写道：“我们的感觉、我们的意识是外部世界的映象”；“人的感觉、知觉、表象和一般意识都是客观实在的映象”。②在心理学著作的译本中，同样是把“образ”（Abbild、image）译为映象。例如鲁宾斯坦写道：“感觉、知觉等本身是对象的映象，它们的认识论的内容是不能离开对象而存在的。”对于什么是认识这一问题，辩证唯物主义反映论是这样回答的：“认识是作为客观实在的世界的反映。感觉、知觉、意识是外部世界的映象”；“把心理现象描述为观念现象，正是同映象对对象、观念对事物的这种关系联系着的；正是认识论方面心理的东西表现为观念的东西。”③我国美学界和文艺理论界在翻译艺术和文艺理论著作时，则是把“образ”，“Abbild”，“image”等译为形象，如艺术形象（Художественныйобраз），这样就很明确地与哲学、心理学、美学和文艺理论中在分析人脑对外部世界的反映活动及其结果时共同应用的“映象”区别开来。这是一个正确的处理办法，因为这两个术语是各自在不同的范畴中应用的，表达着两种在本质上根本不同的意义。如果在实际的翻译和应用中对二者不加严格的区分，例如，在某些场合下用“形象”代替“映象”那就不可避免地不仅造成概念的混乱，而且相应地也会造成思想的混乱，甚至导致把物质

① 《外国理论家作家论形象思维》，中国社会科学出版社1979年版，第575—576页。

② 《列宁选集》，第65、273页。

③ 《存在和意识》，三联书店1980年版，第8、50页。

的东西和观念的东西、第一性的东西和第二性的东西混为一谈的境地。

二 “想象”与“艺术形象”的创造

“想象”在艺术心理学中占有极其重要的位置。因为艺术作品是由一系列艺术形象构成的。艺术家是借助于艺术形象反映社会生活的，而这些艺术形象是通过艺术家的想象创造出来的。

想象是在改造过去知觉中获得的和在记忆中保持下来的材料的基础上创造新的映象（表象）的心理过程。在人脑中不仅能够在记忆中再现过去直接感知过的外部世界的对象和现象的映象，而且还能在想象中能动地创造过去没有直接感知的对象和现象的新的映象。如果说再现是记忆的主要特征，那么改造和创造就是想象的主要特征。想象总是以创造新的映象为其特征的。一般地说，想象可以创造下面四种不同类型的新的映象：（1）现实中存在着但未感知过的东西的映象，南极、喜马拉雅山等；（2）历史上有过但未见过的东西的映象，如历史上的庞贝古城、古代名人等；（3）未来会有的东西的映象，如科学共产主义社会的景象等；（4）现实中永远不会有的东西的映象，如神话人物等。

想象总是在一定程度上离开现实的，但又总是植根于现实，并且总是用记忆中所保持的客观世界的主观映象（表象）进行活动。人的物质生活活动、实践活动是人的任何想象，包括一切最离奇、最怪诞的想象的形成和发展的基础。同科学家脑中的假设、想象有现实依据一样，艺术家脑中的想象中所创造的艺术形象不论如何新颖奇特，总是以现实的材料，以现实的某些事实、现象为依据，总是以现实生活中吸取来的素材为出发点，即使是浪漫主义艺术家的想象，也同样是植根于现实生活的土壤之中的，完全离开现实生活的土壤是绝不可能开出任何想象之花的。关于这一点。鲁迅写道：“天才们无论怎样说大话，归根结蒂，还是不能凭空创造。描神画鬼，毫无对证，本可以专靠了神思，所谓‘天马行空’般地挥写了。然而他们写出来的，也不过是三只眼，长颈子，就是在常见的人体上，增加了眼睛一只，增长了颈子二三尺而已。”[①]客观现实和生活经验是艺术家创造性活动的素材的源泉，对现实的观察越广阔深刻，生活经验越渊博，想象内容就越丰富，创造力的水平就愈高。在想象中，现实的因素和创造的因素是辩证统一地联系着的。正因为这样，艺术家想象中塑造出来的典型人物的形象，是既来源于生活又高于生活的。

想象最初是在劳动活动过程中随着语言和意识的产生而形成和发展起来的、人所特有的一种超前反映的心理活动形式。反过来，任何劳动活动（体力劳动活动和脑力劳动活动——包括文艺创作活动在内），都是有目的性和计划性的，在劳动活动开始之前，必须先在自己的想象中通过分析和综合、概括和集中的心理活动，把劳动的目的即结果，以表象（最高级的感性映象）的形式创造出来。马克思在谈到这个问题时写道：“蜘蛛的活动和织工的活动相类似，蜜蜂建造蜂房的本领使许多建筑师感到惭愧，但是，最蹩脚的建筑师从一开始就比最灵巧的蜜蜂高明的地方，是他在用蜂蜡建蜂房以前，已经在他的头脑中把它建成了。劳动结束时得到的结果，在这个过程开始时就已经在劳动者的表象中存在着，即已观念地存在着。”[②]在我国古典文论中所提到的关于“意在笔先”和“胸有成竹”的论点，实际上说的也是这个道理。在整个劳动过程中，这种在想象中创造出来的映象（表象）总是规定着活动的方向，调节着活动中每一个动作，使之合乎活动的目的和要求，即活动结束时要得到的结果；同时，活动中每一个动作所产生的效果，又反过来改变着修正着起调节作用的表象的运动和发展。这在心理学上叫作返回联系（反馈）。因此，在劳动活动过程中，想象中的表象始终都是处于不断地被修正、修饰和变化着的状态中。在劳动活动中的产物，包括艺术创造活动的产物——艺术作品中的艺术形象，

① 鲁迅：《鲁迅全集》第6卷，第219页。

② 《马克思恩格斯全集》第23卷，第202页。

都是在这样的情况下完成的。

想象根据有无目的性，分为不随意想象和随意想象两种。没有预定目的、无意识地产生的想象叫不随意想象，如梦中想象等；有预定目的和有意产生的想象叫随意想象。根据创造性程度不同，随意想象又可分为再造性想象和创造性想象两种。再造性想象是根据以前没有感知过的客体的语言的描述，如书中插图、电视中的演示等创造相应的映象的。创造性想象则是运用记忆中保持的表象作材料，独立地创造新的映象。创造性想象是以新颖性和独创性为其特征的。

在文艺创作过程中，创造性想象虽然在很大程度上离开了现实，然而却又更集中更突出地反映现实，因而能够更真实更深刻地把握现实，这正是创造性想象在文艺创作中的特有的、辩证的、合乎逻辑的发展的规律性。在创造性活动中，创造性想象和再造性想象有着不可分割的辩证的联系和关系。

幻想是创造性想象的一种特殊形态，它是人们由于向往未来和憧憬生活活动的前景而创造出来的新的映象。幻想有积极的和消极的两种。积极的幻想能激励人同困难做斗争的勇气，鼓舞人的积极劳动的热情，把人引向瑰丽多彩的闪烁着理想之光的境界中去。消极的幻想则会使人完全脱离现实生活而堕入空虚、苦闷、悲观失望的情境中，难以自拔。列宁强调幻想在认识中的作用。他说：幻想“这种才能是极其可贵的。有人认为，只有诗人才需要幻想，这是没有理由的，这是愚蠢的偏见！甚至在数学上也是需要想象的，甚至没有它就不可能发明微积分”[①]。

艺术家在想象中总是充满了浓厚的审美情感或情绪色彩，这种把审美的浓郁的情感和想象直接联系起来的想象叫情绪想象。情绪想象在艺术创作中具有特殊重要的意义。丰富的想象和深厚的情感的不可分割的联系，是艺术心理的基本特征之一。

① 《列宁全集》第3卷，第282页。

想象在任何创造性的活动中都起着重大作用，艺术活动中表现得更为突出。正如马克思所说的："想象力，这个十分强烈地促使人类发展的伟大天赋，这时候（指历史上人类的童年时代——引者）已经开始创造了还不是用文字来记载的神话、传奇和传说的文学，并给予人类以强大的影响。"①他还写道："任何神话都是用想象和借助于想象以征服自然力，支配自然力，把自然力加以形象化。"②

三 "艺术思维"的形成和特点

"思维"和"语言"有着不可分割的联系。它是以词为中介的人脑对客观现实的反映形式。思维的运动和发展，对于一般人来说有着共同的规律性。但是根据心理学中所讲的活动和意识的统一原则来说，思维是在活动（主要是实践活动和交往活动）中形成和发展起来的，是受活动制约的。另外，思维是脑的机能，它的形成和发展与脑的高级神经活动类型有联系，高级神经活动对思维的发展也有影响。由于以上原因，人们的思维的发展不仅有共同性，而且也具有各自不同的特殊性。

"艺术思维"指的是在创造性的艺术活动中形成和发展起来的思维的特殊表现形式。艺术思维的本质和特点决定于艺术地掌握世界的创造性的艺术活动方式，决定于艺术反映的特性。

在美学和文艺理论著作中，一般总是在哲学家和科学家的对比中来分析艺术家的思维特点的。人的任何有意识的活动——内部世界中的心理反映活动和外部世界的实践活动——都是有对象的活动。艺术家的活动同哲学家、科学家的活动的对象不同，这就决定了他们活动的方式和活动的产物的不

① 《马克思恩格斯论艺术》，人文学出版社，第5页。

② 《马克思恩格斯选集》第1卷，第113页。

同。高尔基在谈到这个问题时写道：“思维和认识不外是技巧，是一系列方法——即观察、比较、研究，借助于它们，我们的‘生活印象’和体验才被哲学家加工形成思想，被科学家形成为假设和理论，被文学家形成为形象。”①因为艺术家同哲学家和科学家的活动的方式和活动的产物不同，所以对思维（心理、意识）的特性和能力的要求也相应地有所不同。一般地说，在艺术家的活动中，主要要求能够创造出生动感人的艺术形象的、具有高度直观映象性的思维特性；哲学和科学家的活动中，主要地要求具有深刻而锐敏的、能用来揭示事物运动和发展的客观规律性的抽象思维的能力。当然，这是具有相对性的一种说法，决不能绝对化。因此，在人脑中感性映象和理性映象是在辩证统一的高级神经活动中存在着，是不可分割地联系着，而且艺术家的创造性的艺术活动也只能在理性映象调节下才能进行活动；没有理性映象的参加，艺术形象也是不可能创造出来的。例如《日出》的“损不足以奉有余”的抽象主题，是以生动的人物形象表现出来的；《白毛女》的“旧社会把人变成鬼，新社会把鬼变成人”的抽象主题，也是以白毛女的艺术形象来展示出来的。在艺术构思过程中，感性映象思维和理性映象思维是反复交替进行的。

俄罗斯生理学家伊·彼·巴甫洛夫研究高级神经活动类型时，曾分析过关于艺术家的思维的特殊性的问题。他根据大量实验研究证明：在人脑的机能——高级神经活动中，两种信号系统——第一信号系统（感觉、知觉、表象，即感性映象）和第二信号系统（概念、判断、推理，即理性映象）在发展过程中可能是彼此平衡的，也可能是一个比另一个占优势。他根据这种特点而把人类所特有的高级神经活动分为三种不同的类型：第一信号系统占相对优势的是艺术型，第二信号系统占相对优势的是思维型（应是“科学型”，因艺术型也有思维）；两种信号系统相对平衡的是中间型。艺术型的特点是直观映象的鲜明性和想象的丰富

① 高尔基：《论文学》，人民出版社1978年版，第316页。

性。思维型的特点是运用概念进行判断和推理的思维能力强。这两种类型的特点在它们的极端代表方面表现得最鲜明突出，而绝大多数人都属于和谐地结合着两种信号系统的中间型之列。

所谓中间型是以两种信号系统相对平衡为特征的，但在这种相对平衡的场合下，和谐地相结合的两种信号系统的发展具有不同的水平。一般地说，两种信号系统都发展到一般水平的属于多数，而都发展到高度水平的却是少数，如爱因斯坦是现代最伟大的科学家，他所创立的相对论所揭示出的辐射的粒子性，随后发展到微观客体的波粒二象性，奠定了现代物理学的理论基础；他的研究对于辩证唯物主义哲学的发展具有重大意义，应当说，他是一个思维型的人。但是在这同时，他更爱音乐，几乎没有一天不拉小提琴，并且他自认为他在演奏小提琴上的成就比他在物理学上的成就还要大得多。反过来看，有许多伟大的艺术家同时又是伟大的科学家，如列奥纳多·达·芬奇，不仅是个大画家，而且还是个大数学家、力学家和工程师，他在物理学的不同领域都有重要的发现。类似这样中间类型的，其思维的特点是既有直观映象的鲜明性、想象的丰富性，同时又有高度发展的用概念来进行推理活动的抽象思维能力。

巴甫洛夫关于高级神经活动类型的学说主要是从人的思维（心理、意识）的生理机制的方面提出和分析问题的，重点集中在先天的自然因素上。而人不仅是自然存在物，而且更重要的还是社会存在物，是“一切社会关系的总和”。因此人们的思维有这样的区别：艺术家的直观映象非常鲜明，想象非常丰富；哲学和科学家在应用概念进行推理活动方面有很强的能力。这不仅决定于先天的生理机制，而更重要的则是决定于他们生活于其中的社会历史条件和生活活动以及实践活动的特性。同时还应当着重提出的是，说艺术家思维的特点是直观映象的鲜明性和想象的丰富性，这也是一种总的概括性的说法。艺术活动时思维的特点包括极其丰富的内容，如对客观现实的感觉、观察的敏锐性；在塑造典型艺术形象时对素材的选择性和分析与综合、抽象和概括的能力；在艺术活动中所表现的思维上的独立性、新颖性、联想性、隐喻性、假设性、虚构性；在思想倾向中的超前反映性；揭示事物的本质和发展规律的深刻的理解力和洞察力；对社会生活的评价性和火热的情绪性等等。

以上对艺术理论中的几个基本概念作了些简要的和概括性的分析和研究。笔者对这些概念所提出的见解也许是很不成熟的，请文艺理论界同志们予以批评指正。

注：拙稿得到了赵璧如同志无私提供的资料，并得到了他的亲自指教和修改。在此，特致以至诚的谢忱和敬意。

（原载《文艺理论与批评》1992年第1期，此次略有修改。）

中国20世纪文艺心理学研究概况①

文艺心理学是心理学的一个分支，又是艺术学的一个组成部分。它是研究文艺家的文艺心理、创作心理、作品心理和文艺欣赏心理的基本特征和规律的科学。

文艺心理学是一门年轻的学科，从1876年德国哲学家和心理学家费希纳用实验方法研究绘画艺术作品，开始创立文艺心理学，至今只有一百多年的历史。在我国，文艺心理学思想是源远流长的，然而它们却都是附带在哲学、诗话、词话以及其他艺术理论中加以阐述的，真正比较系统而又完整的文艺心理学专著的问世，却是近几十年内的事。现将20世纪各个时期中国文艺心理学研究发展的成绩及其不同的特点分述如下：

一 20世纪前30年文艺心理学思想发展的概况和特点

20世纪前30年，我国文艺理论界出现了一些对中西文艺心理学思想和文艺理论均有较深研究的大学者和文艺家。这一时期文艺心理思想的特点是：它们仍旧附带在文艺理论、哲学、诗话、词话中阐述某些重要的文艺心理学思想；但他们所阐述的问题均远远超出前人的见解和水平，并产生了深远的

① 本文原名是《文艺心理学研究》，发表于《20世纪中国学术大典·艺术学卷》第20—26页，吴阶平、季羡林主编。

影响。

王国维就是这样一位著名学者。他在1908年脱稿的《人间词话》，就有着丰富的、对知识界影响颇大的文艺心理学思想。他对文艺创作中的情感和理想的重要性是这样强调的："诗人体物之妙，侔于造化，然皆出于离人、孽子、征夫之口。""屈子文学之精神，感情真观物亦真，而创作之想象尤真。"（《晚清文选》）他的"境界"说，阐述得更加精辟。"词以境界为上，有境界则自我高格，自有名句。""文学之事，其内足以摅己，而外足以感人，意与境二者而已。上焉者，意与境浑；其次，或以境胜，或以情胜。苟缺其一，不足言文学。"（《人间词话》，下同）王氏认为境界即意境。所谓意境就是意与景的融合，主观与客观的统一。他还从不同方面和层次把境界分为有我和无我之境、隔与不隔、造境和写境。又说："诗人对宇宙人生，须入乎其内，出乎其外。""入乎其内，故能写之；出乎其外，故能观之。"以上这些论点对当时的读者启发很大，甚至对以后文论的发展都有一定的影响。

蔡元培也是一位融合西方和中国古典文化中文艺心理学思想的代表人物之一。他接受康德思想，认为美具有普遍性和超脱性两种特性，与此相应，人的美感也具有普遍性和超脱性。他提出以审美教育为手段，引导人们超越现实的利害关系，达到人人彼此相爱的境界，看到人生的真正价值。强调"以美育代宗教"乃历史发展之必然，提倡"纯粹之美育"，反对"美育附丽于宗教论"。（以上均见《蔡元培文集》）他甚至详细地设计出了美育诸阶段的实施方法。蔡氏文艺心理学思想特别是美育代宗教的主张，是有很大进步作用与影响的。

梁启超早期提倡"诗界革命"、"小说革新"的同时，强调文艺的社会作用是通过美感作用达到的。他特别推重小说对美感和情操的重要教育作用，认为小说有"熏"、"浸"、"刺"、"提"四种神力。他总结出中国诗词等韵文表现情感的方式是多样的：（1）迸奔的表情法；（2）回荡的表情法；（3）含蓄蕴藉的表情法。他还认为在文学创作中表现为一种所谓"气"的灵感，不在于有什么神助，而在于对事业的专一忠诚，在于"数十年矜心作意"，

“表现为一刹那间不识不知之所成就”。（以上均见《饮冰室合集》）这些观点在当时来说都是很先进的思想，影响也很大。特别是他对浪漫派倍加赞赏，认为想象力愈丰富、奇诡，愈见精彩；或以想象力构造境界，醇化美感。

鲁迅作为一名文学家，在他的论文和杂文里精辟地论述了文艺心理学思想，内容很丰富。他十分肯定形象思维和用生动具体的形象表现作品的主旨的重要性。他主张塑造典型形象要杂取多个模特儿，并提出了著名的“画眼睛”说。鲁迅还特别重视艺术的情感性这一特征：“创作须情感，至少总得发点热。”主张要有“真切的情感”、“崇高的情感”、“含蓄美的情感”。他也非常重视艺术的美感教育作用，认为“美的愉悦的根柢里，倘不伏着功用，那事情也就不见得美了”。鲁迅虽然没有可能写出一部文艺心理学专著，但却有他自己文艺心理学思想的特殊体系。

鲁迅还有一个重要的贡献，那就是：具有现代科学意义的中国文艺心理学是从鲁迅20世纪20年代翻译日本厨川白村《苦闷的象征》开始起步的。此书认为文艺是艺术家“个性的表现”，由压抑所产生的无意识的“苦闷”是文艺创作的动力。这部书翻译后，他在北京大学等处讲课颇有影响。与此同时，郭沫若也发表了运用弗洛伊德精神分析学观点分析我国古典爱情戏剧《西厢记》的论文《“西厢记”艺术上的批判与其作者的性格》，给人以耳目一新的感觉。因此，从某种意义上说，鲁迅和郭沫若是最早开始传播和研究西方文艺心理学思想的。

此外，还有宗白华、胡风等人对文艺心理学中许多问题也都做过研究和阐述。宗白华在《美学散步》等论著中，就感觉、情绪、思维对发现或找到美的重要作用，以及艺术境界、艺术想象、艺术灵感和人格涵养等诸同题，都做过十分有益的论述。胡风在文艺创作心理方面提出“主观战斗精神”论，认为文学创作不是对现实生活的机械反映和简单模仿，而是必须要充分发挥主观精神的作用，才能将题材转化为艺术作品。同时他还强调“直观力”、“想象力”在创作过程中的重要作用。

二 30年代中朱光潜第一次发表系统的《文艺心理学》专著

朱光潜在30至40年代先后发表了《诗论》、《悲剧心理学》（英文博士论文）、《文艺心理学》、《变态心理学》、《谈美》等著作，是我国文艺心理学史上、也是20世纪以来第一个系统地发表文艺心理学专著的学者。他融合西方特别是克罗齐的思想学术观点与中国古典学术于一炉，创立了自己的文艺心理学理论体系，特别是其中的《文艺心理学》一书具有划时代的意义，影响很大。

朱光潜在文艺心理学理论方面所做贡献概括起来有如下几点：（1）系统地介绍了西方文艺心理学诸派的主要观点和理论（如克罗齐的直觉说、布洛的距离说、里普斯的移情说、谷鲁斯的内模仿说、黑格尔的个性返照说等，并在介绍的同时表述自己独到的评述），从而在中国第一次正式建立了文艺心理学；（2）强调了文艺是情感可以自由表现和发展的地方；（3）十分重视运用心理学理论分析文艺作品和美学，因为文艺作品和文艺美学中有许多心理学上的问题；（4）论证了悲剧产生美感的原因；（5）提出了文艺心理学的美育价值，并尽毕生之精力，宣传和实践了美感教育；（6）系统地介绍和评述了无意识的性质和作用。在他的文艺心理学体系中，虽然是以西方克罗齐、尼采等人的唯心主义观点作基础，也存在着其他一些需要商榷的问题，但是，他毕竟是在中国文艺心理学思想发展史上树立了新的历史发展阶段的丰碑。

三 两次形象思维论争阶段

“形象思维”是文艺心理学中一个重要的内容和组成部分，也是对文艺创作中出现公式化、概念化现象而提出的一个必须探讨清楚的重要理论问题。

第一次形象思维大论争是在50年代中期至60年代中期。当时苏联学术界就形象思维展开的讨论传到中国后，不久便引起美学和文艺理论界同样的第一次大论争。毛星发表的《论文学艺术的特征》的观点与苏联布罗夫的观点大体一致。他认为："人的思想，如果指的是正常人的正确思想的话，它的根本特性和规律只有一个，即从感性认识（感觉、知觉、表象）上升到理性认识。"陈涌则认为："把作家和艺术家的创作过程规定为具体—抽象—具体'三阶段'论"，"是完全违背了艺术创作的规律，不符合每一个作家和艺术家的生动的创作实践的"。李泽厚的《试论形象思维》认为，形象思维的特点就是"在整个过程中思维永远不离开感性形象的活动和想象"。"形象思维是个性化与本质化的同时进行。"这实际是苏联尼古拉耶娃的观点在中国的传播。山东大学中文系编写的《文艺学新论》（修订本）认为："一般把文艺这种特殊的认识现实的思维方式叫作形象思维，以别于科学认识现实的逻辑思维。"

第一次形象思维论争高潮过后不久，1966年4月郑季翘在《红旗》杂志第五期发表《文艺领域里必须坚持马克思主义的认识论》一文，认为"不用概念的思维是不存在的"，"作家创作的总的思维过程是：表象（事物的直接印象）—概念（思想）—表象（新创造的形象），也就是说：个别（众多的）——般—典型"。最后他做出声讨性结论：形象思维论"是一个反马克思主义的认识论体系，是现代修正主义文艺思潮的一个认识论基础"。从此以后，形象思维问题成了一个禁区，而且随着批判朱光潜文艺心理学唯心主义观点的深入，文艺心理学理论也就成了一个更大的禁区和断层地带了。

第二次形象思维大论争是以1977年12月31日《人民日报》刊登毛泽东1965年7月21日给陈毅诗词的信所引起的。毛泽东在信中三处谈到形象思维，结合中国传统作诗运用比、兴二法的实际，强调了形象思维在创作诗词中的重要性。接着，周忠厚的《形象思维与马克思主义的认识论》（《文学评论》1978年第4期）、何洛的《形象思维的认识作用》（《社会科学战线》1978年第3期）、刘欣大的《在艺术认识论领域里的一次漫游》（《群众论丛》1980年第3期）等相继发表。这是从认识论来讨论和肯定形象思维的一批文章。还有一批是从美学范畴来讨论和肯定形象思维的文章，如大型杂志《美学》创刊号同时发表了4篇关于形象思维的专论。其中朱光潜《形象思维：从认识角度和实践角度来看》

一文，旁征博引，论据充分，具有很强的说服力。第二年，朱光潜又针对郑季翘申辩的文章，发表了《形象思维在文艺中的作用和思想性》，继续论证了文艺创作中的形象思维的重要性。但是，郑季翘、马奇和毛星等人仍旧持否定形象思维的态度，然而他们的论据是片面的或是有误的。这时正值国外莫敦·亨特所著《人心中的宇宙》传入我国，其中有两段话颇具启示和说服力："我们有许多最重要和创造性的思维是靠运用意象而不是运用语言来进行的"，"在人类历史上，人是先用空间的似乎物或表象进行思维的，后来才用语言思维的，用语言思维就是建立在那基础之上的"，这才使形象思维最后从认知科学中找到了它存在的依据。朱丰顺在发表了《谈谈形象思维和抽象思维的对立统一关系》的基础上，又发表了《形象思维逻辑论》，提出了形象思维共有四个相互递进的具有内在联系的思维形式："（1）基形意象；（2）完形意象；（3）群形意象；（4）易形意象。"形象思维有三个规律："（1）和谐律；（2）融合律；（3）理想律。"该文在1980年全国第一次中华美学会学术讨论会上便得到了与会专家学者的很高评价，认为填补了这方面的空白。1981年该文发表在《人文杂志》第五期后，反响更大，有些人还把它吸收到他们的著作中去了。这就不仅进一步证明形象思维是相对于抽象思维而独立存在的，而且具有它自己的独特逻辑。

四 改革开放以来文艺心理学研究的盛况

自30年代中期朱光潜首次发表具有很大影响的《文艺心理学》专著以后，经历了半个世纪的学术断层，特别是在"文化大革命"中，几乎把文艺心理学看成唯心主义的同义语，把形象思维看成反马克思主义认识论的反动思想而全盘加以否定。然而，今天的社会科学已经发展成许多学科（如艺术学、美学、哲学、社会学等），不研究文艺心理学就难以使其进一步发展到新的历史阶段，简单地否定这门"义贯诸科"的文艺心理学是绝对行不通的。特别是十一届三中全会贯彻新的改革开放政策以后，各种学术讨论会便开始活跃起来，文艺心理学研究也随之开展起来。研究活动大约经历了下面四个小的发展阶段。

（一）开始发动阶段

80年代初，在“实践是检验真理的标准”的讨论推动下，在对“共同美”、“自我表现”、“主体性”的热烈争鸣中，在第一届中华全国美学会成功召开的鼓舞下，在全国美学培训班上，沉默多年的老专家也积极发表演讲。如朱光潜发表《怎样学美学》、赵璧如发表《想象和艺术形象》、王朝闻发表《艺术创作与欣赏》、高克地发表《美感》等，后收集在《美学讲演集》中。朱光潜还重新审定他30年代所著《文艺心理学》、《变态心理学》等书，收集在《朱光潜美学文集》第一卷出版。此时，西方各种现代学术思潮如实验心理学、精神分析学、格式塔心理学、马斯洛人本主义心理学等都大量涌了进来。以上种种活动和动向对学术界影响很大，对文艺心理学和美学的研究和发展起了强有力的推动作用。

（二）发展和多元建构阶段

以1982年金开诚出版《文艺心理学论稿》著作为起点，文艺心理学专著如雨后春笋般开始发展起来，并形成多元建构的特点。金氏著作比较系统地探讨了文学创作和欣赏过程中的心理活动规律，集中论述了表象和思维在创作中的作用，阐述了艺术想象的心理机制和文艺家职业敏感等问题。金氏著作令人耳目一新，起了带头写长篇巨著的作用。此后自立理论体系的专著也就逐渐多起来了，形成了多元发展的趋势。如陆一帆《文艺心理学》专著，是在朱光潜的《文艺心理学》的基础上，以心理美学建构为重心而展开文艺心理的诸问题的阐述的，特别是其中对“距离说”等解释得更加详尽和富有新意，显然比朱氏的《文艺心理学》有所发展。鲁枢元的《创作心理研究》专著中提出了创作过程的心理特征和创作心理的构成因素，并强调了作者主观因素的重要作用。他对创作心理研究的对象、范畴和从心理学角度考察语言等都采用了新的视角和思路。他阐述了心理定势和创作心境对创作好一部文艺作品的重要性也有其独到的见解，对文艺理论和文艺界均有很大影响。钱谷融和鲁枢元主编的《文学心理学教程》，是一部融文学家个性心理学、创作心理学、文本心理学和欣赏心理学等为一体的比较好的教材，其中第三、四章对创作动机的心理的内驱力、张力和心理定势等的作用以及它们所构成的创作心理合力的作用、创作心理冲动的生理机制、创作构思中的心理流的阐述等，深刻而有新意，体现和代表了当代艺术心理学研究的新的水平。王先霈的《文学心理学概论》的优点，是在探讨文学创作的欣赏心理的普遍规律时，把中国审美心理和审美理论的特色与西方现代文学研究成果相结合，把古代文学心理学思想与当代文艺心理学理论和中外文艺家创作经验相结合。高楠的《艺术心理学》的特点，是运用格式塔心理学、马斯洛心理学、认知心理学、精神分析学等西方各学派的研究成果，对文艺创作和文艺欣赏中的诸种艺术心理现象和规律做出新颖和独到的阐述。审美经验方面的专著，有许明《美的认识结构》、彭立勋《审美心理研究》等。文艺创作方面的专著也相继问世，如余秋雨《艺术创作工程》、杜书瀛《文艺创作美学纲要》、周冠生《艺术创作心理学》、王元化《创作行为的自觉性与不自觉性》、吕俊华《艺术创作与变态心理》等。在中国古典文艺心理学思想方面也涌现了一批有一定质量的专著，如刘兆吉《文心雕龙的文艺心理学思想研究》和《<乐记>中的心理学思想》，具有较高水平。畅广元的《诗创作心理学——司空图“诗品”臆解》的特点是用现代心理学观点解释古代《诗品》中24品的艺术心理学思想，颇有新意。童庆炳《中国古代诗学心理透视》，对中国古代诗学一些重要的学说和概念作了新的阐释，资料翔实，具有独到的见地。还有黄鸣奋《苏轼的文艺心理学观》等。研究现代作家心理的有王晓明《潜流与旋涡——论二十世纪中国小说家的创作心理障碍》，吴俊《鲁迅个性心理研究》等。

此外，还出现了一些对西方学派评介性的文章和专著，如李正夫《艺术心理学论纲》是较早借鉴精神分析心理学观点的文章。特别是滕守尧《审美心理描述》，从审美经验切入心理学研究，全面地介绍了西方现代心理美学，分析了美感构成的心理元素，描述了审美心理的现象和过程，拓展了文艺心理学研究的视野，并且在许多方面提出了自己独到的见解，在学术界得到了很高评价，是一部有较大影响的专著。

在此阶段，文艺心理学界所关心和讨论的热点是文艺创作的心理规律问题。1983年前后，不少学者围绕着这个问题进行了热烈的争论，各抒己见。

（三）理论困顿和反思阶段

1988年至1989年之间，文艺心理学研究出现了相对停滞的局面。其主要原因是，经过一段较长时间的研究以后，对诸方面的问题好像都已涉及过了，西方各派学术思想的评介，各种专著的出版，中国古典文艺心理学思想的发掘和梳理，热点的讨论等，似乎都已经做得差不多了。究竟如何深入地进行研究，却是摆在大家面前的一个大问题，所以学术界对前一阶段研究的经验、方法和成果等进行反思和总结。1989年7月在湖南召开的第一届全国文艺心理学学会，提出了学科建设和出路以及发展前景等问题，就如何建立具有中国特色的科学的文艺心理学体系进行了讨论。

（四）整合和分化阶段

第一届全国文艺心理学讨论会以后，先后出现了整合和分化两种发展态势。整合方面，主要表现在近几年陆续出版的几套大型丛书和具有整合性的专著上。如陆一帆主编的《文艺心理学丛书》，强调从心理学角度去研究文艺的外部和内部规律，对创作、欣赏、各门类艺术心理、文艺心理学史等诸方面都做了探索和阐述，取得了一定成绩。鲁枢元主编的《文艺心理学著译丛书》也在学术界产生了一定影响。特别是童庆炳和程正民主编的《心理美学丛书》，规模最大，内容最丰富，历时最长，形成了影响最大的一个学派。他们已出专著十余部，如：童庆炳《艺术创作与审美心理》，在研究方法上把心理学的视角和哲学视角结合起来，揭示了审美知觉、审美想象、审美情感等审美心理的二律背反现象，颇具新意。程正民《俄国作家创作心理研究》，对俄国19世纪一批伟大的批判现实主义作家的创作心理作了深入细致又有独到见解的分析，揭示了创作心理活动的特点和规律。王一川《审美体验论》深入考察了审美体验和审美意识、审美创造的关系，其中对中国的

“兴”与西方的“酒神”的比较颇有见地。总之，这套《心理美学丛书》比较系统地论述了心理美学诸方面，从现代心理美学的视角给予诸种微妙复杂的文艺现象以新的解释，在学术界产生较大影响。除此之外，吕景云和朱丰顺合著的《艺术心理学新论》（文化艺术出版社，1999年3月），在这些年来学术界已出版的多种有价值的艺术心理学著作的基础上，理出了一些尚未解决的基本问题、难点和空白点加以深入重点研究（包括论和史），从而创立了自己的新的观点和理论系统，在一定意义上也起到了整合和开拓的积极作用。如“艺术掌握世界方式”的四个基本要素，意象思维、形象思维和艺术思维的区别，无意识具有不同类型、不同性质和不同作用，艺术灵感的生理机制及其神经来路，意象思维逻辑的四个思维形式和三个思维规律，原始社会的技艺心理发展阶段论和艺术心理产生的年代的考证等的阐述均具有新的突破。中国艺术研究院马克思主义文艺理论研究所、中国戏曲学院和文化艺术出版社等单位还为该书联合举办了新书发布会暨艺术心理学学术讨论会，得到了与会专家学者的很高评价。

分化方面表现在分头研究各门类艺术心理学的人多起来了，如余秋雨《戏剧审美心理学》、王振民《摄像艺术心理学》，丁宁《美术心理学》等。此外，值得提出的是在改革开放以来的20年中发表的文艺心理学论文比以前80年的总和还要多数倍。其中如钱中文《关于艺术直觉》论文，张德林关于小说心理学的论文，杨文虎关于创作动机的论文，张玉能关于审美心理动力结构的论文等，都有新的见地。

总之，十一届三中全会以来的各个阶段，文艺心理学的研究取得了历史上从未有过的发展和成绩，为今后本学科的建设打下了坚实的基础。但是，与真正建立具有中国特色的科学的艺术心理学体系并使它成为很成熟的学科，还存在着很大一段距离，还需今后的不断努力。

（原载《20世纪中国学术大典·艺术学卷》第20—26页，吴阶平、季羡林主编，福建教育出版社2009年版。）

第三编 美学、哲学思想研究与“新三论”

《1844年经济学哲学手稿》的美学思想刍议

——纪念马克思逝世一百周年

一 马克思的《1844年经济学哲学手稿》已初步具备了马克思主义美学体系的雏形

对马克思的《1844年经济学哲学手稿》中的美学思想的评论，中外美学家们的说法不一。我们也想谈谈自己的认识。我们认为，它所论及的一些重要的美学问题，已经初步具有了马克思主义美学体系的雏形，为我们今天建立马克思主义美学的完整体系提供了坚实的理论基础和科学的方法论。现分述如下。

二 “实践观点的美学”具有划时代意义

正如《手稿》全书各个基本论点都是建立在实践观点的基础上一样，其中美学思想也是建立在实践观点的基础之上的。当马克思谈到美的产生、美与美感的关系、美的规律等美学问题时，都是以劳动实践为前提的。他写道：“劳动替富者生产了惊人作品（奇迹），然而，劳动替劳动者生产了赤贫。劳动生产了宫殿，但是替劳动者生产了洞窟。劳动生产了美，但是给劳动者生产了畸形。”[①]马克思在这里提出的“劳动生产了美”，虽然是从分析“异化劳动”的结果而说的，但它毕竟是明确地指出了美学中的一个重要问

① 何思敬译本，人民出版社1957年版，第54页。

题——劳动实践对美的产生的重要作用。

劳动是怎样生产了美的呢？马克思写道："一个对象世界底实践的创造，非有机的自然底加工再造，是人类作为一个有意识的族类存在，作为一个本质底证明，这个本质对族类存在，作为一个本质底证明，这个本质对族类则把它当作他自己的本质或对自己则把它当作族类底本质来对待。（重点号为原文所有。下同。）"[①]这就是说，首先得要在劳动实践中认识和辨别客观事物哪是美的（与丑相比），从而进一步了解了美的事物的功用性及其规格、式样等，然后运用长期积累起来的精良而又熟练的生产技术将对象进行加工改造而成美的东西。生产美的这样两个互为密切关系的大的环节是哪一个也不可缺少的。认识美的客观规律和创造美都是要经过实践才能办到的，否则是生产不出美的事物的。如建造美的宫殿，首先要全面了解美的宫殿的构造和外形的特点及其规格，还得要有按照这个美的特点及其规格建造的熟练的技巧施之于建筑宫殿的材料上，才能创造出这个美的宫殿。这个由客观到主观，再由主观到客观的过程，都是以实践为基础、中介、桥梁的，离开了实践，这种转化是不可能的。

明确了人类怎样通过劳动实践对认识美和创造美的关系以后，再来考察"人化的自然"和"人的对象化"（或"人的本质力量对象化"）以及"劳动异化"等术语和命题的美学意义，就不是太困难的了。马克思在批判黑格尔对感性意识的唯心的理解时这样写道（哲学部分）："感性意识决不是抽象的感性意识，而是一个人类的感性意识，又如下述认识宗教，财富等等只不过是人类的对象化，成为作品被产生出来的人类的本质力量底疏远化了的现实，……"[②]马克思说的"人的对象化"实际上就是"人的本质力量对象化"的意思，它们都是说的人在实践中将自己的本质力量（包括认识、意志、理想、智慧、意识、才能等）投

① 何思敬译本，人民出版社1957年版，第58页。

② 何思敬译本，人民出版社1957年版，第126页。

注到客观对象上，使对象变成合乎人的目的和要求的新的产品，从而从这种新创造出来的对象中观照人的自身，即打下人的本质力量的印记。“人化的自然”，也就是说的“自然的人化”，即自然打上了人的印记。所谓打上人的印记，它包含着两个意思：一个意思指的是自然的形态、特征、本质、规律等已被人认识、评论和利用了，如月亮、星星、太阳等；另一个意思是自然不仅被人认识、评价和利用了，而且还予以加工改造，从而更好地为人类服务，如树木、石块等被人类认识以后加工改造成各种用具、房屋等。这两层意思缺一都是不符合马克思的原意的。认识自然和改造自然，“人的对象化”和“自然的人化”都是要通过劳动实践才有可能实现的。

“人的对象化”（人的本质力量对象化）和“自然的人化”以及“劳动异化”究竟与美学有多大关系和意义呢？我们认为，经过“化”的结果所产生的东西，其中有的具有审美价值，如“惊人的作品（奇迹）”等；有的具有使用价值；有的既具有审美价值，又具有使用价值；也有的只具有半使用价值乃至废品。那种对“自然的人化”、“人的对象化”和“劳动异化”不作具体分析，笼统地肯定它们的美学意义，或是笼统地说它们与美学毫无关系的两种观点，都是有失之于偏颇的，因而也是不符合马克思的原意和客观事实的。马克思除了强调生产实践创造了美以外，他同时还指出了其他方面的实践对产生美所起的作用，如文艺的实践产生文艺美，生活的实践产生的生活美等。实践包括了生产劳动的实践，科学研究的实践，阶级斗争的实践，生活的实践等内容，而不应把它只看成是指生产实践一种，只是生产劳动的实践是其他一切实践的基础就是了。

当然，说实践创造了美，不等于说凡是实践活动的成果都是美的。马克思完全肯定了只要被人类认识并评价为美的客观事物，都是人类通过各种实践活动（包括生产劳动实践在内）的结果。这就科学地解决了美的产生和终极的来源问题。这种把事物、现实、感性“当作人的感性活动，当作实践去理解”的实践观点，与从前的一切直观的机械的唯物主义——包括费尔巴哈的唯物主义，是有着根本性质的不同的。它为科学地解决美学中其他一系列具有复杂关系的重大问题，提供了有力的思想武器；也为《手稿》初步形成马克思主义美学体系的雏形奠定了基础。因此，它在美学史上具有划时代的理论变革的重大意义。

三 唯物辩证地解决了美和美感的关系问题

《手稿》初步具有马克思主义美学体系的雏形的标志之二，是马克思对美和美感及其相互的辩证关系在美学史上第一次做出了科学的说明和处理。

首先，他肯定了美是客观的，即美的事物都是它自身具有美的客观属性条件的。马克思把能唤醒人的音乐的感觉的“音乐”或“最优美的音乐”，看成是被人感觉、知觉和欣赏的客观对象。音乐之所以被人们评价为美的客观原因，就在于它的声音具有陶情冶性、鼓舞人们向往美好生活和高低起伏、和谐动听的节奏与旋律。为什么刺耳的噪音不美，就在于它不具备这些美的客观条件。其他自然事物的美也都一样，没有它自身存在着对人类来说具有美的客观属性条件，也都称不上是美的。否定了美之所以为美的客观属性条件的重要作用，就会导致唯心主义的观点。

其次，马克思还强调了人的审美意识的能动作用的重要性。他认为美感是具有美的客观事物在人的头脑中的能动的反映，是属于主观意识方面的东西。只有当人类在主观意识上具有相应的审美知识的时候，才能识别和欣赏客观事物的美，否则，“最优美的音乐”对于“非音乐的耳朵”也是没有意义的。同样，非形式美的眼睛对具有最优美形式的造型艺术也是欣赏不了的。离开了人类的社会和人类的审美意识来谈美的客观性，就会陷入机械唯物主义中去。

第三，马克思还进一步说明了美和审美的唯物辩证地互相发展的关系。具有审美功能的五官也只有“通过它的对象的定在，通过人类化了的自然才生成起来”。在劳动实践中，随着人类的五官的生成和发展，人们的审美意识也逐渐开始生成和发展，反过来，在实践中随着审美意识的功能的加强和提高，又促进五官的发展同时也促进了审美对象的扩大和发展。如此循环往复，一级高一级地彼此不断发展着。也就是说，在实践中，客观事物的美和人的大脑所产生的审美意识，是按照唯物辩证的规律互相促进和互相发展的。没有美的客观属性条件，无从产生审美意识（美感）；没有人类的审美意识，便会和动物一样不能欣赏和认识客观事物的美，当然更无从按照美的规律创造美了。可见，马克思在这个时候就已经科学地解决了美的客观属性条件和人类的审美意识的辩证关系。这是和黑格尔的“绝对理念”的唯心主义美学观根本不同的；也是和费尔巴哈的直观的机械唯物主义的美学观划清了界线的。

四 科学地回答了美的本质问题

从哲学的观点，即从世界观的角度来看，美和美感（审美意识）的唯物辩证的关系的正确解决，实质上也就同时对美的本质问题做出了科学的说明和解答。

所谓美的本质问题，就是指的美的本源问题，也就是说，美是怎样产生的，是来自客观的，还是来自主观的？马克思运用刚开始形成的辩证唯物主义世界观和方法论来考察和说明美和美感的关系问题的时候，就充分展示出了美的本源是客观性和主观性的统一。马克思论证这个问题的一个重要的特色，就是他始终是把美看成是专对具有社会性的人类而说的，始终是强调只有人类才摆脱了动物的本能状态，而具备有意识、有目的的自由活动这一特性的。人类社会出现以前，自然界仅仅是一种无人过问其美或不美的自在之物。只有出现了人类社会以后，人类才根据自己“类”的需要（功利）和形式美的认识，给予各种客观事物评价其美或不美的。也只有在这个前提下，人类才能发挥自己的本质力量，从而按照美的规律创造出美的。正如马克思所说的：“人的眼睛底享用不同于粗野的非人的眼睛，人的耳朵底享用不同于粗野的耳朵等等，是自明的。我们看到过。如果对象对人成为人的对象或对象化了的人，只有这个时候人就不会丧失自己在对象里面。这件事情只有当对象对人成为社会的对象，人本身对自己成为社会的本质，同样社会在这个对象中对他成为本质时才有可能。”[①]因此，客观事物的美或不美（或丑）都是对社会的人来说的。马克思正是在这个社会历史的前提下来论述美和美感、客观和主观的唯物辩证的关系的。他写道：“诸对象如何成为他的东西依靠着对象底本性和适合于它们的本质底力量底本性；因为恰正这个关系底规定性形成这个肯定底特殊的，现实的方式。”[②]这就是说，客观对象的本性和主体的本质力量两者的统一，才能使诸对象成为他的东西。也就是说，他的东西的由来，首先是根据对客观对象的本性的把握，同时还要有相应的主体的本质力量来认识和驾驭这个客观对象，客观对象和主体的本质力量两者的统一，才能形成他的“东西”。具体到美的本质（本源）来说，首先，客观具体事物必须具备美的属性条件，同时，主体——人类又必须具备识别和评价这个具有美的客观属性条件的相应的本质力量，方能产生出美。没有客观具体事物首先具有美的条件，便无从产生和发展审美意识，也就无从认识和评价客观事物的美；没有主体的审美意识，也不能去认识、评价客观事物的美丑。这个由客观到主观，再由主观到客观的唯物辩证的统一关系，又是建立在实践的基础之上的。因此，在马克思看来，美的本质（或本源）就是在实践基础上客观和主观的统一。

五 对美学研究的对象提供了有益的启示

关于美学研究的对象问题，因为《手稿》不是专门研究美学的，自然不会集中地、正式地论述它。但是，从马克思所谈到的美的各个方面的内容来

① 何思敬译本，人民出版社1957年版，第88页。

② 同上。

看，对美学研究的对象提供了有益的启示。

第一，马克思没有排除对自然美的研究，从他所提到的“植物、动物、石块、空气、阳光、云彩、金、银、矿物的美丽”等自然景象的美的内容，便可以看得出，马克思深深懂得，这些自然物一方面是科学研究的对象，另一方面又是作为艺术研究的对象，而且自然美与其他方面的美是具有共同特征和共同发展规律的，它自身既可以供人欣赏，也可以供人研究和利用。

第二，马克思也没有排除社会美的研究，如他多次提到金银的货币美，是属于社会美一类的。按照美的规律造型出来的产品也多是属于社会美的。特别是马克思在经济学部分重点论述的废除造成一切丑恶的私有制和扬弃“劳动异化”，就能达到“人和自然以及人和人之间的抗争底真正的解决”的共产主义最美好的理想，就是人类按照社会生活美的规律，创造更理想的社会生活美的一个极其重要的内容。这是为美学家们所忽视了的一个极为重要的社会美的内容，它是决定其他一切美的发展方向的最根本的社会美。只有按照马克思所指出的，按照人类社会生活美的发展规律，创作更理想的社会生活美，才能创造出更加丰富多彩的与之相适应的一切美来。

第三，马克思更没有排除对文艺美的研究，他多次提到的“音乐”、“最美好的戏剧”、“形式底美”等，就是很明显的例证。如果再要结合《马克思恩格斯论艺术》来看，就更加可以看出马克思是十分重视文艺美的研究的，因为艺术美是现实生活集中的反映，是最典型最理想的美，它具有强大的审美教育作用。事实上，从马克思对文艺美的重视程度来看，他已经把文艺当作美学研究的重点对象了。

第四，自然，马克思也没有否定作为自然美、社会美、文艺美的对立面的审美意识（美感）的研究的重要性。马克思的“最美的音乐对于非音乐的耳朵没有意义”，“那被束缚在粗陋的实践的欲望下面的感觉还只有一个局限的意义。……非常操心的穷困的人对最美好的戏剧也没有感觉；矿物贩卖者只看到商业的价值，但不看矿物底美丽和特有的本性”[①]等等论述，便有力地强调了废除私有制对培养人的审美意识的重要作用。

六 “美的规律”的提出的重大变革意义

《手稿》标志着初步具有马克思主义美学体系雏形的最后一个重要问题，就是它对“美的规律”的问题的提出。这是在美学史上具有划时代的革命变革意义的重大问题，也是将运用实践的唯物主义研究美和美感的辩证关系后所必然得出的科学命题和结论。它给我们指出了美学研究的正确方向，从而赋予了美学的现实的革命意义。他写道：“动物只依靠它所属的物种底尺度和需要来造形，但人类能够依照任何物种底尺度来生产，并且能够到处适用内在的尺度到对象上去；所以人类也依照美底规律来造形。”[②]所谓“物种的尺度”是概括地比喻物种原有内部的构造、性质怎样和外部的形状、大小、特征如何等而说的。所谓“内在的尺度”，是指人类在实践中对物种原有的尺度已经认识和掌握的基础上，还按照人类自己的生活目的和审美需要，进一步构思、设计，最后定下全部合乎规格和要求的改造或建造蓝图。也就是说，“内在的尺度”包括对原有的“物种的尺度”的正确认识、掌握和人类自己理想的能动的设计这样两个方面的内容。马克思在这里指出，“美的规律”是以客观事物的尺度为基础和主观目的、审美理想与具体设计蓝图的有机的统一，这是美的规律不同于其他客观事物的规律的地方。

美的规律的提出，在美学史上具有非常重要的现实意义，因为它给美学研究提出了一个十分重要的任务：必须在把握现实美（自然美和社会美）和文艺美的特征的基础上，还要进一步找出它们共同的和各自不同的美的发展规律。

---

① 何思敬译本，人民出版社1957年版，第89页。

② 何思敬译本，人民出版社1957年版，第59页。

任何一门学科，如果抓不住它的特点及其发展规律，人们就无法驾驭和利用这门科学造福人类。美学也一样，如果不探讨出现实美和文艺美的特征及其发展规律，就无法驾驭、利用美的规律造福世界，也就无法最后确立美学这门科学了。研究美学的意义不仅在教人如何欣赏美、提高欣赏美的能力和水平，更重要的还在掌握美的特征和发展规律，从而按照美的规律创造更理想更美的新事物和新世界。而这个问题至今是个美学中亟待解决的十分重要的新课题。忽视了这一点，美学研究就很难前进一步，也就很难建立真正科学的完整而又系统的马克思主义美学体系。

综上所述，《手稿》在美学史上第一次提出了研究美学的科学的世界观和方法论，也第一次模范地运用了这个科学的世界观和方法论来研究美学问题，提出了劳动生产了美，建立了实践的美学观点，从而破天荒地正确地解决了美和美感的关系，又从而为我们提供了解决美的本质问题的钥匙；它所涉及的自然美、社会美、文艺美和美感等方面的一些具体问题，又给我们对美学研究的对象问题做出了十分有益的启示；而美的规律问题的提出，更加是马克思主义美学体系中所特有的具有特殊变革意义的一个重大的新课题。而这些问题都是建立马克思主义美学体系所必不可少的基本的内容和主要的问题，也是历来美学家长期争论不休、未曾解决的一些重大问题。对于这些重大问题，马克思有的做出了明确的科学的回答，有的做出了原则性的回答，有的做了有益的启示，有的做了极为重要的指示。应当说，《手稿》中的美学思想已经基本上摆脱了以往各种形形色色的唯心主义、旧唯物主义、形而上学的美学思想旧窠，初步形成了马克思主义美学体系的雏形。

（原载《北京财贸学院学报》1983年第5期，此次略有修改。）

略谈美的本质

在讨论“美的本质”之前，首先简略地介绍一下在“美的本质”问题上的几种主要观点的正误、得失所在，在取诸家之长的基础上，谈谈我个人对这一问题的管见，以就教于专家、学者和广大美学工作者。

一

对于美的本质问题，在美学界有以下几种有代表性的观点。

第一种观点认为：“美的事物之所以美，是在于这事物本身，不在于我们的意识作用”，自然事物的美是由“自然的种属的属性条件所决定的”，自然美“在人类出现以前就存在着”。[①]这个观点的正确部分是：它用唯物主义哲学观点说明美的本质是由“客观”决定的，或者说美的本源来自客观。特别是在回答美是不是客观的问题时，它回答得十分肯定。但是，如果追问一下：美的本质仅仅是由客观决定的么？美的本源仅仅是来自客观的么？自然美究竟是人类以前就存在了，还是在人类出现以后才产生的？当回答这些问题时，它就很难令人信服了，因为持这种观点的同志把自然美看成在人类出现以前就存在着，这实际上是把自然物和自然美混淆起来了。自然物在人

① 《新美学》，群益出版社1951年版，第68页。

类出现以前就存在着，这是唯物论的科学真理；但是如果说自然美在人类出现以前就存在着，这就陷入了机械唯物论。因为自然美是人类在长期生产实践中对一部分景物较佳的自然的一种认识和评价。离开了人类社会，离开了生产实践，离开了人的主观认识和评价，自然本身是无所谓美不美的，它仅仅是一种客观存在的自然物罢了。社会美和文艺美更是人类出现以后的产物，没有人类社会，没有人类的社会实践，没有人类对社会生活和各种文艺的创造、认识和评价，根本就不会出现社会美和文艺美。可见，这一观点在美的本质问题上，只看到了美的本质（或本源）的客观性一面，而没有看到人对美的事物的主观认识和评价的另一面。离开了辩证法来坚持唯物论，势必要使许多问题不能自圆其说地陷入机械唯物论美学观之中。

第二种观点认为："美是观念"，"是人的社会意识"，"人的心灵是美的源泉"，"美是人对事物自发的评价，离开了人，离开了人的主观，就没有美"。[①]这一观点的正确部分是：它看出了美的产生或对客观事物进行美丑的评价是离不开人类，离不开人类的主观意识的。的确，从人类一开始，对客观事物的认识和评价，便是根据人类自己对社会生活的需要和认识水平来进行的一种主观的能动的思维活动。这种主观能动的思维活动，是在长期的实践活动中逐步发展起来的，它反过来又能动地、更加有效地指导实践，同时也更加有效地、更加灵敏地认识和评价客观事物的特征及美丑。离开了这一人类本质特征之一的主观能动的思维，便无从反映、认识和评价客观事物，当然也就无从反映、认识和评价客观事物的美丑了。死人、精神失常的人不辨美丑，就因为产生主观能动性的主观意识的大脑神经组织已经受到破坏。可见，如果认为主观意识是美之所以最后产生即派生的根源之一，那是千真万确，谁也否定不了的真理。但是，这一观点有一个严重的缺陷，那就是它把主观意识的作用作了片面的夸大，从而否定了"美的客观性是美的第

① 《美学问题讨论集》第3集，第395页。

一性的根源”这个真理。

第三种观点认为美的本质是“主客观的统一”，“美不仅在物，亦不仅在心，它在心和物的关系上”。[①]这个提法本身是完全符合美的本质或美的本源的实际情况的，也是符合马克思主义的辩证唯物主义哲学观点的。因为就美的本源来说，美既不能没有美的客观具体事物做基础（或条件或依据），又不能没有人类主观意识（心）对美的客观事物做出正确的认识和评价；既不能抹煞美的规律的客观性，又不能忽视人类认识和驾驭美的客观规律从而进行美的创造的主观能动的作用。只有这样，才能在美学研究上贯彻“美学怎样才能既是唯物的又是辩证的”这一马克思主义的哲学观点。在美的本质问题上，只强调“物”，或只强调“心”（包括绝对精神在内），都容易产生许多不能自圆其说的缺陷。

“主客观统一论”的提法既然是正确的，为什么却得不到大家的公认呢？主要原因是，持这一观点的同志在论证这一问题的“前提”时没有摆脱唯心主义的羁绊，以致最终完全违反了他自己提出来的“既是唯物的又是辩证的”这一正确原则，从而违背了主客观统一的科学命题。他在论证美的本质是主客观统一时，是以否定自然美和社会美的存在，而只承认文艺美为前提的，而把文艺美又看成单纯的意识形态和第二性的东西。这样一来，它的整个前提便否定了美的客观性，破坏了主客观统一论的基础。事实上，自然美和社会美是客观存在，谁也不应熟视无睹；只以文艺美为美学研究的唯一对象是十分片面的。文艺美本身就是自然美和社会美的反映；没有自然美和社会美，也就无从产生文艺美。文学艺术是属于上层建筑和意识形态的东西，这是对经济基础而言的。离开了经济基础这个前提，而作为文学艺术阵地中的具体艺术作品来说，它就是一种客观存在了。可是持这种观点的同志却既不承认自然美和社会美的存在，又不承认文艺美的客观性，这就不能

① 《美学批判论文集》，第38页。

不使他的主客观统一论的正确命题，变成了先天性的有头无脚、残缺不全的“胎儿”。

第四种观点认为：美的本质是客观性和社会性的统一，“美是客观存在，但它不是一种自然属性或自然现象、自然规律，而是一种人类社会生活的属性、现象、规律，它客观地存在于人类社会生活之中。”[1]

这个看法的优点是坚持了美的本质的客观性这一正确意见，并以“社会性”来说明美是在人类社会出现以后才产生的这一道理。无疑这种做法是前进了一步的。但是，作为美的本质或本源来说，“社会性”一词的含义既包括了社会的客观存在，也包括社会的人及其主观意识，它是一个主观和客观无所不包的概念，无法与客观性相提并论。这不仅不能确切地说明美究竟来自什么地方，让人听了不得要领；而且由于片面地强调了“社会性”，最终导致抹煞了自然美本身所具有的特征和表现形式。

根据对上面几种主要观点的正误、得失的分析，不难看出问题的症结所在，那就是如何科学地摆好客观、主观和实践这三者的关系和地位；这三者的关系和地位摆得不正确，或是片面地强调了哪一个方面，都会带来失误。因此，我们只有全面地、正确地运用马克思主义的唯物论、辩证法和实践观点来研究美的本质问题，才能取各家之长而避免片面性和缺点。美的本质问题的解决，必须彻底地全面地贯彻马克思主义的认识论。

二

“美的本质”究竟是什么呢？我个人认为，美的本质就是“在实践基础上的客观和主观的统一”。也就是说，美的本质（或本源）有两个方面的内容：一个是美的客观性，即美的事物的客观属性和特征；另一个是来自主观对美

① 《美学问题讨论集》第2集，第232页。

的事物的属性和特征的认识与评价，这两者是在实践的基础上统一起来的。客观和主观这两个方面，离开哪一方面都是产生不了美的。但是，在这两者中，客观论、主观能动地反映论两者是统一的，但对此两者原有的地位、次序和作用是不能颠倒的，否则就是错误的。“实践”只能在客观和主观的统一中，起不可缺少的作用，但不能把它直接看成是美的本质。

这样强调“美的本质是客观和主观两个矛盾方面的统一”，是不是会犯唯心主义的错误？这要看怎样处理客观、主观和实践这三者的地位和关系。如果是以美的客观事物为前提（或基础），从而适当地强调主观意识的能动的认识和评价作用，不仅不会犯唯心主义的错误，恰恰相反，正是正确地坚持了辩证唯物主义，坚持了物质和精神、客观和主观的辩证的统一关系这一科学的马克思主义哲学观点。

马克思主义唯物主义认为，世界是物质的，物质决定精神。用这个科学的唯物主义观点来考察美的本质或本源，就会发现和了解：首先来自客观，即由具有美的特征和属性的事物做客观基础。正如马克思所说：“人的眼睛所看的和耳朵所听的都有其不同的具体对象，当科学只是从自然出发，它才能是现实的科学。”[①]离开了美的客观性去谈美的本质，势必要滑到唯心主义中去。应当说，美是人类在实践中对具有美的属性和特征的客观具体事物的一种正确的认识和评价。任何概念都是主观对客观事物的一种正确的反映和表述；任何一个美的概念，当然也不例外地是美的具体事物的属性和特征的正确反映和表述。

为了更好地阐明“美的本质”问题，应该简略地说明一下“美的特征”是什么，即评价客观具体事物美不美的标准是什么。我们认为，美是有益于人类社会并具有悦人耳目之形式的具体形象。

衡量和评价客观具体事物美不美主要有两个标准：

---

① 《资本论》第一卷，第205页。

第一个标准，是看该具体事物对人类是不是有益（包括欣赏价值和实用价值），有阶级性的具体事物则要看它对人类进步是否有益；第二个标准，是其形状和表现形式是否能悦人耳目。这就是说，“美是有益的内容和令人愉悦的形式的统一”，单是具有有益的内容而没有令人愉悦的形式是不美的。可见，悦人耳目的形式是美的重要特征之一。

但是，徒有悦人耳目的形式，而缺乏有益的实际内容，甚至内容是有害的，也是称不上美的，如红头绿翅的苍蝇和五色斑斓的毒蛇之类即是。内容是不是有益，可通过生活的实践而得到验证；对称、均衡、和谐、适度、新颖、奇特和色彩等形式是不是悦人耳目，是在与其他具体事物（包括同类事物）的比较中鉴别出来的。“有益的内容和悦人耳目的形式的高度统一”，便是美必不可少的条件和特征。月亮为什么美？它的光亮可以在黑夜里照明（有益），它还有令人悦目的形式：圆形、半圆形、娥眉形等有规则的形状，耀目的清辉等。一把美的宝剑，除了它质地坚硬、剑刃锋利好使以外，还有与之相称的两面均衡、匀称、光亮、大小长短合适等好的形状。一束美的梅花，除了它具有的自然生态、报春、清香扑鼻等对人有益的内容以外，还必须要有与之相称的枝丫苍劲和色彩美丽等悦目的形式。人类从来都是根据这个“有益的内容和悦人耳目的形式的统一”原则，在实践中对客观具体事物进行美或不美的评价的。

任何一个具有对人类有益的内容和悦人耳目的形式的美的具体事物都是一种客观存在。月亮、宝剑、梅花等是客观存在；漓江奇丽景色，雷锋大公无私、助人为乐的光彩照人的形象，《红楼梦》各种栩栩如生的典型形象，达·芬奇的《蒙娜丽莎》的油画，贝多芬的《命运交响乐》等作品，又哪一部不是使人可感可知的客观存在！

任何一个具体事物之所以被人们（大多数）评价为具有某种美的特色，是由于该具体事物本身所具有的美的特征所决定了的，不是人们随意加给它的。景德镇城内的马鞍山为什么人们不称赞它美？桂林市内的独秀峰为什么人们冠之以“独秀”美称？因为马鞍山是一座低矮而光秃的不起眼的黄土小丘，上面也没有什么引人注目的新颖建筑加以点缀，确实没有美的特色可言。而独秀峰却是一座在平地上像巨型宝塔一样高耸入云的大石山，显得非常奇特。石山四周沿石级盘旋而上，登临山顶的亭台极目四望，桂林市全部美丽风光尽收眼底。这座独秀峰名副其实地称得上是独秀的。从独秀峰和马鞍山的美和不美的评价，可以看出美学上一个重要的哲学问题：美是由客观具体事物所具有的美的属性和特征所决定的。长江三峡的雄奇之美，是长江三峡所具有的雄奇景象特色所决定的。同样，人们所赞美的颐和园的富丽，西湖的秀丽，桂林的奇丽，也是以其各自不同的美的特征为客观依据的。对美的事物的不同评价和所运用的不同的美的描述，是美的具体事物的不同特征的真实反映和表述。

社会美和文艺美也是一种客观存在，如果不是一种客观存在，如果这个客观存在的具体事物不具备美的特征，也就无法被人们评价为美了。丑媳妇就是丑媳妇，而不能随意把她说成是西施；至于她的情人把她看成是西施，那是由于其他种种原因造成的一种不科学、不真实的为大家所不能公认的偏见和偏爱罢了。像这样一类由于某种特殊原因造成的个人主观的偏见和偏爱，不足以用来作为否定美的客观性的理由。

那么是不是说，在美的产生过程中，主观意识（心灵）就不起作用了呢？不是的。我们不仅是唯物论者，而且是辩证唯物论者。我们不仅承认美必须是客观具体事物具有的美的特性条件，而且同时承认人的主观意识（心）对那些具有美的特性条件的具体事物的认识和评价的积极作用。否则，离开了人类的主观意识，无法最后形成各种美的概念和观念，即无法对客观具体事物进行美或不美的认识和评价。美的本源来自客观和主观的统一。客观和主观的双方，离开了任何一方也都不可能产生美和美的概念。离开了客观，无从认识和评价；离开了人的主观意识，又有谁来认识和评价？美的本质是被主观正确地认识并被正确地评价为美的一种客观（也有丑和不丑不美的客观事物及对其的评价）。马克思主义从来不否定在认识客观世界中人的主观意识的能动作用。恩格斯说：人们“认识到自身和自然界的一致性，而那种把精神和物质、人类和自然、灵魂和肉体对立起来的荒谬的反自然的观点，也就愈不可能存在了”。[①]只看到自然物和肉体的客观性的决定作用，而看不到精神和灵魂的主观能动作用，势必陷入机械唯物主义；反过来，只看到精神和灵魂的主观能动作用，而看不到客观事物对主观精神的决定作用，又势必陷入唯心主义中去。问题在于能不能把客观世界和主观精神放在它们各自应有的地位，过分地夸大某一方面的作用都会陷入片面性。机械唯物论和主观唯心论就是陷入这种片面性的具体表现。所以当我们强调美来自客观的同时，就要指出美的产生也是离不开人类主观意识对其正确的认识和评价的作用。西湖、桂林山水、长江三峡等在人类产生以前仅仅是一种客观的自然景物，它本身无所谓美不美；只有当人类在生产实践中逐步认识到它们同其他地方的山水的不同，于是根据它们各自特有的形状和不同的特色分别予以赞美之：西湖景色秀丽，桂林山水奇丽，长江三峡壮丽。试想，如果没有人类在生产实践中对它们及其与别的地方的山水作多次比较、鉴别、认识和评价，西湖再秀丽，桂林山水再奇丽，长江三峡再壮丽，恐怕也仍然是一种客观的“自在之物”罢了。

同样，对社会美和文艺美也是离不开人的主观意识的认识和评价的。美的音乐必须要有“音乐的耳朵”（马克思语）才能欣赏它；美的绘画必须要有“绘画的眼睛”才能鉴赏它；美的英雄人物也必须有英雄的眼力才能赏识他，即所谓“慧眼识英雄”。

以上说的都是人的主观认识能力的重要作用。至于人们在实践中创造自然美、创造社会美和创造艺术美，那更是离不开人的主观意识（心）的作用。因为这些被创造出来的自然美、社会美和文艺美，完全属于人们在实践中充分发挥主观能动性，依照美的规律——即依照“任何物种的尺度和适用内在的尺度”（马克思语）加以创造出来的。在这个创造过程中，经过多次的由客

① 《马克思恩格斯选集》第3卷，第518页。

观到主观、由主观到客观的反复认识和实践；创造完成以后，又要经过大家的鉴别和评价，才能确定它是否具有美的价值。这样一个复杂的创造性的过程，离开了客观的美的规律固然不行；离开了人的主观意识的作用也是不行的。这就叫作“美的本质是客观和主观的统一”。

社会实践是美的客观和主观统一的基础或条件，离开了社会实践无法将两者统一起来。这可以从美和美感的起源及其相互促进和发展的辩证过程加以说明。

人类早期的审美活动是从他们所使用的工具开始的。远在旧石器时代初期，人类便在生产实践活动中开始认识和评价自己所用的石器工具，哪块好使，哪块不好使；好使的显得匀称、尖锐、大小适宜；不好使的大小不相宜、不匀称、不尖利等。可见，人类早期审美的活动和观点，是直接与实用的观点联系在一起的；而实用与审美的观点，又直接是对自己所使用的工具——石器这一客观事物的反映和认识，而这个“联系”和“反映”又都是建立在生产实践的需要的基础上的。随着反复地无数次地实践，提高了人们的主观认识，人们开始懂得当捡不着合意的石器时，便仿照合意的石器，打制和磨光成既更好使又更好看的新石器。于是，这种新石器成了普遍推广的新工具。新石器的普遍使用，说明实践改造了客观世界，提高了生产力，扩大了渔猎范围。与此同时，审美对象也随之扩大了，不仅新石器是审美对象，而且所捕捉到的鱼类和兽类也成了审美对象。这种新的实践也改造了主观世界，使主观审美能力和审美观进一步提高到了一个新的高度。在新的审美观和新的审美能力的指导下，为了使生产效率进一步提高，在实践中又创造了木器工具和铜器工具，农业开始发展起来了。这时审美对象扩大到植物和自然环境中去了。与之相应的审美主观世界也进一步提高，文字和文艺也相继产生出来。在这个高一级的审美能力和审美思想的指导下，在不断的实践中，又创造了铁器工具。除了使农业生产进一步发展和进一步扩大了自然界的审美对象以外，手工业从农业中分化出来，审美对象也就扩大到手工业产品方面，特别是一些工艺品方面去了。与此相应的各种文学艺术也就繁荣起来，而审美的主观世界也随之进一步得到提高和加强。在这个提高和加强了的审美的主观世界指导下，在实践中又发明了蒸汽机和其他机器以后，工业产品更加丰富多彩，文艺种类也增多起来，审美对象更加提高到空前未有的丰富程度，人们的审美主观世界也相应地提高到了空前未有的水平，于是，美学也随之从哲学和文艺理论中分离出来，成为一门独立的、自成体系的科学。

由以上简略的叙述中，可以看出整个一部人类美学发展史的轮廓。它有力地证明了美的本质——客观和主观的矛盾对立统一的彼此循环往复、不断扩大和提高的辩证发展过程，完全是建立在社会实践基础上的。离开了社会实践，美的客观事物就不可能变成美的主观认识和审美观，当然也就不可能在一定的审美观的指导下，依据客观的美的规律，不断地创造美和进一步认识美。

总之，“美的本质是在实践基础上的美的客观具体事物和主观对美的客观事物的正确认识与评价的统一”，这就是本文所要论证的我们的结论。我们认为，只有这样来看美的本质，才符合人类美学史的真实，才全面地、彻底地贯彻了马克思主义的辩证唯物主义及其科学的认识论，也才能避免其他各种失误和片面性。

（原载《北京财贸学院学报》1981年第4期。）

究竟怎样理解“一分为二”和“合二而一”

在“一分为二”和“合二而一”这两个有所争论的问题上，我认为既要承认“一分为二”是对“对立统一”规律的一种通俗、形象的表述，又要承认“合二而一”也是对“对立统一”规律的一种通俗、形象的表述；既要看到这两个专门术语是从两个不同的角度各自表述了对立统一规律，又要看到它们各自表述对立统一规律的侧重面有所不同——“一分为二”侧重强调了“分”，即强调了矛盾和斗争的绝对性，而“合二而一”则是侧重强调了“合”，即强调了对立面的统一性。只有这样，才符合“一分为二”和“合二而一”的本来面貌。

一

为什么说“一分为二”和“合二而一”是从两个不同角度各自表述了对立统一规律呢？

从“一分为二”和“合二而一”在人类哲学史上出现以后，直到现在，它们一直是哲学家们探讨宇宙根本规律时，从两个不同角度表述对立统一规律的两个专门术语。“一分为二”是从分析和展示事物内部矛盾性的角度来表述对立统一规律；“合二而一”则是从观察事物总体及其组成加以综合的角度来表述对立统一规律的。只要认真查一查哲学史，就会发现，几乎所有的辩证法家——不论是唯物主义的辩证法家，还是唯心主义的辩证法家，也不论是古代的还是现代的，是外国的还是中国的，只要他是研究和探讨辩证法的，都曾不约而同地从两个不同角度用“一分为二”和“合二而一”（或类似“一分为二”和“合二而一”的语言）来表述过对立统一规律。

从我国哲学史来看：

唯心主义的老子在《老子》四十二章中写道：“道生一，一生二，二生三，三生万物。”这分明说的是“一分为二”。可是他在十一章又反过来说：“一阴一阳谓之道”，“合有无谓之元”。这又分明说的是“合二而一”。在十一章最后又写道：“三十幅共一毂，当其无，有车之用。埏埴以为器，当其无，有器之用。凿户牖以为室，当其无，有室之用。故有之以为利，无之以为用。”这是既从综合其总体，又从内部分析其矛盾而正面地表述“对立统一”的思想。

著名的唯心主义的理学家朱熹也是这样做的。他在《易传·系辞》中说道：“太极生两仪，两仪生四象，四象生八卦。此只是一分为二，节节如此，以至无穷，皆是一生两尔。”反过来，他在《答杨之范》一文中却又指出事物是“合二而一”的，他写道：“阴阳只是一气，阴气流行即为阳，阳气凝聚即为阴，非直有两物相对也。”他在《朱子语类》卷九十五中，也从正面来表述过对立统一的内容：“阴阳虽是两个字，然却是一气之消息；一进一退，一消一长，进处便是阳，退处便是阴，长处便是阳，消处便是阴，只是这一气之消长，做出古今天地间无限事来。所以阴阳做一个说亦得，做两个说亦得。”（着重号笔者所加）

朴素唯物主义者方以智也不只是“合二而一”论者，除了说过“凡天地间皆两端，而圣人合为一端”、“交也者，合二而一也”之外；他同时也是“一分为二”论者：“太一分为天地，奇生偶而两中参”。有时他也从正面表述对立统一的内容，如：“生成合，生成分，分合合分，分即是合”，

“合无不分，分无不合。”[①]

从世界哲学史来看：

号称辩证法奠基人之一的古希腊朴素唯物主义的辩证法家赫拉克利特说：“自然也追求对立的东西，它是从对立的东西产生和谐，而不是从相同的东西产生和谐”；“上升的路和下降的路，是同一条路”。这是“合二而一”论。反过来他也强调要“一分为二”，如：“应当知道，战争是普遍的，正义就是斗争，一切都是通过斗争和必然性而产生的。”他有时也从正面来表述对立统一规律的内容，如：“这个世界对一切存在物都是同一的。……它过去、现在和将来永远是一团永恒的活火，在一定分寸上燃烧，在一定分寸上熄灭。”[②]

马克思主义以前的集辩证法之大成的首创“对立统一”规律这一专门术语的唯心主义哲学家黑格尔，也是常常从两个不同角度来表述对立统一规律的。他在《哲学史讲演录》中说道：“空洞的辩证法”“不能把对立面结合起来，不能达到统一”。[③]“两个对立的规定”“如果单独看来，没有一个是真的，只有二者的统一才是真的。”[④]这些话分明是从总体的联系上去考察事物，是“合二而一”论。反之，在其他许多地方，他又强调“一分为二”，如：“内在的矛盾”“是推动整个世界的原则”。[⑤]“生命本身即是死亡的种子。”[⑥]因此，他提出“对立统一”是绝对精神在“正”、“反”、“合”的发展过程中的“根本规律”。

---

① 以上均引自《东西均》。中华书局1962年版。

② 以上引自《古希腊罗马哲学》。商务印书馆1955年版。

③ 转引自《列宁全集》第38卷，第311页。

④ 黑格尔《小逻辑》，三联书店1954年版，第159页。

⑤ 黑格尔《小逻辑》，第267页。

⑥ 黑格尔《小逻辑》，第188页。

从马克思主义经典作家来看：

马克思主义经典作家们也曾从两个不同的角度表述过对立统一规律，而且是多次地、反复地这样表述过的，所不同的，只是赋予了它们新的科学的内容就是了。

恩格斯写道：“一切差异都在中间阶段融合。”①“在进行精确的考察时，我们也发现，某种对立的两极，例如正和负，是彼此不可分离的，正如它们是彼此对立的一样，而且不管它们如何对立，它们总是互相渗透的。”②这是说的“合二而一”，是从“精确地考察”两极的总体而得出的结论。反过来，他从事物的运动和变化的内在原因上去考察，又发现事物是一分为二的，如他说：“当我们从事物的运动、变化、生命和互相作用方面去观察事物时，……我们立刻就会碰到矛盾。运动本身就是矛盾。”③在另一场合，他又把从两个不同角度考察的方法综合起来运用，得出对立统一的结论，如他说道：“辩证法根据我们过去的自然科学实验的结果，证明了：所有两极对立，总是决定于相互对立的两极的相互作用，这两极的分离和对立，只存在于它们的相互依存和相互联系之中。反过来说，它们的相互联系，只存在于它们的相互分离之中，它们的相互依存，只存在于它们的对立之中。”④

列宁在《谈谈辩证法问题》中说：“统一物之分为两个部分以及对它的矛盾着的部分的认识是辩证法的实质。”这明显是在强调分析和把握事物内部矛盾着的两个对立面的重要意义。但在另外一些场合他又强调了“合二而一”，如他说道：“事物是对立面的总和和统一。”⑤“因为要想办法把重点

① 《马恩选集》第三卷，第535页。

② 《马思选集》第三卷，第62页。

③ 《反杜林论》，第123—124页。

④ 《马恩选集》，第494页。

⑤ 《列宁全集》第38卷，第338页。

制和平均制结合起来，而这两个概念是彼此排斥的。但不管怎样，我们多少学过一些马克思主义，懂得在什么时候用什么方法可以（而且应当）把对立面统一起来。”在不少情况下，他也常常从正面阐述对立统一规律，如“分析和综合的结合——各个部分的分解和所有这些部分的总和总计”。[①]“统一物之分为两个互相排斥的对立面以及它们之间的互相联系。”[②]

毛泽东同志一九五七年在《党内团结的辩证法》中第一次强调地指出：“一分为二，这是个普遍现象。”这与他在一九三七年《矛盾论》中所说的“没有什么事物是不包含矛盾的，没有矛盾就没有世界”的意思是一样的。这里所说的“一分为二”的“一”，当然只能是指“对立统一”中的统一物，或指任何一个事物，除此之外，不可能再作别的解释了。这里所说的“二”，只能是指任何统一体中（或任何一个事物内部）分成两个矛盾着的对立面。“一分为二”虽然有强调“分”，或强调“二”的意思，但这里所强调的“分”或“二”，是以“一”为前提的，而且这个“二”是指统一体内部的“二”而说的。这样，就非常明确而又科学地表述了“对立统一”的基本内容。至于对“对立统一”规律其他没有被直接表述出来的含义，也必然能够由此分析和推导得出来了。可是，当“一分为二”在全国范围内广为传播的时候，人们往往容易只接受了它的被强调了的“分”和“二”，而“一”的前提作用和“二”是指事物内部存在的两个对立面的深刻意义却是被忽视了。在“文化大革命”中，林彪和“四人帮”更是别有用心地阉割了“一”，而把“二”绝对化起来，使“二”脱离和改变了它固有的性质，篡改成了他们所谓的“斗斗斗”的片面的“斗争哲学”了。这是违反“一分为二”的本来含义的。

毛泽东同志不仅在强调“一分为二”中“二”的时候没有脱离“一”，

---

① 《列宁全集》第38卷，第393页。

② 《列宁全集》第38卷，第408页。

就是单独提到“两点论”、“两分法”等这些只强调矛盾的普遍性的专门术语时，也仍然是以“一”为前提，而没有脱离马克思主义辩证法及其核心——对立统一规律这一完整体系的。如他在《关于帝国主义和一切反动派是不是真老虎的问题》一文中说道：“世界上一切事物无不具有两重性（即对立统一规律）。”“所谓形而上学，就是否认事物的对立统一，对立斗争（两分法），矛盾着对立着的事物在一定条件下互相转化，走向它们的反面这样一个真理。”可见，他所说的“两重性”、“两分法”等，实际上就是指的“对立统一”中的对立面，是以统一性为前提的。

对于“合二而一”，毛泽东同志在《矛盾论》中也是作了肯定的论述的，如：“同一性、统一性、一致性、互相渗透、互相贯通、互相依赖（或依存）、互相联结或互相合作，这些不同的名词都是一个意思。”[①]（着重号笔者所加）又如他在引用列宁的话时，也是同意运用“合一”这一术语的：“列宁说：‘对立统一（一致、同一、合一），是有条件的，一时的，暂存的，相对的。互相排斥的对立的斗争则是绝对的，正如发展、运动是绝对的一样。’”[②]（着重号笔者所加）这里所说的“联结”、“合作”、“合”与“合二而一”是没有原则区别的。在其他许多场合，毛泽东同志还常常用“同盟”、“结合”、“联合”、“团结”等词来表述“合二而一”这个意思；他的《论十大关系》一文，就是更为典型的“合二而一”论。他强调要把十大矛盾着的事物结合起来，哪一个矛盾方面也不让它减弱，更不能让矛盾的一方“吃掉”矛盾的另一方，而是要使矛盾双方互相促进，同时发展。这种要求把矛盾双方结合起来的做法，在《毛泽东选集》五卷中是不胜枚举的。至于他对“对立统一”规律作正面的阐述，次数也是很多的，《矛盾论》就阐述得十分详尽而又深刻。

① 《毛泽东选集》第一卷，人民出版社1963年版，第315页。

② 《毛泽东选集》第一卷，人民出版社1963年版，第320页。

现在再来看看曾经被引起激烈论战的杨献珍同志所说的“合二而一”论。其实，如果将杨献珍同志在一九六四年中央党校新疆班讲课手稿全面而仔细地看一遍，就会了解他不仅讲授过“合二而一”论，而且也着重地阐述过对立面斗争的重要性，强调过事物都是“一分为二”的。他写道：“黑格尔批判康德哲学二律背反时说：‘二律背反是康德哲学体系里一个根本的缺陷，其缺陷即由于没有能力将两个思想（因为就形式来看，只有两个思想）联系在一起’。……这种二律背反的思想方法，即‘在绝对不能相容的对立中思维着’的方法——片面的方法是相当普遍的。例如现代修正主义者把和平和斗争绝对对立起来（不是和平共处，就是人类毁灭）。在我们的干部中这种情况也不少，如把民主和集中对立起来，把多快和好省对立起来……”。因此他做出结论说：“学习辩证法就是要学会把两个对立的思想联系在一起的本事。”他所强调的“把两个对立的思想联系在一起”，即“合二而一”，实际上是要维护对立统一规律的完整性，是为批判康德的“在绝对不相容的对立中思维着”的错误、针砭“强调一个侧面、忘记另一个侧面”的时弊而发的，这与恩格斯说的“正和负，是彼此不可分离的”话没有什么大的区别，与列宁说的“懂得在什么时候用什么方法可以（而且应当）把对立面统一起来”的话也完全是一致的。

杨献珍同志在讲稿的后面讲到对立面斗争的重要性时，他又着重论述了“一分为二”。他写道：“发展是对立面的斗争，例如无产阶级和资产阶级共处于资本主义国家这个共同体中，……但由于无产阶级和资产阶级是对抗性的矛盾，所以阶级斗争是必然的。不仅如此，对立面的两个侧面，统一是相对的，斗争是绝对的。”

可见，在杨献珍同志的笔下，“合二而一”和“一分为二”也是被当作在不同场合对“对立统一”规律的具体表述和具体运用的。由上看来，只许从事物内部分析矛盾的角度用“一分为二”来表述对立统一规律，不许从事物总体的综合角度用“合二而一”来表述对立统一规律，是十分片面的，也是十分不合道理的。

有的同志认为“一分为二”和“合二而一”都不能表述对立统一规律，理由是“一分为二”是分析，只体现了矛盾的斗争性；“合二而一”是综合，只体现了矛盾的同一性。我觉得这种说法是不够全面的。不错，“一分为二”是着重强调了“分”和矛盾的“斗争性”的。但是，必须看到，这个“分”和“矛盾的斗争性”是以“一”为前提，以统一体内部固有的矛盾性为依据的。这与后来的林彪和“四人帮”所歪曲、篡改了的不以“一”为前提，不以统一体内部固有的矛盾性质为依据的形而上学地、片面地强调“斗争性”的概念是根本不同的；也与古代辩证法家看不到事物内部固有的矛盾性推动了事物发展，仅仅是朴素地、不完善地、猜测地表述对立统一规律的“一分为二”是有严格区别的。

不错，“合二而一”是着重地强调了“合”，或强调了“统一性”的。但是必须看到这个“合”是以“二”为前提和动力的。在马克思主义看来，任何“合”的过程，也就是矛盾斗争的过程，即使是最简单的、机械的“合”，也有互相摩擦或互相挤压的过程，否则，就不是马克思主义唯物辩证法所指的“合”了。就是说，这个“合”，不管怎样解释它，结合也罢，联合也罢，团结也罢，调和也罢，都是离不开斗争的（从哲学意义上说的斗争）。就拿长期以来被人们忌讳的“调和”来说，事实上生活中不少矛盾的解决是要采取调和态度的，如夫妻之间的吵嘴，同志之间的误会，兄弟姊妹之间的隔阂，以及“文化大革命”中的两派革命群众组织的大联合等矛盾就需要调和（或调解），而在调和过程中又必须细致地解决各种具体思想矛盾，即有“斗争”，否则是调和不好的。所以说，“合二而一”是从另一个角度表述了对立统一规律，这是毫无疑义的。

总之，古今中外的辩证法家从两个不同的角度，用“一分为二”和“合二而一”来表述对立统一规律的事例是举不胜举的，是普遍存在的现象。这就给我们提出了一个十分值得深思和研究的问题，那就是：为什么古今中外的辩证法家们都不约而同地用不同的语言来表述“一分为二”和“合二而一”这两个术语的意思呢？为什么他们都异口同声地从两个不同角度用“一分为二”和“合二而一”表述对立统一规律呢？这难道是一种偶然的巧合么？真理的秘密往往被掩盖在杂乱的多次反复出现的现象之中。当我们一一细加考察以后，就会发现：原来这是宇宙间客观事物的根本规律——对立统一规律——本身的两种属性、两个基本内容、两个部位，不以人们的主观意志为转移地在辩证法家头脑中产生两种不同角度的反映的必然结果。

宇宙间的任何事物都有其总体和部分、内部和外部、正面和反面、上面和下面、左边和右边、前头和后头等不同部位，它可以任你选取哪一种部位的次序来认识它和表述它（或描写它）。哲学家因为要捕捉宇宙一切事物的根本规律，所以自然只能从事物总体到事物内部的矛盾性来考察其根本规律。而客观事物的根本规律，即客观辩证法的根本规律——“对立统一”本身就包含着事物的总体（统一体）和内部的矛盾性这样两个属性（或总体和部分两个不同的部位）。当哲学家们从事物的总体到事物的内部矛盾性进行考察时，他们发现该事物是由两个矛盾的对立面组成的，于是名之曰“合二而一”，或用其他类似的语言来表述，如“结合”、“联合”、“合有无谓之元”、“彼此不可分离”等语言。当哲学家们从事物内部的矛盾到事物的总体进行考察，并为了要展示和强调事物内部的矛盾性，于是又名之曰“一分为二”，或用其他类似的语言来表述，如“太极生两仪”、“一生二”、“任何事物内部都有矛盾”等。正如斐洛在评价赫拉克利特的一段话中所说的，从事物的总体看，“统一物是由两个对立面组成的”，这句话用中国现成的哲学术语来翻译，就是“合二而一”。接着他又说道：如果“把它（事物——笔者）分为两半时，这两个对立面就显露出来了”，[①]这句话用中国现成的哲学术语来翻译，就是“一分为二”。可见，“一分为二”和“合二而一”这两种从不同角度的两种说法，完全是由客观事物的根本规律——对立统一规律本身的两重属性、两个基本内容、两个部位所决定了的。

① 转引自《哲学笔记》1960年版，第396页。

二

我们承认“一分为二”和“合二而一”都是从不同角度对“对立统一”规律的表述，不排除它们对“对立统一”规律的内容的表述各自有其侧重面。既然观察和表述事物的角度不同，自然对“对立统一”规律包含的两个基本内容所表述的侧重面也就各有不同。不承认这一点就不符合它们各自本来具有的特点。

正如前面所提到过的，“一分为二”的提法本身就在于着重地揭示和强调统一体中两个矛盾着的对立面的斗争性；就在于揭示矛盾双方各占何种地位和在什么条件下互相转化的发展趋势；就在于启示人们看问题要持“两点论”，避免片面性。因为只有认识了统一物内部矛盾着的两个部分，才能掌握辩证法的实质。所以，如果说对立统一规律是马克思主义辩证法的实质或核心，那么“一分为二”就是重点表述和强调了对立统一规律中的斗争性的。

“合二而一”虽然也讲了“二”，并且是以“二”为前提条件的，但它所强调的侧重点是“合”（或“统一”）。“合二而一”既是从事物的总体上来表述对立统一规律，这就决定了它必然要以事物的组成的联结性做重点，即以“合”或“统一性”为其强调的重点，因为事物的总体本身就是矛盾的统一性表现。所谓“结合”、“团结”、“联盟”、“合有无谓之元”、“阴阳只是一气”、“两间无不交”等，这些不明明是在强调“合”或“统一”么？“合二而一”着重强调“合”的意义就在于：任何对立面的斗争都是脱离不了它的统一体的，否则也就谈不上什么矛盾和斗争了；斗争是以统一为前提的，统一可以而且必须制约斗争，不是无限度的斗争（包括解决对抗性矛盾在内）。特别是解决一些非对抗性的矛盾，斗争性更加要受到统一性的限制，甚至“斗争”是为“统一”服务的，如果不是这样来看这个问题，许多非对抗性的矛盾就有可能迟迟不能解决，以致扩大和变成对抗性矛盾；即使是对抗性矛盾，也将会是由于乱斗、蛮斗而导致失利。

“一分为二”和“合二而一”对“对立统一”规律的内容的表述之所以有所侧重，不仅是看事物的角度不同的必然结果，而且也是人们解决各种不同性质的矛盾的绝对需要，同时也是从不同角度通俗地、形象地宣传对立统一规律的共同需要。在强调阶级斗争为纲的历史背景下，在对抗性的敌我矛盾面前，很难用上“合二而一”（因为它所侧重强调的是“合”），而用“一分为二”就比较自然贴切而又通俗易懂。在解决许多人民内部矛盾和生产建设中的矛盾，如民主和集中、个人和集体、自由和纪律、中央和地方、红与专、多快和好省、工业和农业、劳和逸等矛盾，用“合二而一”就比较自然而又形象。在解决既有对抗性一面又有非对抗性一面的矛盾时，如解决民主革命时期与民族资产阶级的矛盾、抗日时期与国民党蒋介石的矛盾等，就可直接运用“对立统一”这一术语，即又团结又斗争，以斗争求团结。当然，在运用“一分为二”和“合二而一”的场合以及其他任何场合都可以运用“对立统一”，只是需要加以解释和说明。

三

综上所述，我们可以看出：如果从“一分为二”和“合二而一”是从不同角度表述了对立统一规律来看，两者是同一的（一致的，统一的）；如果从两者表述对立统一规律内容各有所侧重面来看，两者又是对立的。这样就十分清楚地显露出了一个长期没有被揭示出来的秘密：原来“一分为二”、“合二而一”和“对立统一”这三者是个“三位一体”的东西，即三个极不相同的专门术语，而其所包含的基本内容却是相同的。真理就是这样喜欢捉弄人，长期以来，人们常常把它们绝对地对立起来，即使是自己多次用类似“合二而一”的语言（如结合、联合等）来说明过“合二而一”的重要意义，但却不知道自己所这样说明的正是“合二而一”；即使是自己多次用类似“一分为二”的语言阐述过“一分为二”的必然性，但同时却又否定它是“三位一体”中的不可缺少的一位。然而，真理又是严峻无情的。即使有人不愿谈到它的名称，但是，只要他研究和运用辩证法，就会不自觉地认真地阐发和宣扬它的含义，即使有人想要废弃“三位一体”中的某一位，然而，总会有人要科学地论证它存在的价值和地位；即使这一时期出于某种原因，没有人提到它，但下一个时期、下一代必然还会有人提到它，伸张它。原因就在于不同阶段和不同问题上都有不同的妙用！这就是客观真理的威力所在，这就是不以人们的主观意志为转移的“三位一体”的客观辩证法不可战胜的原因。

（原载《北京财贸学院学报》1980年第3期。）

谈谈系统论方法及其运用

自从二十世纪四十年代末奥地利理论生物学家路·冯·贝塔朗菲创立“系统论”以来，短短的三十几年间，业已发展成一门包括系统工程、系统哲学、信息论、控制论、运筹学、集合论、关系数学、计算数学、对策论、博弈论、网络理论、模拟法、电子计算机、人工智能等学科在内的宏伟博大的系统科学，它在科研和生产的实践中所取得的效用赢得了世人的注目。从北欧跨国电网的综合建设到原子能的利用，从导弹的发射到阿波罗飞船登月的成功，从人造卫星正常运转到智能机器人的使用，从生产全盘自动化到办公室和家庭的自动控制化，等等，这一切都充分说明了系统科学是当代科学技术革命发展的主要特征之一，也是社会生产力和人类智能发展到当代最高水平的重要标志之一。

因为系统论的理论和方法在自然科学方面取得了一系列的惊人成就，在某种意义上说明它具有跨学科的一般方法的作用，所以就有人把它移植到社会科学研究领域中来，如用在经济管理、国家管理等方面，也取得了一定的效果。

近几年我国文艺学和美学界也开始有人运用系统论来研究文艺和美学方面的问题，发表了一些文章，并且有些学术团体还先后组织了几次学术讨论会，这是一件十分可喜的现象。现在的问题是：对于如何正确地将系统方法运用到文艺学和美学研究中来意见还很不一致，甚至完全相反。例如有的同志把文艺批评方法的更新概括为借鉴西方各种批评流派的方法、引进自然科学的方法和系统科学的方法三个方面的内容，而且强调其中最主要的方法是系统方法，“因为它已经从原有科学中抽象出来，上升为具有普遍指导意义的方法论。批评更新不仅是方法的改变，而且是思维方式的革命；它不仅具有方法论的意义，而且具有世界观的意义”。显然，无需作任何分析，便可看出这与哲学界的“取代论”，即用系统方法取代马克思主义哲学的观点和方法论是一致的；甚至还要取代中国历来某些行之有效的传统的文艺批评方法。另一些同志则又持决然相反的意见，认为系统方法仅仅是马克思主义哲学中的“普遍联系”和“全面观点”的同义语，没有什么新内容，用自然科学的方法和概念直接套文艺，势必造成问题的复杂化和混乱。这又仿佛与哲学界的“无关论”相似了。

为什么会产生如此巨大的分歧呢？问题的症结点究竟在哪里？我以为要想把系统方法比较正确地运用到文艺学和美学的研究中来，首先必须要真正弄清楚到底什么是系统方法？什么是马克思主义哲学的方法论？两者有何同异？它们之间究竟是什么关系？系统论与文艺学、美学又有哪些异同？它在文艺学和美学的研究中到底有多大适用范围？对于这些问题不作深入全面的了解和具体细致的分析研究，企图笼统地肯定或否定，都是难以令人信服和满意的。

一 系统方法与马克思主义哲学方法论的关系

在科学研究的方法体系中，各种方法的等次大小是依据什么划分的呢？纵观一部人类科学发展史（包括自然科学和社会科学），便可以清楚地看到，它们是依据在科学研究实践中所适用的学科范围大小和所起作用的地位不同来确定的。适用的范围愈普遍和所起作用的地位愈重要，在总的方法体系中的等次便愈高，反之便愈低。根据这个标准，我们不难看出：以研究自然、社会和思维的一般规律为对象的马克思主义哲学的方法论在总的方法体系中的等次最高，也是研究其他一切学科的根本指导思想；其次是适用于自然科学和社会科学的一般方法，如系统方法就属此类；第三，仅适用于自然科学或社会科学一个方面的方法；第四，仅适用于自然科学中某些学科或社会科学中某些学科的较小范围的方法；第五，仅适用于某一门自然科学或某一门社会科学的特殊方法。这是大体上划分的。其中除了哲学的方法论以外，其他各个等次中的方法都是多种多样的，这种多样性是由各门学科的性质和研究的目的与任务的不同以及客观事物及其属性的多样性所决定的；而且每门学科除了有为其学科的性质与研究的目的和任务所规定的一种基本方法外，还需要运用一些其他辅助性的方法。可见，科学方法体系是一个多层次结构的复杂的系统，现在仅就其中我们想要重点论及的系统方法与马克思主义哲学方法论作一比较，看看到底哪一个概括程度最高、运用范围最普遍，这样，系统方法到底能否取代哲学方法论的问题也就容易明白了。

首先，从它们各自研究的对象来看。马克思主义哲学——唯物辩证法是在综合地吸取了人类一切科学成果，特别是十九世纪自然科学和社会科学所取得的最高科学成果的基础上发展起来的最科学最全面的世界观，也是最具有普遍指导意义的方法论。它以自然、社会和思维的最一般的共同规律为研究对象，因此具有高度概括、高度抽象的特点。如辩证唯物主义中的“物质”这一范畴就包容了天地间一切具体的客观事物，系统论中所指的各种不同的系统、元素、结构、环境等具体事物也不例外地被包容在其中。又如唯物辩证法的几个基本规律也是高度概括了一切事物的运动过程的。系统论中所说的“动态”、“信息流程”、“自组织”、“自调整”等概念，也无不是受辩证法三个基本规律支配的结果，不管系统论的创始人有没有意识到这一点，这确实是不以人们的意志为转移的客观事实。违背了唯物辩证法，任何新的学科都是建立不起来的。

系统论方法便不及唯物辩证的方法论那样高度概括、高度抽象，具有那样普遍指导的意义。所谓系统，就是由许多要素所构成的相互间具有有机联系并具有特定功能的一个整体。也就是说，一个系统中有各个组成部分（或称要素或元素），各个要素间具有有机的联系，而系统外部有环境，它与环境之间的联系形成特定的功能，所以贝塔朗菲把系统定义为：“处于一定的相互关系中的与环境发生关系的各个组成部分的总体。”所谓系统方法就是用系统论的基本观点去研究所要研究的对象，也就是从整体出发，考察其内部各个要素之间的结构质和它与外部环境之间的功能质，从而加以综合地处理问题，以达到最佳目的的一种方法。所谓系统的规律，就是各个要素的联系和组合的规律；系统的原则和方法就是建立和掌握这种联系、结合的规则和方法。可见，系统方法只偏重从整体出发考察各个子系统（要素）在大系统中所处的地位、作用和组合方式，以及它与外部环境联系的功能。它并不像物理、化学、生物等专门学科那样去全面地考察某个系统及各个要素的具体形态、内容、结构、性质和作用等问题，也不像哲学那样专门考察自然、社会和思维的共同规律，它只是切取事物（或系统）的组织结构及其与外部环境的功能这一横断面加以重点考察，然后将所取得的组织结构和功能的信息流程变成微分方程，付诸电子计算机，算出它的最佳处理方案。所以，从严格意义上说，系统论所研究的对象——系统——仍然是指具体事物的系统，只是它是由多个具体系统组成的扩大了范围的具体事物的系统就是了。北欧跨国电网系统，导弹系统、阿波罗飞船系统、卫星系统、各种巨型工程系统、各种全盘自动化工厂系统、各种原子能发电站系统，各种不同的电脑系统，高度集成电路（简称维斯伊克）系统等等，还不都是一些看得见摸得着的具体的事物即具体的系统吗？这与看不见、摸不着、高度概括和高度抽象的马克思主义哲学系统怎么能同日而语呢？如果从系统的大小来看的话，马克思主义哲学系统则是最大的系统。它是天地间一切大大小小的系统及其客观规律的高度概括。

第二，从它们各自研究的任务来看。马克思主义哲学首先必须科学地回答哲学史上历来未曾正确解决的物质和精神的关系问题，这是哲学研究的一个根本任务，也是人类为了更好地从事一切生产斗争、科学研究（包括系统研究）和政治斗争等实践活动必须首先解决的一个基本指导思想问题。辩证唯物主义认为世界是物质的，精神是由物质派生的；而精神既经产生以后，又会对客观物质世界产生积极的、强大的反作用，即改造世界的作用，没有在实践中对客观物质世界及其发展规律的了解，没有将这种来自客观世界的正确认识（包括理论和经验）作为行动的向导，任何生产斗争、科学研究、政治斗争等实践活动都会遭受失败，人类历史上凡是取得了重大成就、推动了历史发展的生产建设项目、科研项目和政治措施等，都是符合了彼时彼地的需要，符合了客观事物发展规律的。马克思主义哲学正确地总结了人类实践经验，科学地解决了物质和精神的唯物辩证的关系，建立了正确的认识论，使人们在一切实践活动中具有正确的认识途径。系统论则不然。它和其他具体学科一样，并不要求对它所研究的对象提到物质与精神孰先孰后这个宇宙观的高度来研究，而是在唯物论的观点指导下，对它所研究的对象——系统及其元素之间、系统与环境之间从结构和功能上加以把握。显然，这是一项科学技术上的具体任务，只不过它是当代最高水平的科学技术上的一项具体任务就是了。

马克思主义哲学另一个基本任务是要求科学地解决或回答物质世界运动的内在动力问题。唯物辩证法科学地阐明了对立统一规律是一切事物发展的根本规律，也是一切事物不断由低级向高级发展的内在的根本原因（不排斥外因作用）。只有对立统一规律才是事物发展的内在动力，才使事物产生从量变到质变的过程，才会出现否定之否定的必然发展趋势。列宁说：唯物辩证法的发展观“认为发展是对立面的统一（统一物之分为两个互相排斥的对立面以及它们之间的互相联系）”①。可见，对立统一规律是高度概括、高度抽象的具有普遍意义的宇宙根本规律，也是人们从事一切实践活动的根本指导思想。创立系统论的贝塔朗菲也不否定这一根本规律对他的指导作用。但是，系统论中所说的“动态”却是偏重从结构和功能的变化的角度或是说从信息流程这一横侧面来说的，而不是从事物（系统）的内部矛盾性来考察事物的动态。从唯物辩证法的观点来看，系统所以产生“动态”的根本原因，在于系统内部元素的矛盾性，

① 《列宁选集》第38卷，第408页。

而所谓结构和功能的变化乃是由内部元素的矛盾性引起的。而所谓信息，也并非指事物本身，而是指用来表征事物的一种形式。控制论创始人维纳说，“信息不是质也不是能，信息仅仅是信息。”可见，从信息变化的角度考察事物的动态是无论如何不及辩证法从事物内部矛盾性来考察事物的变化表现得更深刻、更具有哲理的普遍意义。系统论中所谈到的“自组织”、“自调整”等概念原是指生物如何适应环境而产生的“自组织”、“自调整”的功能，至于它是由什么性质的矛盾运动而产生的自组织、自调整的，系统论是不去深究的。可见，这个“自组织”、“自调整”的概念仍旧是对具体事物及其结构的稳定性的直接表述，尚未把它升华到哲学理论高度。当然，系统论只从信息流程考察事物（系统）的动态性和只从生物等表现出来的自组织、自调整的现象来把握对象，是由系统论这门学科研究的对象和任务所决定的。它之所以偏重从信息流程、自组织、自调整的现象来考察事物（系统），是为了运用数学方法计算出处理问题的最佳方案，以及模仿其自组织、自调整的组织结构和功能，而创造控制信息的自动化的机制。而这一切都是属于具体的科学技术问题，而不是哲学的抽象，它仅仅为哲学的抽象提供了新的可贵的科学材料（关于这一点后面还要谈到）。也就是说，系统论和哲学的研究任务是完全不同的。

第三，从它们各自“开放”的程度来看。在这里，我们首先要认识到的是，马克思主义哲学——唯物辩证法体系是一个开放的系统。如果问在所有的一切学科系统中哪一个最开放，可以毫不夸饰地说：马克思主义哲学——唯物辩证法系统开放最大。它不仅仅纵横开放，而且多维多向地开放，它不仅在时间上无止境地开放，而且在空间上无限度地开放，它不仅对一切自然科学和社会科学开放，而且对正在或即将实现的自然科学和社会科学一体化的人学科也开放。开放是马克思主义哲学——唯物辩证法系统的最大的特点，可以说，没有开放，便没有马克思主义科学的世界观——唯物辩证法的产生；没有开放，唯物辩证法便不能发展。因为宇宙间的一切事物或现象，本来就是有机地相互联系着、相互依存着、相互作用着、不断运动着的，惟其如此，才构成整个世界一幅不断开放、不断运动的生动图景，唯物辩证法正是这个不断开放、不断运动着的物质世界生动图景的真实的、全面的、科学的高度概括。

我们都知道，把唯物辩证法有机地联系和结合在一起，使其成为史无前例的最完备最科学的世界观和方法论，绝不是偶然的。它是人类历史发展到一定高度，物质生产方面出现了社会化，自然科学方面创立了能量守恒和转化定律、细胞学说和生物进化论等科学理论，经济学方面创立了劳动价值论，哲学方面又出现了集唯心主义辩证法之大成的黑格尔哲学思想和集机械唯物论之大成的费尔巴哈的哲学观点，等等，才有可能被像马克思恩格斯这样的思想家首先发现物质世界是互相联系、互相制约的有机集合体；才有可能看出这个物质世界的有机集合体不是一成不变的；才有可能将合理的唯物论和辩证法有机地结合起来。一句话，才有可能对宇宙间的万事万物概括成一个总的观点——辩证唯物主义的宇宙观。如果把唯物辩证法宇宙观比作一个大海，那么这个大海从一开始出现，便是由四面八方的千百条河流汇合而成的，也就是说，马克思主义唯物辩证法的宇宙观是有机地综合了人类一切科学文化的成果而形成的，它的来源之广，吸收各种养分之多，简直是其他任何一门学科都比不上的，即使是被誉为当代科学技术革命标志之一的跨学科的系统论或系统科学也罢。这正说明唯物辩证法的世界观为什么是最科学、最全面的世界观和方法论的原因所在。列宁指出，“马克思主义这一革命无产阶级的思想体系赢得了世界性的意义，是因为它并没有抛弃资产阶级时代最宝贵的成就，相反地，却吸收和改造了两千多年来人类思想和文化发展中一切有价值的东西。”[①]列宁还谈道：“哲学史和社会科学史已经十分清楚地表明：在马克思主义里绝没有与‘宗派主义’相似的东西，它绝不是离开世界文明发展大道而产生的故步自封、僵化不变的学说，恰巧相反，马克

① 《列宁选集》第4卷，第362页。

思……的学说的产生正是哲学，政治经济学和社会主义最伟大代表的学说的直接继续。”[①]可见，唯物辩证法从创立的时候起，便是向四面开放的。它一经形成，是不是就封闭和不变了呢？不，它那无所不包的体系本身便要求它多方面地开放，它那强调运动和发展的辩证法特性，也决定了它必须要继续不断地开放。列宁说：“马克思主义没有结束真理，它只是为不断地发展真理开辟了广阔的道路。”恩格斯也说过：“随着自然科学领域中每一个划时代的发现，唯物主义也必然要改变自己的形式。”[②]标志着当代科学技术革命和具有划时代意义的系统科学，毫无疑义地将给马克思主义哲学——唯物辩证法带来某些形式的改变，甚至还会丰富和发展唯物辩证法的某些方面的具体内容（这点后面还将具体谈到）。不仅自然科学方面如此，社会科学方面的最新成果也会如此，如当代各个社会主义国家不同的建设成就和不同的表现特点，都将会给马克思主义哲学——唯物辩证法和历史唯物主义的某些方面带来新的内容和新的形式。随着人类社会实践的不断发展，随着共产主义运动的经验的不断丰富，马克思主义哲学——唯物辩证法将会不断地得到充实、丰富和发展，不发展是不可能的，因为客观世界就是永远辩证地运动着的，这是毫无疑义的。那种把马克思主义哲学看成是僵死的封闭的体系的观点，显然是对它缺乏深刻的了解，或是将它与极“左”路线统治时期对待马克思主义采取教条主义和僵化的态度、对外采取封闭政策和盲目排外的种种做法混淆起来，从而不分青红皂白地一古脑儿把它们全部抛弃掉，真有点像恩格斯说的，泼掉洗澡水，连婴儿也泼掉了。如果我们深入细致地钻研一下马克思主义哲学原著，就会明白马克思主义哲学系统浑身上下都是开放的；就会发现极“左”路线下对唯物辩证法的某些解释是被歪曲或是被片面地夸张了的，在很多方面根本不符合马克思主义哲学的原意，他们所采取的极“左”路线

① 《列宁选集》第1卷，第441页。

② 《马克思恩格斯选集》第4卷，第240页。

的方针政策，更是远离马克思主义唯物辩证法十万八千里了；就会发现，当前那种“取代论”的说法是极端站不住脚的，除了搞乱人们的思想以外，没有任何积极作用。

现在，让我们再来看看系统论的开放情况。由于系统论研究的对象是具体事物，即具体系统（即使这个系统很大，其中包含着许多子系统和许多层次也罢），所以它开放的方面自然不及概括天地间万事万物的马克思主义哲学——唯物辩证法的开放方面来得广泛。又由于具体事物的系统是具有相对独立性的，而具有相对独立性的具体事物的系统又分为开环系统和闭环系统两大类，这样，又势必缩小了它的开放范围；更由于系统论偏重研究系统的元素、结构、功能与环境及其信息的流程这一横断面，而不是研究包括具体形态、性质在内的系统的全部内容，这样，所谓开环系统也仅仅是系统的元素结构和功能以及信息流程的开环。由此看来，系统论的开放程度是难以与马克思主义哲学相比的。

第四，从它们各自的适用范围来看。马克思主义哲学——唯物辩证法不仅仅是无产阶级的世界观和方法论，而且也是人类进行一切活动的指导思想，也就是说，人类一切正确的活动都是遵循了唯物辩证法的原则的，所不同的是信仰或懂得马克思主义哲学的人比较自觉地运用它来指导自己的活动，不信仰或不懂得它的人则是不自觉地遵循着唯物辩证法的原则。因为唯物辩证法是不以人的意志为转移的客观存在，马克思恩格斯的功劳就在于，他们能够将具体的丰富多彩的客观事物中的唯物辩证法抽象出来，把它变成科学的唯物辩证法——马克思主义哲学体系。生产活动和生产管理违反了唯物辩证法，产量就会下降，管理就会产生混乱；科研活动和科研管理违反了唯物辩证法，便出不了成果，科研人员的积极性便调动不起来；政治工作和行政管理工作违背了唯物辩证法，就会带来民心不安定和社会秩序混乱的恶果；文化精神活动违反了唯物辩证法，就会走到盲目排外、固守“国粹”或崇洋媚外、民族虚无主义等极端上去。且不说信仰马克思主义的人是应当如何自觉地按照唯物辩证法的原则去办事的，那些根本不懂得马克思主义唯物辩证法哲学然而却为人类做出了一定贡献的人，在他取得成果或成绩的过程中，却是不自觉地遵循了唯物辩证法的原则的。牛顿信仰上帝，然而他所创立的力学定律，在一定的范围内却是充满了唯物辩证法的；华盛顿也不懂唯物辩证法的哲学，然而在他领导的美国资产阶级革命战争中所实行的方针政策和战略战术，却是充分体现了唯物辩证法的基本精神的。历史上还有许多著名的军事家也都谈不上是唯物辩证法家，然而他们却十分懂得必须充分掌握敌情，才能做出决策这一唯物主义的道理，他们也十分懂得根据战场上瞬息万变的特点，随时修改原定的战术和战略计划。可见，唯物辩证法是客观存在，人们要想把事情办成功，就必须遵循它的要求。因此，说它是人类进行一切活动（包括一切科研活动）的基本指导思想，是毫不过分的。

系统论和系统方法的作用也是不能低估的，但是，它不像哲学那样，在一切活动中都起着指导的作用；而是起另一种不同的作用，即像蒸汽机、电动机和发电机的发明带来规模宏大的第一次工业革命，细胞学说和进化论等的创立推动了自然观的革命，系统科学（包括信息论和控制论等）的创立确实起到了或正在起着推动规模更为宏伟广大、图景更为绚烂壮丽的新的世界工业革命的伟大作用。而且更重要的是产生了前所未有的智能产品，即部分地代替人的智能的电脑产品。电子计算机已经进展到研制仿效人的智能的第五代电子计算机系统，它将不仅能高速计算，而且在一定程度上具有人的某些智力的功能，它会听、会说、会看、会学习、会联想，会推理、会判断、会画、会交流，在一定程度上可以说是人脑智能的延伸和开拓。据国外资料计，美国现在已有百分之五十的人从事智力工业（即从事科学、技术、机器人研制等工作），从事一般工农业生产的只占劳动力总数的四分之一；欧洲几个主要国家从事智力工业的劳动力则占总劳动力的三分之二，而且还有迅速发展的趋势。但是，不管系统科学在推动大规模的系统工程建设和智能生产中起着如何伟大的积极作用，它毕竟还是以系统工程、智能生产等具体事物为研究对象，只是一门涉及知识面比较广的，即跨学科的具有当代最高水平的自然科学就是了，绝不可能取代以世界观和方法论为研究对象的马克思主义哲学。正像带来产业革命的蒸汽机、电动机、发电机等，引起自然观革命的能量守恒和转化定律、细胞学说和进化论等不能取代哲学一样。

第五，从它们的发展过程来看。系统论也有个辩证的发展过程。在古代便出现了用黑格尔的话来说是直观的“爱智”的抽象的系统观，亚里士多德的“总体大于各个部分的总和”便是这一时期的代表。中世纪经院哲学则虚构了一种上帝制造一切的神学系统观。到了近代，康德创立了一种关于宇宙起源的“结构系统”的星云假说的系统观，他认为宇宙系统这个整体中的每个子系统都是不断消灭和再生的过程；这个系统观在当时还只有假说的性质，而且它是建立在二元论的基础上的。接着，黑格尔在吸取了前人系统观中关于自运动、自发展的合理内容而发展成非常有价值的将自然、社会和思维看成一个系统发展的整体的辩证运动的系统观，但是这个系统观是从概念出发的头足倒置的客观唯心主义的系统观。只有到了十九世纪中期，集人类一切科学之大成的伟大的思想家马克思和恩格斯，才把黑格尔的辩证的运动系统观的合理的内核与唯物论有机地结合起来，从而创立了包括宇宙中一切方面（自然界、社会、思维）的唯物辩证的系统观，从而避免了历史上直观的、虚构的（神学系统观）、机械的、形而上学的种种弊窦。恩格斯说：“马克思和我，可以说是从德国唯心主义哲学中拯救自觉的辩证法，并把它转为唯物主义自然观和历史观的唯一的人。可是要确定辩证法的同时，又是唯物主义自然观，需要具备数学和自然科学知识。”[①]恩格斯在总结了十九世纪自然科学的成就后又指出：“我们现在不仅能够指出自然界中各个领域内过程之间的联系，而且总的说来也能指出各个领域之间的联系了，这样，我们就能够依靠经验自然科学本身所提供的事实，以近乎系统的形式描述出一幅自然界联系的清晰图画。”[②]“现在整个自然界是作为至少在基本上已解释清楚的种种联系和

① 恩格斯：《反杜林论》，第8页。

② 《马克思恩格斯选集》第4卷，第242页。

种种过程的系统展现在我们面前。”[①]“宇宙是一个系统（体系），是各种物体相互联系的总体。”[②]可见，马克思恩格斯是在当时人类所取得的一切科学文化成就的基础上，自觉地科学地把整个宇宙看成是一个相互联系的种种过程的大系统的，而唯物辩证法就是这个无所不包的大系统的高度概括、高度抽象的描述和写照！

马克思和恩格斯不仅把整个宇宙当作一个大系统来研究，得出了科学的辩证唯物主义宇宙观的结论，而且在这一思想指导下，对宇宙中的一个子系统——人类社会进行了深入的研究，发现了生产力和生产关系、经济基础和上层建筑、经济结构和政治结构、阶级结构和文化结构（层次）等因素的相互联系、相互作用的关系，从而在人类史上第一次科学地阐明了历史发展的客观规律，创立了历史唯物主义。马克思和恩格斯（特别是马克思）还运用自己所创立的科学世界观和历史观，把资本主义社会当作一个相对独立的系统予以精心的研究，发现了资本和劳动、商品和劳动的两重性、价值和货币、绝对剩余价值和相对剩余价值、生产社会化和私人占有制等因素的相互影响、相互矛盾的关系，从而揭示出资本主义社会发生、发展和灭亡的客观规律。马克思恩格斯对于资本主义社会系统、人类社会历史系统和整个宇宙系统的分析研究和所创立的科学理论，都具有划时代的、影响深远的伟大意义。普通系统论的创始人路·冯·贝塔朗菲在论述系统观念的历史发展时，不仅指出它是与人类思想史互相影响、交织发展的一种现象，而且公开承认，马克思的哲学思想——唯物辩证法乃是他的系统论的先驱[③]；许多西方系统论学者也不能不承认，马克思第一次把系统的方法应用于社会历史的研究，把社会看成系统，把人类历史看成系统的运动；因而把马克思称为“社会科学中现代系统

① 恩格斯：《自然辩证法》，第117页。“System”一词，参照法文原文的方法论含义，将原中译文“体系”改译为“系统”。

② 恩格斯：《自然辩证法》，第54页。

③ 路·冯·贝塔朗菲：《一般系统导论》，载《自然科学哲学论丛》1979年第2期，第5页。

的始祖”[①]。

科学事业就像接力赛跑一样，中间每一个阶段上的接力都有承上启下、不可或缺的意义。马克思恩格斯不可能穷尽系统观方面的真理，他们只是为后人发展系统观理论开辟了广阔的道路，正如黑格尔、康德等前人对马克思恩格斯的影响和作用一样。在马克思恩格斯创立的宇宙系统观和社会历史系统观的启迪下，在二十世纪四十年代，在跨行业、跨国家的各种大型工程技术和各种新建立的跨学科的科学如雨后春笋一样涌现的浪潮里，偏重科学技术方面的“系统论”这个可爱的婴儿又诞生了，她那呱呱落地的不平凡的叫闹声，打破了科学技术界一切固守陈规旧套的迷梦；她那日益茁壮成长（由一般系统论、耗散结构论、超循环论到泛系统论等）和在科学技术等部门中所显示的生命力令人为之侧目！她所确立的一些概念、模式和原则，不仅是系统论本身所以显示出强大威力的原因所在，而且反过来又补充、丰富和发展了马克思主义世界观和方法论的某些内容和形式。

综上五点可以看出：在科学的世界观和方法论产生之前，一切自然科学和社会科学上的成就，只能起一个促进它产生的作用；科学的世界观和方法论产生以后，一切自然科学和社会科学的最新成果，又只能对它起补充、丰富和发展其某些内容和形式的作用。就是系统论创始人路·冯·贝塔朗菲，也是承认他是受到马克思主义世界观和方法论的启发以后，才在技术工程方面创立了系统论的。他认为马克思、莱布尼茨和黑格尔等是系统论概念形成历史中的“辉煌的大思想家”。美国的P.麦奎里说：“马克思确实可以看作是一位早期的系统论者的。他的理论工作的主要部分都可以看作是富有成果的现代系统方法论研究的先声。”苏联学者单兹明也进一步指出，“马克思主义的理论和方法论，把系统论的原则作为一个重要的组成部分包含于自身”。完全可以断言，在未来的科学发展中，即使出现了比系统科学的体系

① 参见《国外社会科学》1979年第6期，第1页。

高出十倍百倍的某种一体化程度更高的学科，也不可能取代专以研究世界观和方法论为对象的哲学，只是在更深刻的意义上补充、丰富和发展它的内容与形式罢了。任何科学图景的变化，不等于以世界观和方法论为研究对象的哲学观的取消，任何历史阶段的生产力的发展及其带来的物质文明，决不会导致科学世界观和方法论的消失，恰恰相反，随着科学图景的不断变化，随着生产技术和物质文明的迅速提高，将为马克思主义世界观和方法论的发展提供广阔无垠的前景。

那么，系统论和系统方法究竟在哪些方面丰富和发展了马克思主义哲学——唯物辩证法的内容和形式呢?

路·冯·贝塔朗菲运用唯物辩证法的系统观，创造性地在新的自然科学领域创造了系统论，这本身就是一种发展。所谓“发展”，就是运用前人创立的先进理论体系中的原理、原则和方法，创造性地解决了新的领域的新问题，从而更加丰富和充实了前人的科学理论。不承认这是个创新和发展是不符合客观事实的。

系统论所确立的系统、元素、结构、功能、环境等一整套范畴和原则，给我们提供了一个对任何一个系统（不论系统的大小和性质如何）都可以套用的框架（仅仅是个框架），因而也就在一定程度上丰富和具体化了唯物论和辩证法的一些具体内容。

“系统”是一个中性的泛指的普通名词，它既可以指客观事物系统，也可以指主观精神系统。如果指的是客观事物的系统，它正好是“物质”这一高度概括的哲学概念的具体化。因为宇宙中的各种大小不同的具体事物都是以系统的形态表现的，而“物质”正是宇宙中许许多多、大大小小不同的具体事物——即具体的系统的高度抽象和概括。也就是说，一切客观世界的具体事物的系统都包含在“物质”这一概念之中，“质”的具体内容就是指各种各样大大小小的具体事物的系统，每个系统又由各种元素结构而成，各种元素又有各种子系统，循此而往，以至无穷。这样，“物质”的概念就显得丰富而又具体，不像原来理解的那样抽象、空泛；对唯物主义这一观点的正确性，也有了现代科学成果的依据。

但是，与此同时，必须指出，系统论所指的系统、元素、结构、功能、环境等一整套范畴都是偏重于它们的结构功能以及信息的流程。根据近代和现代自然科学证明，凡是客观的事物都有质量、能量和信息三种属性，这三种属性又都以一种具体形态表现出来，而系统论只充分利用事物的信息这一属性。但是，从哲学的角度来看，客观事物的系统和元素应当包含质量、能量、信息、表现形态、元素、结构和功能等全部内容，否则就谈不上是“物质”这一概念中所包含的客观世界的具体事物了。这样看来，系统论仅仅为“物质”概念的深化提供了系统、元素、结构、功能、环境等可以套用的一个框架，要想让它真正变成“物质”概念中“合格”的具体内容，还必须在系统、结构、元素、功能、环境等所组成的框架中赋予其具体形态、属性（质量）、能量等内容。我们所说的系统论在某种意义上深化和丰富了“物质”概念的具体内容，就是指它所提供的这个框架而说的。看不到系统论的系统、元素、结构、功能、环境仅具框架的性质，笼统地说它们丰富和具体化了“物质”概念，显然是欠妥的。

同理，系统论在某种意义上也深化和丰富了马克思主义哲学中的“精神”这一概念。如果系统指的是人的主观思想意识及其表现形式方面的系统，它又正好是“精神”这一高度概括的哲学概念的具体化。因为人们的思想意识及其表现形式也总是以各种不同的系统的形态来表现的，而“精神”正是从人们的各种不同的具体思想意识和具体意识形态的系统中高度抽象和概括出来的，也就是说，一切具体的思想意识及其表现形态的系统都包含在“精神”这一概念之中。“精神”的具体内容就是指各种各样大小不同的思想意识系统，每个具体的思想意识系统又由各个元素——子系统结构而成，各个元素中又有各种更小的子系统，循此而往，以至无穷。这样的“精神”概念，也显得丰富、具体而更有说服力。但是，同时也必须指出，偏重考察信息流程的系统论，也仅仅为“精神”这一概念的深化提供了系统、元素、结构、功能、环境等可以套用的一个“框架”，要想让它真正变成“精神”概念中“合格”的具体内容，也必须在系统、元素、结构、功能、环境等组成的框架中赋予它具体的表现形式、属性和各种不同的社会政治色彩及其内在关系的性质等具体内容，因为各种不同的具体思想意识及其表现形式本来就存在着不同性质、不同观点和不同动机，谁又能否定得了这一客观事实呢！

也许在持“应当否定除了物质就是精神的提法”的观点的同志看来，把各种“系统”分别放在“物质”和“精神”这两个概念下来考察是没有必要的。其实不然。在哲学的范围内是否定不了物质和精神的提法的，因为，“物质”和“精神”是哲学这门科学中所不可轻易忽视的一对基本范畴或概念。自古以来，哲学就是围绕着物质和精神孰先孰后以及两者关系而产生各种学派之争的。为什么古今中外的一些先进的学问精深的思想家都围绕着这一问题争论不休呢？就因为它在每一个时代都有指导实践的意义，因此每个哲学家都按照他所代表的不同的政治集团、阶级、阶层、群众集体的利益，对此提出自己的主张。任何一个历史阶段（即使是人类发展的高级阶段），也都存在着一个如何改造客观世界的问题，是依据对客观世界规律的正确认识去改造，还是凭主观臆想去改造？不正确地解决物质和精神的唯物辩证关系，是不可能自觉地、有效地改造客观世界的。当然，物质和精神孰先孰后的提法只有在哲学中区分唯物主义和唯心主义两大营垒的时候才有意义，离开了这个范围和场合或者在其他场合下，便没有必要这样区分和强调了。如系统论中的系统就是不分物质和精神的一种泛指，其他各门具体学科也都如此。持“应当否定除了物质就是精神的提法”的同志可能是把这两个不同场合混淆起来了。

正因为物质和精神孰先孰后的问题是哲学这门学科研究的一项基本任务，所以我们将系统论放在最科学的马克思主义哲学观点中来考察；以阐明它与马克思主义哲学的关系，从而有利于马克思主义哲学的发展，也有利于正确地、恰到好处地推广和运用系统论的原则与方法。

系统论极大地丰富和充实了辩证法中的普遍联系的观点，并且强有力地证明“普遍联系”完全可以重新提升到与辩证法其他三个基本规律（对立统一，量变和质变、否定之否定）并列的地位，即最后被确认是辩证法四个基本规律之一。马克思主义哲学中的对立统一规律、量变和质变、否定之否定，是根据对黑格尔的辩证法三条基本规律的改造而来的，但在马克思恩格斯的著作中同时还多次提到普遍联系的规律的重要性，只是没有正式论述它是辩证法的四个基本规律之一。斯大林在《联共（布）党史》中却是把它和其他三个基本规律合在一起，正式称为辩证法的四个规律。在赫鲁晓夫掀起反斯大林风潮的影响下，苏联哲学界又悄悄地将普遍联系的规律勾销了。现在看来，当代最高水平的自然科学成果——系统论、信息论、控制论，尤其是系统论的基本理论和基本实践充分证明，“普遍联系”完全可以重新回到辩证法的基本规律的行列中来，使其最后正式成为辩证法的四条基本规律之一。因为系统论最突出的特点就是它强调了普遍联系的规律的重要性，并且找出了许多联系的具体形式（直接联系、隔层联系、间接联系等），从系统到各个元素、各个元素之间、各元素内部的各个层次，系统与外部环境之间，它都强调存在着有机联系；它还强调信息的流程与系统元素的结构和功能的不可分割的联系。系统的大小和它的外部环境也都是相对而说的，也就是说，宇宙间万事万物都是互相联系着的。可见，系统论通过结构、功能、环境等几个富有联系含义的范畴作为纽带，最集中，最典型、最全面地表述了客观世界普遍联系这一规律。系统的规模大小是相对的。大而言之，整个自然、人类社会和精神世界都可以看成一个系统，概括自然、社会、精神三大方面共同规律的唯物辩证法宇宙观和方法论也是一个哲学系统；小而言之，物理学中的分子、原子也算是一个系统。系统论是在马克思主义宇宙观的影响下，即在整个自然、社会和精神三大方面的共同规律。它是在唯物辩证法的规律影响下，偏重抽出整体结构、功能和环境进行研究的宏观和微观的系统理论。

系统论在一定程度上也证实了辩证法的普遍意义，并且在一定程度上充实了辩证法的具体内容。它所运用的“动态”“信息流程” 以及它在生物、电脑、人类社会等领域中强调存在信息反馈的“自组织”“自控制”等内容，给我们提供了一个抽象的辩证法框架，这也是对辩证法的某些具体内容的一种开拓。但是，正如前面所提到的系统论所说的“动态”主要是指结构和功能的变化以及信息的流程而说的，并不涉及系统的内部矛盾的性质，它所说的“自组织”“自调整”也是偏重从系统的结构和功能方面来考察的，目的是为了模仿其结构和功能（如制造机器人这一系统），而根本不去考察系统内的矛盾的主次及其主次方面的性质和地位。因此，这个框架是缺乏对立统一的矛盾运动的真实内容的。

系统论还深化了马克思主义哲学的认识论。马克思主义认为，唯物论、辩证法和认识论三者在实质上是一回事。人们认识客观事物的辩证法规律，必须通过反复实践才能办到。贝塔朗菲从二十世纪二十年代便开始从事系统论的研究活动，直到四十年代末才正式确立和提出普通系统论这门新学科，当中经过了二十多年的艰辛努力、实践探索。后来，又经过哈肯、乌也莫夫等科学家的继续深入探索，才逐渐趋于完善。它在许多次大型系统工程建设中所显示的强大威力，大大开阔了我们的眼界。它给我们提供的认识客观世界的一般模式、原则和方法，进一步提高了我们认识的水平，它对生物、社会和电脑存在着信息反馈的自组织、自控制系统的总结，开辟了人工智能产品生产的广阔而又灿烂的前景，大大提高了人类征服自然的智慧和力量，这些都充分说明人类正是按照实践——认识——再实践——再认识这条不断深化的认识道路前进着的。系统方法中的模型化原则便是为了直接进行分析和实验，从而设计出系统模型来代替真实系统，以达到不断实验和修正系统方案的目的，这是系统方法坚持实践观点的又一显著例证。由于系统的大小是相对的，小的小到原子、粒子、中子，大的大到整个宇宙，都可以称之为系统，所以，系统论方法适用的范围很广，仅次于哲学方法论而居第二位。

此外，系统论所强调的系统、子系统、亚子系统，多层次、多维向等范畴，使我们观察和研究问题时能做到比较全面，比较系统，更为自觉地避免只看一点、不及其余，只见树木、不见森林的片面性。

整个世界就是一个大系统，大系统下又分成各个部分比较次之的小系统，而辩证唯物主义哲学就是研究大大小小系统的辩证唯物主义的变化规律的。可见，系统论方法在方法论中是居于十分重要地位的。

二 系统方法在文艺学和美学研究中的适用范围

弄清了系统论与马克思主义哲学的关系以后，再来研究它在文艺学和美学中适用的范围就比较容易了。

马克思主义哲学——唯物辩证法是专以研究世界观和方法论为对象，即以研究自然、社会和思维的共同规律为对象的科学，其他一切学科（包括系统科学和文艺学、美学）的研究都要自觉或不自觉地接受它的指导；而系统科学和文艺学（美学）所研究的对象又都同属于自然、社会和思维中的某一方面的具体部分的具体学科，因此，其间必然存在着某些共同点和不同点。它们的共同点决定了可以用某些共同的方法来进行研究，它们的不同点说明了它们各自有着自己的特殊性（每门学科都有其特殊性，否则它就不能单独作为一门学科而存在了），这种特殊性则是必须运用适合这种特殊性的特殊方法才能解决的。用共同性方法取代特殊性方法，势必要否定这门具体学科的特殊性及其特殊研究任务，最终导致取消这门学科；反之，只强调某门具体学科的特殊性，拒绝或否定运用它与其他学科一些相通的共同方法，又势必会陷入固步自封的境地。这两种倾向都是十分有害的。

那么，系统论与文艺学、美学有哪些共性呢？

系统论是以具体的系统的一般模式、原则和方法为研究对象的，文艺学和美学也是一种系统，因此，系统论提供的系统、元素、结构、功能和环境等一整套的“框架”（请注意，仅仅是指框架！）是可以用来研究文艺学和美学的。文艺学（或美学）这个系统同样存在着整体和局部、层次和结构，功能和环境等现象。系统是相对而言的。文艺学这个大系统包括文学和艺术两大元素，“文学”元素中又包含着散文、小说、诗歌、剧本等子元素；“艺术”元素中包括绘画、音乐、舞蹈、雕塑、建筑艺术、电影、戏剧等子元素。如果把散文看成一个独立的系统，那么，它又包含抒情散文、写景散文，记叙散文、杂感散文，白话散文、文言文等，而各种类型的散文又是各个篇目散文的总称。“绘画”系统包含水墨画、工笔画、版画、油画、漫画、年画等元素，各种类型的画又是各个具体画幅的总称。其他文学种类和艺术种类又何尝不是包含许多子系统和层次的呢？可见，“文艺”这个大系统是包含许许多多层次的复杂系统，而每个层次之中的各个元素又是互相渗透、互相影响的并列结构关系。

“文艺”最亲近的环境是文化，也就是说，文艺是文化这个大系统中的一个子系统，它们之间也是局部和整体的关系。文化系统制约着它的子系统——文艺，有什么水平的文化，才会出现什么水平的文艺；然而文艺却融合了各种文化血液，它是人类一种特殊的精神生产，因此它又在很大程度上代表着一定的文化水平，研究每个时代具有代表性的艺术，便可以窥见该时代的文化水平如何。研究唐代的诗歌，大体上可以看出唐代文化的发展水平；研究文艺复兴时期的绘画，也可大体窥见该时期的文化发展程度。苏联著名美学家卡冈在《文化系统中的艺术》一文中，对于文化系统及其与子系统——艺术的关系说得很透彻，这是用系统方法研究文化和艺术关系的一篇很有参考价值的论作。

如果就艺术系统中子系统的子系统——每篇作品来看，我们可以把它看成一个相对的独立系统，其中也有元素、结构和功能等问题。林兴宅同志的《论阿Q性格系统》一文[①]，便是运用系统论中的有机整体观念、多维多向的联系思想以及动态观点分析阿Q形象所做的一次有意义的尝试。从阿Q性格的整体及整体内部各个性格因素的联系和结构层次，说明了阿Q性格自身的规定性及其在社会大系统中的不同时空和不同读者之间的紧密关系与不同功能。

由上可见，系统论中所包含的系统、元素、结构、功能、环境等一系列

① 《鲁迅研究》1984年第1期。

概念从“框架”的意义上是与文艺学、美学有着共同之处的，因而也是适用于文艺学和美学的研究的。系统方法的优越性就在于它能使我们把握文艺系统各个部分相互作用的诸种密切联系和结构质，也能使我们比较全面地把握文艺系统及其所依存的社会文化和社会生活等环境的诸种密切联系和功能质。也就是说，它提供了从有机整体出发，多维多向地全面考察问题的方法。然而这也仅仅是就其所提供的“框架”而说的。

系统论与文艺学又有什么不同点呢?

前面已说过，系统论和系统方法的一个突出特点是撇开系统、元素和环境的具体形态、属性以及它们之间的内在关系的性质于不顾，而只着意从系统、元素、结构、功能和环境的信息流程中，运用数学法把握其最佳处理问题的方案。这个特点正是它在各种大型系统工程建设中，在人工智能的生产中取得特异效果的原因所在。然而也正是由于这个特点，使它与偏重研究系统、元素、结构、功能、环境的具体形态、属性及其内在关系的性质的文艺学的这一特点形成鲜明的对比。也就是说，系统论和文艺学(美学)各自不同的个性和特殊的研究任务，决定了它们对系统、元素和环境等概念中所包含的丰富内容有着不同的摄取方面。文艺学和美学的研究是不能撇开具体形态、属性和内在关系的性质的。恰好相反，文艺学的特点却是决定了它必须注重对文艺及其子系统的具体形态、社会属性以及它们之间的内在矛盾关系的性质的研究，这样才能更好地把握文艺的特征和规律，从而发挥文艺所特有的与系统论的功能根本不同的社会功能。

文艺学之所以重视文艺的具体形态的研究，就在于文艺本身是一种内容和形式高度统一的、具体生动、富有强大感染力的艺术形象(广义的)，艺术形象如果不能达到形神兼备的境界，不具体生动，就谈不上是艺术品。古往今来的艺术家们有谁不为他笔下所刻画的艺术形象而煞费苦心呢？四海之内的读者和观众，又有谁不是首先从栩栩如生的艺术形象中受到美的感染，得到娱悦，获得启发和教益的呢？可见，中国古代文论中常常运用的直观的形象分析法不是没有道理的，恐怕也是为今人和未来的人所要借鉴和效法的方法之一。

文艺学之所以重视文艺的性质的研究，就因为艺术是人类社会实践的产物，而人类社会的各个发展阶段是有性质的区别的，各个国家的社会制度也有不同性质，同一社会制度又有上升时期和没落时期之别，作为描写人类社会生活、表现人类理想的文艺作品，又怎能没有性质上的区别呢？“不稼不穑，胡取禾三百廛兮”的基调，只能来自奴隶社会；帝王将相、才子佳人的基调，只能来自封建社会；个性解放、民主、自由、平等、博爱的基调乃是资本主义社会的产物；社会主义时代的文艺则是以为人民服务、为社会主义服务为基调的。从某种意义上说，研究文艺的性质，实际上是在更深刻的内涵意义上研究该作品所赖以产生的终极原因——社会生活实践，是在更正确地评价文艺作品的社会功能和地位。由此可知，人们常常用文艺社会学的方法来研究文艺也绝不是偶然的。这种情况是历史的客观存在，是否定不了的。

文艺学之所以重视研究文艺作品中各种元素内在的矛盾关系的性质，就因为任何一篇（或一件）佳作都包含着特定的主题倾向和作者的特殊立意。即使作品的内容很复杂、线索很多，但必然有一条主线和主要矛盾在制约着故事情节波澜曲折地发展变化。如果作者不善于抓住主线和主要矛盾来展开复杂内容的描写，这个作品也就称不上是一件成熟的作品了。同样，如果欣赏者或评论者不能准确地透过许多线索和情节以及复杂画面的描写，抓住其中的主线和内在的主要矛盾进行分析研究，即使矛盾的层次罗列得很多，各种元素的多种联系和复杂结构也讲得很全面，却是不能抓住其中规定着事物性质的主要矛盾和主要矛盾方面，一语击中要害，从而揭示出它所以形成这个艺术特点或人物性格的主要原因，阐释清楚作品的主要现实意义所在，这就不能不嫌其尚有疏陋欠缺之弊了。所以，人们常常运用矛盾分析法来研究文艺作品自然也是无可非议的。

除了上面所说到的系统方法、直观形象分析法、艺术社会学方法、矛盾分析法等四种方法外，还有艺术心理学方法、比较学方法、语言学方法，符号学方法，结构主义某些合理方法等都可加以运用，这些方法不是相互排斥的，恰恰相反，它们是相互配合、相互补充、共同担负着文艺学研究的任务的有机的统一体。因为文艺本身就是由不同的艺术语言、结构、体裁、题材、主题等内容组成的一个复杂的形象系统，试问，又怎么能以一种方法代替或排斥其他的方法呢？系统方法又怎么能排斥符合文艺学本身特点的一些一向行之有效的研究方法呢？如果说上面所提到的卡冈的《文化系统中的艺术》一文有什么缺点，那就是它只单一地运用了系统方法，而没有把它和矛盾分析法等方法同时有机地结合起来，只顾了艺术系统和文化系统的关系，而未顾及文化和艺术的性质；只罗列了各元素之间的关系、结构、层次，而未阐明元素和层次的性质和主次地位；只求面面俱到，而未能抓住问题的实质。卡冈正是由于这些原因而未能把艺术的特征、本质和发展规律分析透彻。林兴宅同志的《论阿Q性格系统》也存在着这方面的不足。他对阿Q性格元素罗列了十个方面，应当说很全面，但是阿Q的最主要的致命弱点、也是民族不能振兴的一个精神上的基本缺陷——精神胜利法，却没有得到应有的强调。他在把阿Q性格放到社会这一大系统中进行多侧面考察时所罗列的六个方面，也是比较全面的，其中的政治和经济两个方面的决定作用却没有加以突出，而且把产生阿Q性格的原因和阿Q性格的表现罗列成并列的元素也未必妥当。

系统论中运用高等数学对系统作定量计算的方法能不能用到文艺学和美学的研究中来呢？这也需从系统论和文艺学（美学）的不同性质及不同的研究任务上来分析，才能做出比较正确的回答。我们认为，在文艺学研究中，那种完全照搬系统论中的定量分析和完全否定定量分析的两种倾向都是不足取的。既然系统论是撇开系统的具体形态属性和内在矛盾性于不顾，而专以获取系统的信息流程从而化成微分方程进行精确定量计算为其主要研究手段的学科，既然文艺学却又是专门以系统的具体形态、属性和内在矛盾性为研究的主要内容，可见在文艺学中运用数学定量分析的方法就不是主要的了。因为它有一套适合自己本学科特殊性质和特殊任务的特殊研究方法。那么在文艺学研究中究竟要不要定量分析呢？辩证唯物主义认为，任何事物都有一个质和量的关系问题，因此，定性分析和定量分析是不能决然对立的，重要的是要根据具体的研究对象的性质和研究任务的不同来决定其主次。如果说系统方法是以定量分析为主，那么以研究具体形态、性质、规律为主要任务的文艺学（美学）就不应以定量分析为主了。在某些方面也可以定量分析，作为辅助方法。如对文字的统计，对某些共同性的事件的统计，对人名、地名、读者人数和上座率、售书量的统计以及电子计算机中各种指定性（执行设计者的命令）的模拟和描述等，都可以用数学方法。如有人把《红楼梦》前八十回和后四十回里出现的“的”字数目各做了个统计，从两者的平均数看，前八十回用“的”字很多，八十回以后数量较少，由此证明八十回以后的不是曹雪芹所作。但对于研究艺术形象的特征、性质和规律等重要问题，是很难用也是不需要用数学方法的。将来第六代以至第十代、二十代智能电子计算机也许能更多地代替人脑的思维和分析，精确的定量分析也许会多一些，但那已不是群众性的文艺鉴赏和批评，而是纯属科学研究的某种需要罢了。

关于如何正确运用系统方法，所涉及的问题还很多，这里只就一些主要方面的问题谈了些个人的认识，是否正确，尚需同志们批评指正。

（原载《马克思主义文艺理论研究》第7卷，文化艺术出版社1986年第1版。）

运用系统论研究文艺

当代国外许多研究家致力把系统论、信息论和控制论的方法运用于文艺与美学方面的研究，我国一些理论工作者近几年来也开始进行了一些探索，现仅就国内为数不多的有关运用系统论方法研究文艺的文章作一粗略的介绍。

有的文章用系统论方法分析鲁迅小说《阿Q正传》中的阿Q形象，解决了一些过去没有说清楚的关于阿Q性格中的各种矛盾现象。如运用有机整体观念代替机械整体观念，用多向的多维联系的思想代替单向、线性因果联系的思想，用动态分析代替静态分析，既把握了阿Q性格的整体及整体内部各个性格因素的联系和结构层次，又说明了阿Q性格自身规定性和社会大系统及其在不同时空和不同读者的紧密关系与不同的功能。阿Q性格是一个由多种性格元素构成的：质朴愚昧又圆滑无赖；自尊自大又自轻自贱；争强好胜又忍辱屈从；狭隘保守又盲目趋时；憎恶权势又趋炎附势；蛮横霸道又懦弱卑怯；敏感禁忌又麻木健忘；不满现状又安于现状。这一系列矛盾性格汇合成三个特征，即两重人格、退向内心、泯灭意志。而这三个特征又是典型的奴性性格的具体表现。这个奴性性格特征是具有鲜明的阶级性、时代性、民族性的内涵和超越阶级、超越时代、超越民族的辩证统一体。

根据系统论方法，不仅要把握阿Q性格总体特征及其各个具体矛盾性格的关系，而且要把阿Q性格放到社会这一大系统中去，进行多侧面的考察，弄清它在各种社会精神文化系统中不同的系统质。也就是说，不仅要考察阿Q性格的结构质，而且要考察阿Q性格的功能质，因为结构和功能是从内部和外部两大方面来反映系统的性质的。同时对文艺作品来说，所谓考察功能质就是要考察它在各种不同读者（包括不同阶级、不同时代、不同民族的读者）中所产生的不同作用和意义。阿Q性格功能质表现为三个层次：（1）阿Q典型诞生的时代是半封建半殖民地旧中国民族失败主义思潮的象征，精神胜利法与这种思潮非常相似；（2）阿Q典型性格也是中华民族国民劣根性的象征；（3）阿Q性格也是世界荒谬性的象征。正因为这样，所以阿Q性格具有普遍意义，即具有超越阶级、超越时代、超越民族的意义，以此来解决阿Q性格中的阶级性和超阶级性、劳动雇农和精神消极之间的矛盾问题。

有的同志提出：根据系统论方法，应当把文艺放在文化学这个大系统中来考察，才能对文艺做出全面的规律性的了解。因为科学方法论体系可分为三个层次：（1）哲学方法：研究适用于一切科学的普遍的方法原理；（2）一般科学方法：研究自然科学或社会科学共同适用的一些方法，它具有跨学科的性质；（3）专门科学方法：研究各门学科特殊的具体方法。系统方法属于方法论体系的第二种层次。传统的文艺学方法属于第三种层次。外国学者把研究文艺相关性的这种方法称作文化学方法。文化学是研究文化的二般理论，即研究文化的结构、功用和发展规律的一门科学。文化学方法对文艺学、美学研究提出许多新的重要课题，如①研究某一种文艺样式时，应当经常顾及其他各种文艺样式，顾及文艺的统一；②各种艺术门类在文艺史上得到不平衡的发展；③把文化分成物质层次精神层次和文艺层次，文艺层次处在物质层次和精神层次之间，而在文艺层次本身中，物质因素和精神因素的比重又在广阔的范围内变化；④把文艺置放在文化这个大系统中加以研究。系统方法在文艺的综合研究中具有重要的指导意义。根据系统方法，文艺活动是有规律地组织起来和发展的整体。

有的文章提出：用系统论方法来评论作品、作家、文艺现象和文艺问题，可以避免千篇一律的模式化的弊病。因为从作品系统的整体上来评论和研究它的总倾向，从作品系统的组成部分的相互依存、相互作用上来评论和研究它的思想和艺术，从作品系统的全部效用和功能上来评论和研究它的客观效果和审美价值，能够使问题搞得更清楚。一篇作品是一个系统，一个作家全部作品又是一个系统，文学和艺术又是一个系统，文艺与社会思潮和其他意识形态的联系又构成一个系统。某一年度长篇小说是一个系统，新中国成立以来的长篇小说又是一个系统，如此等等。把系统论的方法用之于研究文艺问题，要求把人的审美的艺术的活动和现象，看成具有多层次的系统的完整的有机构成体。

有的同志运用系统论方法将艺术作品的创作过程、欣赏过程及其社会作用的总和联系起来加以研究，让人们清晰地看出三者密切不可分离的关系，以解决动机与效果不统一的问题。它可以用下面图式来说明：

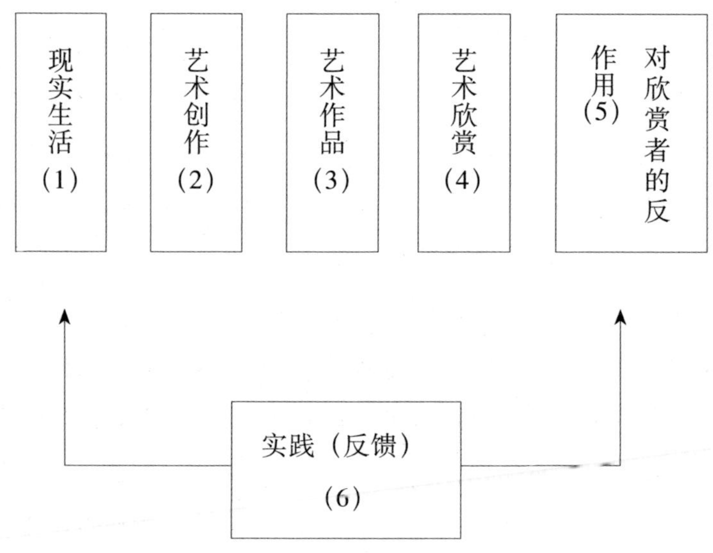

文艺学是人类灵魂的工程学。建立和发展这一门工程学，必须求助于个体心理学、社会及民族心理学、人类学、神经生理学、信息科学、哲学、美学等的深入研究，否则就很难建立和发展这门系统工程学。有的同志运用系统论的方法对审美这一复杂现象作了比较全面的考察，如从自然向人生成的系统运动中，从具体事物在具体关系中，从审美主体与对象所处系列中，从社会多系统的关系中来考察审美现象。这样比较容易说明一些复杂的问题，比过去孤立地争论某一审美现象显然是前进了一步。有的同志用系统论的方法研究艺术历史的演进，说明了从原始聚合到分门别类、从分门别类到单向聚合，从单向聚合到复向聚合，从二元复向到三元复向的四次变革的发展必然规律。此外还有人用系统论方法研究文学系统、文史系统等方面的问题。

（原载《美学文艺学方法论》下册，《马克思主义文艺理论研究》编辑部编选，文化艺术出版社1985年版。）

试论控制论及其在文艺学中的运用

如何正确地运用控制论方法研究文艺学？这个问题实质上是要回答控制论方法在文艺学研究中究竟有多大适用范围。各门学科既有它们的共性，也有它们的特殊性。共性的地方可以用共同的方法研究，特殊性的地方则需用特殊方法来研究。为了找出控制论和文艺学的共性所在，不妨让我们先弄清控制论与马克思主义哲学的关系，这样便有利于我们了解它在文艺学研究中的适用范围了。

一 控制论与马克思主义哲学的关系

恩格斯说："随着自然科学领域中每一个划时代的发现，唯物主义也必然要改变自己的形式。"[①]作为当代自然科学中"天之骄子"的控制论，也自然是要对辩证唯物主义普遍真理起着更为深刻的论证和深化的作用。

控制论进一步论证并深化了辩证唯物主义反映论。

控制论主要是研究生物、机器装置和人类社会等不同性质的系统对于信息的利用和控制的共同规律。电脑和人工智能所控制的对象就是信息，如信息交流、反馈调节、定向控制、自组织、自调节等共同控制规律，都是以信

① 《马克思恩格斯选集》第4卷，第224页。

息为其对象和内容的，也就是说，任何一个控制系统的控制，都是建立在它们对于反映周围环境及其本身状态的种种信息的获取、传输、变换、处理和利用的基础上的。所以，从这个意义上可以说，信息是控制论的基础，离开了信息就无所谓控制。控制过程的本质是信息的变换和处理的自动化过程。

作为检验是否能达到预期目标的反馈原理，就是研究如何通过发射环路不断接受信息的调节过程的。人类认识客观世界首先从感觉开始，然后采取思维的形式。列宁说："认识是人对自然界的反映，但是这并不是简单的直接的完全的反映，而是一系列的抽象过程，即概念规律等等的构成、形成过程。"①人的思维就是通过这种概念、范畴、规律等来反映客观事物的本质及其发展规律的。对客观事物毫无感知和思维，是无从认识其特征、本质和规律的。人们认识客观事物的本质和规律，往往需要反复实践的过程，而控制论所说的信息的获取、传递、加工、利用和反馈，实际上就是模拟人脑认识或反映客观外界事物的物质过程。这种反映了人、生物和机器（电脑或人工智能）获取、传递、加工和利用信息的共同规律，有力地证明了感觉和观念与有机体和外部客观世界之间信息交换的相互联系的密切关系，也就充分证明了马克思主义哲学反映论的科学性。所谓人的正确认识就是正确地反映了运动着的物质世界。

控制论也深刻地证明了辩证唯物主义所确认的意识对客观事物的反映具有能动性这一观点的正确性。

人脑对客观事物反映的能动性，首先表现在将感性知识通过去粗取精，去伪存真、由此及彼、由表及里的加工、制作而成理性认识的飞跃上，而电脑或人工智能则是用软件——决策机构来模拟人脑交换、加工和利用信息的能动作用的。第二，人脑对客观事物反映的能动性还表现在将理论用来指导实践的行动上，电脑或人工智能则是用硬件——执行机构来实行控制的。第

① 列宁：《黑格尔〈逻辑学〉一书摘要》。

三，人的能动性还表现在自觉地检验实践的效果上，而电脑或人工智能则用反馈装置即恒温计控制炉来自动地检验控制的目标值如何。从以上三点可看出，电脑的这些模拟人脑的变换和加工信息的主观能动作用的各种装置之成功，是以初步了解和把握人脑神经系统的具体奥秘及其能动地进行思维的规律为依据的。正是在这个意义上，控制论进一步深刻地证明，在反映和认识以及改造客观事物的过程中，离开了人的主观能动性，简直是不堪设想的。随着对人脑神经系统许多奥秘及其能动的思维规律的不断深入了解，随着智能机器人不断地向更高更理想的水平发展，将会更加有力地证明充分发挥人的主观能动性的重要意义。

控制论也深化了对立统一规律。

控制论深化了对立统一规律，主要表现在正确地处理和解决了思维和存在（思维规律和自然规律），感性认识和理性认识（感受、记忆、演绎、选择）、白板论和模式论、模糊思维和精确思维等辩证关系上。就拿模糊思维与精确思维来说，人工智能证明了人类的精确认识和模糊认识是统一的。科学实践和科学技术中的精确的定量分析和抽象思维的严格的逻辑推理固然是不可缺少的，但近似的模糊的认识也是普遍存在的。例如人类在实践中形成的各种概念和使用的语言，便都有一定的模糊性，因为人们对客观事物的反映只能是“近似的书写”（列宁语），而不可能是绝对一致的。这种模糊的认识和概念却往往使人便于灵活地处理和解决各种问题。处处都以科学的定量分析的精确认识为准则，不仅没有必要，而且容易使人陷入被动和困难的境地。因此，控制论学家和人工智能专家除了用经典数学和统计数学赋予电子计算机以科学的精确的定量运算能力以外，还将人的认识的模糊性赋予电子计算机，即运用模糊数学（模糊集合论）来描述模糊现象和模糊概念，这样便大大提高了电子计算机的认识的灵活性和智能水平。可见，经典的统计数学和模糊数学在电子计算机与人工智能中的广泛而有效的应用，进一步说明了人脑的精确认识和模糊认识是高度统一的。

控制论还深化了马克思主义的实践观点，进一步强调了实践对认识的重要作用。

所谓思维和存在、思维规律和自然规律、感性认识和理性认识、白板论和模式论、精确认识和模糊认识等的统一性，其实质都是建立在实践基础上的，离开了实践根本就谈不上有什么统一。列宁说："实践高于（理论的）认识，因为它不但有普遍性的品格，而且还有直接现实性品格。"[①]客观事物向主观精神的转化，感性认识向理性认识的转化，白板向模式的转化，模糊认识向精确认识的转化等，都是要以实践作为前提条件和基础的。反之，主观精神转化为客观事物，各种模式和模糊认识转化为人工智能——人造智能机器人等，也都是要经过反复实践才能办到的。控制论本身就是总结有关科学实践经验的产物。控制论创始人维纳就是在解决高射炮自动控制装置的反复实践过程中，才深刻地认识到"反馈和真空管所提供的可能性，并不是个别自动化机械的零星设计，而是建造变化类型极多的各种自动化机械的总方针"的。

总之，控制论所包含的辩证唯物主义哲学思想是十分丰富的。与此同时，也可以看出，控制论绝不可能完全改变和取代马克思主义哲学原理；机器人也绝不是什么"第二认识主体"或"人工认识主体"，因为智能机器人不管是哪个部分的装置，都是人在科学实践基础上充分发挥人的主观能动性，从而按照人自身的智能机制和思维规律的功能仿造的，人永远是机器人的创造者和指挥者。

二 控制论与文艺学的关系

明确了控制论与马克思主义哲学的关系，再来研究控制论与文艺学的关系就比较容易了。

以研究具有一般性意义的信息和控制规律为对象的控制论方法，也可以

---

① 列宁：《黑格尔〈逻辑学〉一书摘要》。

一般地用来研究文艺学中诸如文艺创作、艺术表演、文艺欣赏和文艺批评等控制的问题。从控制论观点来看，艺术创作、表演、欣赏、批评等，都是人们自觉地有目的地进行控制的过程。

文艺创作作为一个相对独立的控制系统，它包括信息源——社会生活和其他一切知识的获取；决策机构——大脑对有关信息的利用和加工；执行机构——运用艺术语言将所构思过的艺术意象物化为作品；反馈线路——读者和评论者的反映及作者的反复推敲与修改。

从这个文艺创作的控制系统可以看出，作者对社会生活和其他知识的掌握，即对各种信息源的获取是十分重要的。作者的大脑没有对一定信息量——社会生活和其他知识的掌握，是谈不上有什么控制的。可以这样说，熟悉哪方面的社会生活和对哪方面知识掌握得更多，哪方面的作品就会产生得最多。如托尔斯泰熟悉俄国十九世纪后期农民生活，所以他的作品成了俄国“农民资产阶级革命的镜子”；茅盾熟悉三十年代上海民族资产阶级的生活，又受过深厚的中国古典文学的教育，所以《子夜》是运用丰富的文学语言反映中国民族资产阶级特征的最优秀的长篇小说；巴金亲身经历过封建大家庭破落的生活，又受过国外资产阶级民主革命思想的熏陶，所以写出了《家》、《春》、《秋》反封建的长篇巨著；老舍熟悉老北京的市民生活，《骆驼祥子》、《龙须沟》等作品，从语言到生活习惯，从背景到人物形象，无不逼真地展示了新中国成立前后北京市民的生活画面。这种情况是完全符合控制论的观点的，因为作家控制的对象就是他所熟悉的生活信息和知识信息，正如电脑控制的对象是一定的信息和数据库一样。

从文艺创作的控制系统中也可以看出，作者大脑对于社会生活和其他有关知识的选取、加工、想象、组合等能动的构思过程是个非常重要的阶段，因为这是在思维中能不能把有关的社会生活和知识生发和创作成艺术作品的意象的关键所在。即是充分发挥主观能动的思考力和想象力以及伴随而来的创作激情，从而将零散的生活信息的感性认识，飞跃而成初具艺术形象或艺术意境的理性认识阶段。如果没有这个主观能动的选取、加工、想象、组合等构思为艺术形象或艺术意境的飞跃，便不可能将杂乱的零散的社会生活和有关的知识，变成有机的清晰而又鲜明的艺术形象或艺术意境，也就不可能进行具体的物化的艺术创造了。正像电脑的决策机构将从感受机构中得来的信息进行变换、加工和利用一样。只是电脑没有人脑那么随机应变、主动灵活，那么激情奔放、一泻千里地遐想等这样具有主观能动性。因为电脑的决策机构的加工是按人事先准备好了的指令进行的。

从文艺创作的控制系统中还可以看出，运用艺术语言、手段、方法和技巧对大脑所构思过的或正在构思的意态形象物化为具体可感的物态艺术作品，乃是更为重要的写作实践的第二个飞跃。任何富有艺术性的素材和构思，如果没有这个物化的第二个飞跃，也是成不了艺术作品的，因为物态化了的具体可感的艺术作品和大脑中运用生活信息所进行的艺术构思的意态形象毕竟不是一回事。在这第二个飞跃的过程中，更加需要发挥作者运用艺术语言、手段、方法和技巧来表现自己所构思的意态形象的主观能动性的积极作用，否则是完不成这个物态化的飞跃的。而且每个作者的主观能动作用是各不相同的，同样是一把刻字刀和一块大理石，同样雕塑的是刘胡兰就义的形象，艺术效果却有高低优拙之分；同样是用的中国文字，用的是同样的表现方法，写的是同一个人物，效果却迥然不同，原因就在作者主观能动作用有着种种不同的差异。可见，过去在极“左”路线统治时期，忽视乃至否定充分发挥作家主观能动作用和富有个性特征的创作精神，完全违背了艺术创作的规律。

作者经过从接受生活信息到构思艺术意象，再到物化为艺术作品的形象的全部控制过程，其控制效果怎样呢？广大读者或鉴赏者以及评论工作者是衡量艺术性高低优拙的重要检验者，他们的意见反映到作者那里，引起作者的思索和研究，正确的有启发的意见作为自己修改的依据和下回创作的宝贵启示，不正确、不合适的则放之一旁。这样便形成了一个反馈线路。

总之，从作者深入生活接受各种社会生活信息，到艺术构思，到物化为艺术作品，到群众欣赏、评论和作者所采取的态度，构成了一个完整的文艺创作的控制系统。

控制论方法还可以一般地用来帮助我们理解社会生活和充分发挥作者个人的主观能动性的辩证统一关系，以及文艺的本质等重要的文艺理论问题。

在控制论中，或是在文艺创作、表演、欣赏、批评等控制系统中，外来的信息和对信息的司控始终是统一在一起的。一定的社会生活（包括有关的知识）和作者加工、想象、提炼的主观能动作用始终是水乳交融地结合在一起的。也就是说，文艺创作控制系统包含着一定的客观社会生活的信息和作者进行创作控制的主观能动性两大基本元素，这两大元素是缺一不可的有机统一体。系统论告诉我们，各种不同的元素及其结构的方式决定该系统的性质和功能；系统的性质和功能不是由各个元素简单的相加的结果，而是一定的量和质的元素特定的结构和有机的组合而成的。文艺创作控制系统的运动过程，就是一定的社会生活（包括有关的知识）和作者特定的主观能动作用有机地结构和组合的过程，而文艺作品便是这两大基本元素有机地结构和组合的结果。

如果将社会生活看成一个相对独立的系统，其中又包含政治生活、生产生活、社交生活、家庭生活、科研生活、文化生活、商业生活、教育生活、军事生活等子系统；而这些子系统中又各自包含着许多子子系统；每个系统又是不断发展的，这样，作者便有取之不尽、用之不竭的社会生活元素可供任意选取。

如果将作者主观能动性看成一个相对独立的系统，其中则包含着世界观、人生观、审美观、艺术观、理论水平、科学文化知识水平、专业水平、实践经验、感知力、思考力、联想力、想象力、创作技巧（包括运用艺术语言和各种创作方法的技能和技巧）、情感强度14个元素，其中每一个元素又包含着许多子元素，子元素中还包含着许多子子元素；各个元素、子元素、子子元素又是不断发展变化的；而且它们之间又是相互渗透、相互补充、相互制约和影响的。这些便形成了各个作者具有不同的思想性格、不同的主观能动性和不同的创作才能。即使具有相近的世界观和人生观，也有观察问题的角度和侧重面的不同，体会深度的不同；即使审美观和艺术观基本相同，也难免还有某些不完全一致的认识和个人爱好的差异。至于在其他元素或子元素上存在的种种差异，那就更加显而易见了。应当承认，每个作者的理论水平、文化科学知识水平、专业知识水平、实践经验、感知力、思考力、想象力、联想力、创作技巧和情感强度是各不相同的，各个元素之间的拉力和传导力的灵敏度和作用也是各不相同的，而且这些元素都不断发展，从而在新的组合的基础上构成各自在不同发展阶段上的不同特点。这些或高或低、或优或拙、或强或弱等不同程度的各种元素，都会在文艺创作的控制过程中表现出来。

以每个作者主观能动性中的各种不同的元素、子元素、子子元素与丰富多彩、千变万化、各不相同的社会生活进行机动灵活的“排列组合”，自然能产生出千千万万具有各自不同特征的艺术作品了。但不论作者主观方面的元素如何多样而又不同，概括起来便可称之为主观能动性；也不论来自各种生活和各种知识的题材是如何丰富多彩、变化无穷，概括起来则可名之曰“社会生活”。文艺创作控制系统便是由这两大基本元素组成的。也就是说，文艺的本质就是由一定的社会生活和作者主观能动性这一对基本矛盾的统一性所规定了的。任何一个优秀的艺术作品，都是由一定的社会生活和作者所具有的创作的主观能动性水乳交融地结构而成的。从控制论角度来看，所谓文艺创作控制系统的控制对象，就是一定的社会生活和有关的知识；所谓文艺创作控制系统的司控者就是具有创作才能——创作的主观能动性的创作者。试想，不掌握一定的社会生活知识，怎么谈得上控制呢？控制什么呢？舍弃作者创作的主观能动性，又有谁来实现文艺创作的控制？惟有一定的社会生活知识和作者创作的主观能动性的高度统一，才是决定文艺作品命运的本质所在。文艺作品本来就是作者根据一定的社会生活知识做材料，从而进行艺术的构思，想象、加工和制作而成的，怎么能把矛盾统一体中的矛盾的一方抹去呢？那又怎么能构成文艺作品的统一体呢？从文艺发展史看得很清楚：即使是抽象性很高、浪漫主义很强的艺术作品，也能多少找得到该作品产生的时代气息和某些社会生活的信息；如果一点时代的气息和生活的信息都找不出来，恐怕也就谈不上是真正的艺术作品了；即使是写实性很强或是如实地反映了现实的艺术作品（非艺术性作品除外），也能看得出作者的艺术观、思想、情感和写作技巧等主观能动性的元素及其特征，完全不含有作者任何主观能动性元素的艺术作品也是不存在的。可见，再现和表现是统一的，客观社会生活和作者深厚的思想感情也不是绝对对立的。把它们绝对对立起来，然后各执一端，既不符合文艺创作控制系统的实际情况，也是从根本上背离了唯物辩证法的。

“自我表现论”是以反对反映社会生活为前提和出发点的，这就不能不走到另一个极端和片面上去了，势必要产生脱离社会、脱离广大人民群众以致危害社会、危害人民之弊，这种教训在文艺史上已经够多的了。

“情感论”的片面性也是显而易见的。本质是与现象相对而说的，所谓事物的本质，就是事物内在的矛盾性，是同类现象中的一般的共同的因而也是隐蔽而又深刻的东西，必须经过抽象思维才能认识它。文艺的本质也必须从各种文艺的题材和作者主观的各种元素中加以抽象和概括才能掌握它。“客观社会生活”便是各种文艺作品中多种多样的题材的概括和抽象；“作者的主观能动性”便是具有各种各样差异的14个元素的抽象和概括，而“情感”则仅仅是作者主观能动性中14个元素之一，虽然它和审美观、艺术观、想象力、思考力等元素一样，贯穿在文艺创作过程的始终，渗透在文艺作品各个部分，但是，它是一种表之于外的看得见、感觉得到的一种具体的情绪和意态，谈不上是事物的内在矛盾性本身，而是由内在矛盾性引起的结果和表现。如果只孤零零地把“情感”一个元素说成是艺术的本质，这就不免有以偏概全之失，而且有以现象代替本质之嫌。任何情感都是一种心理的从属物，有什么样的心理就会产生什么样的情感，而各种心理的表现又是大脑对事物产生了一定的认识和评价的结果（真假、善恶、美丑、是非等评价）。也就是说，情感不能脱离一定的生理机制、心理活动和一定的认识而存在，喜悦、悲伤、恬淡、愤慨等情感都不是无缘无故地产生的。文艺创作控制系统中的情感和作品中表现出来的情感莫不皆然。把从属于一定的生理机制、心理活动和认识评价的情感说成是艺术的本质，实在是本末倒置，因而也是极不科学的。固然，情感在文艺创作控制系统中或作品中是十分重要的，好的艺术作品是充满了情感的，情感不真挚、不强烈是不感人的，但是这是属于艺术的特征方面的问题。情感和形象水乳交融地结合在一起，构成了艺术作品的基本特征（即使是抽象的写意的艺术作品也罢）而不是艺术的本质，不应把艺术的特征和艺术的本质混同起来。作为艺术特征的两个基本元素——情感和形象也是不容有丝毫割裂的，情感是以形象为载体而流露和渗透在形象之中的。试想怎么能把直接诉之于感官的艺术特征之一的情感当成艺术的本质呢？

对事物的认识莫过于认识事物的本质，只有认识了事物的本质，才能真正做到全面而又深刻地了解事物及其规律。因此，弄清文艺的本质具有十分重要的实践意义，它能直接指导我们进行创作、表演、欣赏、批评等实践活动，而不是像有些人所说的是个玄而又玄、没有实际意义的问题。把艺术的本质看成是一定的社会生活和作者主观能动性相统一的意义就在于，它能更有力地敦促作者，既自觉地深入社会生活又能使作者严格地要求自己，不断地提高自己主观能动性的各个元素的素养和创作才能，更全面更深刻地进行艺术欣赏和艺术批评，更正确更健康更有效地发展文艺，更迅速地提高社会主义精神文明。如果把艺术的本质只看成是“再现论”，或只看成是“自我表现论”，或只看成是“情感论”，其实践效果不是产生这一个片面，就会走向那一个极端。可见，能不能正确地把握艺术的本质是至关重要的。

当然，运用控制论方法研究文艺学也是有很大局限性的。它仅仅是从一般的控制功能的规律上来说明一些文艺问题，而不能解决文艺学的特殊问题，如对于社会生活的丰富多彩的具体形态、具体性质和具体发展规律，对于每一个作者主观能动性的14个元素的具体表现、具体特征、具体发展过程，以及对于文艺作品的具体形象的特征、特殊性质、特殊规律等问题，它是置之不顾的，因为电脑只从功能上模拟人脑的思维活动的一般过程，而不可能从人的生理结构和性质上模拟人的思维活动的具体过程。文艺的特殊性问题只能用文艺学自身所规定了的方法加以研究和解决。

（原载《天津社会科学》1987年第2期。）

信息论与文艺学和美学

一八三二年德国韦伯发明了电报，不久，美国莫尔斯发明了电报编码法，解决了传输信息符号的问题。一九二八年哈特莱又在《信息传输》一文中第一次提出消息是代码、符号、序列，而不是内容本身。这在信息概念上是一个重要的突破，为后来申农创立信息论提供了正确的思想方法。

第二次世界大战中，由于研制控制火炮射击的随动系统如何跟踪一个具有机动性能的目标，以及大战后各种系统工程、电子计算机和自动控制系统等的发展，也都提供了信息研究的需要。于是，美国科学家申农经过八年的努力钻研，终于在一九四八年正式创立了信息论这门学科。

申农认为："信息的基本问题就是精确地或近似地在一点复现另一点选择的信号。"他运用概率论度量信息，认为度量信息的基本出发点，是把信息看作用以消除不确定性的东西。所以信息数量的大小，可用被消除的不确定性多少来表示。申农主要解决了通讯和控制系统中的信息传递的共同规律和如何提高信息传输系统的有效性问题，其实质原是通讯的理论。因为它是用概率论来计算的，所以又称概论信息论。

近几年又出现了模糊信息，它是建立在模糊集合论基础上描述模糊不定的信息，以解决视觉和识别图像的问题 。模糊信息和概率信息合起来叫广义信息论，其应用范围远远超出了通讯和控制系统，而被推广到物理学、生物学、心理学、语言学、经济管理等方面去了。

信息论研究的对象，主要是运用数学理论研究如何描述和度量信息的方法以及传递、处理信息的规律和基本原理。所谓信息，并非指事物本身，而是指用来表征事物并由事物发出的消息、情报、指令、数据、信号中所包含的东西。任何事物都发出信息，如电报、文章、消息、钟声、乐曲、色彩、气味等都是一种信息。由此不同的信息，可以显示出不同的事物，所以，信息是表现事物特征的一种形式。控制论创始人维纳给信息下了一个定义："信息是人们在适应外部世界并且在这种适应反作用于外部世界的过程中，同外部世界进行交换的内容的名称。"又说："信息不是物质，也不是能。"可见，信息是事物存在方式或运动状态以及这种方式和状态的直接或间接的表述，它是物质的一种特殊属性。它可以传递和提供关于客观物质世界的知识，减少或消除对知识的不确定性。通讯就是消除或减少通讯者某种的不确定性，而收信者被消除的不确定性的大小就表示他收到的信息量，所以"信息是消息中不确定性的消除"。

信息论方法，就是指用信息论的观点，把系统的运动过程抽象为一个信息变换过程（撇开对象的具体运动形态，并且不要求对事物整体结构进行解剖和分析），仅从信息的流程加以综合考察，从而获得关于系统整体性的状态和性能的知识的一种方法。它已经成为研究事物的复杂性、系统性、整体性的必不可少的一般科学方法。

信息论方法在一定范围内也可用来研究文艺学和美学。如捷克的伊尔日·列维在《信息论与文学过程》一文中，就运用信息论方法比较细致地研究了文学的过程。他认为文学是向读者进行报道和传递信息（包括思想信息和审美信息）的特殊形式。从作者开始创作到读者欣赏作品的过程，也是一条信路（通信链），即从客观现实和主观经验要素（信息源）中，作者（发报机）选择和变换一些要素（选择），运用语言表现它们（编码），作品本文是传递文学报道的技术手段（信道），读者在阅读过程中接受由字母组成的本文（信号系统），解释本文（译码）。如读者不了解作品的历史背景和有关具体情况，他在一些细节上的解释就不正确（杂音）。

在文学过程中，某些环节比技术通讯复杂得多，也比普通语言报道更为复杂。一部文学作品通过向读者发生作用而发生通讯联络关系。文学有两种类型的信息：音响型和字形型，即说话和书写两种信号系统。音响系统在语言中是第一性的。声响信号比文字信号具有更大的信息价值，因为它有特殊的声调、重音、语气等作补充。文学作品的释译（即解释）过程比语言学的解释更复杂，因为文学没有千篇一律的信码，读者和作者的信码也不很一致，读者信码是在接收亦即读或听的过程中自行发展的系统。

在信息论中，记忆即是储存的意思，知识的信息储存得越多，越有利于理解文学作品的内容和形式的特点与意义。

另外，在信息论中，信息这一基本概念是建立在统计学基础上的，它可以使我们在多种对象中借助数学方法做出选择，即既可从信码提供的极限，亦即有限和已知量中做出语言和形式要素的选择，也可以从现实亦即无限和难以确定的集（多量）中做出内容要素的选择。这样便有助于我们更准确地说明某些美学概念，也能在一定范围内说明语义学运用的幅度，还能算出作品中重复的词、同样的节奏或韵律格局和平行手法等重复程度，从而可以确切地说明这些风格、手法的密度。

发出或接收未知的信息称第一性信息，对读者或观众所已知的“意义”的重复，称第二性信息。如文学过程中，作者的作品便是第一性信息，读者的意见便是第二性信息，它可以促使作者检验自己的作品的优劣。

但是，信息论方法用于文艺学或美学的研究是有限度的。如艺术语言中叠句叠词的重叠倾向这种过剩性及其平均信息量并不适用于作品的整体，它们只能作为衡量作品各个要素的尺度。因此，不能把某一孤立要素的平均信息量视为审美价值的唯一标准。正如作者列维所指出的，亚·莫尔就犯了这个毛病，他用个别节目演出的次数的方法来说明音乐会节目安排的独创性，这种把独创性看作就是演出的次数多少的机械的做法是不科学的。同时，信息论方法也未能形成审美价值的可靠的标准，它只有助于深化理解作品的某些要素，而不能成为一般文学理论的方法论基础，因为信息仅仅是信息，是物质属性的一种形式，它不能深刻地涉及意识形态问题，也不能说明美学中一些“质”的范畴，即不能说明文艺作品的本质（受审美价值制约的社会功能）问题。这就是运用信息论方法研究文艺学和美学的根本局限性。

（原载《美学文艺学方法论》下册，《马克思主义文艺理论研究》编辑部编选，文化艺术出版社1985年版。）